KB116013

사십일포
四十一炮

2

四十一炮
莫言

Copyright ⓒ 2003 by MO YAN
Korean Translation Copyright ⓒ 2008 by Moonji Publishing Co., Ltd.
All Rights Reserved.

This Korean edition was published by arrangement with MO YAN, the author.

이 책의 한국어판 저작권은 저자 모옌과 독점 계약한 ㈜문학과지성사에 있습니다.
저작권법에 의해 보호받는 저작물이므로 무단 전재 및 복제를 금합니다.

사십일포
四十一炮

모옌 장편소설

박명애 옮김

문학과지성사
2008

사십일포四十一炮 2

초판 1쇄 발행 2008년 5월 30일
초판 2쇄 발행 2012년 10월 15일

지은이 모옌
옮긴이 박명애
펴낸이 홍정선
펴낸곳 ㈜문학과지성사
등록번호 제10-918호(1993. 12. 16)
주소 121-840 서울 마포구 서교동 395-2
전화 02)338-7224
팩스 02)323-4180(편집) 02)338-7221(영업)
전자우편 moonji@moonji.com
홈페이지 www.moonji.com

ISBN 978-89-320-1867-6
ISBN 978-89-320-1865-2(전 2권)

차례

제 27 포
第二十七炮

혀가 굳어지고 두 볼이 마비되는 것 같았으며 눈꺼풀은 내려오고 하품이 계속해서 나왔다. 나는 자세를 유지하기 위해 노력하면서 지나간 일들을 두서없이 묘사했다. 자동차 경적 소리가 나를 꿈에서 깨어나게 했다. 아침 햇살이 사찰 안으로 비쳐들었고 바닥에는 박쥐의 배설물이 널려 있었다. 나하고 정면으로 마주하고 있는 육신(肉神)은 작은 세숫대야만 한 얼굴에 웃는 듯 마는 듯한 표정을 짓고 있었는데 그 모습을 보는 나는 약간의 자긍심과 부끄러움, 황송함을 동시에 느꼈다. 지나간 생활들은 한 편의 동화 같았고, 심하게 말하면 허구 같기도 했다. 내가 그를 쳐다보면 그도 나를 쳐다보았으며 눈과 눈썹이 너무도 생동감 있어서 언제든지 입을 열고 말을 할 것 같았다. 내가 입김을 한 번 불어넣기만 하면 그는 춤을 추면서 사찰을 걸어 나가서 연회석과 육류 공청회에 참석해서 고기를 먹고 연설을 할 것만 같았다. 만약 육신이 실제로 나라면 그도 말을 매우 유창하게 할 것이다. 큰스님은 여전히 방석 위에 앉아 있었으며 전혀 움직인 흔적이 없었다. 그는 의미심장하게 나를 한 번 보고는 또 눈을 감아버렸다. 나는 한밤중에 심하게 배가 고팠던 생각이 났는데, 아침이 되니 배가 고픈 느낌이 전혀 없었다. 따라서 나는 야생 노새 고모처럼 생긴 여인이 그 분수령 같은 젖 줄기로 나를 먹인 게 아닌지 기억을 더듬어보았다. 입술을 핥아보니 입 안에는 여전히 젖의 달콤한 맛이 남아 있는 것 같았다. 오늘은 육식절의 두번째 날이다. 이런저런 공청회가 동서 양쪽 시내의 호텔과 음식점에서 열리게 될 것이며 여러 가지 스타일의 연회도 곳곳에서 열리게 될 것이다. 작은 사찰 맞은편 공터에는 많은 고기구이 난전이 계속해서 영업을 할 것이고 기껏해야 장사를 하는 사람들만 바뀔 것이다. 아직은 장사꾼들이 모이지 않았고 손님들도 도착하지 않았다. 다만 동작이 날쌘 미화원들이 마치 전쟁터를 수습하는 병사들처럼 바쁘게 움직이고 있었다.

설날이 지난 얼마 뒤, 아버지와 어머니는 저를 학교에 보냈습니다. 비록 새 학기는 아니었지만 란 씨의 체면을 봐서 학교에서는 아주 유쾌하게 저를 받아주었습니다. 아버지와 어머니는 저를 학교에 넣는 동시에 여동생도 마을의 유치원에 보냈습니다.

마을에서 나와 한림교를 지나 백 미터 정도 걸으면 바로 학교 정문이었습니다. 그곳은 사실 란 씨네 장원이었는데 이미 대부분이 파괴되었습니다. 푸르죽죽한 벽돌과 기와를 얹은 건축물들은 란 씨 집안의 화려함을 현실적으로 드러내고 있었습니다. 란 씨 집안은 단순한 시골의 지주가 아니라 그의 아버지 때에 이미 미국으로 유학을 간 학생이 있었죠. 그러므로 란 씨가 오만을 떠는 데는 그만한 이유가 있었던 것이죠. 학교의 정문 위에는 붉은 가마솥 모양의 둥근 철판이 있었는데 그 위에는 '한림소학교'라는 붉은 글씨가 적혀 있었습니다. 저는 이미 열한 살이었지만 일학년에 들어가 공부를 하게 되었죠. 제 나이는 같은 학급의 다른 학생들보다 배는 더 많았고 키도 그들보다 절반은 더 컸습니다. 아침에 국기를 게양할 때면 교사들과 학생들이 모두 저를 아주 주의 깊게 바라보았습니다. 제 생각에 그들은 고학년 학생이 저학년 대열에 끼어 있다고 생각했을 것입니다.

저는 천성적으로 공부를 할 인재가 아니었습니다. 제겐 사각형 걸상에 사십오 분 동안 앉아 있는 것이 이루 말할 수 없는 고통이었죠. 게다가 매일 한 번이 아니라 일곱 과목을 사십오 분씩 앉아 있어야 했으며, 오전에 네 번 오후에 세 번 앉아 있어야 했죠. 저는 십 분만 앉아 있으면 머리가 어지럽기 시작했고, 그냥 드러누워 잠을 자고 싶었어요. 그러면 선생님이 강의하는 소리는 점차 들리지 않았고 옆에서 책을 읽는 소리도 들리지 않았으며, 선생님의 얼굴도 보이지 않았습니다. 저는 눈앞에 영화관의 은막 같은 하얀 천이 가려져 있는 것 같았으며 그 하얀 은막 위에는 많은 그림자들이 나타났습니다. 그중에는 사람 그림자, 소 그림자, 그리고 개의 그림자도 있었습니다.

제 담임선생님은 그래도 처음에는 저를 타이르면서 제 행동을 고쳐주려고 했었습니다. 담임선생님인 차이㟃 선생님은 여자 선생님으로, 둥근 얼굴에 닭 벼슬 같은 머리, 그리고 짧은 목에 엉덩이가 무척 컸는데 길을 걸을 때면 하천의 오리처럼 엉덩이가 좌우로 흔들거렸습니다. 그러나 얼마 안 가서 그녀는 저를 더이상 상관하지 않았죠. 그녀는 수학을 가르치고 있었는데 저는 그 시간에 잠을 잤습니다. 그녀는 제 귀를 잡아당기면서 귀에 대고 "뤄샤오퉁!" 하고 고함을 질렀습니다.

저는 눈을 뜨고서 멍청하게 물었습니다.

"무슨 일이죠? 선생님, 댁에 누가 죽었어요?"

선생님은 제가 고의적으로 자기 가족이 죽기를 바라며 저주하는 걸로 알았지만 사실은 그녀가 제게 억울한 누명을 씌운 것이었습니다. 저는 꿈결에 하얀 위생복을 입은 몇 명의 의사들이 도로 위를 달리며 소리 지르는 장면을 보았습니다.

"빨리! 서둘러! 선생님 집에 사람이 죽었소."

그러나 선생님은 제 꿈속의 모습을 볼 수가 없었고, 따라서 그녀는 제가 선생님네 집에서 누가 죽었는가,라고 물었을 때 제가 고의로 악담을 퍼부었다고 오해를 했던 것이죠. 그녀는 무척 교양이 있었습니다. 만약 교양이 없는 선생이었다면 그 자리에서 제 뺨을 때렸을 것이지만, 그녀는 단지 동그란 얼굴을 붉히며 곧 강단으로 올라가 코 푸는 소리를 한 번 냈는데, 그 모습은 마치 억울한 일을 당한 처녀 같았죠. 그녀는 윗니로 아랫입술을 깨물고 나서 용기를 북돋운 듯 제게 질문을 했습니다.

"뤄샤오퉁, 지금 여덟 개의 배가 있는데, 그것을 네 명의 어린이에게 나누어주려면 어떻게 하면 되겠니?"

"왜 나누어줘요? 모두 빼앗아버리면 되는데요. 지금은 야만 시대란 말입니다. 때문에 간이 큰 놈들은 배가 터져서 죽고, 간이 작은 놈들은 배를 곯다가 죽을 것이니, 필경 주먹 센 놈만이 그 자리에서 당장 제일이라고 큰소리를 친단 말이죠!"

제 대답은 교실 안의 모든 꼬마들을 웃게 만들었습니다. 저는 그 애들이 근본적으로 제 대답을 이해하지 못하고 있다는 걸 알았죠. 그 애들은 오직 제가 대답하는 태도가 재미있고, 한 명이 웃으니 모두 다 바보처럼 따라 웃었던 것이죠. 그 애들은 모두 배를 끌어안고 웃었으며 제 옆에 앉은 뤼또우라는 애는 너무 웃어 콧물까지 흘러내렸습니다. 이 미련한 애들은 미련한 선생 때문에 더욱더 미련해졌죠. 저는 득의양양해서 선생님을 바라보았죠. 그녀는 기다란 회초리로 교탁을 내리치면서 둥근 얼굴을 온통 새빨갛게 붉히더니 몹시 화를 내면서 소리쳤습니다.

"너! 자리에서 일어서!"

"왜요? 다른 애들은 모두 앉아 있는데 왜 나만 일어서라는 거예요?"

"네 대답 때문이다."

"대답을 했다고 자리에서 일어서야 하나요?"

저는 거만하게 말했죠.

"선생님 집에는 텔레비전도 없어요? 만약 텔레비전이 없다고 하더라도 설마 텔레비전을 본 적도 없단 말이에요? 선생님은 돼지고기를 먹어보지 않았다고 하더라도 돼지를 본 적도 없나요? 선생님은 텔레비전에서 대단한 인물들이 기자회견을 할 때, 그들은 항상 자리에 앉아서 대답하고 단지 문제를 제기하는 사람들만이 자리에서 일어서는 것을 보지도 못했단 말인가요?"

그 바보 같은 아이들은 또다시 하하하 웃었습니다. 제 대답을 그 애들은 이해할 수 없었는데, 어떻게 내용을 알아들을 수 있었을까요! 그 애들도 텔레비전을 본 적이 있었을 것입니다. 그러나 만화영화만 보았지, 저처럼 중대한 문제들에 대해 큰 관심을 갖지는 않았을 것입니다. 그들은 저처럼 텔레비전을 통해서 국내외의 중요한 사건들을 접하지는 않았을 것입니다. 큰스님! 그해 정월 보름 전날, 우리집에는 일본에서 수입한 컬러 텔레비전이 하나 있었죠. 평면에다 사각형에 21인치였습니다. 요즘 그런 텔레비전은 이미 골동품이 되었지만 당시에는 최신형 제품이었죠. 그 텔레비전은 란 씨가 황빠오를 시켜서 보내온 것이었습니다. 황빠오가 정방형의 검은색 텔레비전을 꺼내놓았을 때 우리는 모두 찬탄의 소리를 질렀죠. 어머니는 "예쁘구나, 정말 너무 예쁘구나"라고 말했습니다. 평소에 얼굴에 웃음을 띠지 않던 아버지도 이렇게 말했습니다. "이 물건 좀 봐! 그 사람들은 이런 것을 어떻게 만들어낸 것일까?" 텔레비전을 포장했던 상자 속에 있는 흰색 스티로폼 조각도 아버지를 매우 놀라게 했는데 그는 이 세상에서 이처럼 가벼운 물건이 있다는 걸 상상하지 못했답니다. 저는 그런 물건에 대해서는 아무런 느낌도 놀라움도 없었습니다. 우리가 쓰레기를 수거할 때 그런 물건들을 여러 번 보았기 때문이었죠. 그런 물건들은 아무런 쓸모가 없었으며 모든 재활용품을 수집하는 곳에서도 거절을 당했습니다. 황빠오는 우리들에게 텔레비전을 보내왔을 뿐만 아니라 높다란 텔레비전 안테나를 가져왔는데, 그것은 고기 뼈처럼 생긴 안테나였습니다. 그 안테나는 높이가 십오 미터나 되었으며 구멍이 없는 강철을 붙여서 만든 것이었죠. 그 안테나에는 녹이 스는 것을 방지하는 은색 가루가 발라져 있었습니다. 안테나가 우리집 문 앞에 세워지자 우리집은 닭 무리들 속의 학이 되었습니다. 만약 제가 안테나 꼭대기까지 올라갈 수 있었다면 온 마을의 풍경이 한눈에 들어왔을 겁니다. 그 아름다운 화면들이 텔레비전에 나타날 때 우리집 식구들의 눈은 모두 빛이 났답니다. 텔레비전은 우리집을 더한층 높은 단계로 올려놓았습니다. 제 지식은 그로 인해 대폭 증가되었죠. 그런데, 제게 학교로 가서 공부를 하라는 말씀은, 더욱이 일 학년부터 다니라고 하는 것은 완전히 국제적인 웃음거리였습니다. 제 학문과 지식은 우리 도축 마을에서는 란 씨 다음으로 뛰어나단 말입니다. 비록 저는 글자를 모르지만 그 글자들은 모두 저를 알고 있는 것 같은 느낌이 들었습니다. 세계의 아주 많은 물건들은 배우지 않아도 저절로 알게 되는 것이죠. 아는 게 적다고 학교에서 공부할 필요는 없는 것이죠. 그럼 배 여덟 개를 네 어린이에게 나누어주는 것과 같은 간단한 문제도 학교에서 배워야 한단 말입니까?

우리 반 담임은 제 말에 말문이 막혔습니다. 저는 그녀의 눈에서 무언가가 반짝이는 것을 발견했죠. 저는 그것이 일단 흘러내리면 곧 눈물이 된다는 걸 알았죠. 저는 눈물이 흘러내리는 걸 바라는 한편 흘러내리지 않기를 희망했습니다. 저는 약간 득의양양해하면서도 약간 두렵기도 했습니다. 저는 담임을 화나게 해 눈물까지 흘리게 하는 애를 많은 사람들이 나쁜 인간으로 취급한다는 걸 잘 알고 있었죠. 하지만 동시에 앞날이 밝은 애로 칭송된다는 것도 알았죠. 그리고 이런 아이는 일반적인 아이가 아니라는 것도 알고 있었습니다. 이런 아이가 좋은 쪽으로 발전하면 간부가 될 것이고 만약 나쁜 쪽으로 발전한다면 반란군이 될 테죠. 전체적으로 이런 애는 평범한 녀석은 아닙니다. 꽤 유감스럽게도 그리고 매우 다행스럽게도 담임의 눈에 고였던 것은 끝내 흘러내리지 않았어요. 담임은 매우 나지막한 소리로 말했습니다.

"썩 꺼져!"

그리고 다시 그녀는 아주 높고 새된 소리를 질렀습니다.

"썩 굴러서 꺼져!"

"선생님, 공은 단지 굴러서 나갈 수 있지요. 그리고 고슴도치도 몸을 움츠러뜨리면 공처럼 굴러 나갈 수 있긴 하죠. 하지만 저는 공도 아니고 고슴도치도 아니니, 인간인 저는 직접 걸어 나가지 않으면 나갈 수가 없는데요. 물론 기어 나갈 수 있긴 하지만."

저는 이렇게 대답했답니다.

"그럼 기어서 나가."

"하지만 저는 기어서 나갈 수도 없습니다. 만약 제가 아직도 걸을 줄 모르는 아이라면 저는 기어서 나갈 수밖에 없지만 저는 이미 다 자랐는데 만약 제가 기어서 나간다면 그건 제가 잘못을 저질렀다는 표시죠. 그런데 저는 잘못한 일이 없는데요. 그러니 전 기어서 나갈 수 없어요."

"너, 나가! 어서……"

선생님은 있는 힘껏 소리 질렀습니다.

"뤄샤오통, 너 이놈! 날 화병으로 죽이려 들다니…… 너, 엉터리 추리로……"

선생님의 눈에 고여 있던 그 빛나는 것이 마침내 눈에서 흘러나와 두 볼로 흐르더니 눈물이 되었습니다. 제 마음속에는 이내 비장감이 출렁거렸고 눈도 순간 축축해졌죠. 저는 그것들이 두 볼에 흘러 눈물이 되는 걸 용서할 수 없었습니다. 그렇게 되면 애들 앞에서 제 체면은 없어지게 되는 것이죠. 그러면 저와 선생님과의 말싸움은 아무런 의미가 없게 되는 것입니다. 그래서 저는 자리에서 일어서서 밖으로 걸어 나왔습니다.

학교 문을 나와 앞을 향해 얼마 걷지 않아서 저는 한림교 위에 닿았습니다. 저는 손으로 다리 위의 가름대를 잡고 다리 아래의 파란 강물을 내려다보았습니다. 강물에는 모기 유충보다 작은 검은 고기들이 헤엄을 치고 있었습니다. 커다란 고기 한 마리가 작은 고기 무리 속에 뛰어들어 입을 벌리고 작은 고기들을 빨아들였죠. 그 모습을 바라보고 저는 이런 말이 생각났습니다. '큰 고기가 작은 고기를 먹고, 작은 고기는 새우를 먹으며, 새우는 또 모래를 먹는다.' 다른 사람에게 먹히지 않기 위해서는 커야 하는 것입니다. 저는 제가 이미 많이 컸다고 생각했는데, 아직도 더 커야 했습니다. 저는 빨리빨리 클 것입니다. 저는 강물 속에 있는 아주 많은 올챙이들도 보았습니다. 그들은 한데 모여 빠르게 움직이고 있었는데 한 무리의 검은 구름 같기도 했죠. 큰 고기는 작은 고기를 먹지만 왜 올챙이는 먹지 않을까 생각했죠. 사람들도 작은 물고기를 먹고, 고양이도 작은 물고기를 먹으며, 온몸이 초록색이고 기다란 입에 짧은 꼬리를 지닌 물고기와 강아지도 작은 물고기를 먹으며, 그 외에도 많은 동물들이 작은 물고기를 먹고 있는데, 왜 올챙이만은 먹지 않는 것일까요? 저는 근본적인 문제는 바로 올챙이가 맛이 없기 때문이라고 생각했습니다. 하지만 우리는 올챙이를 먹어보지도 않았는데 어떻게 그것이 맛이 없다는 걸 알까요? 그래서 저는 올챙이가 보기 흉한 외모를 지녔기 때문이며 보기 흉한 물건은 대개 맛이 없다는 결론을 얻었습니다. 하지만 저는 다시 생각해보았는데, 보기 흉하다면 뱀이나 진갈이나 베짱이나 모두들 밉상이지만 인간들은 서로 쟁탈전을 벌이며 먹지 않는가? 전갈은 예전에는 먹는 사람이 없었지만 팔십년대부터 인간들은 그것을 맛있는 음식으로 간주하고 식탁에 올렸죠. 저는 란 씨네 연회석에서 처음으로 전갈을 먹어보았습니다. 제가 모든 사람들에게 공개하겠는데, 우리가 새해에 란 씨네 집으로 가 새해 인사를 하고 난 후부터 저는 그 집의 단골손님이 되었으며, 저 혼자 혹은 여동생을 데리고 일상적으로 란 씨네 집으로 놀러 다녔습니다. 란 씨네 그 늑대 강아지들도 우리와 아주 친해져서 저와 동생이 들어가면 소리도 지르지 않고 꼬리를 흔들었답니다. 그건 그렇고, 다시 우리의 문제로 돌아와서 왜 사람들은 올챙이를 먹지 않는 것일까요? 혹은 그것들이 진득거리는 모양이 콧물 같아서일까요? 하지만 우렁이도 그렇지 않은가요? 그런데 사람들은 왜 우렁이는 잘 먹는단 말인가요? 어쩌면 올챙이 부모가 두꺼비이고, 또 두꺼비는 독이 있어서 모든 사람들이 좋아하지 않는 것인지도 모르지요. 하지만 올챙이가 자라 개구리가 되는 것인데, 사람들은 개구리는 맛있게 먹고 있죠. 사람뿐만 아니라 우리 마을의 소들도 개구리를 잘 먹습니다. 그런데 사람들은 왜 커서 개구리가 되는 올챙이는 먹지 않는단 말입니까? 저는 생각할수록 혼란스러워졌으며, 생각할수록 세상의 일들이 복잡하다는 생각이 들었습니다. 하지만 저도 알고 있듯 저같이 지식이 풍부한 어린이만이 이런 복잡한 문제를 생각할 수 있으며, 제게 닥친 문제들은 학식이 없어서가 아니라 반대로 저의 학문이 너무 깊어서 생긴 것들이었죠. 저는 담임선생님에 대해 아무런 호감도 없었습니다. 하지만 나중에 그녀가 제게 던진 그 욕 한마디는 그녀에게 호감을 갖게 했죠. 그녀는 저를 '엉터리 추리'라고 말했습니다. 저에 대한 선생님의 평가가 아주 정확하다고 저는 생각했습니다. 듣기에 따라서는 욕하는 것 같지만 실은 저를 칭찬하고 있는 것이었죠. 우리 반의 그 애들은 바보라는 말은 알아들었겠지만, 뭐가 '엉터리 추리'인지는 알지 못했단 말입니다. 그들뿐 아니라 우리 온 마을에도 그 말을 알아들을 만한 사람이 몇 사람 없었습니다. 저는 선생이 없이도 알았지만 '엉터리 추리'란 바로 멍청이들이 생각하는 하나의 방법론이죠.

저의 '엉터리 추리'에 근거해 올챙이로부터 제비를 유추했습니다. 사실은 제가 제비를 생각한 것이 아니라 제비가 강 위를 낮게 날았는데, 그 자태가 너무나 아름다웠기 때문입니다. 그들은 수시로 물 위를 스치고 지나면서 작은 물보라를 일으켰고, 수면에는 작은 파문이 일었습니다. 그리고 어떤 제비들은 강기슭에서 주둥이로 흙을 파고 있었습니다. 바로 제비들이 둥지를 틀 계절이며 복숭아꽃은 아직 피지 않았지만 살구꽃은 이미 다 피어 있었습니다. 하지만 복숭아나무도 꽃망울이 맺혀 있었죠. 강기슭의 버드나무들도 파란 잎사귀를 내뿜었고, 뻐꾸기도 멀리서 울고 있었죠. 도리대로 말하자면 그 때는 한창 씨를 뿌리는 계절이었습니다. 하지만 우리 도축 마을에는 땅에다 곡식을 심어서 밥을 먹는 사람들이 없었습니다. 곡식을 심고, 큰 공을 들여야 하고, 많은 땀을 흘려야 하지만 수입은 아주 적은 일이니 멍청이들이나 하는 짓이죠. 제 아버지는 원래 돌아와서 곡식을 심으려고 했지만 그도 곡식을 심지는 않았습니다. 제 아버지는 란 씨의 명령을 받고, 육류연합 가공공장의 공장장이 되었죠. 우리 마을에는 화창華昌 유한공사가 세워졌는데 그 공사의 회장이자 사장이 바로 란 씨였죠. 제 아버지가 관리하고 있는 육류 가공공장이 바로 화창공사 부속 공장에 속했던 것이죠.

아버지의 공장은 바로 우리 학교에서 동쪽으로 이백 미터쯤 떨어진 곳에 자리를 잡고 있었는데 저는 다리 위에 서서 공장의 높은 건물을 바라볼 수 있었습니다. 그 건물은 원래 치즈를 생산하던 요리실이었으나 지금은 도축장으로 개조해버린 것이죠. 사람을 제외한 모든 동물은 제 아버지 공장으로 들어가기만 하면, 산 채 진입했다가 모두 죽어서 나오는 것이죠. 아버지 공장에 대한 제 관심은 학교생활에 대한 관심을 훨씬 초월하고 있었지만 아버지는 저를 공장에 들어오지 못하게 했습니다. 어머니도 저를 오지 말라고 했구요. 아버지는 공장장이고, 어머니는 회계 담당이었습니다. 개인적으로 도축 일을 하던 우리 동네의 수많은 백정들은 공인이 되어 일익을 담당했습니다.

저는 아버지 공장을 향해 천천히 걸어갔습니다. 금방 선생님에게 쫓겨 나왔을 때는 잘못을 저지른 것 같아 좀 불안했지만 아리따운 봄 기운이 피어나는 뜰을 거닐고 나자 마음 한구석의 불안은 일제히 사라졌죠. 저는 갑자기 이처럼 좋은 계절에 방 안에 처박혀서 선생님의 잔소리를 듣는다는 것이 아주 우둔한 짓이라고 여겨졌습니다. 그것은 곡식을 심어서 가꿔봐야 돈을 벌지 못한다는 걸 분명히 알면서도 오직 땅에서 일하는 사람들같이 우둔하다고 여겨졌죠. 나는 왜 학교를 다녀야만 하는가? 선생님이 알고 있는 지식은 나보다 별로 많지 않고 심지어 나보다 아는 것이 적은 측면도 있는데? 그리고 내가 알고 있는 것들은 모두 쓸모 있는 지식들이지만 교사들이 아는 지식이란 전부 쓸모없는 지식들이란 말이다. 란 씨 말은 전부 맞는 말들이었죠. 하지만 그 양반이 저를 학교에 보내라고 부모를 설득한 말은 틀렸어요. 그 양반이 부모님을 설득해 제 동생을 학도병 반으로 보내게 한 것도 잘못이었죠. 저는 당연히 학도병 반으로 찾아가 동생을 구해야겠다고 생각했죠. 그리고 저와 함께 대자연에서 뛰놀아야 한다고 생각했습니다. 우리는 강에서 고기를 잡을 수도 있고 나무 위로 올라가 새 둥지를 털 수도 있으며, 들판으로 나가 꽃을 꺾을 수도 있죠. 전반적으로 우리는 퍽 많은 일을 할 수 있을 것이며 그런 일들은 모두 학교에서 공부하는 것보다 재미있습니다.

강 언덕에 서서 저는 버드나무 뒤에 숨은 뒤 아버지의 육류 가공공장을 바라보았습니다. 그곳은 규모가 아주 컸습니다. 높다란 담장이 주위를 빙 두르고 있고 담장 위에는 외부인의 침입을 막기 위한 철조망이 둘러져 있었죠. 이곳을 공장이라고 부르기보다 오히려 감옥이라고 부르는 편이 나을 것입니다. 담장 안에는 열 몇 개의 높다란 도축장이 있었습니다. 남쪽으로는 낮은 집들이 한 줄로 이어져 있었으며 그 뒤에는 높다란 굴뚝이 짙은 연기를 뿜고 있었습니다. 저는 그곳이 바로 공장 요리실이라는 걸 잘 알고 있었습니다. 그곳에서는 코를 찌르는 향기가 풍겨 나왔죠. 저는 교실에 앉아서도 고기 향을 맡을 수가 있었는데, 그 순간이면 선생님과 학생들은 더 이상 존재하지 않았고 제 머릿속에는 아름다운 영상이 나타났답니다. 뜨거운 김이 나고 맛있는 향기가 풍기는 고기들이 마늘과 고추 등 조미료로 만들어진 작은 길을 따라 줄을 지어 퐁퐁 뛰면서 저를 향해 달려오고 있는 장면이었습니다. 저는 그 향기 속에서 쇠고기, 돼지고기, 양고기 향을 구별하였으며 또 개고기 향도 있었으니 머릿속에는 그것들의 귀여운 모습이 나타났답니다. 제 머릿속 고기들은 모두 번듯하게 생긴 것들이었으며 자신들의 언어를 가지고 있었고 또한 감정이 풍부해 저와 교제할 수 있는, 살아 있는 생물들이었죠. 그것들은 저에게 이렇게 말했습니다.

"어서 와서 저를 먹어요. 어서 와서 저를 먹어요. 뤄샤오퉁, 어서 와요."

한낮인데도 불구하고 가공공장의 출입문은 꼭 닫혀 있었습니다. 이 두 개의 출입문은 우리 학교의 문처럼 손가락 굵기의 철근으로 만들어져 있었지만 그 사이의 틈이 어찌나 넓은지 송아지도 드나들 수 있었지요. 품질이 우수하면서도 가격은 저렴한 이 대문은 진짜 두 개의 커다란 강철판을 잘라서 만든 것이었습니다. 이처럼 큰 철문은 반드시 젊고 건장한 사내 둘이서 밀어야만 움직일 수 있을 것이며, 또 미는 과정에서 거대한 소리가 날 것이었습니다. 이것은 저의 상상이었습니다. 하지만 나중에 철문 여는 과정을 몇 번 보았는데 제가 생각했던 것과 꼭 같았습니다.

저는 고기 향기에 끌려 언덕을 내려왔고, 넓은 아스팔트 길을 지나면서 길 옆에서 어슬렁거리며 돌아다니는 검은 강아지와 인사를 했습니다. 그러자, 그놈이 고개를 들어 저를 한 번 보았는데 그 눈길은 마치 노년에 들어선 처량한 늙은이를 방불케 했습니다. 그 강아지는 길 옆의 어떤 집 앞에 가서 다시 저를 한 번 더 돌아다보았으며, 그러고 나서 그 철문 앞에 엎드렸습니다. 저는 그 철문 옆의 벽돌 담장에 하얀 페인트칠을 한 문패가 걸린 걸 보았죠. 문패에는 붉은 글자가 적혀 있었습니다. 저는 비록 그 글자들의 의미를 몰랐지만 글자들은 저를 알고 있었죠. 저는 이곳이 설립된 지 얼마 안 되는 육류 검역소인 것을 알고 있었습니다. 아버지의 가공공장에서 나오는 고기들은 그곳에서 찍어주는 파란색 도장을 받아야만 외부로 팔려나갈 수 있으며, 현에서 성으로, 심지어 더더욱 먼 곳까지 나갈 수 있었죠. 어떤 곳으로 가든지 그곳에서 찍어주는 파란 도장만 있으면 무사통과할 수 있었습니다.

붉은 기와를 새롭게 덮은 그 집 앞에서 저는 결코 오랫동안 지체하지 않았습니다. 왜냐하면 그 방 안에는 사람이 아무도 없었기 때문입니다. 저는 지저분한 창문을 통해 두 줄로 놓여 있는 사무용 책상을 보았으며 그 옆에 의자 몇 개가 아무렇게나 놓여 있는 것도 보았습니다. 책상과 의자들은 모두 새것이었으며, 그 위의 먼지들은 아직 닦이지도 않은 상태였습니다. 저는 그 먼지가 가구 공장 창고 안의 먼지라는 것을 알고 있었습니다. 코를 찌르는 페인트 냄새가 창틈을 통해 새어 나왔으며 그 때문에 저는 연달아 재채기를 크게 해야 했죠.

　제가 이곳에서 오래 머물지 않은 중요한 이유는 아버지의 가공공장에서 나오는 고기 향기가 너무나 심하게 저를 유혹했기 때문입니다. 비록 설을 쇠고 난 후부터 우리집 식탁에 여러 가지 고기 음식이 오르는 것이 더 이상 드문 일이 아니었지만 고기라는 이 물건은, 들리는 말대로라면 여인처럼 영원히 계속 먹고 싶은 것이었죠. 오늘 배불리 먹더라도 내일이 되면 또 먹고 싶어졌답니다. 만약 사람들이 고기를 한 번만 믹고 다시 먹고 싶은 생각이 생기지 않는다면 아버지의 고기 가공공장은 일찍 문을 닫아야 했을 겁니다. 이 세계가 이렇게 된 것은 사람들에게 고기를 먹는 습성이 있기 때문이며 또한 사람들이 한 번 먹고 나면 또다시 먹고 싶어하기 때문이며, 두 번 세 번 계속 먹어대는 습성이 있기 때문입니다.

제 28 포

第二十八炮

모두 네 곳의 고기구이 난전이 사찰 앞마당에 세워졌다. 햇살을 가리기 위한 하얀 파라솔 아래 높다란 요리사 모자를 쓰고 얼굴이 붉은 요리사 네 명이 서 있었다. 나는 거리 북쪽의 공터에 헤아릴 수 없이 많은 난전이 펼쳐진 걸 보았다. 꼬리에 꼬리를 물고 나란히 서 있는 하얀 파라솔로 인해 나는 해변가의 모래밭을 떠올렸다. 보아하니 오늘은 어제보다 규모가 더 커졌다. 고기를 먹고 싶어하는 인간들, 그리고 고기를 잘 먹는 인간들, 고기를 먹을 수 있는 인간들이 너무도 많기 때문이었다. 비록 방송 매체에서는 매일같이 고기를 많이 먹으면 건강에 해롭다고 주장하고 있지만 진정으로 고기 먹기를 포기한 사람이 몇 명이나 되는가?

존경하는 큰스님! 란 우두머리가 또 나타났습니다. 그는 이미 저와 아주 잘 아는 사이가 되었습니다. 다만 아직은 말할 기회가 없는 것뿐입니다. 그러나 저는 일단 저 사람과 대화를 하게 되면 이내 친구가 될 것이라고 믿습니다. 그의 조카인 란 씨의 말에 의하면 우리 두 집안은 세계적인 교류를 하고 있습니다. 만약 제 증조부께서 목숨을 걸고 란 씨와 그의 친구들을 국경선 넘어까지 바래다주지 않았다면 어떻게 후대의 자손이 영화를 누릴 수 있었을까요?

란 우두머리는 풍운을 일으킬 수 있는 큰 인물이고, 나 뤄샤오퉁은 평범하지 않은 경력이 있는 것이다. 저기를 보라. 사찰 한쪽에 서 있는 육신肉神이 바로 나의 유년기이며, 유년기에 나는 이미 신선이 된 것이다. 란 우두머리는 쓰촨四川 사람들의 죽순 가마를 개조해 만든 단순한 가마를 타고 있었다. 가마는 전진하는 가운데 삐걱삐걱 소리를 냈다. 그의 가마 뒤에는 또 하나의 가마가 따르고 있었는데, 몸이 뚱뚱한 어린애가 앉아 있었고 쿨쿨 잠을 자고 있었으며 입가에는 침을 흘리고 있었다. 가마 앞뒤에는 경호부대 몇 명이 뒤따르고 있었고, 보아하니 퍽 충실해 보이는 가정부 둘이 뒤따르고 있었다. 가마가 땅에 닿자 란 우두머리가 내렸다. 오래간만에 만나니까, 그는 약간 뚱뚱해진 것 같았으며 눈 아래에는 검은 기미가 끼여 있었고, 눈꺼풀도 아래로 처져 있었다. 그는 정신이 약간 흐려 보였다. 아이가 타고 있던 가마도 도착했지만 아이는 아직도 자고 있었다. 가정부가 앞으로 다가가서 급히 아이를 깨우려는데, 란 우두머리가 손짓으로 제지시켰다. 그는 조심스레 다가가서 호주머니에서 손수건을 꺼내 아이의 입가에 묻은 침을 닦아주었다. 그때 애가 잠에서 깨어나 란 우두머리를 바라보더니, 으앙 하고 울어버렸다. 란 우두머리는 아이를 달랬다.

"착한 애야! 울지 마."

하지만 아이는 여전히 울고 있었다. 가정부 하나가 붉은색 작은 북을 들고 와 아이 앞에서 흔들면서 둥둥 소리를 냈다. 아이는 그 북을 받아 쥐고 몇 번 흔들더니 이내 내던져버리고는 여전히 울었다. 다른 가정부가 란 우두머리에게 말했다.

"선생님! 도련님이 배가 고픈가 봅니다."

그러자 란 우두머리가 말한다.

"어서 고기를 가져와!"

네 명의 요리사는 일거리가 생기자 손에 쥔 공구들을 놀리면서 소리를 질러댔다.

"고기구이! 몽골식 구이입니다!"

"양고기 꼬치입니다. 신장新疆 양고기 꼬치입니다!"

"철판구이입니다!"

"고니구이입니다!"

란 우두머리가 손을 내젓자 네 명의 호위병들은 함께 소리를 질렀다.

"한 가지씩, 하나씩 구우시오!"

향기롭고, 뜨겁고, 기름이 주르륵 흐르는 고기가 네 개의 접시에 담겨 나왔다. 가정부는 이내 작은 식탁을 펴고 아이 앞에 놓았다. 그러자 다른 가정부는 핑크색의 작은 곰 그림이 수놓인 앞치마를 아이의 아래턱에다 걸어주었다. 작은 식탁은 접시 두 개밖에 놓을 수 없었으므로 다른 두 접시는 경호원 둘이 각각 하나씩 들고 있었다. 그들은 식탁 앞에 서서 접시가 비기를 기다리고 있었다. 두 가정부는 한쪽에 한 명씩 서서 음식을 먹고 있는 아이의 시중을 들어주었다. 아이는 포크 따위는 필요 없다는 듯 손으로 고기를 집어 들고, 한 주먹 한 주먹 입 안으로 밀어 넣었다. 아이의 두 볼은 불룩해졌는데,

씹는 모습은 볼 수 없었고, 다만 고기들이 마치 쥐새끼처럼 뻗어 있는 목을 통해 하나하나씩 아래로 밀려 내려가고 있었다. 나는 이미 고기를 더 이상 먹지 않겠노라 맹세를 했지만 기실 왕년의 고기 먹기 챔피언이라서, 막상 고기 먹는 아이를 보자 마치 친형제를 만난 것 같았다. 이 녀석은 고기 먹는 천재라고 할 수 있었다. 왕년의 나보다 더 대단했다. 나는 고기를 먹을 때 입 안에서 그래도 약간은 씹다가 삼키는데, 보아하니 다섯 살 정도밖에 안 돼 보이는 이 녀석은 아예 씹지도 않고 삼켜버리는 것이었다. 아예 입 안에다 고기를 집어넣는 것이었다. 두 접시의 고기가 눈 깜짝할 사이에 아이의 뱃속으로 들어갔다. 나는 마음속으로 탄복했으며 정말이지 강자 중의 강자가 나났다고 생각했다. 가정부가 빈 그릇을 가져가자 경호원이 손에 들고 있던 접시를 이내 식탁에 내려놓았다. 아이는 고니 다리를 집어 들고서 아주 재치 있게 물어뜯기 시작했다. 녀석의 이빨은 아주 예리했으며 고니 관절에 있는 근육마저 일단 입 안으로 쏙 들어갔다가 나오면 사라지고 없었다. 마치 작은 칼로 도려낸 것처럼 깨끗했다. 아이는 열심히 고기를 먹고 있었고, 란 우두머리는 눈도 깜박하지 않고 녀석의 입만 바라보았다. 란 우두머리의 입도 무의식적으로 움직이고 있었는데 마치 입 안에 고기가 든 것 같았다. 그의 이런 동작은 다정다감의 표현인 것이다. 오직 가장 가까운 사람에게만 무의식적으로 이런 동작을 취할 수 있었다. 여기까지 보고 나는 고기를 먹고 있는 애가 바로 란 우두머리와 출가해서 비구니가 된 썬야오야오의 아들이라는 걸 깨달았다.

  인간과 고기와의 문제를 생각하면서 저는 아버지의 육류 가공공장

출입문 앞까지 왔습니다. 정문과 작은 문은 모두 꼭 닫혀 있었습니다. 저는 호시탐탐 살펴보며 작은 문을 두드렸는데 어찌나 큰 소리를 내었던지 제 스스로 놀라서 가슴이 뛰었답니다. 학교에 갈 시간에 부모 앞에 나타난다면 그들은 당장에 역정을 낼 게 분명했습니다. 이유야 어떻든 좋아하지 않을 것입니다. 제 부모님은 이미 란 씨에게 물들어 제가 학교를 다녀야만 출세를 한다고 여기고 있었고, 심지어는 제가 학교를 가기만 하면 출세는 이미 결정된 거라고 여기고 있었습니다. 저는 부모님들이 저를 전혀 이해하지 못하고 있다는 것을 알고 있었습니다. 다시 말해서 제가 생각하고 있는 바를 부모님께 모두 다 말씀드려도 그들은 이해하지 못할 게 뻔했습니다. 이것이 바로 저와 같은 천재들의 고민인 것입니다. 저는 그 시간에 아버지의 육류 가공 공장에 나타나지 말아야 했습니다. 하지만 요리실에서 풍기는 고기 향기는 거부할 수가 없었습니다. 저는 고개를 들어 하늘을 바라보았는데, 하늘은 아주 맑았고 태양은 찬란하였으며 아직은 란 씨네 집으로 가서 밥 먹을 시간도 아니었죠. 왜 란 씨네 집으로 가서 밥을 먹었는가 하면, 부모들이 모두 점심시간에 집으로 돌아오지 않았고 란 씨도 돌아오지 않았기 때문입니다. 그 때문에 란 씨는 황빠오의 첩에게 여러 사람들의 밥을 지어주라고 했던 것이죠. 그와 동시에 병석에 있는 본부인도 돌봐주라고 했습니다. 란 씨의 딸 톈꽈는 초등학교 삼학년이었습니다. 저는 사실 이 노랑 머리 소녀에 대해 아무런 호감도 없었습니다. 그런데 그 즈음엔 약간의 호감이 생겼습니다. 그 이유는 그녀가 너무나 아둔했기 때문입니다. 그녀가 고려하는 문제들은 모두 천박했으며, 어떤 때는 산수 문제 한 문제를 풀지 못해 눈물을 흘리는 바보였습니다. 제 동생도 자연히 란 씨네 집에서 밥을 먹었지요. 제 동생도 천재였습니다. 그 애도 수업시간이면 내내 졸곤 했죠. 그 애도 고기를 먹지 못하면 정신을 차리지 못하는 특징이 있었습니다. 하지만 탠꽈는 고기를 먹지 않았으며 저와 동생이 고기 먹는 모습을 보고 우리를 욕했죠.

"너희들은 꼭 늑대 같단 말이야."

우리는 그녀가 야채만 먹는 가련한 모습을 보고 그 애에게 말했죠.

"넌 양 같구나."

황빠오의 첩은 눈치가 아주 빠른 여자였죠. 그 여자는 얼굴이 하얗고 커다란 눈에 머리를 귀까지 내려뜨려 기르고 있었는데, 붉은 입술에 이빨은 하얗고 늘 웃는 얼굴을 하고 다녔습니다. 혼자서 부엌에서 그릇을 부시고 있을 때도 그녀는 웃었죠. 여자는 저와 쟈오쟈오가 얹혀서 먹고 지낸다는 걸 이내 알았고, 그러니 여자가 집중적으로 시중을 들어야 하는 대상은 탠꽈와 그 애 어머니라는 걸 곧 눈치 챘죠. 그래서 여자는 반찬을 만들 때 항상 야채를 위주로 했고, 간혹 고기 반찬이 있다지만 맛이 별로였어요. 그건 여자가 열심히 볶지 않았기 때문이었죠. 해서 우리는 란 씨네 집에 얹혀사는 게 즐겁지 않았습니다. 다행히 저녁이면 저희들은 고기를 배불리 먹을 수 있었지만요.

아버지가 돌아온 후 반 년 사이에 우리집 생활에는 커다란 변화가 있었는데 그야말로 천지가 뒤집히는 변화였죠. 예전에는 꿈에도 생각시 못했던 일들이 현실이 된 것이죠. 제 어머니와 아버지는 이미 예전의 사람들이 아니었습니다. 지난 세월 그들이 싸웠던 일도 이젠 그저 웃어 넘기는 사연이 되어버렸죠. 저는 제 부모에게 그처럼 큰 변화가 생기게 된 이유가 바로 란 씨를 추종했기 때문이라는 걸 알고 있었죠. 진짜로 붉은 것을 가까이하면 붉어지고, 먹물을 가까이하면

검어진다는 말은 맞습니다. 또한 누군가를 추종하면, 그의 행동을 따라 배우게 되고, 무당을 따르면 신선놀음을 배운다는 말도 옳습니다.

란 씨의 부인은 큰 병이 들었지만 품위는 잃지 않는 여인이었죠. 우리는 그 부인이 무슨 병에 걸렸는지 몰랐지만 얼굴이 창백하고, 몸이 허약하다는 것만은 알고 있었습니다. 그 부인을 바라보면서 저는 움막 속에서 해를 보지 못하는 감자 싹을 생각했지요. 우리는 늘 그 부인의 신음 소리를 들었지만 발자국 소리만 들어도 그 부인은 신음 소리를 멈추었습니다. 저와 쟈오쟈오는 그 부인을 아주머니라고 불렀습니다. 그런데 그 부인이 우리를 바라보는 눈길이 약간 이상했습니다. 그 부인의 입가에는 수시로 신비한 웃음이 떠올랐습니다. 그 부인이 탠꽈의 친엄마가 아닌 탓인지 딸 탠꽈와 그다지 친하지 않다는 걸 우리는 쉽게 발견했죠. 저는 큰 인물이 탄생하는 집에는 언제나 범상치 않은 사연이 존재한다는 걸 알고 있었습니다. 란 씨는 큰 인물이니, 그의 집에는 자연스럽게 일반적인 사람들이 이해할 수 없는 문제가 있기 마련이죠.

저는 이렇게 말이 들판을 달리듯 아무 생각이나 막 굴리며 그 작은 철문을 떠나 담장을 따라 요리실 바깥에 이르렀습니다. 거리가 좁혀지자 고기 향기는 갈수록 짙어졌죠. 저는 그 어여쁜 고기들이 펄펄 끓는 가마 속에서 뒤엉키는 모습을 막 목격했다는 느낌이 들었어요. 담장은 아주 높았습니다. 그런데 가까이까지 다가가니 더욱 높았죠. 담장 위에는 철조망이 쳐져 있어서 저 같은 애가 아니라 어른이라고 해도 맨손으로 올라가자면 쉽지 않을 듯했습니다. 막다른 골목에 이르면 방법이 생긴다고, 거의 절망하고 있을 때 저는 밖으로 더러운 물을 빼내는 하수구를 발견했습니다. 더러운 것이야 더 이상 말할 필요가 없죠. 더럽지 않다면 누가 하수구라고 부르겠습니까? 저는 나무꼬챙이 하나를 찾아 들고 하수구 앞에 꿇어앉아 돼지털, 닭털 같은 더러운 물건들을 끄집어낸 뒤 한쪽에다 버리고 통로를 만들어놓았습니다. 저는 어떤 구멍이든지 머리만 들어가면 통과할 수 있다는 걸 잘 알고 있었죠. 왜냐하면 오직 머리만이 구부릴 수 없고 몸은 폈다 구부렸다 할 수 있기 때문이죠. 저는 나무꼬챙이로 머리를 재보고 하수구의 높이와 넓이도 재보았습니다. 그리고 기어 들어갈 수 있다는 걸 확인했습니다. 그 과정을 더욱 용이하게 하기 위해 저는 겉옷과 바지를 벗었죠. 그러고는 몸을 너무 더럽히지 않기 위해 마른 흙을 주워다 하수구 바닥에 깔아놓았습니다. 방금 한 대의 트랙터가 지나긴 뒤로 길에는 아무도 없었습니다. 다만 마차 한 대가 멀리 떨어져 있었죠. 바로 제가 하수구를 지나기에 가장 적당한 순간이었죠. 비록 하수구의 높이와 넓이는 제 머리보다 약간 여유가 있고 컸지만 그래도 기어 들어가려니 무척 힘들었습니다. 저는 땅에 엎드려 몸을 될 수 있는 한 땅에 밀착시키고 고개를 들이밀었죠. 하수구 냄새는 매우 지독했습니다. 저는 더러운 기체가 제 폐 속으로 들어가는 걸 막기 위해 숨을 쉬지 않았답니다. 제 머리가 반쯤 들어갔을 때 꽉 조이더군요. 그 순간 저는 무척 두려웠고 다급해졌죠. 하지만 저는 이내 냉정을 되찾았어요. 사람이 급해지면 머리가 커진다는 걸 알았고 정말 그렇게 되면 저는 빠져나갈 수 없게 되겠죠. 그렇게 되면 어린 저는 이 하수구에서 생을 마감해야 하는 것이죠. 그러면 저, 샤오퉁은 너무 억울하게 죽겠지요. 그 순간 저는 머리를 도로 빼려고 했지만 그럴 수도 없었습니다. 위급한 순간이었지만 그래도 저는 냉정하게 생각하고, 하수구 속에서 머리 위치를 잘 조정했습니다. 그러자 약간 느슨해지는 느낌이 들었죠. 그런 자세로 머리를 앞으로 쑥 내밀자 목과 귀가 튀어나왔어요. 제일 힘든 고비를 넘겼다는 걸 저는 알았죠. 나머지는 담을 다 빠져나갈 때까지 천천히 몸의 위치를 조절하는 것입니다. 저는 이렇게 하수구를 통해 담장을 넘어간 뒤 아버지의 육류 가공공장 안으로 들어갔습니다. 저는 쇠고리 하나를 찾아 하수구 밖에 있는 옷을 끄집어냈고 그리고 벽 모퉁이에서 풀을 한 줌 쥐고, 몸에 묻은 흙을 대강 닦아냈습니다. 그러고는 아주 빠른 속도로 옷을 입고는 허리를 굽힌 뒤 담과 요리실 사이의 좁은 통로를 따라 요리실 입구까지 다가갔죠. 그때 짙은 고기 향기가 저를 포위해버렸습니다. 저는 마치 짙은 고기 국물 속에 빠진 것 같았죠.

녹이 슨 쇳조각을 주워 창틈에다 꽂고 가볍게 치켜들었더니 제 시선을 가로막고 있던 창문이 소리 없이 열렸습니다. 그러자 고기 향기가 덮쳐왔죠. 고기 삶는 가마솥이 창문에서 오 미터 떨어져 있었고 아궁이에는 장작들이 가득 들어 차 있었습니다. 불타는 소리가 우우 나면서 가마솥의 고기 국물이 들끓고 있었는데 허연 거품이 밖으로 튀어나올 것 같았죠. 그때 가슴에 하얀 앞치마를 두르고, 팔에는 하얀 토시를 낀 황빠오가 걸어 들어오는 게 보였습니다. 저는 그에게 들킬까 봐 황급히 창문 옆으로 피했습니다. 그는 철사 고리 하나를 집어 들고 가마솥 안의 고기를 휘젓고 있었습니다. 저는 가마솥 안에 토막 낸 쇠꼬리와 돼지 엉덩이 살 그리고 개다리와 양다리까지 들어 있다는 것을 알아챘죠. 그러니까 돼지, 개, 양, 쇠고기를 한 가마솥에 넣고 삶았던 것입니다. 그것들은 가마 속에서 춤을 추었고, 노래를 부르며 저와 인사를 했죠. 그것들은 한데 어우러져 짙은 향기를 풍겼지만, 제 코는 그것들을 일일이 분별할 수 있었습니다.

황빠오는 쇠고리로 돼지 엉덩이 살 한쪽을 집더니 눈앞에 갖다 대고 바라봤습니다.

"보긴 뭘 봐요? 이미 다 익었어요. 너무 익었단 말이에요. 이제 더 삶는다면 너무 익는단 말입니다."

그는 돼지고기를 다시 가마솥 안에 넣고 이번엔 개다리 하나를 꺼내서 살폈을 뿐만 아니라 코에 대고 냄새까지 맡았습니다.

"바보야! 뭘 냄새 맡는 거야? 이미 다 삶아졌는데. 어서 아궁이 불을 꺼야 해. 더 삶는다면 고기가 다 부서진다고."

그는 다시 천천히 양다리 하나를 집어 여전히 코에 대고 냄새를 맡았습니다.

"바보! 왜 한 입 물어뜯지 그래? 됐어!"

그는 마침내 고기가 익었다는 걸 알았죠. 쇠고리를 내려놓더니 그는 아궁이의 나무들을 밖으로 꺼냈는데 그러자 곧 불길도 약해졌습니다. 그는 절반밖에 타지 않은 나무를 불이 붙은 상태로, 모래가 가득 담긴 난로 앞의 무쇠통 속에다 집어넣었죠. 방 안에는 허연 연기가 그득했으며 나무 타는 냄새가 고기 향기와 한데 뒤섞였습니다. 아궁이의 불길은 많이 약해졌고, 가마 속에서 끓던 국물도 어지간히 진정되었죠. 하지만 서로 뒤엉킨 개다리, 양다리, 돼지고기 틈새에서 여전히 작은 기포가 올라오고 있었습니다. 그 고기들은 나지막이 노래를 부르며 인간이 그들을 먹어줄 순간을 기다리고 있있습니다. 황빠오는 포크로 양다리를 푹 찔러서 치켜들더니, 고기 삶는 가마솥 뒤에 즐비하게 놓인 무쇠 대접에 내려놓았습니다. 그는 다시 개다리 하나, 쇠꼬리 두 개, 돼지고기 한쪽을 집어 모두 그 무쇠 대접에 내려놓았죠. 가마솥을 벗어난 이 자식들은 기뻐 날뛰며 새된 소리를 지르더니 저를 향해 손짓을 했어요. 그 자식들의 손은 마치 고슴도치처럼 짧고 작았죠. 그 뒤에 벌어진 일은 정말이지 잊을 수 없는 일이었습니다. 황빠오 그 자식이 문밖으로 달려가더니 좌우를 살피고는 다시 방 안으로 들어와 문을 닫았어요. 저는 이 자식이 그때부터 고기를 처먹기 시작할 거라고 예상했죠. 제가 그때까지 기대하고 있었던 것처럼 말이에요. 그런데 그놈이 보인 행동은 그런 제 추측과는 상당히 거리가 있었습니다. 놈은 고기를 먹지 않았어요. 그 때문에 제 마음 한구석이 좀 안심이 되긴 했죠. 놈은 의자 하나를 가마솥 앞으로 가져다 놓더니 의자 위로 올라서서 바지 앞의 단추를 풀고는 두 다리 사이에 붙은 그 물건을 꺼내놓고 고기 가마솥을 향해 누런 오줌을 누었답니다.

고기들은 가마솥 안에서 소리를 지르며 한데 뒤엉켰고 서로 밀치며 숨으려는 것 같았죠. 하지만 그들은 숨을 곳이 없었어요. 황빠오의 굵은 오줌이 그것들 대가리로 마구 쏟아지자 고기들은 사실 커다란 치욕을 느꼈습니다. 그것들의 향기는 이내 변해버렸죠. 그것들은 저마다 울상이 되어 가마솥 안에서 통곡했답니다. 그 더러운 황빠오는 오줌을 다 누고는 그 대단한 물건을 바지 안으로 거두었죠. 그놈 얼굴에는 간사한 웃음이 떠올랐습니다. 놈은 다시 포크를 들더니 가마솥 안의 고기를 휘저었죠. 고기들은 가마솥 안에서 곤두박질쳤습니다. 황빠오는 포크를 내려놓더니 이번엔 작은 구리 숟가락을 들어 국물을 한 숟가락 떠서 코앞에 대고 냄새를 맡고는 얼굴에 흡족한 웃음을 지으며 이렇게 떠들었습니다.

"맛이 괜찮은데, 이 씨발 놈들아, 너희들은 이제 모두들 내 오줌을 먹게 된단 말이지."

돌연 저는 창문을 열었습니다. 창문을 열면서 저는 큰 소리를 지르려 했지만 목구멍이 막혀버렸죠. 엄청난 치욕을 당한 듯 화가 났기 때문이었습니다. 너무도 놀란 탓인지 황빠오는 손에 쥔 숟가락을 가마솥 안에다 던지며 이내 몸을 돌려 저를 보았죠. 저는 놈의 얼굴이 붉으락푸르락한 걸 보았습니다. 그는 입을 헤벌리더니 헤헤, 마른 웃음을 웃었습니다. 한참 웃더니 놈이 지껄이더군요.

"샤오퉁이었군. 네가 어떻게 여기 있어?"

저는 성난 표정으로 놈을 바라보며 아무런 대꾸도 하지 않았습니다.

"어서 와! 친구!"

황빠오는 저를 향해 손을 내저으면서 말했습니다.

"나는 네가 고기 먹기를 좋아한다는 걸 알고 있어. 오늘 네게 실컷 먹게 해줄게."

저는 창턱을 손으로 누르고 몸을 날려 요리실로 들어갔죠. 황빠오는 퍽 친절하게 의자 하나를 당기더니 제게 앉으라고 권했습니다. 그리고 놈은 금방 밟고 있던 의자를 제 앞에 놓더니 그 의자 위에다 무쇠 대접을 내려놓았죠. 놈은 교활하게 웃으며 쇠고리를 집어 들었고, 가마솥에서 양다리 하나를 집더니 기름기가 흐르는 가마에서 약간 흔들다가 대접에다 내려놓으며 이렇게 말했습니다.

"어서 먹게, 친구. 실컷 먹게. 이것은 양다리고 가마솥 안에는 개다리와 돼지 잉덩이, 쇠꼬리도 있으니 마음내로 먹세."

저는 무쇠 대접 안에 든 양다리의 고통스러운 표정을 바라보며 차디찬 어조로 말했습니다.

"전 다 봤어요."

"뭘 보았다는 거야?"

황빠오는 자신 없는 목소리로 말했죠.

"뭐든 저는 다 봤다구요."

황빠오는 목덜미를 만지고 헤헤 웃으며 말했습니다.

"샤오퉁. 난 그 인간들을 미워해. 매일 몰려와 공짜로 먹기만 하는 그 인간들이 미워. 난 자네 어머니나 아버지와 맞서는 게 아냐."

"하지만 제 부모님도 드시죠!"

"그래, 네 부모님도 드시지. 하지만 속담에 '보지 않으면 깨끗하다'는 말도 있지 않니? 사실 오줌을 누면 고기 살이 더욱 연하고 신선해져. 내 오줌은 오줌이 아니라 일등품 조미료야."

그는 웃으면서 그렇게 말했죠.

"당신도 먹나요?"

"그건 약간 다르지. 사람이 어떻게 자기 오줌을 먹겠나?"

그는 웃으면서 그렇게 대답했죠.

"하지만 너도 일단 보았으니까 네게는 주지 않을게."

그는 대접을 들더니 양다리를 도로 가마솥에다 넣었고, 오줌을 누기 직전에 꺼내놓았던 그 무쇠 대접에 담긴 고기를 제 앞으로 내밀었습니다.

"친구, 너도 보았지만 이 고기들은 '조미료 술'을 넣기 전에 꺼내놓은 거야. 그러니 걱정 말고 어서 먹어."

그는 판자 위에서 빻아놓은 마늘을 제 앞에 내놓으며 말했습니다.

"묻혀 먹어. 네 삼촌인 이 황 아저씨는 말이야, 고기 삶는 데는 선수야. 살이 흩어진 듯하지만 그게 아니고, 비계가 많은 듯하지만 느끼하지 않아. 그놈들이 나를 부른 것도 내가 삶은 고기를 먹기 위해서야."

저는 머리를 숙이고 환희에 찬 고기를 내려다보았죠. 그들의 흥분된 표정과 포도넝쿨 위의 손가락처럼 움직이는 작은 손들을 바라보았죠. 그들이 꿀벌처럼 우우거리며 떠들어대는 말을 듣자니 저는 마음 한구석이 감동으로 가득 찼습니다. 비록 그들의 소리는 미약했지만 그 언어는 분명했고 글자 하나하나가 진주 같았기에 저는 확실하게 들을 수 있었습니다. 저는 그것들이 제 이름을 부르는 소리를 들었는데, 그들은 제게 자기네들의 아름다움과 순결함과 청춘을 하소연하고 있었죠. 그들은 이렇게 외쳤습니다.

　"저희들은 원래 개 몸통의 일부분이었고, 소의 일부분이었으며 또 돼지의 일부분이었고 양의 일부분이었답니다. 하지만 저희들은 맑은 물에 세 번 씻기고 뜨거운 물에서 세 시간 동안이나 삶겼으므로 이미 생명이 있고, 사상이 있으며, 물론 감정도 있는 독립적인 개체가 되었죠. 우리 체내에 소금이 들어오자 영혼이 생겼습니다. 우리 몸에 식초와 술이 스며 들어와서 우리에게 감정이 생겼습니다. 우리 몸에 파, 생강, 향료, 계피, 두관,* 화학조미료 등이 들어와서 표정이 생겼습니다. 저희들은 당신에게 속합니다. 저희들은 오직 당신에게만 속하고 싶습니다. 저희들은 뜨거운 가마 속에서 들끓을 때부터 당신을 불렀고 당신을 기다렸습니다. 저희들은 당신에게 먹히기를 바라지만 다른 사람들에게 먹히는 것은 두렵습니다. 하지만 저희들은 아무런 대책이 없습니다. 약한 여지들은 자살이라는 방법으로 자기의 순결을 지키지만 저희들은 자살할 능력마저 없답니다. 저희들은 하늘로부터 비천한 생명을 얻었으니 운명에 따를 수밖에 없죠. 만약 당

＊두관(豆蔲): 콩과의 야생식물. 녹황색의 꽃이 피고, 둥근 열매가 열리며 잎과 열매 모두 향료로 사용된다.

신이 저희들을 먹지 않는다면 어떤 비열한 인간들이 찾아와 저희들을 먹을지 모릅니다. 그들은 가능하면 저희들을 단 한 번만 물어뜯고서 테이블 위에다 던져버릴 수도 있으며, 술잔에서 넘쳐흐르는 매운 술이 저희들의 몸을 태울 수도 있습니다. 그들은 또한 가능하면 담배꽁초를 저희들 몸에 대고 비벼서 니코틴과 매운 담배로 저희들의 심령을 해친답니다. 그들은 또한 저희들과 게 껍질, 새우 껍질 그리고 더러운 물수건들을 함께 놓고서는 쓰레기통에 쓸어버린답니다. 이 세상에 당신처럼 고기를 사랑하고 이해하며 즐기는 사람은 정말로 적습니다.

뤄샤오퉁, 사랑하는 뤄샤오퉁, 당신은 고기를 사랑하는 인간이고, 또 우리들의 애인입니다. 그러므로 저희들은 당신을 사랑하며 당신이 와서 저희들을 먹어주기를 희망해요. 저희들은 당신에게 먹히는 것을 마치 어떤 여인이 자기가 사랑하는 남자에게 시집가는 것처럼 영광으로 알겠습니다. 이리 와요, 샤오퉁. 우리들의 낭군님, 당신은 아직도 뭘 주저하고 있죠? 당신은 뭘 걱정하고 있는 거죠? 어서 손을 움직이세요. 어서 손을 움직여서 저희들을 찢어요, 그리고 저희들을 씹어 당신의 뱃속에 넣어주세요. 당신은 천하의 고기들이 모두 당신을 기다리고 있다는 것을 모르고 있지요? 당신은 천하의 고기들의 애인이랍니다. 당신은 아직도 뭘 기다리나요? 아! 뤄샤오퉁, 우리의 애인. 당신은 저희들의 순결을 의심하기라도 하는 것입니까? 왜 아직도 움직이지 않습니까? 아니면 저희들이 개와 소와 돼지와 양 몸에 들어 있을 때 호르몬과 살코기가 많아지게 하는 그 어떤 독소에 오염되지나 않았나 의심하는 건가요? 그렇습니다. 이것은 비참한 현실이랍니다. 하늘 아래 고기들을 보면 순결한 고기가 이미 얼마 남지 않았답니다. 호르몬 효소가 주입된 쓰레기 돼지새끼와 화학반응을 일으킨 양과 배양된 개새끼들이 우리 같은 소와 양과 돼지들을 공격하고 있습니다. 그러므로 독소를 주입하지 않은 순결한 짐승들을 찾으려면 매우 힘이 듭니다. 하지만 저희들은 순결하답니다. 샤오통, 우리들은 당신의 부모가 황빠오를 파견해 가파른 남산 골짜기 깊은 곳에서 전문적으로 수거해온 고기들입니다. 저희들은 겨와 풀을 먹고 자란 토종개들이고, 또 푸른 풀과 샘물을 마시고 자란 양들이며, 그리고 산골짜기에서 자란 산돼지들입니다. 저희들은 도축되기 전과 도축된 후에 모두들 물이 주입되지 않았고 포르말린 액체에도 잠기지 않았습니다. 저희들처럼 이렇게 순결한 고기는 찾기가 퍽 힘들죠.

샤오통, 어서 저희들을 먹어요. 만약 당신이 먹지 않는다면 황빠오가 지희들을 먹을 겁니다. 황빠오, 이놈의 가짜 효자는 소를 어머니처럼 모시지만 놈은 소젖으로 자기 개들을 먹여 기르고, 이놈의 개들은 모두 호르몬 개들입니다. 그는 개고기에도 물을 주입한답니다. 그러므로 저희들은 그에게 먹히고 싶지 않습니다."

이렇게들 말했습니다.

저는 대접 속 고기들의 진심 어린 말에 감동되어 소리 내 울고 싶었습니다. 하지만 제가 울기도 전에 가마솥의 고기들이 다 함께 울기 시작했습니다. 그들은 이렇게 말했지요.

"뤄샤오퉁, 저희들도 먹어주세요. 비록 저희늘은 황빠오의 오줌에 젖었지만 거리에서 파는 그런 고기들보다 더욱 순결하답니다. 저희들은 호르몬도 없고, 영양가도 풍부합니다. 저희들도 순결합니다. 샤오퉁, 당신에게 빌 테니 저희들도 먹어주세요."

제 눈물은 줄줄 흘러내려 대접의 고기 위로 떨어졌습니다. 제가 우는 것을 보자 고기들은 더욱 비통해했으며 저마다 몸을 아끼지 않고 울어서 무쇠 대접이 의자 위에서 흔들렸고 제 마음은 더욱더 견디기 어려웠습니다. 저는 마침내, 세상의 일들이 무척 복잡하다는 걸 알게 되었죠. 한 가지 일에 대해, 비록 고깃덩이에 대해서도 사람마다 당연히 마음속으로부터 우러나오는 사랑을 해야만 좋은 결과를 얻을 수 있으며 진정 그 와중에 미학을 이해할 수 있는 것입니다. 만약 그것들을 사랑하지 않는다면 아낄 수 없고, 또 그것들의 아름다움을 느낄 수도 없지요. 저는 예전에 고기를 대할 때 오직 먹고 싶은 마음만 있었을 뿐이지 그들에 대한 사랑은 부족했죠. 하지만 고기들이 저에 대해 이와 같이 우호적이고, 인간 세상에서 저를 선택해 자기들 친구로 삼으려 했으니 저로서는 미안한 일이었죠. 사실 저는 더 잘할 수도 있었는데 말이죠.

좋아, 고기들아, 사랑하는 고기들아, 지금 내가 너희들을 먹을게. 나에 대한 너희들의 정을 나는 뿌리칠 수 없어. 이처럼 순결하고 아름다운 고기들의 사랑을 받고 존경을 받는, 나, 뤄샤오퉁은 천하에 복이 제일 많은 사람이야. 내가 너희들을 먹겠다. 눈물을 흘리면서 너희들을 먹을 것이다. 나는 너희들이 내 목구멍 안에서 흘리는 울음소리를 들을 수 있다. 하지만 난 그것이 행복에 겨운 눈물이라는 것을 알고 있지. 나는 울고 있는 고기를 울면서 삼키는 과정이 바로 정신적인 교류라고 느껴. 이것은 내가 예전에 경험해본 적이 없던 일이지.

훗날 고기에 대한 제 생각은 전반적으로 바뀌게 되었지요. 인간에 대한 생각도 바뀌었구요. 저는 인간이 여러 가지 방식으로 신선이 될 수 있다는, 남산 깊은 곳에 살고 있는 어느 백발 노인이 하는 말을 들은 적이 있어요. 고기를 먹는 방식으로도 신선이 되나요, 그렇게 물었더니 백발 노인이 차갑게 대답했죠.

"똥을 먹고도 될 수 있단다."

그래서 저는 고기들이 하는 말을 들을 수 있게 된 뒤부터 이미 일반인들과 다르다는 사실을 깨닫게 되었죠. 이것은 제가 학교를 떠나게 된 원인 중의 하나죠. 저는 이미 고기와 의사소통을 할 수 있는데 선생님에게서 뭘 배운단 말입니까?

제가 고기를 먹을 때 황빠오는 한쪽에서 멍하니 저를 바라보고 있었습니다. 저는 그에게 눈길을 줄 만큼의 관심도 여력도 없었죠. 저와 고기들이 이처럼 친밀한 대화를 나누고 있을 때 주방의 모든 것들은 존재하지 않는 듯했어요. 오직 제가 머리를 들어 숨을 쉴 때만이 귀신의 불처럼 반짝이는, 황빠오 그 자식의 쬐그만 눈알이 겨우 보여서 이곳에도 산 동물이 있다는 것을 겨우 떠올릴 수 있었죠.

대접 속의 고기들은 점차 적어졌고 뱃속의 고기들은 점점 많아졌습니다. 점점 불러오는 배는 저에게 이제 더 이상 먹지 말아야 한다는 것을 알려주었습니다. 더 먹는다면 저는 숨조차 쉴 수 없게 될 게 뻔했습니다. 하지만 대접 속에 든 고기들은 여전히 저를 부르고 있었으며 가마 속의 고기들도 제 뒤에서 원한이 섞인 울음소리를 내고 있었죠. 이런 상황에서 저는 뱃속의 용량은 제한되어 있고, 세간의 고기들이 너무 많아 생긴 고통을 체험했습니다. 천하의 고기들은 모두들 세가 사기들을 먹어주기를 바라고 있었으며 저 역시 천하의 고기들을 먹기를 갈망하고 있었고, 고기를 근본적으로 이해하지 못하는 자들의 뱃속에 그 고기들이 들어가지 말기를 희망했지만 그것은 불가능한 일이었죠. 저 역시 나중에 다시 고기를 먹기 위해, 고기를 갈망하는 입을 다물고 이제 그만 일어서야 했습니다. 하지만 저는 일어서지 않았습니다. 저는 아주 힘들게 고개를 수그렸고, 이미 산처럼 불러 있는 제 배를 보았습니다. 저는 대접 속의 고기들이 아직도 달콤하고 처량한 목소리로 저를 부르는 소리를 들었지만 여기서 더 먹는다면 그것은 곧 자해나 마찬가지라는 걸 깨달았죠. 저는 의자 모서리를 잡고 마침내 일어섰습니다. 머리가 약간 어지러웠는데 그건 고기를 너무 많이 먹었기 때문이라는 것도 알고 있었죠. 이것은 '육훈 肉暈'*이며 무척 편안한 느낌이었습니다. 황빠오는 손을 내밀어 저를 부축했고 아주 탄복하는 어조로 말했습니다.

"친구, 과연 명성 그대로군. 정말 난 눈이 번쩍 열렸어."

저는 그의 말뜻을 알아들었습니다. 제가 고기를 잘 먹고, 제대로 먹을 줄도 알며, 또 고기라면 언제든 한껏 먹을 준비가 되어 있다는, 그런 명성이 이미 도축 마을 곳곳에 퍼져 있었던 거죠.

"고기를 먹으려면 두둑한 배가 있어야 하는 거야. 너는 원래 호랑이 배를 지녔구나. 친구여! 하느님이 너를 이 땅에 내려 보낼 때 바로 너에게 고기를 먹으라고 보낸 거였어."

그가 말했습니다.

저는 그가 제게 이런 좋은 말을 하는 데 두 가지 이유가 있다는 것을 알고 있었습니다. 하나는 고기를 먹는 제 능력이 그놈의 견식을 넓혀주었다는 것이고, 다른 하나는 좋은 말로 제 입을 막으려는 것이었죠. 말하자면 고기 가마솥에 오줌을 눈 사실을 발설하지 말아달라는 의미가 담긴 것이었죠.

"친구, 고기가 자네 뱃속에 들어가는 것은 마치 미녀가 영웅에게

---

*육훈(肉暈): 고기를 너무 먹어 어찔한 상태.

시집가고 준마에다 좋은 안장을 씌운 격이라네. 다른 인간들 뱃속으로 들어간다면 낭비밖에 안 된다네."

그는 계속해서 지껄였습니다.

"친구, 이제부터, 자네는 고기 생각이 나면 나를 찾게나, 그러면 나는 자네에게 매일 고기를 줄 거야."

그는 또 이렇게 덧붙였죠.

"그런데 어떻게 들어왔지? 담장을 넘어?"

저는 그와 알은체하기 싫어서 주방 문을 열고 두 손으로 배를 받들고서 비틀거리며 밖으로 나왔습니다. 저는 그가 뒤에서 하는 말 소리를 들었습니다.

"친구, 내일은 하수구로 들어오지 말게. 점심 무렵, 낮 열두시에 내가 고기를 그곳에 갖다놓아줄게."

제 두 다리는 힘이 없었고, 눈앞은 희미했으며, 무거운 배 때문에 걸음조차 똑바로 걸을 수 없었답니다. 그 시각 저는 뱃속의 고기를 위해 살아 있는 것 같았습니다. 다만 뱃속의 고기가 존재하고 있다는 것을 느낄 뿐이었습니다. 그런 감각은 너무나 행복했으며 꿈결 같았죠. 저는 아버지의 공장에서, 이 도축장에서 저 도축장으로 아무런 목적 없이 걸었습니다. 모든 도축장마다 문을 꼭 잠그고 있었는데, 안에는 마치 사람에게 알리지 못할 비밀이라도 숨겨져 있는 것 같았습니다. 저는 얼굴을 문틈에 대고 내부를 훔쳐보았는데 검은 그림자들이 움직이고 있을 뿐이었죠. 아마 그것은 이제 도축당할 고기 소들일 것이라고 추측했습니다. 나중에 알게 되었는데 그것들은 과연 소들이었습니다. 아버지의 가공공장에는 네 개의 도축장이 있었는데, 각기 소를 잡는 도축장, 돼지를 잡는 도축장, 양을 잡는 도축장과 개를 잡는 도축장들이었습니다. 소와 돼지를 잡는 도축장이 제일 컸습니다. 양을 잡는 도축장은 비교적 작았으며 개를 잡는 도축장이 무엇보다 제일 작았습니다. 이 네 도축장에 관한 이야기는 나중에 말하게끔 허락해주십시오. 큰스님! 제가 지금 말하려는 것은 제가 아버지의 가공공장 안에서 아무런 목적도 없이 걷고 있었다는 점입니다. 뱃속에 가득한 고기 때문에 저는 학교로 돌아갈 일도 잊었고, 점심에 학도병반으로 찾아가 동생을 데리고 란 씨네 집으로 가 점심을 먹어야 한다는 사실도 모두 잊었습니다. 저는 행복에 잠겨 돌아다니다가 고개를 들었습니다. 매우 근사한 둥근 책상이 보였는데, 그 위에는 크고 작은 접시들과 여러 가지 다른 물건들이 놓여 있었죠.

제29포
第二十九炮

먹음직스럽게 살이 오른 황금색 거위가 눈앞에서 한 무더기의 뼈로 변해버렸다. 뚱뚱한 상체를 뒤로 젖히고 길게 숨을 내쉬는 아이의 얼굴에는 음식을 배불리 먹고 난 뒤 드러내는 만족스런 표정이 깃들어 있었다. 찬란한 햇살이 비춰진 그 아이의 얼굴에서 사람의 마음을 사로잡는 광채가 발산되고 있었다. 앞에서 걷고 있던 란 두목이 허리를 굽히고 다정하게 물었다. "꼬마야, 이제 배가 부르냐?" 아이가 하얗게 눈을 까뒤집으며 트림을 하더니 눈을 감았다. 허리를 편 란 두목이 자신을 따르는 수하들에게 손짓을 했다. 가정부가 소심스럽게 아이의 허리띠를 풀어주고 다른 가정부가 순백색 수건으로 아이의 입가에 묻어 있는 번질번질한 기름기를 닦아주었다. 아이가 귀찮다는 듯이 가정부의 손을 뿌리치며 짧고 불분명한 노랫가락을 흥얼거렸다. 가마꾼들이 아이를 가마에 태우고 큰길을 향해 걸어갔다. 두 명의 가정부가 가마의 양쪽에서 따라가며 가마꾼들의 발걸음과 박자를 맞추기 위해 두 발을 정신없이 흔들어대는 듯했다.

아버지는 자리에서 일어서며 술잔을 한 씨 아저씨 앞으로 내밀며 말했습니다.

"한 소장님, 제 술 한잔 받으시지요."

저는 이해가 되지 않아 마음이 갑갑했지만 곧바로 깨닫게 되었습니다. 몇 개월 전만 하더라도 진에 있는 식당의 관리원이었던 한 씨 아저씨가 이제 육류 검역소의 소장이 되어 있었던 것이죠. 저는 그가 어깨 위에 빨간 견장이 달려 있는 옅은 회색 제복을 입고 있으며, 커다란 휘장이 붙어 있는 정모를 쓰고 있는 것을 보았습니다. 그는 흡사 내키지 않는다는 듯 자리에서 일어나 손에 들고 있던 술잔을 아버지가 권한 술잔에 한 번 부딪치고 나더니 곧바로 자리에 앉았습니다. 저는 한 씨 아저씨가 입고 있는 제복이 마치 뻣뻣한 종이로 오려 만든 것처럼 몹시 부자연스럽게 느껴졌습니다. 저는 아버지가 말하는 소리를 들었습니다.

"한 소장님, 앞으로 잘 좀 돌보아주십시오."

한 씨 아저씨가 술을 한 모금 마신 뒤 길쭉하게 찢어놓은 개고기를 젓가락으로 집어 입에 넣고 우물우물 씹으면서 말했습니다.

"뤄 씨, 당연하게 잘 봐줘야지. 이 육류 가공공장은 단지 자네 마을 것만이 아니라 우리 진鎭의 공장이기도 하지. 나아가 우리 시의 것이고, 자네들이 생산한 고기는 전 세계 시장을 목표로 해야 하네. 크게 말하면 성省장이 외국 손님을 접대하는 연회석 상에도 어쩌면 자네들이 생산한 고기가 올라갈 거란 말이야. 그러니 어찌 우리가 감

44

히 신경을 쓰지 않겠나?"

아버지는 한마디 해주기를 기다리는 표정으로 단정히 주빈석에 앉아 있는 란 씨를 쳐다보았습니다. 그러나 란 씨는 가슴을 꼿꼿하게 편 채 말없이 미소만 짓고 있었습니다. 란 씨에게 바짝 붙어 앉아 있던 어머니가 한 씨의 술잔에 술을 가득 따른 다음 술잔을 들고 일어나며 말했죠.

"한 소장님, 한 씨 어르신, 자리에서 일어서지 말고 그대로 앉아서 제 술 한잔 받으세요. 소장님으로 승진한 것을 축하드립니다."

"제수씨," 한 씨가 자리에서 일어서며 말했죠. "뤄퉁과 술을 마시는 거라면 내가 일어나지 않아도 되겠지만, 그러나 제수씨와 술을 마시는데 어떻게 일어서지 않을 수 있겠소?"

한 씨가 아버지를 향해 의미심장하게 말했습니다.

"누군들 모를까. 뤄퉁이 이렇게 지내는 게 모두 부인 덕이라는 걸 말이오. 이 회사로 말할 것 같으면 명의상으론 뤄퉁이 공장장이지만 사실 모두 제수씨가 주관하고 있죠."

"한 소장님, 절대 그렇게 말씀하지 마세요."

어머니가 응수했습니다.

"하늘이 무너진다 해도 이 량위전은 여자밖에 되지 못해요. 여자란 자질구레한 일들은 그런대로 할 수 있지만, 큰일은 그래도 남자들이 나서야지요."

"너무 겸손하시군!"

한 씨가 술잔을 어머니가 들고 있는 술잔에 쨍 소리가 나도록 부딪친 뒤 단숨에 비우고 나서 말했습니다.

"란 씨와 뤄퉁이 모두 함께 있는 자리니까, 내가 오늘 자네들에게 솔직하게 모두 말하겠네. 진에서 내게 이런 하찮은 일을 맡긴 것은 그냥 무턱대고 맡긴 게 아니라 신중하게 검토한 후 결정한 거라네. 사실 진에서는 나를 소장으로 임명할 수 있는 권한이 없어. 진에서는 단지 추천만 하고 임명은 시에서 하는 거야."

한 씨가 좌중을 둘러보고 나더니 다시 엄숙한 표정으로 말을 이어 갔습니다.

"왜 나를 임명한 줄 아나? 그건 내가 자네들 도축촌의 실정을 매우 잘 알고 있기 때문이야. 그건 내가 고기 전문가라서 어떤 고기가 좋은 고기인지, 어떤 고기가 나쁜 고기인지 훤하니까 누구든지 내 눈을 속일 수 없을 뿐 아니라, 설령 내 눈을 속였다 하더라도 내 코는 속일 수 없단 말이네. 하긴 자네들 도축촌이 돈을 벌게 된 것은 란 씨 바로 자네의 기발한 아이디어 덕이라는 걸 나 또한 속속들이 잘 알고 있네. 나만 알고 있는 게 아니라 진과 시에서 모두 자네들이 고기 속에 물을 집어넣고 있다는 것과 주입되는 물 속에 약품을 넣고 있다는 걸 알고 있네. 더군다나 자네들은 죽은 고양이나 썩은 개고기는 물론 병든 닭이나 오리까지 약품으로 처리해서 좋은 고기처럼 만들어 시내에 팔고 있지 않은가. 그렇게 몇 년 동안 자네들의 그 시커먼 양심으로 돈을 많이 벌었지?"

한 씨가 란 씨의 표정을 살폈습니다. 란 씨는 미소만 지을 뿐 아무 말도 하지 않았습니다. 한 씨가 계속해서 말했습니다.

"란 씨, 자네는 그 범상치 않은 눈으로 이런 상황을 눈치 챘을 터이고, 그런 눈속임이 오래가지 못할 거란 걸 알고 정부에서 손을 쓰기 전에 직접 마을의 모든 도축업자들을 모아놓고 이런 육류 가공 회사를 만든 거야. 자네의 그런 움직임은 묘하게도 지방정부 수뇌들의 가려운 곳을 제대로 긁어준 셈이었지. 그들이 생각하는 청사진은 우리들이 사는 이곳에 성_省 전체에서 가장 큰 육류 생산 기지를 만들어서 성 전체는 물론이고 전국 그리고 전 세계가 우리들이 생산한 고기를 먹게끔 하려는 거네! 란 씨, 자넨 말이야, 일을 벌이려면 제대로 한 판 크게 벌여보란 말이야, 황실의 창고를 털든가 황후를 희롱하는 것처럼. 쥐새끼가 기름을 훔쳐 먹는 것처럼 자질구레한 일에 신경 쓰지 말고. 그래서 나 역시 자네들에게 고맙게 생각하는 거야. 만약 자네들의 육류 가공 회사가 아니었다면 이곳에 육류 검역소 역시 생길 수 없었을 것이고 그 검역소가 없었다면 자연히 나 또한 검역소장 자리를 차지할 수 없었겠지. 자, 모두에게 내가 한잔 권하는 것이니까 다 함께 마시세!"

한 씨가 자리에서 일어나 술잔을 들고 탁자 주위에 있는 사람들과 일일이 술잔을 부딪친 뒤 목을 뒤로 젖히고 단숨에 마셨습니다.

"아! 술 맛 좋다!"

황빠오가 뜨거운 김이 모락모락 피어나는 커다란 접시를 들고 들어왔습니다. 커다란 접시 위에는 검붉은 소스를 잔뜩 발라놓은 돼지머리 반쪽이 올려져 있었습니다. 향기가 코를 찔렀지요. 너무 많은 소스를 발라놓아 사실 돼지머리 특유의 고기 맛을 잃어버렸습니다. 따라서 진짜 고기를 좋아하는 사람은 사실 고기에 너무 많은 양념을 한 것을 좋아하지 않습니다. 나는 한 씨가 눈을 번썩이며 묻는 것을 보았습니다.

"황빠오, 이 돼지머리 속에도 물을 먹인 것 아냐?"

황빠오가 공손하게 대답했습니다.

"한 소장님, 이 요리는 우리 회사에서 저를 남산으로 내려보내 멧

돼지 머리를 사오도록 해서 특별히 만든 것으로, 물을 먹이지 않았다는 것은 소장님께서 직접 드셔보시면 알 겁니다. 소장님의 눈은 속일 수 있다고 하더라도 입은 속일 수 없잖아요."

"말을 아주 잘하는구먼."

"소장님이야말로 진정한 전문가잖습니까. 이 황빠오가 감히 어떻게 소장님 앞에서 허튼소리를 할 수 있겠어요."

"좋아, 어디 내가 맛을 좀 보지."

한 씨가 젓가락을 집어 들고 돼지머리에 찔러 흔들어대자 돼지머리에 달라붙어 있던 살점이 툭툭 떨어졌습니다. 그는 돼지 볼에 붙어 있던 작은 쥐새끼 모양의 살점을 집어 한 입에 집어넣었습니다. 그는 양 볼이 불룩 튀어나온 채, 눈을 깜빡이며 한동안 씹어대다가 꿀꺽 삼켜버렸습니다. 그러고 나서 그는 냅킨으로 입 주변을 닦아대며 말했습니다.

"맛이 썩 괜찮구먼. 그런데 야생 노새 그 여자가 만들었던 돼지 머리고기 요리와 비교하자면 약간 맛이 떨어지는구먼!"

아버지의 얼굴에 무안한 표정이 스치고 지나가자 어머니의 얼굴 역시 부자연스러워지는 것을 저는 보았습니다. 란 씨가 큰 소리로 분위기를 바꾸었습니다.

"고길 먹세. 고길 먹자고, 뜨거울 때 먹어야지, 식으면 맛이 없다고."

"맞아, 고기는 뜨거울 때 먹어야 돼."

한 씨가 맞장구를 쳤습니다.

모든 사람들의 젓가락이 접시 가운데 놓인 돼지 머리고기를 향할 때 황빠오가 슬그머니 밖으로 빠져나왔습니다. 그는 창밖에 숨어 있는 저를 발견하지 못했지만 저는 그를 알아볼 수 있었죠. 저는 그가 문을 나서자마자 만면에 띠고 있던 겸손한 미소를 거두고 나서 간사스럽고 흉악한 미소로 바꾸는 것을 보았습니다. 그의 표정이 순식간에 변하는 모습을 보고 나자 너무도 놀랐습니다. 저는 그가 낮은 소리로 중얼거리는 소리를 들었습니다.

"네놈들이 이 어르신의 오줌을 처먹는 거다."

저는 고기 요리 속에 오줌을 누는 것이 황빠오의 오래된 습관이라는 걸 떠올렸습니다. 정말이지 믿기 어렵고 황당해서 마치 꿈속의 일인 것처럼 느껴졌습니다. 그리고 저는 접시 위에서 맛깔스러운 색과 향기를 띠고 있던 돼지머리 요리에 황빠오가 오줌을 누었다는 것 역시 별로 대단한 일이 아니라는 생각이 들었습니다. 제 아버지가 그것을 먹었고, 제 어머니도 먹었지만 그것 역시 별 대단한 일이 아니었습니다. 굳이 제가 나서서 그들에게 말할 이유도 없었으며 황빠오가 요리에 오줌을 누었다는 것을 그들이 알게 할 필요도 없었습니다. 그들 역시 그런 요리를 먹는 것이 어울렸죠. 사실 그들 모두 그 요리를 아주 맛있게 먹었고, 그들의 입술은 모두 신선한 앵두처럼 반짝거렸습니다.

그들은 곧바로 술과 음식으로 배를 채웠고 얼굴에는 술과 맛있는 음식을 실컷 먹고 난 후에 나타나는 특유의 광채가 넘쳐흘렀습니다.

황빠오가 탁자 위에 놓여 있던 식기와 차디차게 식은 먹다 남긴 고기와 음식을 치웠습니다. 안타깝구나, 좋은 고기들이 이렇게나 많이 버려지다니. 황빠오는 남겨진 고기를 주방 문 앞에 매어놓은 개에게 주었습니다. 그 개는 늘어지게 엎드려 있다가 자신 앞에 내던져진 고기 중 일부를 골라 몇 번 집적거리고는 더 이상 먹지 않았습니다. 저는 그 개의 행동이 몹시 불만스러웠죠. 너무 한 것 아냐? 이 세상의 수많은 사람들이 고기 한 점 먹지 못하는데 네놈은 잘생기지도 못한 똥개 주제에 고기를 보고도 냉담한 반응을 보이다니.

저는 한 마리 똥개와 승강이를 벌이고 싶지 않아서 눈을 돌려 건물 안에서 벌어지고 있는 새로운 광경을 보았습니다. 어머니는 아주 깨끗한 하얀 천으로 탁자 위를 세심히 닦고 나서 다시 파란색 벨벳 천을 씌웠습니다. 그러고 나서 어머니는 구석에 놓인 진열장 안에서 노란색 마작패 한 벌을 꺼냈습니다. 저는 마을에서 일부 사람들이 마작을 하는 것을 본 적이 있는데 당시 그들은 노름을 했었죠. 그러나 제 아버지와 어머니는 단 한 번도 마작판에 끼어들지 않았었죠. 저는 제 부모가 언제 마작하는 법을 배웠는지 모르겠습니다. 저는 우리 마을 사람들이 마작으로 도박을 하다가 공안국에 끌려간 적이 있다는 걸 알고 있습니다. 그리고 저는 어머니가 마작하는 것에 대해 아버지가 엄청난 반감을 갖고 있다는 것도 기억하고 있습니다. 그리고 어느 날 어머니를 따라 란 씨의 샛사랑방 곁의 골목을 지나갈 때, 안쪽에서 와르르 마작패 섞는 소리를 들은 적이 있습니다. 그 당시 어머니가 입을 삐죽거리며 낮은 소리로 제게 당부했지요. 아들아, 네가 반드시 기억해야 할 것은, 모든 걸 배우더라도 절대로 도박만큼은 배우면 안 된다. 당시 어머니가 제게 그 말을 하며 지어 보인 사뭇 진지한 표정을 아직까지 잊지 않고 똑똑히 기억하고 있습니다. 그러나 이미 어머니 자신이 능숙하게 마작을 하고 있었던 것이죠.

어머니와 아버지 그리고 란 씨와 한 씨 이렇게 네 사람이 탁자를 에워싸고 앉았습니다. 그리고 한 씨와 같은 제복을 입은 한 씨의 조카이면서 그의 부하 직원인 젊은이가 좌중의 사람들에게 공손히 차를 한 잔씩 따라주고 나서 뒤로 물러나 담배를 피우고 있었습니다. 탁자 위에는 아주 비싼 담배 몇 갑이 놓여 있었는데 그 담배 한 갑의 가격으로 돼지머리 반쪽을 살 수 있었죠. 아버지와 란 씨 그리고 한 씨 모두는 골초였고, 어머니는 원래 담배를 피우지 않았지만 분위기를 맞추기 위해 일부러 담배에 불을 붙여 입에 물고 있었죠. 어머니는 담배를 입에 문 채 눈앞에 놓인 마작패를 정리하고 있었는데 그 모습은 옛날 영화 속에 종종 등장하는 여자 특수요원처럼 보였습니다. 저는 몇 달 사이에 어머니가 그토록 엄청나게 변한 것을 도저히 이해할 수 없었습니다. 깔끔한 옷을 입지도 않고 부스스한 머리로 하루 종일 폐품이나 수집하던 량위전은 이미 존재하지 않았습니다. 어머니의 변화는 흡사 털이 부스스하게 나 징그럽던 애벌레가 화려한 나비로 변한 것처럼 엄청나서 예전에는 도무지 상상조차 할 수 없는 일이었죠.

그들은 그저 재미로 마작을 하는 게 아니었습니다. 그들은 도박을 하고 있었고, 또한 판돈도 만만찮게 컸습니다. 나는 모든 사람들 앞에 돈이 한 다발씩 놓여 있는 것을 보았는데 가장 작은 액면이 십 위안*짜리였습니다. 어떤 사람이 패를 모두 마치고 나면 그 지폐들이 휠휠 날아다녔죠. 한 씨 앞의 돈뭉치가 점점 높이 쌓여가고 아버지와 어머니 그리고 란 씨의 돈다발은 패를 돌릴수록 줄어들었습니다. 기름기가 번질거리는 한 씨의 얼굴에 화색이 돌면서 그는 수시로 옷소매에 손을 문질러댔습니다. 그는 머리에 쓰고 있던 정모를 벗어 뒤쪽에 놓인 소파 위로 내던졌습니다. 란 씨는 여전히 잔잔한 미소를 짓

---

* 한화로 대략 일천오백 원.

고 있었고 아버지의 표정은 냉랭했죠. 단지 어머니만이 부단히 중얼거리고 있었습니다. 저는 어머니가 불만스런 표정을 짓고 있는 것이 돈을 딴 한 씨를 안심시키기 위한 위장 전술이라는 걸 눈치 챌 수 있었습니다. 나중에 어머니는 입을 뗐습니다.

"그만 할래요, 그만. 오늘은 운이 따르질 않네요."

한 씨가 앞에 쌓여 있던 돈을 정리하고 헤아리면서 말했습니다.

"제수씨, 내가 딴 돈을 좀 돌려줄까요?"

"관둬요. 한 씨, 오늘은 당신이 먼저 재미를 보았지만 다음번에는 내가 반드시 본전을 찾고 말 거예요. 조심하세요, 내가 당신이 입고 있는 그 옷까지 마작으로 따서 벗겨버릴지 모르니까."

한 씨가 말했습니다.

"제수씨 허풍이 너무 심하오이다. 싸움에는 져도 노름판에서는 이겨야 한다는 말도 있거늘, 이 한 소장은 사랑싸움에서는 영원히 실패하지만 노름판만큼은 영원히 이긴단 말이오."

저는 시종일관 한 씨가 돈을 세고 있는 손을 지켜보았습니다. 그가 기껏 두 시간 동안의 마작판에서 구천 위안을 땄다는 걸 저는 알고 있습니다.

대로 맞은편 고기 굽는 곳에서는 고기 굽는 연기가 자욱하고 많은 사람들이 북적거려 열기가 대단했다. 그러나 사찰 마당에 설치한 네 곳의 고기 굽는 화덕 앞에는 단지 란 두목의 경호원 네 명만이 팔짱을 긴 채 서 있고, 사찰 문 앞에서 란 두목이 서성거리고 있었다. 미간을 잔뜩 찌푸린 그는 몹시 불안한 모양이었다. 대로 위를 이리저리 몰려다니는 식객들이 모두들 사찰 안쪽을 쳐다보았지만 단 한 명도 사찰 안으로 들어가지 않았다. 꼬치를 굽는 요리사가 철판 위에서 연기를 피우며 오그라들고 있는 고기를 주걱으로 수시로 뒤집어대는데, 그의 얼굴에 고민스런 표정이 흘러넘치고 있었다. 그러나 란 두목의 경호원이 눈길을 보내는 순간 찌푸리고 있던 그들의 표정이 곧바로 알랑거리며 웃는 미소로 바뀌었다. 거위 새끼를 굽고 있던 요리사가 오른손으로 담배를 가린 채 사람들이 보지 않는 틈을 타서 입으로 가져가 깊이 빨아댔다. 맞은편 고기 굽는 곳에서 연신 노랫가락이 흘러나오고 있었는데 그 노래는 타이완 여자 가수가 삼십 년 전 불렀던 곡이었다. "저 여자, 가수로서의 명성은 내가 아직 소년이었을 때도 대단했는데 대도시에서 소도시는 물론 시골 마을까지 휩쓸었지." 란 씨는 그 가수를 자신의 셋째 삼촌이 키웠다고 말한 적이 있다. 그 시점에서 그녀의 노래가 다시 울려 퍼지자 세월이 거꾸로 흘러 순진한 소녀 같은 그녀가 까만 치마와 하얀 저고리를 입은 채, 이마 앞으로 짧은 머리카락을 단정히 빗어 내리고는 마치 귀여운 한 마리 제비처럼 대로 위를 날듯이 달려오고 있다. 그녀는 란 두목의 가슴속으로 파고든다. 그녀가 애교스런 목소리로 '란 오빠'라고 부르고 있다. 란 두목이 그녀를 끌어안은 채 몇 바퀴 돌더니 그녀를 번쩍 들어 바닥에 내동댕이친다. 바닥에는 두툼한 양탄자가 깔려 있다. 양탄자 위에는 봉황이 모란을 희롱하는 커다란 문양이 화려하게 수 놓아져 있어서 일반 양탄자와 많이 다르다. 대형 크리스털 샹들리에 불빛 아래에서 그 여자 가수가 알몸을 드러낸 채 아름다운 몸매를 과시하며 누워 있는데 눈 부셔서 제대로 쳐다볼 수 없다. 란 두목은 뒷짐을 쥔 채 여가수의 주위를 끝없이 돌고 있다. 마치 소화불량에 걸린 호랑이가 사냥한 짐승을 놓고 주위를 뱅뱅 맴도는 듯하다. 여가수가 무릎을 세우

며 간드러지게 말한다. '오빠 왜 가까이 오지 않는 거예요?'란 두목
이 양탄자 위에 주저앉고 여가수의 몸을 세심히 훑어본다. 정장 차림
을 하고 있는 그와 알몸의 그녀가 의미심장한 대조를 이루고 있다.
'오빠 도대체 무슨 생각을 하고 있는 거예요?' 여가수가 입을 삐쭉
거리며 불쾌한 듯 말한다. 그 여자 가수를 알기 이전에 나에게는 많
은 여자들이 있었노라, 란 두목은 마치 자기 자신에게 말하듯이 중얼
거린다. '그 당시 회장님은 매달 나에게 오만 달러의 업무용 경비를
지급했는데 난 그 돈을 다 쓸 수 없었지. 그러자 회장님은 나를 바보
라고 욕하는 거야. 그 회장이 누구인지 존경하는 큰스님이시여, 저는
감히 당신에게 그 사람 이름을 말씀드릴 수 없습니다. 제가 란 씨에
게 맹세를 했거든요. 다른 사람에게 그의 이름을 말하게 되면 곧 대
가 끊어질 거라고요. 란 두목이 말하길 내게서 마치 여자가 주마등走
馬灯인 것처럼 교대로 바꾸면서 황금을 돌로 여기면서 돈을 헤프게 쓰
는 걸 배웠다고 하더군요. 그러나 그녀를 알고 난 이후 너는 처음으
로 내 앞에서 옷을 벗은 여인이란 말이야. 그녀는 하나의 분계선이었
지. 그런데 너는 그녀 다음에 만난 첫번째 여자이기 때문에 난 네게
솔직하게 말하려는 거야. 그러나 이후 난 다시는 절대로 다른 사람에
게 말하지 않을 거야. 넌 그녀를 대신할 수 있겠니? 너는 내가 너와
성행위를 하며 그녀의 이름을 부르고 그녀의 몸으로 생각하는 것을
허락할 수 있어?' 여가수가 잠시 고민을 하더니 정중히 말한다. '오
빠, 그렇게 할게요, 당신이 좋아하는 거라면 내게 무얼 시키더라도
할게요.' 란 두목이 여가수를 품에 안고 다정스레 중얼거린다. '야오
야오……' 양탄자 위에서 그들이 뒤엉켜 나뒹군 지 한 시간이 지난
뒤, 여가수는 머리카락이 온통 흐트러지고 붉었던 입술이 허옇게 바

랜 채로, 길쭉한 여성용 담배를 입에 물고 검붉은 포도주 한 잔을 들고 소파에 누워 천장을 올려다보고 있다. 하얀 담배 연기가 그녀의 입에서 두어 번 뿜어 나오자 세월은 그녀의 얼굴 위에 이미 지울 수 없는 흔적을 남겨놓았다.

큰스님, 그 여가수는, 란 두목과 기껏 한 시간 정도 사랑을 나누었을 뿐인데, 어찌해서 빨갛던 입술이 허옇게 바래고 얼굴이 온통 주름살로 뒤덮인 것인가요? 설마 그게 바로 '신선 노름에 도끼자루 썩는다'는 그 말인가요?

란 씨가 말한다. '내 셋째 아저씨에게 그 썬야오야오는 아주 뜻 깊은 애인이었지. 그 가수에게 내 셋째 삼촌 역시 뜻 깊은 애인이었고. 내 셋째 삼촌이 줄곧 깊은 사랑을 한 여인이라면 얼마든지 나의 스승이라고 할 수도 있잖아!'

나는 란 씨가 허풍을 떨고 있다는 것을 알고 있으니까, 큰스님 당신께서는 그냥 우스갯소리로 여기시구려.

제 30 포
第三十炮

화창 육류 가공공장이 개업하던 날, 부모님은 모두 일찍 일어났습니다. 그들은 일어나면서 저와 동생도 깨웠답니다. 저는 오늘이 우리 도축 마을과 제 부모와 란 씨에게 있어 모두 아주 중요한 날이라는 것을 알고 있었죠.

큰스님은 입을 비쭉거리면서 얼굴에 쓴웃음을 띠었다. 이것은 내가 본 것들을 큰스님도 보았다는 것을 말해준다. 그리고 내가 들은 말들을 그도 들었다는 것을 의미한다. 하지만 큰스님의 웃음은 내가 본 것과, 내가 들은 것과는 아무런 상관이 없을 수도 있다. 그는 다른 의미에서 웃었고 다른 생각이 있을 것이다. 상관이 있건 없건 큰스님, 우리들은 더욱 방대하고 휘황찬란한 다른 장면으로 들어갑시다.
란 두목의 호화로운 공관장 대문 밖에는 호화로운 자가용들이 많이 세워져 있었고, 녹색 유니폼을 입고 하얀 장갑을 낀 경호원이 아주 예절 바르게 금방 도착한 차량들을 지휘하고 있었다. 등불이 휘황한 거실에는 이미 이름 있는 여인들과 숙녀들과 관리자와 부호들이 가득 서 있었다. 여인들은 모두들 이브닝 드레스 차림을 하고 있었는데, 마치 화원 속의 꽃들처럼 스스로를 뽐내고 있었다. 아저씨들은 모두들 고급 브랜드의 양복을 입고 있었는데, 다만 보석이 번쩍이는 두 여인의 부축을 받고 있는 늙은이만이, 당나라 시절의 복장을 걸치고 있었는데 아래턱에 있는 하얀 수염은 신선처럼 보이게 한다. 거실 정면에는 금으로 쓴 장수할 수壽 자가 높다랗게 걸려 있었다. 그 아래 탁자 위에는 선물이 가득 쌓여 있었고, 장수長壽를 상징하는 복숭아도 한 바구니 있었으며 십여 개의 농염하고 수려한 화분에 담긴 산유화가 거실 여기저기에 흩어져 있었다. 란 두목은 밝고 눈부신 하얀 양복을 입고 있었는데, 붉은색 나비 타이를 하고 있었으며 몇 올밖에 없는 머리칼을 아주 깨끗하게 빗어 올렸고, 얼굴에는 붉은 기운이 감돌고 있었다. 한 무리의 꽃 같은 여인들이 한 무리의 새처럼 웃으며 란 두목을 부르며 다가가더니 란 두목의 양 볼에다 그들의 붉은 입술을 대고 키스한다. 잠깐 사이에 그의 얼굴엔 입술 자국이 겹겹이 찍힌다. 그는 온 얼굴에 가득 입술 연지 자국이 찍힌 채로 허연 수염이 달린 늙은이 앞으로 다가가서 구십도 경례를 하면서 말한다.

양아버지! 아들의 인사를 받으세요.

늙은이는 손에 쥐고 있던 지팡이로 란 두목의 무릎을 가볍게 치고는 하하 웃으면서 징 소리 같은 소리로 말한다.

그래, 너 몇 살이니?

란 두목은 겸손한 어조로 말한다.

양아버지, 저는 쉰 살을 거저 먹었답니다.

늙은이는 감개무량하게 말한다.

다 컸구나, 성인이 되었으니 내가 걱정할 바가 아니지.

란 두목은 다시 말한다.

양아버지! 그런 말 하지 마세요. 당신이 저를 걱정하지 않는다면 저는 중심이 없어집니다.

늙은이는 웃으면서 말한다.

교활한 자식! 란, 이놈아! 너는 관운은 없지만 재물운과 도화살운은 있구나.

늙은이는 지팡이로 란 두목 뒤에 따라오는 미녀들을 가리키면서 눈에서 빛을 뿜으면서 말한다.

저 여인들이 모두 너의 여자들이란 말이니?

그러자 란 두목은 웃으면서 말한다.

그 여자들은 모두 저의 할머니들입니다. 저는 그 여자들의 말을 들어야 하니까요.

늙은이는 감개무량하게 말한다.

난 늙었단다. 생각은 있어도 정력이 따라주지 않는단다. 너, 나대신 그 여자들에게 잘 대해주란 말이다.

란 두목은 대답한다.

양아버지 걱정 마세요. 저는 그녀들을 저마다 만족시킬 겁니다.

우리는 만족하지 못해요. 우리는 하나도 만족하지 않아요.

그 여인들은 이렇게 애교를 떤다. 그러자 늙은이가 웃으면서 말한다.

황제도 삼궁 육원三宮六院에 일흔두 명의 귀빈들이 있었지만, 너 이놈, 란 씨와는 비기지도 못하겠구나.

모두 양아버지의 덕분입니다.

란 두목이 이렇게 말한다.

내가 너에게 가르쳐준 무예를 아직도 단련하고 있니?

늙은이가 묻는다. 란 두목은 뒤로 몇 발자국 물러서면서 말한다.

양아버지, 보세요.

그리고 그는 카펫 위에 앉아서 몸을 천천히 접으며 머리를 자기의 바지 사이에다 밀어 넣고는 엉덩이는 작은 말처럼 치켜들고 입은 자신의 성기를 충분히 건드릴 수 있는 위치에 놓는다.

좋아!

늙은이는 지팡이로 땅을 구르면서 큰 소리로 말한다. 그 소리를 따라서 모든 사람들이 함께 갈채를 보낸다. 여인들은 어떤 재미있는 일을 생각하는지 대부분 입을 가리고 얼굴을 붉히며 킥킥거리고 웃는다. 오직 몇몇 여인들만이 아무런 가림도 없이 하하 크게 웃는다. 늙은이가 감탄하면서 말한다.

란 이놈아! 너는 하룻밤 사이에 도시의 꽃을 다 꺾는구나. 하지만 난 그 여자들의 작은 손을 만질 수 있는 재간밖에 남지 않았구나.

이렇게 말하면서 그는 눈물을 펑펑 흘린다.

란 두목 옆에 있던 종업원이 드높은 소리로 말한다.

음악, 파티 시작!

조용히 거실 한쪽에 있던 악대는 지시를 받고 나자 이내 반주를 시작한다. 음악은 환락에 넘치고, 음악은 주위를 감돌며, 음악은 들끓는다.

란 두목은 그 여인들과 돌아가면서 춤을 추고 있다. 보아하니 제일 요염해 보이는 여인이 하얀 수염의 늙은이의 품속에 안겨서 비벼대고 있는데 춤을 춘다기보다 가려워서 긁는다고 하는 편이 나을 것이다.

아버지는 어머니의 재촉에 못이겨 그 회색 양복을 입었으며 또 어머니의 도움으로 붉은색 넥타이를 맸습니다. 저는 이 넥타이의 색상을 보자 짐승을 도살할 때 칼에 찔린 구멍에서 뿜어져 나오던 피의 색깔을 떠올렸으며 그래서 좀 불안한 느낌이 들었습니다. 저는 아버지에게 다른 넥타이로 바꾸라고 하고 싶었지만 말하지 않았습니다. 사실 어머니도 넥타이를 맬 줄 몰랐습니다. 아버지의 그 넥타이는 란씨가 다 매놓고 어머니가 그것을 아버지의 목에다 씌워주었을 뿐이며 또한 그를 도와 단단하게 매주었을 뿐입니다. 어머니가 아버지를 도와서 넥타이를 조일 때 아버지는 눈을 감고 목을 뒤로 젖히고는 아주 고통스러운 표정을 지었는데 마치 달아 매놓은 고니 같았습니다. 저는 아버지가 낮은 소리로 투덜거리는 소리를 들었습니다.

"씨발! 어떤 인간이 이런 옷을 발명했단 말이야!"

"됐어요. 그만 투덜거리세요. 당신은 이제 습관이 돼야 해요. 이제부터 이런 옷을 입을 기회가 많아질 거란 말예요. 란 회장님을 좀 보세요. 항상 양복을 입고 다니고 있죠?"

"내가 어떻게 그와 비길 수 있단 말이오? 그는 회장이고, 그럼 나는 사장이라도 된단 말이오?"

아버지는 이상한 어조로 이렇게 말했습니다.

"당신은 공장장이란 소리죠."

어머니가 말했습니다.

"내가 무슨 공장장이란 말이오? 다른 사람을 도우려고 일할 뿐이지."

아버지가 말했습니다.

"당신, 생각을 크게 바꾸어야 해요. 지금 사회는 해마다 변하고 있는데, 당신이 변하지 않는다면 시대에 따를 수 없단 말이에요. 란 씨를 좀 봐요. 영원히 앞에서 달린단 말이에요. 몇 년 전에 개인 사업이 잘될 때 그는 사람들을 이끌고 도축장 일을 해 스스로 부자가 되었고, 또 지금은 마을 사람들을 이끌고 함께 부자가 되었죠. 요 근래 몇 년간 개별 도축장의 명성이 추락하자 그는 이내 육류 가공공장을 꾸렸지요. 그러고는 진과 시市 사람들의 중요한 시선을 끌어 모았단 말이에요. 우리도 개명했다고 할 수 있지요. 형세를 따랐으니까요."

어머니가 이렇게 말했습니다.

"나는 어쩌지? 원숭이가 모자를 쓰고 사람 흉내를 내는 것 같단 말이오."

아버지는 쓴웃음을 지으면서 말했습니다,

"이런 양복을 입으니 그런 느낌이 더 든단 말이오!"

"당신은 정말, 어떻게 당신을 말해야 좋을지 모르겠어요. 제가 하고 싶은 말은 그냥 이 한 마디예요. 란 씨에게 좀 배우세요."

"보아하니 그 사람 역시 원숭이가 모자를 쓰고 사람 흉내를 내는 격이오."

아버지가 말했습니다.

"따지면 그런 격이 아닌 사람이 누가 있대요? 당신 친구 한 씨를 포함해서 어디 둘러봐요. 몇 달 전까지는 그렇게 천한 접대부였는데 유니폼을 떡 입으니 제법 사람 몰골로 바뀌었죠?"

"아버지! 엄마가 하는 말이 맞아요. 속담에 말은 안장을 보고, 사람은 옷에 의존한다고 했듯이 아빠도 이 양복을 입으니까 농민 기업가가 되었단 말이에요."

제가 이렇게 중간에 말을 끼웠습니다.

"지금은, 농민 기업가들이 개새끼 가죽에 들러붙은 이보다도 더 많단다. 샤오퉁! 너와 쟈오쟈오는 공부 잘해서 앞으로 이곳을 떠나야 한단다. 그리고 밖에 나가서 정당한 일을 해야 한단다."

아버지가 이렇게 말했습니다.

"아버지, 저도 지금 막 아버지에게 말하려던 참인데요, 저는 학교를 다니지 않을래요."

"뭐라고! 학교를 다니지 않으면 뭘 하려는 건데?"

아버지가 놀라면서 물었습니다.

"저는 육류 가공공장에 가서 일할래요."

"그곳에서 네가 뭘 할 수 있다고 그러니? 몇 년 전에 아빠 때문에 학교 가는 시기가 늦춰졌으니, 지금 너는 시간을 아껴야 한단다. 아빠처럼 이렇게 아무 쓸모없이 한평생을 살지 않고 출세를 하려면 학교를 잘 다녀야 한단다. 학교를 다니는 일은 정당한 일이고 다른 일들은 모두 정당하지 못한 행위들이야."

아버지는 쓴웃음을 띠면서 말했습니다.

"아버지, 저는 아버지 관점에 동의할 수 없습니다."

저는 아주 조리 있게 말했습니다.

"첫째, 제가 보건대 아버지는 아무 쓸모가 없는 사람이 아닙니다. 둘째, 제가 생각하기에는 학교 가는 것만이 옳은 길이 아닙니다. 셋째, 제일 중요한 이유입니다. 제가 보건대 학교에서는 뭘 제대로 배울 수가 없습니다. 선생님이 알고 있는 것은 제가 알고 있는 것보다 많지 않단 말입니다."

"안 돼, 어찌 되었든 넌 학교에서 몇 년 동안 공부를 해야 한단다."

"아버지, 저는 고기에 대해 남다른 감정이 있어요. 육류공장에 가기만 하면 저는 아버지를 도와서 아주 많은 일들을 할 수 있단 말이에요. 아버지에게 사실대로 말하자면 저는 고기들이 하는 말을 들을 수 있어요. 제 눈에 보이는 고기들은 모두 살아 있는 것들이고, 그것들은 모두 손을 갖고 있어서 저를 향해 손을 흔든단 말이에요."

아버지는 저를 바라보면서 놀라움에 입을 쫙 벌렸습니다. 마치 아버지가 매고 있는 붉은색 넥타이가 너무 조여서 입을 다물 수 없는 것 같았습니다. 그는 저를 한참 바라보다가 어머니와 눈을 마주쳤습니다. 저는 아버지와 어머니가 놀라는 이유를 알고 있었습니다. 그들은 제 머리가 고장이 났다고 생각하고 있었던 것입니다. 저는 사실 제 부모님들이 제 느낌을 이해할 거라고 여겼습니다. 어머니가 이해를 못한다고 해도 아버지는 이해할 것이라고 여겼죠. 제 아버지는 사실 누구보다 상상력이 풍부한 사람이었습니다. 하지만 그 순간 사실로 증명되었듯이 제 아버지의 상상력은 이미 퇴화되었습니다.

어머니는 제 앞에 다가와서 저의 이마를 만져보았습니다. 저는 그 동작이 두 가지 의미가 있다는 걸 알고 있었습니다. 하나는 어머니가 저에 대한 관심을 나타내는 방식인 것이고, 다른 하나는 제 머리에 열이 있지 않은가를 호시탐탐 탐색하는 것이었습니다. 만약 제 이마에서 열이 나고 있다면 제가 조금 전에 한 말은 모두 헛소리라고 단정할 수 있기 때문입니다. 그러나 저는 제가 전혀 열이 나지 않았다는 것을 알고 있었습니다. 저는 정신이 맑았고, 정상이었으며, 아무런 병도 없었습니다.

"샤오퉁! 아무 소리도 하지 말고 학교를 잘 다녀야 한단다. 이 엄마는 돈을 너무 중히 여긴 나머지 너 학교 보내는 시기를 놓쳤어. 지금 엄마는 많은 이치를 알게 되었단다. 이 세상에는 돈보다 더욱 중요한 것들이 많다는 것을 말이야. 그러므로 너는 우리 말을 듣고, 학교를 다녀야 해. 너는 우리 말을 듣지 않을 수는 있지만, 란 씨의 말은 들어야 하지 않겠니? 너와 쟈오쟈오를 학교에 보내라고 알려준 어른도 란 씨란 말이야."

"저도 학교에 다니지 않을래요. 저도 고기들이 말하는 소리를 들을 수 있단 말이에요. 그리고 고기에는 많은 손들이 있어요. 고기들은 말할 줄 알 뿐 아니라 노래도 부를 줄 알거든요. 고기에는 작은 손들이 많이 돋아나 있을 뿐 아니라 또 작은 발도 많아요. 그 손과 발들은 마치 고양이 발처럼 긁으면서 움직여요."

여동생은 이렇게 말하면서 작은 손을 치켜들었고, 상상력 속의 고기들이 움직이는 동작을 흉내 냈지요.

저는 여동생의 상상력이 그처럼 풍부한 데 무척 감탄했습니다. 제 여동생은 비록 네 살밖에 안 되었고, 저와는 한 뱃속에서 태어나지 않았지만 저와 마음이 통했습니다. 결코 사전에 여동생에게 고기가 말을 한다는 사실과 고기에는 많은 손들이 돋아나 있다는 사실을 발설한 적이 없지만 제 동생은 이내 제가 부모님께 말하는 의미를 알아차렸던 것입니다. 그리고 힘차게 저에게 지지를 보내주었던 것입니다.

우리 남매의 말에 아버지와 어머니는 놀랐습니다. 부모님은 한참 동안 멍하니 우리를 바라보았습니다. 만약 전화벨이 울리지 않았다면 부모님은 우리를 관찰하는 일을 멈추지 않았을 것입니다. 또 하나 보충할 말이 있습니다. 우리집에는 이미 전화를 설치했답니다. 비록 이 전화는 내부용이고, 마을 사무실에서 작은 교환기로 연결하는 것이었지만 필경 전화는 전화였던 것입니다. 이 전화는 우리 집과 란 씨네 집과 그리고 마을의 몇몇 간부들의 집을 이어놓았습니다. 어머니가 전화를 받았습니다. 저는 란 씨가 걸어온 전화라는 것을 알아차렸습니다. 어머니는 전화를 내려놓고 아버지에게 말했습니다.

"란 씨가 우리를 재촉하시네요. 우리보고 먼저 가서 현 정부위원회 선전 간부 사람들과 성省 방송국과 신문사 기자들을 맞이하라고 하시네요. 그 양반도 금방 오긴 올 거래요."

아버지는 넥타이의 매듭을 쥐고 돌리며 앞뒤로 목을 흔들어보더니 쉰 목소리로 말했습니다.

"샤오퉁! 그리고 쟈오쟈오야, 너희들 일은 저녁에 돌아와서 얘기하자. 여하튼 너희들, 학교에는 다녀야만 한다. 샤오퉁! 너는 동생에게 좋은 모범을 보여야 한단다."

"아무튼 오늘 우리는 학교로 가지 않을 거예요. 오늘은 얼마나 들끓는 날이에요? 이런 좋은 행사가 있는 날에 만약 우리가 학교로 간다면 바보 위의 상 바보가 되는 것이란 말입니다."

"너희들은 우리를 위해서 출세해야 한다!"

어머니는 거울 앞에서 머리를 다듬어가면서 말했습니다.

"우리는 당연히 부모님을 위해 출세할 겁니다. 하지만 우리에게 학교로 가라면 그건 어림없습니다."

"그것은 어림도 없는 일입니다."

동생도 말했습니다.

제 31 포
第三十一炮

　드러내라! 드러내보잔 말이야. 이마가 마치 도자기처럼 매끄럽게 생긴 사내가 마당에 서서 그다지 기분이 좋지 않은 어조로 뒤에서 따르고 있는 사람들에게 명령했다. 옷을 단정하게 입고 따라오던 사람이 앵무새처럼 소리를 질렀다.

　"드러내라! 드러내서 쉬 성장許省長에게 보이란 말이야! 큰스님, 저 사람이 바로 우리 성의 부성장副省長입니다. 그의 부하가 그를 성장*이라고 부르는 것은 관가의 오래된 습관입니다."

　온몸에 페인트가 가득 칠해진 그 네 명의 공인工人**들은 나무 뒤에서 급히 달려 나와서 사찰로 들어서더니 우리 눈앞을 지나 육신肉神 앞에 모여 섰다. 그들은 아무런 상의도 없이 눈길마저 서로 교환하지

---

*성장(省長): 성(省) 행정부의 장.
**공인(工人): 노무자. 3D 산업에 종사하는 사람들을 말함.

않고 육신을 땅에다 눕혀놓았다. 나는 육신이 마치 어른이 겨드랑이를 건드려서 실실 웃어대는 어린아이처럼 웃는 소리를 들었다. 그들은 여전히 어제 저녁에 사용했던 그 끈으로 육신의 목과 다리를 붙들어 매고서 두 개의 나무 막대기를 끼웠고, 구령에 따라 동작이 일치하게 허리를 굽히고 어깨에 얹더니 일어서서 조심스레 밖으로 나갔다. 육신의 몸은 비틀어지면서 웃음소리는 더더욱 높아졌다. 나는 밖에 있던 부성장과 그의 부하들도 그 소리를 모두 확실히 들었을 것이라고 생각한다.

큰스님, 웃음소리를 들었어요?

육신은 문을 나서더니 먼저 땅에 드러누웠고 제 스스로 끈을 빼냈다. 부성장 뒤에 있던 머리카락이 짙은 부하가 일어서서 육신을 세우라고 일렀다.

큰스님, 저 사람이 바로 이 지방의 시장이고 란 씨와 서로 관계가 밀접해서 모두들 말하기를, 그들 둘은 결의형제를 맺었다고 합니다.

네 명의 공인이 육신의 머리를 쳐들었지만 육신은 다리를 뻗치면서 일어서려고 하지 않았다. 나는 육신이 일부러 그들을 골탕 먹이고 있다는 걸 알고 있었다. 어릴 때 나는 자주 그렇게 행동했다. 시장은 눈을 부릅뜨고 불쾌한 기색을 나타냈지만 부성장 앞이라서 감히 성질을 부리지는 못했다. 시장의 수하들은 곧 육신의 태도를 알아차렸고 이내 벌 떼처럼 달려 나가서 어떤 이들은 육신의 디리를 누르고, 어떤 이들은 공인들의 허리를 밀어대면서 엉망진창으로 소란한 가운데 육신은 시시덕거리면서 곧게 세워졌다. 부성장은 뒤로 몇 발자국 물러서서 눈을 찡그리고 육신을 가늠해보았는데, 그의 낯빛에 신비한 기색이 떠올랐으나 군중은 그 의미를 좀체 파악하기 어려웠다. 시장과 그 수하들이 부성장의 낯빛을 슬그머니 관찰했다. 부성장은 먼저 멀찍이 떨어져서 육신을 바라보다 곧장 앞으로 다가가서 손가락으로 육신의 배를 눌러보았다. 육신이 온몸을 뒤흔들며 웃어젖히자, 부성장은 위로 한 번 훌쩍 뛰어오르며 육신의 머리를 만져봤다. 바람이 불어와 이마를 억지로 가리고 있는 부성장의 머리카락이 흩날렸다. 그 머리카락들이 부성장 귀를 따라 흘러내렸는데 마치 작은 변발머리 같아서 군중은 몇 분 동안 정신없이 웃어댔다. 이때 시장의 머리 꼭대기에 얹혀 있던 짙은 까만색 머리카락이 마치 흩어지는 한 무더기의 털처럼, 머리에서 흘러내려 땅에 떨어지더니 바람의 방향을 따라 나뒹굴었다. 시장 뒤에 서 있던 사람들 중에 어떤 자는 어안이 벙벙해졌고, 또 어떤 자는 입을 감싸 쥐고 킥킥 웃었다. 그러나 돌연 그 상황에서 웃으면 안 된다는 사실을 깨닫고 이내 헛기침을 해대며 웃음을 감췄다. 그러나 그 모든 동작을 이미 시장 비서에게 들켰다. 그날 저녁 비서는 남몰래 킥킥거렸던 자들의 이름을 시장 집무실에 올려보냈다. 그때 동작이 민첩한 중년 간부가 자기 나이에 걸맞지 않은 아주 빠른 속도로 달려가서 시장의 가발을 건드렸다. 시장은 무안해서 어찌할 바를 모르고 있었다. 부성장 역시 자기 귀까지 내려온 가발을 도로 올려놓더니 시장의 대머리를 바라보고서 웃으면서 말했다.

"후倂 시장! 우리는 수난을 당한 형제들이로군!"

시장도 머리를 만지면서 말했다.

"이건 전부 제 아내의 아이디어입니다."

부성장이 대답했다.

"영리한 머리통에는 원래 털이 잘 자라지 않소."

수하가 가발을 시장에게 건네주자 시장은 그것을 받아서 멀리 던지면서 말했다.

"꺼져! 난 탤런트가 아니란 말이야."

가발을 갖고 온 그 중년 간부가 말했다.

"탤런트들과 텔레비전 사회자들은 열에 아홉은 가발을 쓴답니다."

그러자 부성장이 대답했다.

"후 시장! 대머리 시장! 아주 풍채가 좋소!"

시장은 온 얼굴에 웃음을 띠고 말했다.

"고맙습니다! 성장님, 성장님께서 지시를 내리시기 바랍니다."

부성장이 말했다.

"내가 보건대 괜찮은 것 같소! 우리는 아직도 많은 동지들의 사상이 너무 보수적이오. 육신, 육신묘, 너무 잘 어울린단 말이오. 함축적 의미도 풍부하고, 무궁하단 말이오."

시장이 먼저 박수를 치자, 모두들 함께 박수를 쳤는데 거의 삼 분 동안은 쳤을 것이다. 그 사이에 부성장은 세 번이나 손으로 제지시켰다.

"우리의 담이 아직은 더 커야 하오. 상상력도 더 풍부해져야 한단 말이오. 인민들에게 좋은 일이라면 내가 보건대 못할 일이 없다고 생각되오."

부성장은 계속해서 말했다. 그는 머리를 들어 앞에 있는 낡은 사찰의 이름을 보더니 손짓을 헤기면서 띠들었다.

"말하자면 여기 우통신을 모신 사찰도 내가 보기에는 당연히 수리해야 할 것 같단 말이오. 어제 저녁에 나는 지방지를 보았는데 그곳에 적혀 있는 것을 보니, 이 사찰도 한때 아주 흥성했는데, 민국民國* 시절 어느 관원이 금지령을 내려 동네 사람들이 여기 사찰을 찾아 향을 사르는 것을 제지했기에 이 사찰이 갈수록 피폐해졌다고 했소. 우통 신선에 대한 숭배는 인민 군중들의 건강과 행복한 성생활에 대한 갈망을 말해주는데 뭐가 나쁘단 말이오? 곧 자금을 내려 육신묘를 건설할 예정이니 지금 진행하시오! 이것은 당신네 두 개 도시 경제를 이끌어 나갈 수 있는 두 가지의 대단한 사업이오. 그러니 다른 성이나 시에서 빼앗아가지 않게 하시오."

시장은 오십년산 마오타이 주 한 잔을 들고 떠들어댔다.

"쉬 성장님! 제가 두 도시의 백성들을 대표해서 성장님에게 술을 권합니다."

"방금 마셨잖소?"

부성장이 대꾸했다.

"방금 전은 모든 시의 인민들을 대표해, 쉬 성장님이 육신묘와 우통 신선묘를 수리하는 것에 대한 고마움을 표시한 것이고, 이 잔은 모든 시의 인민들을 대표해 쉬 성장님께서 우리 육신의 묘에다 이름을 적어주시기를 바라면서 드리는 술입니다."

시장이 너스레를 떨었다.

"나는 감히 글씨를 쓰지 못하겠는데."

부성장이 말했다.

"쉬 성장님! 성장님은 그 이름도 당당한 서예가이고, 또한 이 육신묘 수리를 허락하신 분인데, 여기에 사용할 글자를 당신이 쓰지 않는다면 우리는 차라리 사찰을 수리하지 않겠습니다."

시장이 확고부동하게 말했다.

*민국(民國): '신중화인민공화국'이 건립되기 이전의 '중화민국'을 말함.

"당신들, 오리를 강제로 가름대로 올리는 짓거리란 말이오."

성장이 이렇게 말하자, 그를 대동하고 왔던 해당 지역 간부가 동시에 일어서면서 이렇게 말했다.

"쉬 성장님! 우리 이곳 사람들은, 한결같이 당신이 성장을 하지 말고, 여기 와서 서예가가 되어야 한다고 떠드는군요. 당신이 만약 서예를 업으로 삼는다면, 당신은 일 년 안에 백만장자가 될 것입니다!"

그러자 시장도 거들었다.

"그러니 우리는 오늘 성장을 동원해 우리에게 글을 하사하시게 해야 하오. 우리에게 글을 적어주시든지 아니면 우리에게 돈을 주시든지 그렇게 유도해야 한단 말이오."

부성장은 얼굴을 붉히고 몸을 비틀면서 대답했다.

"양산梁山의 사내 무송武松*은 술을 한 잔 더 마실 때마다 새간이 하나 더 늘었다지만, 나는 술을 한 잔 더 마시면 정신이 더 맑아진단 말이오. 그리고 서예, 서예란 곧 정신이 중요하단 말이오! 필묵을 준비하시오!"

부성장은 커다란 붓대를 쥐더니 먹을 질게 묻혔으며 숨을 잠깐 죽이고 있다가 팔을 놀리더니, 세 개의 커다란 글자가 종이 위에서 부상했다.

肉神墓육신묘.

육류 검역소 앞에 있는 물 웅덩이에 나무들을 쌓아놓았는데, 그 위

---

* 양산(梁山)은 중국 남부 지방의 한 지명. 무송(武松)은 명대(明代)의 소설 『수호지(水滸誌)』에 등장하는 주요 인물 중 한 사람이다..

에는 물을 주입한 고기들과 변질된 고기들이 쌓여 있었습니다. 돼지고기, 쇠고기, 양고기, 등등…… 그것들은 도저히 맡아보기 힘든 냄새를 풍기고 있었으며, 그것들은 투덜거리면서 잔소리를 했으며, 그것들은 화가 나서 좀이 돋은 작은 손들을 흔들고 있었습니다. 육류 검역소의 한 직원은 유니폼을 입고, 엄숙한 표정으로 휘발유 통을 들고는 그 썩은 물 먹은 고기들에게 기름을 퍼붓고 있었습니다.

육류 가공공장 안의 작은 공터에 간이 회의 장소가 마련되었습니다. 두 나무 사이에 천막이 늘어져 있었는데, 그 위에는 커다란 표어가 적혀 있었습니다. 다시 한 번 말하자면, 저는 표어를 알지 못하지만 그것들은 저를 알고 있었습니다. 저는 그 글자들의 의미가 바로 육류 가공공장의 개업을 축하한다는 의미라는 걸 알고 있었습니다. 육류 가공공장의 꼭 닫혀 있던 대문도 오늘은 활짝 열려 있었으며, 대문 양쪽의 벽돌 담장에는 글자들이 적혀 있었고, 그 글자들은 저를 알고 있었습니다. 그 아래에는 긴 테이블 몇 개가 놓여 있었고, 테이블은 붉은 천으로 덮여 있었으며 그 옆에는 의자가 놓여 있었습니다. 테이블 앞에는 또 수십 개의 꽃바구니들이 놓여 있었고 바구니 속에는 각양각색의 꽃들이 꽂혀 있었습니다.

저는 여동생의 손을 잡고, 이제 곧 떠들썩해질 곳을 오락가락 뛰어다녔습니다. 마을에서도 아주 많은 사람들이 왔지만 그들도 이 사이를 오락가락하고 있었습니다. 저는 랴오치를 보았는데 그의 표정은 무척 복잡했습니다. 우리는 란 씨의 조카 쑤저우도 보았는데, 그는 언덕에 앉아 물 웅덩이에 있는 고기들을 멀리서 바라보고 있었죠.

그 두 곳 사이를 가로지른 거리에서 몇 대의 소형 버스가 달려왔는데 차에서 촬영용 카메라를 어깨에 멘 사람들과 소형 카메라를 목에

건 사람들이 내렸습니다. 저는 그 사람들이 기자라는 것을 알고 있었죠. 그리고 저는 기자들은 건드리지 말아야 한다는 것도 알았죠. 그들은 모두 오만한 표정을 짓고 있었습니다. 그들이 도착하자 란 씨가 앞에 서고 아버지가 그 뒤를 따르면서 대문 안에서 질풍같이 달려 나왔습니다. 란 씨는 얼굴에 웃음을 띠고 기자들과 악수를 하면서 말했습니다.

"환영합니다. 환영합니다!"

아버지도 얼굴에 웃음을 띠고 기자들과 악수를 나누면서 말했습니다.

"환영합니다. 환영합니다!"

기자들은 아주 충성스럽게 이내 취재를 시작했습니다.

그들은 먼저 이제 곧 불에 타서 재가 될 썩은 고기들을 촬영하고 다니, 육류 가공공장의 출입문을 촬영하고, 또 대문 안에 배치한 노천 회의 장소를 촬영했습니다.

그리고 그들은 란 씨를 인터뷰했습니다.

란 씨는 카메라 앞에서 태연자약하고 대범했으며 손을 내저으면서 이야기를 했습니다.

"우리 도축 마을에서는 예전에는 집집마다 경영을 하다 보니, 고기 속에다 물을 넣는 일이 확실히 발생했었습니다. 하지만 대부분의 사람들은 모두 법을 지켰습니다. 관리의 편리를 위해, 그리고 도시에 살고 있는 사람들에게 신선하고 물을 넣지 않은 품질이 좋은 고기를 공급하기 위해 우리는 모든 개별적인 도축 시설을 거두어서 육류 가공공장을 건립했습니다. 그리고 상급 기관이 저희들을 위해 육류 검역소를 세울 것을 요청했습니다. 현과 성에 있는 인민 군중들께서는 걱정하지 마십시오. 이곳에서 나가는 고기들은 엄격한 검사를 거친,

품질이 제일 좋은 고기들이니까요. 고기의 품질을 보증하기 위해 저희들은 육류 검역 과정을 엄격히 할 뿐만 아니라, 짐승들이 공장으로 들어오는 과정도 엄격히 관리할 겁니다. 저희들은 자체로 돼지 생산 기지와 고기 소, 고기 양, 고기 개 생산 기지도 건립할 것이며, 그리고 또 특수 가공 기지와 동물 사냥 기지도 건립할 것입니다. 그곳에서 우리는 낙타를 기르고, 꽃사슴을 기르고, 여우도 기르며, 멧돼지와 늑대와 타조와 공작과 닭도 기를 예정입니다. 그래서 도시 사람들의 까다로운 입맛을 만족시켜줄 것입니다. 우리는 또 될 수 있는 한, 짧은 시일 내에 아시아를 벗어나서 세계로 나아갈 것이며, 세계 각지의 인민들이 모두 우리가 생산한 고기를 먹을 수 있게 할 것입니다."

기자들은 란 씨의 인터뷰가 끝나자 이어서 제 아버지를 인터뷰했습니다. 아버지는 카메라 앞에서 어찌할 바를 몰라 했습니다. 아버지는 몸을 쉴 새 없이 움직였습니다. 마치 기댈 수 있는 어떤 물건, 말하자면 벽이라든가 혹은 나무라든가 그런 것을 찾고 있는 것 같았습니다. 하지만 아버지는 기댈 수 있는 벽도 나무도 찾지 못했습니다. 아버지의 눈은 좌우를 볼 뿐 카메라를 바로 보지 못했지요. 마이크를 잡고 있던 여기자가 아버지에게 눈짓을 했습니다.

"뭐 공장장님, 몸을 자꾸 움직이지 마십시오."

그러자 아버지 몸은 이내 굳어져버렸습니다.

여기자가 아버지를 일깨웠습니다.

"뭐 공장장님, 옆을 보지 마십시오."

그러고 나자 아버지의 눈은 이내 멈추었습니다.

여기자는 몇 가지 문제를 물었지만 제 아버지는 제대로 대답하지 못했습니다.

제 아버지는 이렇게 말했습니다.

"우리는 절대로 고기에다 물을 넣지 않을 것입니다."

또 이런 말도 했습니다.

"우리는 제일 좋은 고기들을 생산해서 도시 사람들에게 공급해줄 것입니다."

"당신들이 자주 정기적으로 여기에 찾아와서 우리를 감독하시는 것을 환영합니다."

제 아버지는 기자가 뭐라고 묻든지, 이 몇 마디 말을 여러 번 반복해서 말했습니다. 그래서 기자는 선의적인 웃음을 웃었습니다.

또 열 몇 대의 자가용이 달려왔습니다. 검정색, 푸른색, 흰색 등등의 다양한 색상이었습니다. 그리고 차에서 사람들이 내렸습니다. 그들은 모두 양복 차림에다 넥타이를 매고 있었으며 반들반들한 구두를 신고 있었습니다. 우리는 그 사람들이 모두 관리자들이라는 것을 알고 있었지요. 앞에 선 관리는 키가 그리 크지 않았으나 몸집은 거대했으며 얼굴은 붉고, 얼굴에 웃음을 띠고 있었습니다. 다른 관리들은 모두들 그의 뒤에서 따르고 있었고, 그들은 공장의 대문을 향해 걸어가고 있었습니다. 카메라를 멘 기자들과 손에 든 기자들은 잰걸음으로 관리 무리 앞으로 달려 나갔습니다. 그리고 뒤로 한 걸음 물러나 촬영을 하고 사진을 찍었습니다. 촬영용 카메라는 소리가 나지 않았지만, 소형 카메라는 칠칵거리는 소리를 냈습니다. 그 관리들은 이미 카메라에 적응되었음을 알 수가 있었습니다. 그들은 렌즈 앞에서 이야기를 나누면서 걸었고 이것저것 가리키기도 했는데, 그런 행동은 조금도 어색함이라곤 없었으며 우물쭈물하면서 무대에서 적응을 하지 못하는 제 아버지 같은 사람은 한 명도 없었습니다. 제일 높은 관리 옆에 선 두 사내의 얼굴은 어디서 본 것 같았는데, 아마 어떤 텔레비전 방송에서 본 것 같았습니다. 그들은 가장 높은 상관의 좌우에서 따르면서 상반신을 관리 쪽으로 기울였고, 앞을 다투어가면서 뭔가 보고를 하고 있었는데, 그들의 얼굴에 어른거리는 미소는 녹아내린 엿처럼 수시로 아래로 떨어질 것 같았습니다.

란 씨는 제 아버지를 동반하고 대문 안에서 종종걸음으로 뛰어나왔습니다. 저는 그들이 높은 관리가 찾아온 것을 이미 목격했다는 것을 알고 있었습니다. 하지만 그들은 촬영하는 데 방해가 되지 않게 하기 위해서 대문 안에서 잠시 피해 있다가, 적당한 기회를 보아 달려나왔던 것입니다. 그래, 그래, 맞아요. 한 시간 전에 그들은 시위원회 선전 간부 간사의 지도 아래 연습을 했던 것입니다.

그 간사는 성이 차이柴 씨이고 키가 크고 말랐으며 머리는 작았는데, 자세히 보니 참깨 대궁과 흡사했고, 온 얼굴이 식물같이 순박한 표정이었습니다. 차이 간사는 말랐지만 목청만큼은 매우 드높았습니다. 그는 제 어머니에게 이렇게 말했죠.

"당신! 량 동지!"

그는 귀빈을 모시는 아가씨로 초대되어온 여인들을 손가락으로 가리키면서 말했습니다.

"너, 그리고 너, 그리고 너! 너희들은 영도자들이 대문 밖에서 안으로 걸어 들어오는 모습을 도와야 해. 그리고 란 동지, 뤄 동지, 당신네 둘은 문 뒤에 숨어 있다가, 영도자들이 내가 분필로 그어놓은 흰색 선 있는 곳까지 다가왔을 때 달려 나와서 그들을 맞이하시오. 그럼 됐으니 연습을 시작합시다."

76

차이 간사가 대문 한쪽에서 큰 소리로 말했습니다.

"량 동지, 어서 사람들을 이끌고 걸으란 말이오."

몇몇 여인들은 어머니 곁에서 몸을 비꼬면서 입을 막고 웃었습니다. 어머니도 따라서 웃었습니다. 차이 간사가 엄숙하게 말했습니다.

"왜 웃는 거요? 뭐가 우습단 말이오?"

어머니는 웃음을 거두고, 마른기침을 뱉고는 옆에 있는 여인들을 보고 말했습니다.

"됐어, 웃지 말고 우리 걷기나 하자."

저와 동생은 어머니가 가슴을 펴고 머리를 쳐들고 걷는 모습을 보았는데 파란 겉옷과 파란 치마와 목에 두른 녹색 수건이 아주 그럴듯해 보였습니다.

"자네들은 좀 천천히 걷소! 그리고 아무 말이나 하오. 옳소, 바로 이렇게 하면서 앞으로 걸어요. 란 동지, 뭐 동지, 준비하오. 됐소, 걷소. 걷소. 란 동지가 앞에 서고 뭐 동지는 뒤에서 자연스럽게 따르란 말이오. 발걸음은 좀 빨라야 하오. 작은 발걸음을 잽싸게 놀리면 되오. 하지만 달리면 안 되오. 뭐 동지, 고개를 들란 말이오. 뭘 줍는 것처럼 머리를 수그리지 말란 말이오. 옳소, 옳소, 걷소."

차이 간사가 말했습니다. 차이 간사의 지도하에 란 씨와 아버지는 얼굴에 웃음을 띠면서 어머니와 하얀 선이 있는 곳에서 만났습니다. 란 씨는 환영합니다, 열렬히 환영합니다, 그렇게 말하면서 손을 내밀고 어머니와 악수를 했습니다. 차이 간사가 하는 말이, 때가 되면 진鎭에서 내려온 간부가 당신들을 일일이 영도자들에게 소개할 거요. 란 동지, 당신은 영도자의 손을 잡고 놓지 않으면 안 되오. 당신은 악수를 하고 나서 이내 한쪽으로 피하고 뭐 동지와 량 동지, 아니 영도자께서 뤄 동지와 악수를 하시게 유도해야 한단 말이오. 란 씨는 어머니의 손을 놓고 히히거리면서 한쪽으로 피했습니다. 어머니와 아버지는 마주 서서 둘 다 어색한 표정을 지었습니다. 차이 간사가 다시 말했습니다. 뤄 동지, 손을 내밀란 말이오. 그 여잔 지금 당신 마누라가 아니라 영도자란 말이오. 아버지는 투덜거리면서 손을 내밀어서 어머니와 악수를 했습니다. 아버지는 싸우듯이 소리 질렀습니다.

"환영합니다, 열렬히 환영합니다!"

그러고는 곧 손을 놓아버렸습니다. 차이 간사가 말했습니다.

"뤄 동지! 당신처럼 행동해서는 안 된단 말이오. 당신은 근본적으로 영도자들을 환영하는 태도가 아니란 말이오. 당신은 영도자들과 싸우려는 거요?"

아버지는 화가 나서 말했습니다.

"진짜 영도자들이 찾아오면, 난 이렇게 하지 않을 거란 말이오. 이게 무슨 경우란 말이오? 원숭이 놀이와 다른 점이 뭐란 말이오?"

차이 간사는 알았다는 듯이 웃으면서 말했습니다.

"뤄 동지! 당신은 습관이 돼야 한단 말이오. 이제 몇 년이 지나면 당신 부인이 정말 동지의 영도자가 될지도 모른단 말이오."

아버지는 흥, 콧소리를 내더니 얼굴에 경멸하는 표정을 지었습니다. 차이 간사가 계속 말했습니다.

"좋소. 괜찮소. 다시 한 번 더 하십시다."

그러자 아버지가 말했습니다.

"됐고, 안 할 거요. 이제 열 번 더 한다고 해도 똑같을 거란 말이오."

그러자 어머니가 말했습니다.

"싫어요. 싫어요. 영도자를 하기란 쉬운 노릇이 아니란 말이에요."

어머니는 손으로 얼굴을 닦으며 과장되게 말했습니다.

"보세요. 땀을 다 흘렸단 말입니다."

그러자 란 씨가 말했습니다.

"차이 간사, 우리들도 알아들었다니까. 이젠 틀리지 않을 겁니다. 걱정하지 마십시오."

그러자 차이 간사도 이렇게 말했습니다.

"그럼 이만 연습하세요. 그때 가서 자연스럽고 대범하게 행동해야 하오. 영도자들에게 존경을 나타내야 하지만 그렇다고 허리를 굽혀 남에게 아부하는 행동을 해서도 안 된단 말이오."

비록 먼저 한 번 연습을 했지만 아버지는 란 씨를 따라서 대문을 나올 때 여전히 부자연스러운 태도였고, 심지어 더욱 부자연스러워 보였습니다. 저는 아버지를 대신해 수치를 느꼈습니다. 란 씨는 가슴을 쭉 펴고, 허리도 곧게 편 채 얼굴에 웃음을 띠고 있었으니, 다른 사람의 호감을 살 수가 있었고 식견이 넓으면서도 소박한 본색을 잃지 않아, 믿을 만한 좋은 사람이라는 것을 알 수 있었죠. 하지만 제 아버지는 란 씨 뒤에서 머리를 수그리고, 여기저기 살피며 사람을 정면으로 못 보고 있었는데, 마치 나쁜 생각이라도 품고 있는 것 같았으며, 란 씨의 발뒤축을 밟았는지 아니면 길가에 있던 벽돌에 걸렸는지 걸음도 비틀거렸죠. 아버지의 팔은 어깨에 딜아맨 나무막대기처럼 구부러지지도 않았고, 흔들리지도 않았으며 양복은 철판으로 만든 것처럼 빳빳했습니다. 그의 표정은 웃는지 우는지 알 수 없었으며 보는 사람을 힘들게 만들었습니다. 저는 어머니가 나섰다면, 틀림없이 아버지보다 나았을 것이라고 생각했습니다. 아니 저를 시켰어도 아버지보다 나았을 것이며, 심지어 란 씨보다 나았을지도 모릅니다.

란 씨는 두 손을 내밀고 영도자의 손을 잡고 흔들면서 말했습니다.

"환영합니다, 열렬히 환영합니다!"

대영도자 옆에 있던 작은 영도자가 란 씨를 대영도자에게 소개하고 있었습니다.

"이분은 화창 총공사의 회장이며 사장인 란유리입니다."

"농민 기업가구만!"

대영도자는 웃으면서 말했습니다.

"농민입니다, 그래도 여전히 농민입니다."

란 씨는 겸손하게 말했습니다,

"기업은 감당하지 못하겠습니다."

"잘해보란 말이오. 내가 보건대 농민과 기업가 사이에는 만리장성이 쌓여 있는 것이 아니더구먼."

대영도자가 말했습니다.

"영도자님의 말씀은 지당합니다. 저흰 반드시 잘해보겠습니다."

란 씨는 대영도자의 손을 잡고 몇 번 흔들더니 옆으로 피해 섰으며 아버지에게 자리를 내주었습니다.

작은 영도자가 계속해서 소개했습니다.

"이분은 육류 가공공장의 공장장인 뤄통입니다. 육류 전문가이며 현미경 같은 시력을 갖고 있답니다."

"그래?"

대영도자는 아버지의 손을 잡고 유머가 담긴 목소리로 말했습니다.

"당신의 눈에는 살아 있는 소가 보이지 않고, 다만 고기와 뼈다귀만 보이는 거요?"

아버지는 얼굴을 한쪽으로 피해 작은 영도자의 발끝을 바라보면서 얼굴을 붉혔고 입 안으로 흥흥 소리를 냈죠.

"현미경?"

대영도자가 말했습니다.

"자넨, 관리를 잘해야 하네. 고기에다 물을 넣으면 절대로 안 된단 말이오."

아버지는 마침내 한마디했습니다.

"저희들은…… 보증합니다."

대영도자와 작은 영도자들은 란 씨의 안내하에 회의 장소로 걸어 갔고, 아버지는 무거운 짐을 내려놓은 듯 한쪽으로 피해서 영도자들이 자기 앞을 지나는 것을 보았습니다.

저는 아버지가 중요한 순간에 제대로 대응하지 못하는 모습을 보자 딱하다는 생각이 들었습니다. 저는 앞으로 달려나가 아버지 목에 매여 있는 자주색 넥타이를 잡아당기고 싶었으며, 그것을 흔들어 멍청한 상태를 깨우고, 바보처럼 길 옆에 서 있지 않게 하고 싶었죠. 구경하던 사람들도 영도자들의 대열을 따라서 육류 가공공장 정문으로 들어갔습니다. 아버지는 그래도 여전히 길 옆에 서 있었으며, 온 얼굴에 바보 같은 표정을 짓고 있었습니다. 저는 더 이상 참지 못하고 앞으로 나아가서는, 아버지 체면을 봐서 넥타이는 잡아당기지 않고 허리를 밀면서 낮은 소리로 밀했죠.

"아버지, 여기 서 있지 말아요! 란 씨와 함께 서 있어야죠! 아버지가 영도자들에게 공장 상황을 소개해야 한단 말입니다!"

아버지는 두려운 듯이 말했습니다.

"란 동지 혼자서 다 할 수 있어……"

저는 아버지의 다리를 힘껏 꼬집으면서 말했습니다.

"아버지, 정말 실망이에요!"

"아버지, 바보야!"

여동생이 말했습니다.

"가세요!"

제가 말했습니다.

"너희들은 아빠의 심정을 이해하지 못해…… 그래 좋다, 아빠는 밀고 나가겠다."

아버지는 거대한 결심을 내린 듯 대 자 걸음으로 회의 장소를 향해 걸어갔습니다. 저는 정문 옆에 있던 랴오치가 팔짱을 끼고 서서 아버지를 향해 의미심장한 웃음을 보내는 것을 보았습니다.

대회는 마침내 시작되었습니다. 대회 개막을 알리는 란 씨의 우렁찬 외침 속에서 아버지는 검역소 앞의 물 웅덩이에 있는 고기에 직접 불을 지폈으며 그것을 높이 들고 회의 장소 방향에다 대고 흔들었습니다. 한 무리의 기자들이 몰려와서 아버지의 손에 쥐어 있는 횃불을 촬영했습니다. 누구도 아버지를 인터뷰하는 사람이 없었지만 아버지는 이렇게 말했습니다.

"우리는 절대로 고기에다 물을 넣지 않을 것입니다."

그리고 그는 타고 있는 횃불을 더러운 냄새와 휘발유 냄새를 풍기고 있는 나쁜 고기에다 던졌습니다.

횃불이 미처 고기에 닿기도 전에 불길이 타올랐습니다. 저는 고기들이 불 속에서 지르는 새된 소리를 들었는데, 그것은 고통과 흥분이 뒤섞인 소리였습니다. 그것들의 소리와 함께 울려 퍼진 것은, 코를 찌르는 냄새였습니다. 그 냄새는 역하기도 하고, 향기롭기도 했습니다. 그리고 또 그것들의 소리와 함께 동시에 솟아오른 것은 갈수록 높아지는 불길과 비틀면서 솟아오르는 검은 연기였습니다. 불길은 검붉은색이라서 무겁게 한데 뭉쳐 있는 듯했습니다. 저는 일 년 전에 어머니와 함께 폐타이어와 플라스틱을 태울 때의 불길을 생각했는데, 그 불길과 눈앞의 불길은 약간 비슷한 점이 있었습니다. 하지만 본질적인 차이가 있었습니다. 그때의 불길은 공적인 불길이었고 또 플라스틱 불길이었죠. 또 화학적인 불길이었고 독이 있는 불길이었지만, 눈앞의 불길은 농업적인 불길이었고 동물의 불길이었으며 또한 생명의 불길이었으며 영양가가 있는 불길이었던 것입니다. 비록 썩은 고기라고 하지만 그래도 고기인 것입니다. 이런 고기를 태우는 일도 제게는 고기 먹는 일을 떠올리게 했답니다. 저는 이 한 무더기의 고기는 란 씨가 제 부모를 시켜서 시장에서 사온 고기라는 것을 알고 있었습니다. 그것들을 방 안에 두고서 따뜻하게 하면 역한 냄새가 나게 마련입니다. 그것들을 사온 목적은 먹기 위해서가 아니라 불길 속에서 타오르는 배역을 시키기 위해서였습니다. 다시 말해서 제 부모가 그것들을 사왔을 때는 먹을 수 있는 고기들이었던 것입니다. 재삼 말하자면, 그것들은 우리 부모들에게 팔리지 않았다면 다른 사람들에게 먹혔을 것들입니다. 그것들은 도대체 다행인지 불행인지 알 수가 없었습니다. 고기로서 제일 좋은 운명은 당연히 고기를 알고, 또 고기를 즐기는 사람들에게 먹히는 것이고, 제일 불행한 운명은 불길에 태워지는 것입니다. 그러므로 불길 속에서 고통스럽게 타고 있는 고기들, 온몸을 비틀고 몸부림치며 이상한 소리를 지르는 고기들을 보면서 제 마음속에서는 비장한 감정이 솟아올랐으며 마치 제가 바로 그 고기인 것처럼, 즉 란 씨와 부모들을 대신해서 희생이 된 것만 같앗습니다. 이 모든 것은 우리 도축 마을에서는 이제부터 물을 넣은 고기와 변질된 고기를 생산하지 않는다는 것을 증명하기 위함이었습니다. 우리는 이 불길로 외부세계에 우리들의 결심을 표시했던 것입니다. 기자들은 미동도 하지 않고 불길을 촬영하였으며 육류 가공공장 정문 앞에서 구경하던 많은 사람들의 시선이 일제히 이쪽으로 쏠렸습니다. 이웃 마을에 쓰위에+月란 이름을 가진 사람이 살았는데 모두들 그를 바보라고 불렀지만 제가 생각하기에 그는 조금도 바보 같지 않았습니다. 아무튼 그 사람이 손에 긴 무쇠 몽둥이를 쥐고, 사람들을 비집고 맨 앞으로 나가더니 고기 한 덩어리를 집고서 밖으로 도망을 갔는데 횃불을 쥔 것 같았습니다. 이글이글 타고 있는 그 고기는, 모양이 긴 가죽 신발 같았으며 기름이 뚝뚝 떨어지고 있었는데, 떨어지는 기름들은 모두 작은 불씨들이었답니다. 그것들은 찌르륵 하는 소리를 냈습니다. 쓰위에는 흥분이 되어 소리를 지르며 길 위를 이리저리 달리고 있었습니다. 어떤 젊은 기자가 그 장면을 찍었습니다. 하지만 카메라를 멘 다른 기자들은 촬영할 엄두를 내지 못하고 있었습니다. 쓰위에는 이렇게 소리쳤지요.

"고기 사세요, 고기 사세요, 구운 고기 사세요."

쓰위에의 다채로운 표현은 많은 사람들의 눈길을 끌었습니다. 개업식이 아직도 진행되고 있었으므로 대영도의 발언이 시작되자 기자들은 다시 달려가 촬영을 했습니다. 저는 몇몇 기자들은 사실 길에서 불장난을 하는 쓰위에를 촬영하고 싶어한다는 것을 알고 있었습니다. 그렇지만 그들은 중임을 맡고 있었으니 마음대로 행동할 수 없었죠.

"화창 육류 가공공장의 성립은 아주 중요한 의미를 갖고 있습니다."

대영도자의 목소리가 몇 배씩이나 커지면서 공중으로 울려 퍼졌습니다.

쓰위에는 손에 든 쇠꼬챙이를 휘둘렀는데 그 모습은 마치 연극배우가 무대에서 불꽃놀이용 총을 들고 놀고 있는 것 같았습니다. 쇠꼬챙이 끝에 매달린 그 고깃덩이는 움직임이 거세지자, 공중에서 어어하는 소리를 냈고, 타고 있는 뜨거운 기름들은 마치 유성처럼 도처로 튀었답니다. 구경하고 있던 어떤 여인이 엄마를 부르면서 손으로 얼굴을 감쌌습니다. 저는 그녀의 얼굴이 뜨거운 기름에 데었다는 것을 알았습니다. 그녀는 낮은 소리로 욕을 했습니다.

"죽일 놈, 쓰위에, 너, 이 바보야!"

하지만 그를 알은체하는 사람은 없었습니다. 사람들은 쓰위에를 따라다니며 그가 불장난하는 걸 구경했으며 수시로 잘한다고 소리를 질렀습니다.

"잘한다! 쓰위에! 아! 잘한다! 쓰위에."

격려를 얻은 쓰위에는 더더욱 좋아서 날뛰었습니다. 주위 사람들은 뛰기도 하고 피하기도 했는데 참 잘 뛰더군요.

"우리는 인민들이 시름을 덜 수 있는 고기를 먹게 하고, 화창의 이름을 날릴 것이며, 화창의 신용을 구축할 것입니다."

란 씨가 회의 장소에서 이렇게 발언하고 있었습니다.

저는 쓰위에에게서 눈길을 떼고 아버지를 찾았습니다. 저는 아버지가 육류공장의 공상상으로서 이 시각 당연히 주석대의 한 자리를 차지하고 앉아 있어야 한다고 생각했습니다. 제발 아직도 그 불더미 옆에 서 있지 말아야 하는데…… 하지만 실망스럽게도 아버지는 여전히 그 불더미 옆에 서 있었습니다. 그곳에 있던 사람들은 대부분 쓰위에를 따라갔고 다만 나이 든 사람들 몇 명이 웅덩이 가장자리에 앉아 있었는데, 추위를 쫓기 위해서인지 불을 쬐고 있었습니다. 서 있는 사람은 둘밖에 없었는데 하나는 아버지였고 다른 하나는 한 씨 아저씨의 부하였습니다. 그는 유니폼을 입고, 손에는 쇠꼬챙이를 들고 수시로 불 속을 뒤적였는데 마치 그것이 그의 중요한 책임인 것처럼 행동했습니다. 아버지는 그곳에 서서 눈 한번 깜박이지 않더군요. 우두커니 서서 불길과 연기를 바라보는 기색이 자못 엄숙했는데, 양복은 불길에 타 들어가면서 위로 감겨져 올라가, 멀리서 보니 연한 연잎 같았으며 손으로 건드리기만 하면 산산조각이 날 것 같았습니다.

제 마음속에서는 갑자기 공포가 떠올랐습니다. 아버지에게 정신적으로 문제가 생긴 것 같았습니다. 저는 아버지가 몸을 날려 불 속으로 뛰어들어 마치 그 고기들처럼 희생될까 봐 걱정되었습니다. 저는 동생의 손을 이끌고 불더미가 있는 곳으로 달려갔습니다. 이때, 제 뒤에 있던 사람들이 새된 소리를 지르더니 이내 폭소를 터뜨렸습니다. 우리는 무의식중에 뒤를 돌아다보았습니다. 쓰위에의 손에 들려 있던 쇠꼬챙이 끝의 고깃덩어리가 공중에서 재두루미처럼 날아 길 옆에 서 있던 자가용 위에 떨어졌던 것입니다. 그 차량 기사는 너무 놀라서 소리를 지르더니 욕을 하고 뛰면서, 그 고깃덩어리를 강제로 끌어내리려고 했지만 뜨거워서 도저히 끌어내리지 못하고 있었던 것입니다. 그는 만약 그 고깃덩어리를 치우지 않는다면 차가 다 타버릴 것이고, 심지어 폭발할 것임을 알고 있었습니다. 급한 나머지 그는 한쪽 신발을 벗어 고기를 끌어내렸습니다.

"우리는 엄격한 관리를 통해 우리들의 신성한 직책을 집행할 것입니다. 그래서 불합격인 고기가 우리 손을 거쳐서 나가지 못하게 할 것입니다……"

육류 검역소 직원의 격앙된 목소리가 잠시 거리의 군중들의 소리를 눌러버렸습니다.

저와 동생은 아버지 앞으로 달려가 아버지를 밀고 끌어당기며 꼬집었습니다. 아버지는 아쉬운 듯 눈길을 불더미에서 옮겨서 머리를 수그리고 우리를 바라보더니, 이미 불길에 다 타버린 것 같은 쉬어터진 목소리로 이렇게 말했습니다.

"애들아, 너희들 뭘 하고 있는 거니?"

"아버지, 여기에 있으면 안 된단 말이에요!"

"너희들 생각에 아버지는 어디에 있어야 좋겠니?"

저는 회의 장소를 가리키면서 말했죠.

"당연히 저곳에 있어야 해요!"

"애야! 아버진 어쩐지 싫어."

"아버지, 절대로 그렇게 생각하지 마세요. 아버지도 당연히 란 씨를 따라 배워야 해요."

"너희들은 아버지가 란 씨 같은 사람이 되길 바라니?"

아버지는 어두운 표정으로 되물었지요.

"예, 우리는 아버지가 란 씨보다 더 잘하기를 바라고 있어요."

"흉내 낸 노래는 부를 수 없는 거야. 하지만 애들아, 너희들을 위해서 이 아버지가 한번 도전해볼 테다."

이때 어머니가 급히 걸어와 소리를 낮춘 채 화를 내며 아버지에게 말했죠.

"당신 어떻게 된 거예요? 이내 당신 차례인데 란 동지가 당신더러 빨리 오라고 하잖아요."

아버지는 불더미를 보면서 아주 귀찮다는 듯 말했습니다.

"그래, 갈게."

"너희 둘은 불더미에서 멀리 떨어져 있어."

어머니가 말했습니다.

아버지는 회의 장소를 향해 큰걸음으로 걸었습니다. 우리는 불더미를 떠나 어머니 뒤를 따라 길에 올라갔습니다. 우리는 그 젊은 기사가 신발을 신고 나서 차에서 떨어져 내린, 그 고깃덩이를 멀리 걸어차버리는 것을 보았습니다. 그는 아직도 그곳에서 미쳐 날뛰고 있는 쓰위에에게 다가가더니, 그의 정강이를 걷어찼습니다. 쓰위에는 소리를 지르며 몸을 비틀었지만 넘어지지는 않았습니다. 저는 기사가 쓰위에를 욕하는 소리를 들었습니다.

"씨발! 뭘 하고 있는 거야?"

쓰위에는 노기 띤 기사를 멍하니 보다가 갑자기 손에 쥔 쇠꼬챙이를 들고, 기사의 머리를 향해 공격을 했습니다. 동시에 그의 입에서는 이상한 소리가 울려 나왔습니다. 기사가 황급히 머리를 움직여 피하는 바람에 다행히 쇠꼬챙이는 그의 얼굴을 스치고 지나갔습니다. 기사는 얼굴이 창백해져서 쇠꼬챙이를 잡더니 욕을 하면서 쓰위에와 결판을 내겠다고 소리를 질렀습니다. 구경하던 사람들이 기사를 잡고 말했습니다.

"동지! 그만 하오. 그만 하오. 저 애는 바보요. 그러니 절대 그 애처럼 행동하지 마시오."

그제서야 기사는 쇠꼬챙이를 놓고 씩씩거리면서 자기 앞으로 돌아와서는 공구함을 열고 솜을 한 뭉치 꺼내 자동차 꼭대기에 있는 기름을 닦았습니다.

쓰위에는 쇠꼬챙이를 들고, 앞으로 걸어가고 있었는데 다리를 약간 저는 것 같았습니다.

확성기 속에서 갑자기 아버지의 말소리가 울려 퍼졌습니다.

"우리는 절대로 고기 속에다 물을 넣지 않는다고 저는 보증합니다."

길에 있던 사람들이 모두 머리를 쳐들었습니다. 마치 공중에서 날고 있는 제 아버지의 목소리를 찾는 것 같았죠.

"우리는 절대로 고기 속에다 물을 넣지 않는다고 보증합니다."

아버지는 다시 한 번 반복했습니다.

제32포
第三十二炮

　수십 년 전에 란 씨는 내게 말하기를 유명한 영화배우 황베이윈皇飛
云은 정말 미녀였으며 그의 셋째 삼촌의 애인이라고 말한 적이 있다.
만약 그녀의 사진이 실린 신문과 잡지 포스터 등을 한데 모은다면 만
톤급 화물선은 될 것이라고 하였다. 십여 년 전, 란 씨는 여러 장소
에서 이렇게 말했다.

　큰스님, 란 씨는 그의 입으로 우리들에게 그의 셋째 삼촌의 여러
가지 애정사를 들려주었습니다.

　나는 아름다운 황베이윈을 잘 알고 있다. 비범한 사내 같은 그녀의
생동감 있는 모습은 마치 구슬로 된 커튼을 드리운 듯 내 앞에 걸려
있다. 비록 지금 그녀는 이미 은퇴해 대부호의 사모님이 되었고, 아
들 딸들의 엄마가 되어 봉황산 자락 호화 별장의 여주인으로 한가롭
게 지내고 있지만, 아직도 팬들이 따라다니는 화제의 인물인 것이다.

그녀의 이동수단은 호화 자가용이며 호화 저택의 지하에서 나와 질풍 같은 속도로 산을 둘러싼 지방도로를 따라 달린다. 멀리서 바라보면 자가용이 마치 하늘에서 내려오는 것 같다. 그들의 출몰에 대해서 언어가 사람을 놀라게 하는 위력이 없다면 비유할 필요가 없다고 생각하는 어떤 작은 출판사의 기자들이 이렇게 비유한 적이 있다. '구천九天의 선녀가 땅에 내린다.'

　그녀는 검은 선글라스를 쓰고 차에서 내렸고, 시녀가 뒤에서 그녀의 강아지 두 마리를 안고 뒤따르고 있었는데, 한 마리는 나폴레옹, 다른 한 마리는 페이원리費雯麗라고 부르는, 일반인들은 알지도 못하는 유명한 개였다. 그녀는 샹들리에 등이 걸린 홀을 급히 걸어 지나갔는데, 화려한 화강암 바닥에 그녀의 치마 속 풍경이 훤히 비쳤다. 많은 탤런트들이 이 레스토랑에 대해 흉을 보는 이유 중의 하나였다. 하지만 이름 있는 탤런트들이 이곳을 좋아하는 이유이기도 했다. 레스토랑의 웨이터는 이미 그녀를 알아보았지만, 말을 걸어볼 엄두를 내지 못하고 눈을 내리깔고는 그녀의 주름치마를 따라 시선을 움직일 뿐이었다. 엘리베이터 앞에서 그녀는 강아지를 안고 따라오던 시녀에게 거기 있으라고 눈치를 주더니 혼자 엘리베이터 안으로 들어갔다. 반투명한 엘리베이터는 그녀를 싣고서 곧장 이십팔층까지 올라갔다. 그곳은 귀빈실이며 인민들이 들고 일어날 만큼 호화로운 총통외 스위트룸인 것이다. 그녀가 문을 두드리자 어떤 사내가 문을 열고는 누구를 찾는지 물었지만, 그녀는 그 사내를 밀치고 안으로 들어갔다. 커다란 거실에는 여기저기에 모두 생화가 가득했다. 그녀는 아름답기로 소문난 검정색 모란꽃을 밟으며 곧바로 침실로 들어갔다. 너무 커서 그 위에서 자전거라도 탈 수 있는 침대가 방 가운데 놓여 있었는데 그것은 차라리 외경심을 자아냈다. 침대에는 아무도 없었으나 화장실에서 물소리가 났다. 그녀는 문을 발로 차고 들어갔는데 수증기가 뿌옇게 스며 나왔다. 물소리와 여인들의 웃음소리가 들려왔다. 증기가 걷히자 안마 기능이 있는 커다란 욕조에서 물이 마치 샘처럼 솟아오르는 게 보였다. 욕조에서는 네 명의 젊은 처녀애들이 란 우두머리를 에워싸고 있었다. 수많은 붉은 꽃잎들이 넘쳐흐르고 있었다. 우리는 그 탤런트가 검정색 병을 꺼내서 욕조에다 던지는 것을 보았다. 그리고 그녀는 가볍게 말했다.

"유산균이야."

그 말을 하고 나더니 그녀는 몸을 돌려서 나갔다. 네 명의 아가씨들이 새된 소리를 지르며 물속에서 기어 나왔는데 원래 하얗던 피부가 모두 검정색으로 바뀌었다. 몸은 블랙이고 얼굴은 화이트였다. 그러나 란 우두머리는 여전히 물속에 누워 눈을 감고 말했다.

"저녁에 밥 사줄 테니 삼층에 있는 화이양춘 옥으로 와."

탤런트는 몸을 돌려 침실을 나가면서 이렇게 말했다.

"당신도 어디 가서 좀 괜찮은 애들을 찾으란 말이에요."

그러자 욕조에서 란 우두머리가 말했다.

"하지만 이 애들은 당신보다 젊단 말이오."

우리는 탤런트가 거실에서 계속 검은 꽃잎들을 밟고 침을 뱉으며 걸어 나가는 것을 보았다. 종업원은 두 눈이 휘둥그레져서 그녀가 거실에서 행패를 부리는 것을 보고 있었다. 벨소리가 마구 울리고 두 경비가 뛰어 들어와서 물었다.

"무슨 일이오?"

그 탤런트는 파란 꽃송이들을 쥐고 경비의 얼굴을 향해 힘껏 때렸다. 경비는 얼굴을 감싸 쥐고 밖으로 달려 나갔고 밖에서는 벨소리가 크게 울려 퍼졌다.

　육류 가공공장이 개업한 지 얼마 안 되던 어느 날 저녁, 아버지와 어머니, 란 씨 그리고 저와 여동생은 우리집 안방의 테이블에 마주 앉았습니다. 전등은 테이블 위에서 미지근한 김을 내뿜고 있는 고기와 포도주를 밝게 비추고 있었습니다. 병에 있는 술과 술잔에 있는 술은 모두 짙은 붉은색이었는데 모두 신선한 소의 피 같았습니다. 그들은 적게 먹고 많이 마셨습니다. 저와 여동생은 적게 마시고, 많이 먹었습니다. 사실 저와 여동생은 술을 제법 마실 줄 알았지만 어머니가 우리에게 술을 마시지 못하게 했습니다. 여동생은 의자에 앉아서 졸고 있었고 저도 약간 졸렸습니다. 고기를 먹은 뒤 조는 것은 우리들의 습관이었습니다. 어머니는 여동생을 안아서 온돌에 눕히고 저를 보면서 말했습니다.
　"너도 가서 자. 샤오퉁!"
　"싫어요. 전 여러분들과 학교를 다니지 않는 문제를 상의할 건데요."
　"란 회장님, 이 애가 학교를 그만두고 육류 가공공장으로 가 일을 하겠대요."
　"그래?"
　란 씨가 웃으면서 물었습니다,
　"학교를 그만두겠다는 이유가 뭔데?"
　저는 정신을 차리고 말했습니다.
　"학교에서 가르쳐주는 지식은 아무런 소용도 없는 것입니다. 그리고 저는 고기에 대해 아주 특별한 감정이 있고 고기들이 하는 말을 들을 수도 있습니다."

란 씨는 놀라워하더니 갑자기 웃었고, 한참 지나서야 말했습니다.

"샤오퉁! 너는 비상한 인재란 말이야. 특별한 재능이 있는지도 모르지. 난, 너를 건드리고 싶지는 않아. 하지만 공부는 해야 한단다."

"절대 가지 않을 겁니다. 저에게 계속 학교를 다니라고 하는 것은 제 생명을 낭비하는 것입니다. 저는 매일 하수구를 통해 육류 가공공장으로 가서 참관하고 있는데 퍽 많은 문제들을 발견했죠. 만약 저에게 육류 가공공장으로 가 일을 하게 해준다면 저는 그런 문제를 해결해서 당신들 일을 돕겠습니다."

"터무니 없는 말 그만 하고 어서 가서 자."

아버지는 시끄럽다는 듯이 말했습니다.

"상의할 일이 있다니까요."

저는 이 문제를 상의하고 싶었지만 아버지는 굳은 표정을 짓고 화를 냈죠.

"샤오퉁!"

저는 투덜거리면서 방 안으로 들어가 온돌 앞에 있는 새로 사온 홍무紅木* 의자에 앉아 바깥의 동정을 살폈습니다.

란 씨는 높다란 유리병의 술을 놀리면서 술잔에 든 술을 이리저리 움직이고 있었습니다. 그는 냉정하게 물었죠.

"뭐 동지! 량위전! 우리가 이렇게 하는 건 돈을 버는 일 같소? 아니면 밑지는 장사 같소?"

"만약 고기 값이 오르지 않는다면 틀림없이 돈을 벌 수 없죠."

---

* 홍무(紅木) : 붉은 색상의 최고급 목재.

어머니는 걱정하면서 말했습니다.

"우리 고기가 물을 넣지 않은 고기라고 해서 값을 올려주지는 않을 거예요."

"내가 자네들을 찾아온 이유도 바로 그거란 말이오."

란 씨는 술 한 모금을 마시고 나서 말했습니다.

"요 며칠 동안 나와 황빠오는 고기 장수로 가장하고 주위에 있는 다른 고기 가공 공장으로 가보았는데 그들이 생산해내는 상품 고기들에는 모두 물을 넣고 있었소."

"하지만 우리는 영도자들 앞에서 큰소리쳤잖아요. 겨우 며칠밖에 지나지 않았는데, 그렇게는 못하지."

"여보게, 방법이 없단 말일세. 현 시장 상황이 그렇다니까. 자네가 고기에다 물을 넣기 싫어하는 것처럼 나도 그렇게 하고 싶지 않아. 하지만 우리가 고기에다 물을 넣지 않는다면 다른 사람들이 돈을 버는 동안 우리는 문을 닫아야 해."

"우리는 당연히 다른 방법을 생각해야지요."

아버지가 말했습니다.

"그럼 말해보게. 무슨 방법이 있는지? 나는 정말로 정정당당하게 일을 해보고 싶단 말이야. 만약 자네에게 좋은 방법이 있다면 우리는 단호히 고기에다 물을 넣지 않겠네."

"관계 기관에 찾아가 고기에 물 넣는 공장을 고발합시다."

아버지는 힘없이 이렇게 말했습니다.

"그것도 방법이라고 말하는 건가? 자네가 말하는 관계 기관에서 파악하고 있는 자료들은 우리가 알고 있는 것보다 더 많단 말이오. 그들은 다 알고 있단 말이지. 하지만 그 사람들도 방법이 없단 말이오."

란 씨가 냉정하게 말했습니다.

"게도 강을 건널 때는 조류를 따른다고, 모두들 물을 넣는데 우리만 물을 넣지 않는다면 우리가 바보라는 것 이외에 다른 것은 아무것도 설명할 수 없어요."

어머니가 말했습니다.

"우리는 다른 일을 할 수도 있단 말이오. 왜 꼭 도축업을 해야 한단 말이오?"

아버지가 하는 말이었죠.

"우리가 도축업 말고 또 무슨 일을 할 수 있단 말이오? 우리가 가진 재주가 이건데. 다시 말해 당신이 소를 검사하는 일도 역시 도축업에서는 하나의 필수적 요소란 말이오."

란 씨가 비꼬면서 말했습니다.

"내가 뭘 했다고 그러십니까?"

"우리에게는 다른 재주가 없소. 하지만 도축업에는 우선권이라는 게 있단 말이오. 고기에다 물을 넣는다 해도 다른 사람들보다 교묘하게 할 수 있단 말이지."

"넣읍시다. 뭐통! 우리는 어디까지나 밑지는 장사를 할 순 없지요?"

어머니가 이렇게 말했습니다.

"당신들이 물을 넣으라면 그렇게 하지요. 다만 검역소의 한 씨네에게 꼬리를 잡히지만 않으면 되는 거요?"

아버지가 한 말이었습니다.

"그가 감히! 그는 우리가 길러낸 개란 말일세!"

란 씨가 이렇게 말했습니다.

"태도를 바꾼 원숭이는 안색 달라진 개새끼요!"

"자네들은 걱정 말고 밀어붙이게. 한 동지 쪽은 내가 알아서 처리할 테니. 마작 몇 번 같이 놀아주면 되는 일 아니겠나? 사실 그도 육류공장이 있어야 검역소가 존재한다는 사실을 잘 알고 있다네."

란 씨가 말했습니다.

"나는 더 이상 할 말이 없소. 하지만 고기에다 포르말린은 넣지 않기 바라오."

"그렇게는 안 하지. 우리가 그래도 양심이 있는 사람들인데. 그리고 고기를 먹는 사람 대부분이 백성들인데 우리가 그들의 건강을 책임져야지."

란 씨가 엄숙하게 말했습니다.

"우리는 제일 맑은 물을 넣을 거란 말이오."

란 씨는 또 가볍게 말했습니다,

"사실 미량의 포르말린을 넣는 것은 사람의 건강에 해가 없다오. 반대로 암을 예방하고 항생제 역할을 할지도 모르며, 늙지 않고 장수하게 해줄지도 모른단 말이오. 하지만 우리는 포르말린은 넣지 맙시다. 우리의 목표는 아주 원대하며 예전의 그런 작은 도축 방식이 아니지 않소. 우리의 거대한 도축장에서는 신뢰를 저버리는 일은 하지 않는단 말이오. 인민들의 생명을 갖고 실험할 수는 없지 않소?"

란 씨는 웃음 띤 얼굴로 바꾸고 말했습니다.

"멀지 않은 장래에 우리는 육류 가공공장을 현대화한 내기입으로 키울 것이고, 자동화 생산을 진행할 것이오. 이쪽에서 가축들을 끌어들이면 저쪽에서는 소시지가 나오고 캔이 나온단 말이지. 그때가 되면 물을 넣는가 넣지 않는가는 별로 문제가 되지 않게 된단 말이오."

어머니가 희망을 품고 대답했죠.

"당신이 이끌고 있는데 우리는 틀림없이 이 목표를 실현할 것입니다."

"당신들은 모두 꿈꾸기를 좋아하는구먼."

아버지는 냉정하게 비웃었습니다.

"그래도 물을 넣는 문제를 생각해보오. 어떻게 넣을 것인지, 얼마를 넣을 것인지. 만약 물을 넣은 사실을 들킨다면 어떻게 할 거요? 이전에는 집집마다 하니까 괜찮았지만 지금은 사람이 많아서 감추기 어렵단 말이오."

저는 방에서 나와 정중하게 말했습니다.

"아버지! 제가 물을 넣는 좋은 방법을 생각해냈습니다."

"너, 아직도 안 자고 뭘 하는 거니? 넌 어른들 일에 참견하지 마."

"아버지! 전, 참견하는 것이 아니에요."

"저 애더러 말해보게 하오."

란 씨가 말했습니다.

"말해봐라, 샤오퉁! 너의 고견을 듣고 싶구나."

"저는 여러분들이 고기에다 물을 넣는 방법을 다 알고 있어요. 그리고 우리 마을 도축장들이 물을 넣는 방법도 저는 대부분 다 보았습니다. 그들은 모두 동물이 죽은 후에 고압 탱크로 그것들의 심장을 통해 물을 주입했습니다. 이때는 동물이 이미 죽은 뒤라 그것들의 기관과 세포들이 물을 흡수할 수가 없게 되죠. 그러므로 물 한 근을 주입하면, 적어도 여덟 냥은 소실됩니다. 제 결론은 왜 동물이 살아 있을 때 물을 주입하지 않는가 하는 것입니다."

"일리가 있구나. 계속 말해보게나, 친구!"

"저는 의사가 사람들에게 모르핀 주사를 놓는 장면을 보고 어떤 계시를 얻었는데요, 우리도 동물을 잡기 전에 짐승들에게 마취용 주사를 놓는 것입니다."

"그럼 너무 늦는 거 아니니?"

어머니가 말했습니다.

"우리가 짐승들에게 반드시 물을 넣을 필요는 없겠고, 다른 방법을 쓰면 되겠구나. 그런데 너의 이 방법은 정말로 묘안이구나. 살아 있을 때 물을 주입하는 것과 죽은 후에 물을 주입하는 것은 완전히 다른 개념이란 말이다."

란 씨의 말이었습니다.

"죽은 후에 물을 주입하는 것은 진짜로 물을 넣는 것입니다. 하지만 살아 있을 때 물을 주입하는 것은 그것들의 내장을 청결히 하기 위해서 하는 행동이기에 맹목적으로 물을 주입하는 행위가 아닌 것입니다. 그것들의 혈관마저 하나씩 다 청결해질 수 있단 말입니다. 저는 이렇게 하면 고기의 무게를 높이려는 여러분들의 목적을 이룰 수 있을 뿐만 아니라 고기의 품질도 상대적으로 높일 수 있다고 생각합니다."

저는 이렇게 말했습니다.

"샤오퉁 조카! 너는 정말로 너무도 말을 잘하는구나."

란 씨는 손을 떨면서 담배 곽에서 담배 한 대를 꺼내 붙여 물고는 계속 말했습니다.

"뭐 동지, 들었소? 아들이 자네보다 더 머리가 좋단 말이오. 우리는 모두 늙었소. 머리를 쓸 줄 모른단 말이오. 그렇소. 우리는 가축들에게 물을 주입하는 것이 아니라 물을 먹이는 거요. 우리가 물을 먹이는 목적은 가축들의 체내에 있는 유해물질들을 제거하기 위해서

요. 그리고 고기 품질을 높이기 위해서 그런단 말이오. 그러니 우리는 이 과정을 고기를 씻는 과정이라고 부를 수 있단 말이오."

"저는…… 그럼 저도 육류 가공공장으로 출근할 수 있는 거예요?"

저는 물었습니다.

"도리대로라면 너는 학교를 다니지 않아도 괜찮단다. 네가 학교로 가면 그 차이 선생을 화병이 나서 죽게 할 것이니까. 하지만 그래도 네 장래를 위해서 너의 부모들의 의견을 들어야 한다."

란 씨가 이렇게 대답했습니다.

"저는 그들의 의견을 듣고 싶지 않아요. 저는 다만 당신의 의견을 듣고 싶단 말이에요."

"나는 달리 의견이 없단다."

란 씨는 교활하게 말했습니다,

"만약 네가 내 아들이라면 학교에 가지 않아도 괜찮지. 하지만 너는 내 아들이 아니지 않니?"

"그럼 당신은 제가 공장에 출근하는 것에 동의하신 겁니까?"

"뭐 동지, 자네 보기에는 어떻소?"

란 씨가 물었습니다.

"안 되오."

아버지가 단호하게 말했습니다,

"나와 네 엄마가 그곳에서 일하는 것으로 족해."

"제가 없으면 여러분들은 이 공장을 잘 꾸려나갈 수가 없단 말이에요. 여러분들은 고기에 대해 감정도 없고 느낌도 없는 사람들이란 말입니다. 그러니 좋은 고기를 생산해낼 수가 없단 말이죠. 먼저 저를 한 달 동안 써보는 건 어때요? 만약 제가 잘못한다면 저를 쫓아내세요, 그러면 저도 학교에 잘 다닐 거예요. 제가 잘한다고 해도 오래는 하지 않을 겁니다. 일 년만 할 거예요. 일 년 뒤에는 다시 학교를 다니든지 아니면 더 넓은 세상으로 나가서 돌아다니면서 일을 할 거예요."

제33포
第三十三炮

　호화로운 음식점인 화이양춘 관 삼층의 한 방 안에는 직경이 삼 미터인 둥근 식탁에 수십 가지의 맛있는 음식들이 차려져 있었다. 입구의 맞은편 벽에는 붉은색 빌로드 배경 위에 금으로 봉황과 용의 도안이 박혀 있었다. 이 식탁 주위에는 열두 개의 받침이 있는 의자가 놓여 있었지만 오직 란 우두머리 혼자만 앉아 있었다. 아래턱을 받치고 있는 그의 표정은 슬프고 힘이 없어 보였다. 식탁 위의 산해진미들은 어떤 것은 아직도 뜨거운 김이 피어오르고, 어떤 것은 이미 식어 있었다. 하얀 옷을 입은 종업원이 붉은색 양복 치마를 입은 마담의 인솔하에 방 안으로 들어왔다. 종업원은 도금이 된 커다란 쟁반을 들고 있었는데 쟁반 안에는 또 작은 접시가 놓여 있었고 작은 접시 안에는 또 황금색 액체가 흐르고 있는 음식이 담겨 있었으며 기이한 향기를 뿜고 있었다. 마담은 큰 쟁반에 놓인 작은 접시를 들어 란 우두머리 앞에 놓으면서 낮고 느린 소리로 말한다.

"란 선생님! 이것은 헤이룽장 성黑龍江省*에서 소문난 황색 물고기의 코에 있는 그 연한 뼈입니다. 다른 이름으로는 용골이라고 하며 봉건사회에서는 황제가 먹던 음식이랍니다. 이 음식은 요리하기가 아주 번거롭답니다. 먼저 식초에다 삼 일 동안 담갔다가 다시 산 닭즙에다 하루 동안 삶아야 한답니다. 이 용골은 우리 지배인이 직접 요리한 음식입니다. 따뜻할 때 드십시오."

란 우두머리는 담담하게 말했다.

"이것을 두 부분으로 나누어서 봉황산의 황베이윈 별장으로 보내서 하나는 나폴레옹에게 주고, 다른 하나는 페이윈리에게 주라고 하오."

마담은 놀라서 길어진 눈썹이 위로 모두 치켜 올라갔지만 아무 말도 할 엄두를 내지 못했다. 란 우두머리가 일어서면서 말했다.

"양춘 면발 한 그릇을 끓여서 내 방에 올려놓으시오."

란 씨가 특별히 좋은 날을 잡아서 저를 고기 썻는 도축장의 주임으로 임명했습니다.

제가 공장에 들어가서 제기한 첫 건의는 바로 개와 양을 도축하는 곳을 합하고, 물을 주입하는 도축장을 하나 만드는 일이었습니다. 다시 말해서 어떠한 짐승이든지 먼저 물 주입 도축장을 지나야만 도축 현장으로 이동해서 잡을 수 있도록 한 것이었습니다. 란 씨는 저의 이 의견에 대해 일 분 동안만 고려하고 나서 이내 눈을 커다랗게 뜨더니 노란 눈동자에서 빛을 뿜으면서 과감하게 말했습니다.

---

* 헤이룽장 성(黑龍江省): 조선족 자치구가 있는 옌벤 자치구 둥베이 삼성 중의 하나.

"좋아!"

저는 하얀 종이에다 푸른색과 붉은색 볼펜으로 제 마음속에 있는 도안을 그려놓았습니다. 란 씨는 제 설계에 대해 이렇다 말이 없었으며 그저 그윽한 눈길로 저를 바라보면서 큰 소리로 말했습니다.

"하고 싶은 대로 해보아라!"

아버지는 제 설계에 대해 많은 의견을 제기했고 심지어는 제가 마구 장난을 한다고까지 말했습니다. 하지만 저는 그가 마음속으로는 저에 대해 아주 탄복하고 있다는 것을 알고 있었습니다. 속담에 아들을 진정 잘 아는 사람은 아버지다, 라고 하였지만 저는 반대로, 아버지를 아는 사람은 아들이다, 라고 말할 수 있었습니다. 저는 아버지가 생각하고 있는 것을 손금 보듯 하고 있었습니다. 제가 도축장에 서서, 옛날에는 개별적으로 도축업을 했고, 지금은 육류 가공공장의 공인으로 일하고 있는 노무자들에게 명령을 내리고 있는 것을 보면서 그는 비록 마음속으로는 다른 생각이 있기는 했지만 내심 뿌듯해하고 있었던 것입니다. 사람들은 누구든지 질투할 수 있지만 자기 아들에 대해서는 질투하지 않는답니다. 아버지가 제 행동에 대해 불쾌해하는 것은 제가 그의 일을 빼앗았다고 그러는 것이 아니라 제가 어린 나이에 늙은이 같은 행동을 하는 것이 불안해서 그랬던 것입니다. 우리가 살던 그곳에서는 너무 총명한 애들은 수명이 길지 못하다는 말이 전해지고 있었기 때문입니다. 제가 총명하게 행동할수록 그는 저를 더욱 귀하게 여겼고 저에게 더 큰 기대를 품었습니다. 그러나 제가 총명해질수록 그 오래된 전설에 따르면 제가 죽을 날도 멀지 않다는 것입니다. 아버지는 이런 이상한 소용돌이에 빠졌던 것입니다.

열두 살 먹은 아이가 산 짐승에게 물을 주입하는 방법을 생각하고 자신의 의도대로 도축 현장을 개조하고 또 이십여 명의 공인들을 지휘해서 매우 효율적인 생산을 지휘했다는 사실은 지금 다시 생각해보면 정말로 기적이 아닐 수가 없습니다. 그때의 저를 회상하면 저는 이렇게 감탄한답니다.

"씨발! 그때의 나는 얼마나 대단했었던가!"

큰스님! 제가 그때 얼마나 대단했는지 곧 스님께 말씀드리겠습니다. 우리가 물을 주입하던 도축장과 그 도축장의 상태를 묘사하기만 하면 당신은 제가 얼마나 대단했는지 알 수 있을 겁니다.

우리 공장은 경비가 아주 엄했습니다. 우리는 동종업계 종사자들이 찾아와 정보를 빼가는 것도 막아야 했고, 또 나쁜 심보를 품은 기자들이 도축장으로 찾아와서 촬영하는 것도 막아야 했습니다. 물론 우리가 외부에 하는 말은, 외부의 침입자가 고기에 독극물을 넣는 것을 막는 중이라고 떠들었지요. 비록 제가 발명한 물 주입 방법은 고기에다 물을 주입하는 것이 아니라 짐승들의 고기를 '씻는 것'이 되었지만, 기자들의 펜 끝에서는 무엇이든지 왜곡되어서 원래의 모습을 다 잃고 마는 것입니다. 기자들에 대해 할 말이 있는데 그것은 제 기억 가운데서도 특별히 멋있는 장면이었습니다.

제가 임명된 날, 란 씨가 공인들 앞에서 저를 임명한다고 선포하고 나서 저는 공인들에게 이렇게 말했습니다.

"만약 여러분들이 저를 어린아이라고 여긴다면 그것은 잘못된 생각입니다. 제가 여러분들보다 작은 것은 다만 키와 나이입니다. 하지만 저의 학문은 여러분들보다 크고, 저의 대뇌도 여러분들보다 쓸모가 있습니다. 여러분들 각자의 행동을 저는 다 볼 것이며 마음에 새

겨둘 것입니다. 그리고 여러분들 각자의 정황을 란 씨에게 보고할 것입니다. 여러분들이 저를 두려워할 필요는 없습니다. 하지만 여러분들은 란 씨는 두려워해야 할 것입니다."

란 씨는 한마디 더하였습니다.

"나를 두려워할 필요도 없소. 그것은 여러분들이 모두 자기를 위해서 일하고 있기 때문이오. 여러분들은 나, 란 가를 위해서 일하는 것도 아니고 뤄통과 뤄샤오퉁을 위해 일하는 것도 아니기 때문이오. 우리가 뤄샤오퉁에게 위임한 것은 그가 기발한 방법을 고안했기 때문이며 그 기발한 방법들이 우리 공장에 활력을 갖다줄 수 있기 때문이오. 활력이 뭔지 여러분들은 알지 못할 수도 있소. 하지만 돈이 뭔지는 알 거요. 활력이 바로 돈이란 말이오. 육류공장이 돈을 벌면 여러분들도 돈을 벌게 되는 거요. 여러분들이 돈을 벌어야만 좋은 것을 먹고 마시고 할 수 있으며, 집도 지을 수 있고 부인도 맞아들일 수 있으며, 딸자식들을 시집보낼 수 있고 굽어진 허리도 펼 수가 있단 말이오. 여러분들도 알다시피 개별적인 도축은 이미 금지령이 내려졌고, 만약 그렇지 않다면 나도 이 육류 가공공장을 꾸리지 않았을 거요. 만약 누가 남몰래 가축들을 잡다가 발각된다면 최소한 집이 다 털릴 정도로 벌금형을 얻어맞을 것이고 운이 나쁘면 감옥살이를 해야 할 것이오. 내가 육류 가공공장을 세운 것도 여러분들을 위해서란 말이오. 왜냐하면 우리 마을 사람들이 제일 잘하는 일이 바로 도축이니까. 이 일이야 여러분들 모두 잘 알지만 다른 일에는 모두들 문외한이잖소. 물론 가축들을 기르는 사람도 있고, 고기를 가공하는 사람들도 있다고 하지만 결국에는 도축장을 떠날 수 없단 말이오. 여기까지 말하면 결론이 나오잖소.

육류공장이 잘되면 여러분들도 잘되는 것이고, 육류공장이 잘 안되면 모두 밥을 먹을 수 없단 말이오. 그리고 우리가 육류공장을 잘 꾸려 나가려면 반드시 힘을 합쳐야 한단 말이오. 여럿이 나무를 줍는다면 불길이 높다는 말과 사람 마음을 합치면 태산도 움직일 수 있단 말을 알 거요. 여덟 신선이 바다를 지날 때는 각자 기능을 발휘한다오. 그러므로 누가 재간이 있으면 누구라도 임명할 것이오. 관례적으로 보자면 샤오퉁은 아직 어린이라지만 내 눈에는 이미 애가 아니라 인재란 말이오. 인재라면 이용해야 하오. 물론 샤오퉁이 들고 있는 것도 철밥통은 아니오. 그가 일을 잘한다면 계속해서 일을 하는 것이고, 잘못한다면 우리는 그를 시키지 않을 거요. 샤오퉁 주임! 어서 명령을 내리시오."

나이를 먹은 뒤로는 사람들 앞에서 말을 잘하지 못하지만, 그때 저는 사람들 앞에서 미친 사람처럼 말을 잘했고, 무언가를 표현하려는 열망이 강했으며, 사람들이 많을수록 더욱 힘이 생겼습니다. 저는 얼마 전에는 도축자였고, 지금은 공인인 사람들을 지휘했는데 마치 대담한 목동이 한 무리의 바보 같은 소들을 향해 소리 지르는 것만 같았습니다. 저는 그들에게 제가 그려놓은 도안대로 먼저 도축장 가운데 높다란 철 가름대 두 줄을 세우게 한 뒤 그것과 교차되게 굵은 철 가름대를 세우고는 철사로 아주 많은 철 막대기를 고정하게 했는데, 이리하여 커다란 철 틀이 만들어졌습니다. 저는 또 그들에게 명령하여 새로운 하얀 철판으로 두 개의 커다란 물탱크를 만들게 하고는 그것을 도축장의 제일 안쪽에 있는 견고한 강철 받침대 위에 올려놓게 했습니다. 그러고는 이 물탱크 밑 부분에서 두 개의 철 호스를 끌어냈으며 철 호스는 철 가름대를 지나서 온 도축장을 다 지나도록 했습니다. 이 두 개의 철 호스는 이 미터에 하나씩 수도꼭지가 있었으며 그 수도꼭지 위에는 투명한 고무 호스가 씌워져 있었습니다. 이것이 바로 물을 주입하는 설비의 전부였습니다. 설비는 확실히 간단했습니다. 복잡한 설비는 쓸모가 없고, 쓸모 있는 설비들은 간단했습니다. 저는 공인들이 일을 하면서 코를 벌름거리거나 눈을 찡그리는 것을 보았습니다. 어떤 이들은 아예 킥킥 웃어대기까지 했죠. 저는 또 어떤 인간이 나지막이 지껄이는 소리도 들었죠.

"이게 대체 뭐 하는 짓이오? 베짱이 집을 만드는 거요?"

저는 그자의 말을 받아서 아무런 망설임 없이 큰 소리로 말했죠.

"그래요. 베짱이 집을 만들고 있어요. 저는 베짱이 집 안으로 바보 같은 소들을 끌어들이겠단 말이에요!"

저는 이 공인들이 얼마 전에는 모두가 마을에서 제 마음대로 일하던 사람들이었고, 대부분이 불법 도축자였던 사람들로서 결코 저를 감동시키지 못한다는 것을 알고 있었습니다. 그들은 모두 란 씨가 어린아이를 도축장의 주임으로 임명한 것은 웃기는 일이라고 여겼으며, 저의 설계와 지휘 역시 장난이라고 여겼던 것입니다. 저는 그들에게 해명하지 않았습니다. 해명해도 아무런 소용이 없을 테니까요. 저는 나중에 사실로써 증명할 것이었습니다.

하지만 당장은 내가 너희들에게 지시하면 너희들은 그저 따르면 되는 것이고, 너희들이 어떻게 생각하든 그것은 너희들의 자유이다.

도축장의 설비들은 다 준비되었습니다. 공인들은 한쪽에 모여서 어떤 이들은 담배를 피우고 어떤 이들은 이리저리 살피고 있었습니다. 저는 아버지와 란 씨를 모시고 도축장에서 시찰을 하면서 그들에게 여러 가지 설비들의 용도를 설명했습니다. 시찰이 끝나자 저는 담배를 피우고 있는 그 공인을 보면서 말했습니다.

"만약 내일 당신들이 이곳에서 또 담배를 피운다면 난 보름치 급료를 깎을 거요."

담배를 피우던 공인들이 불만 가득한 표정을 지었지만 그래도 그들은 담배를 껐습니다.

이튿날 이른 아침, 물을 긷는 여섯 명의 공인은 두 개의 커다란 물탱크를 가득 채워놓았습니다. 저는 원래는 전동기 물탱크를 설계해서 우물물을 끌어올리고, 호스를 통해서 물을 채울 수 있었지만, 그렇게 되면 투자 규모가 커지게 되고 더욱 중요한 것은 제가 보건대 그렇게 하는 것은 의미가 없었고 보기도 싫었으며 떠들썩하지도 않을 것이었습니다. 저는 공인 여섯 명이 물통을 메고서 우물과 도축장 사이를 열심히 오가는 것을 보는 것이 즐거웠습니다.

여섯 명의 공인들은 물탱크를 다 채우고 나서는 도축장 입구에 서서 멜대를 메고 휴식을 취했습니다. 저는 그들에게 다시 한 번 당부했습니다.

"당신들은 일단 물을 채우기 시작하면 물탱크 속에 항상 물이 차 있도록 해야 하고, 물탱크가 비면 안 됩니다."

그들은 가슴을 치면서 제게 맹세했습니다.

"주임! 걱정 마십시오."

그들의 표정은 모두 유쾌해 보였습니다. 저는 그들이 왜 기뻐하고 있는지 알고 있었습니다. 사실 공인 넷으로도 물탱크에 항상 물이 차게 할 수 있었지만 그렇게 되면 너무 적적할 것 같아서 제가 두 사람을 더 증원했기 때문입니다.

아직은 정식 출근 시간이 아니었지만 저의 아버지와 어머니와 란 씨는 벌써 공장에 나와 있었습니다. 저는 그들과 함께 도축장을 한 바퀴 돌았습니다. 그러고는 그들에게 이것저것 가리키면서 기술적인 문제들을 설명했는데, 모두 그럴듯했습니다. 제 여동생은 요 며칠 동안 줄곧 제 뒤를 따라다녔으며 저를 대신해서 설탕물이 담긴 군용 철로 만든 물통——이것도 왕년에 제가 어머니를 따라서 고물을 수집할 때 구한 물건입니다만——을 메고 다녔으며, 제가 명령을 내리고 난 뒤면 그 애는 엄지를 내밀고서 "오빠! 대단해!"라고 칭찬했습니다. 그리고 나서 그 애는 물통 마개를 열고 물을 제 앞으로 내밀면서 말했습니다.

"오빠, 물 마셔요."

제 아버지와 란 씨가 시찰을 다 하고 나자 출근 시간이 되었습니다. 저는 도축장의 전체를 잘 볼 수 있기 위해 도축장 문 입구에 있는 의자 위에 올라서서 공인들을 향해 소리를 질렀습니다.

"준비 됐어요?"

공인들은 잠깐 멍해 있다가 이내 사전에 미리 준비했던 것처럼 일제히 소리를 질렀습니다.

"준비되었습니다. 주임께서 지시를 내리세요."

공인들이 일부러 정색한 표정을 지었기에 원래 엄숙한 의식이 약간 우스꽝스럽게 되었습니다. 저는 몇몇 짓궂은 공인들의 입가에 비웃음이 어려 있는 것을 보았습니다. 하지만 저는 상관하지 않았습니다. 저는 틀림없이 성공할 것이라고 믿고 있었기 때문입니다. 저는 계속해서 명령을 내렸습니다.

"지금 소 외양간에 가서 고기 소들을 끌고 오시오!"

공인들은 간단한 끈과 씌우개를 급히 집어 들고서 큰 소리로 대답했습니다.

"알겠습니다!"

"출발!"

저는 이렇게 소리를 지르면서 드라마에 나오는 영웅들의 동작을 모방해서 한 손을 쳐들었다가 바닥을 향해 힘차게 내리그었습니다.

공인들은 하나같이 진지한 표정을 지었습니다. 저는 그들이 웃고 싶어 한다는 것을 알고 있었습니다. 그렇지만 그들은 란 씨와 제 부모들이 있기에 웃지 못하고 있었던 것입니다. 그들은 벌 떼처럼 서로 이리저리 밀치면서 도축장을 나갔습니다. 이미 훈련이 되어 있던 터라 그들은 문을 나서자 아주 쉽게 소 외양간으로 달려갔습니다. 고기 소 외양간은 공장의 동남쪽에 있는 공지에 있었습니다. 공지 주위에 울타리를 두르고 그 안에 우리가 새로 구입한 백 마리의 소를 기르고 있었습니다. 우리가 소를 사들이는 경로는 아주 많았습니다. 어떤 소들은 사방 시골의 농민들이 끌고 왔고 어떤 소들은 소 장사꾼들이 몰고 왔으며 또 어떤 소들은 시현西縣의 소 도적들이 밤에 몰래 보내온 것도 있었습니다. 그리고 우리 소 우리에는 열 마리의 당나귀와 다섯 마리의 노새와 일곱 마리의 늙은 말들이 섞여 있었습니다. 그리고 또 온몸에 죽은 털이 있는 낙타도 몇 마리 들어 있었는데 그 낙타는 마치 여름이 되었는데도 여전히 솜옷을 걸치고 있는 늙은이 같았습니다. 아무튼 죽어서 고기가 될 수 있는 동물들은 모두 사들였던 것입니다. 우리는 또 소 우리 옆에다 돼지 우리도 세웠는데 그 속에는 산양, 면양, 젖양 등 양들도 함께 기르고 있었습니다. 우리는 또 식용 개들도 구해왔습니다. 이런 개들은 배합사료로 길렀기에 하마처럼 체구가 크고 동작이 느렸으며 개의 민첩함과 지혜를 완전히 상실하고 있었습니다. 이런 우둔하고 바보 같은 개들에게 집을 지키게 한다면 도둑놈이 들어올 때 꼬리를 흔들 것이며 주인을 보면 미친 듯이 짖을 것이었습니다. 어떠한 동물이든지 반드시 우리 도축장을 지나야만 했습니다. 그 시기에 우리들은 주로 소를 잡았으니 먼저 소에 대해 말해볼까요. 우리 공장은 시내에 있는 농업 무역 시장과 고기 음식점들에 고기를 공급해 주기로 계약을 맺었습니다. 도시 사람들은 한동안 유행처럼 고기를 먹었답니다. 그 기간 내에 신문 광고에서는 쇠고기가 다른 고기들보다 훨씬 영양가가 높다는 선전을 했기에 도시 사람들은 미친 듯이 쇠고기를 먹었으며 우리들도 집중적으로 소를 잡았던 것입니다. 또 한참 지나서, 이번엔 돼지고기가 쇠고기보다 영양가가 더욱 높다는 선전을 할 때 우리는 또 집중적으로 돼지를 잡았답니다. 란 씨는 농민 기업가 가운데서 제일 먼저 매체의 중요성을 인식했던 사람입니다. 그는 저에게 이렇게 말한 적이 있었습니다.

"우리 육류 가공공장이 재벌이 된 뒤에, 우리는 자체의 『고기신문 肉報』을 창건할 것이다. 그리고 매일 우리의 고기를 선전한단 말이야."

각설하고, 저의 공인들이 저마다 소 두 마리씩 끌고서 소 우리가 있는 곳에서 달려왔습니다. 어떤 소들은 말을 잘 듣고 소를 끄는 사람을 잘 따라왔으며, 어떤 소들은 장난을 치면서 이쪽저쪽을 보거나 마구 들이박기도 했습니다. 검은 수소 한 마리는 단순하게 만든 우리에서 벗어나 꼬리를 내린 채 네 다리를 버둥거리면서 대문을 향해 달려갔습니다. 누군가가 고함을 질렀습니다.

"잡아라, 막아라!"

그런데 누가 감히 가서 잡을 수가 있겠습니까? 달려들었다가 그놈이 들이박는다면 나가떨어져 뒈져버릴 것이었습니다.

저는 약간 당황했지만 덤비지 않았습니다. 저는 큰 소리로 말했습니다.

"비켜라!"

그 소는 마치 포탄처럼 무쇠 대문을 들이받았습니다. 천지를 흔드는 소리와 함께 소는 목을 비틀면서 위로 솟구쳤다가 바닥으로 곤두박질쳤습니다.

"잘됐구나! 어서 가서 저 소를 떼메 오시오."

제가 이렇게 말하자 그 공인은 끈과 씌우개를 쥐고서 조심스럽게 다가가 허리를 굽히고 다리를 나선 모양으로 하고는 언제든 도망 갈 자세를 취했습니다. 사실 그의 걱정은 불필요한 것이었습니다. 그 검은 소는 이미 무쇠 대문에 부딪혀서 정신이 흐리멍덩해 있었던 것입니다. 그놈은 순순히 목을 잡혔고 순순히 기어 일어났으며 말없이 도축장 앞까지 왔습니다. 소의 머리에서는 피가 흐르고 있었으며 눈에서는 수치스러운 빛이 흐르고 있었는데, 마치 잘못을 저지른 아이가 선생님에게 잡혀오는 것 같았습니다. 이것은 작은 소동에 불과했지만 분위기를 일신하는 데 큰 도움이 되었습니다. 괜찮았습니다, 나쁠 것이 없었습니다. 잠깐 사이에 공인들과 소들은 도축장의 대문 앞에 모였습니다. 맑은 물맛이 소들을 유혹한 것 같았습니다. 소들은 앞 다투어 도축장으로 들어가려고 했습니다. 문 입구에 서 있던 여섯 명의 몰 나르는 공인들은 소들에게 밀려서 벽 쪽으로 물러났으며 물통들은 한데 부딪쳐서 꽈당 소리를 냈습니다. 저는 큰 소리로 말했습니다.

"뭘 빼앗으려는 거요? 무슨 권력 투쟁이라도 하려는 건가? 하나씩 하나씩 천천히 걸으란 말이야!"

저는 공인들에게 이제 곧 죽게 될 소들을 될수록 잘 대해주라고 다시 한 번 주의를 주었습니다.

"어르고 달래면서 기분좋게 하란 말이에요. 왜냐하면 짐승들의 정서는 고기 품질에 직접적으로 영향을 주니까요. 아주 놀라고 당황한 상태에서 도축된 짐승들의 고기는 신맛이나며, 다만 기쁜 마음으로 죽어간 짐승들의 고기만이 좋은 냄새가 납니다. 특히 소에 대해서 상냥해야 합니다. 왜냐하면 진정 고기를 만들기 위한 소란 아주 적기 때문이며, 대부분은 인류를 위해 공헌하며 일을 하는 소들이기 때문입니다. 우리는 비록 황빠오처럼 늙은 소를 친엄마처럼 대할 필요는 없지만 자신들을 충분히 존중한다는 것을 보여줘야 합니다. 지금 유행되고 있는 말로라면 우리는 소들에게 존엄 있게 죽도록 해주어야 한단 말입니다."

공인들은 소를 끌고서 도축장 대문 밖에 이열 종대로 서 있었습니다. 소 사십 마리의 대열은 정말 장관이었습니다. 저는 뭔가 이루고 나면 금세 의기양양해하는 그런 소인이 아니었지만, 저의 지휘를 듣고 있는 이 대열을 바라보면서 그래도 마음속으로는 뿌듯했습니다. 맨 앞에 선 랴오치는 저를 더더욱 의기양양하게 만들었지요. 저는 얼마 전에 그자가 아버지에게 마오타이 주 한 병을 갖고 온 일, 그리고 어머니가 그것을 란 씨에게 갖다 주던 일을 생각했습니다. 저의 어머니는 비록 직접 말하지는 않았지만 란 씨는 이미 뭔가 눈치를 채고 있었던 것 같았습니다. 저는 저의 부모들이 랴오치를 팔아먹었다고 생각하지 않았습니다. 왜냐하면 저는 랴오치에 대해 줄곧 좋은 인상을 지닌 적이 없었기 때문입니다. 그는 더러운 말들로 야생 노새 고모를 음해한 적이 있었고, 심지어는 자기도 야생 노새 고모와 잠을 자고 싶다고까지 말했습니다. 그것은 백 퍼센트 두꺼비가 고니 고기를 먹는 격이랍니다. 이 같은 망나니에 대해 저는 조금도 양보하지 않는답니다. 누가 야생 노새 고모에 대한 나쁜 말을 한다면 그는 저의 적이 되는 것입니다. 랴오치가 육류 가공공장에 와서 보통 공인질을 하는 것이, 시기에 따르는 걸출한 호걸 모양인지 아니면 숨어서 뭔가 꿈꾸고 있는 것인지, 저는 걱정이 태산 같았습니다. 하지만 란 씨는 이 일을 그리 깊게 생각하지 않았습니다. 그는 저의 옆에 서서 랴오치를 향해 미소를 지었습니다. 랴오치도 그를 향해 미소를 지으면서 머리를 끄덕였습니다. 머리를 끄덕이면서 서로 미소를 보내는 과정에서 저는 그들의 미묘한 관계를 느낄 수 있었습니다. 란 씨는 마음이 넓은 사람이고 이런 사람들은 경시하지 못하는 것이며, 랴오치는 자기를 천하게 하는 사람이라서 이런 사람도 경시하지 못하는 것입니다.

랴오치는 오른손과 왼손에 모두 스페인 투우 황소의 뿔을 각각 쥐고 있었습니다. 이 두 마리 소는 우리 공장에서 제일 예쁜 소들이었습니다. 이 소 두 마리를 데리고 나올 때 저도 옆에 있었습니다. 저의 아버지는 이 소 두 마리를 에워싸고 눈에서 빛을 뿜으면서 돌았는데 저의 상상 가운데서 천리마를 발견한 사람의 모양이 당연히 아버지였고, 이 두 마리 투우 황소를 에워싸고 빙글빙글 도는 모양과 비슷할 것이었습니다. 그날 아버지는 감탄을 금치 못하며 유감스럽다고 말했습니다. 소 장사꾼은 냉소를 지으면서 말했지요.

"뭐 동지, 이런 가식적인 유희를 하지 마시오. 가질 거요, 아니면 끌고 갈 거요."

제 아버지는, 누가 말리는 사람이 없으니, 끌고 가면 그만이지, 했지요. 그러자 소 장사꾼은 히히거리면서 말했습니다.

"여보게, 우리는 옛 친구란 말이오. 물건이 이미 다 도착했는데 이제 끌고 가선 뭘 하겠소. 나중에 우리는 계속 합세해야 한단 말이오……"

랴오치는 제일 예쁜 소 두 마리를 끌고서 대열의 맨 앞에 서서 아주 득의만면한 미소를 지었습니다. 그리고 저는 그를 다시 보지 않을 수 없었습니다. 대열의 맨 앞에 서기 위해 그는 제일 빠른 속도로 소우리 있는 곳으로 달려갔을 것이고, 또 제일 흉악하고 정확한 동작으로 이 두 마리의 건강한 소에게 덮개를 씌웠을 것이며, 그러고는 그것들을 손에 잡았을 것이라고 저는 생각했습니다. 그의 웅장한 체구가 많은 젊은이들을 앞질러 뛰어갔다는 것은 결코 쉬운 일이 아니었을 것이니 그의 정신력이 얼마나 대단한지 알 수 있었습니다. 이 두마리의 투우 황소는 얼굴이 수려하고 눈이 맑았으며 근육이 발달하고 피부는 마치 주단처럼 반짝반짝 빛을 뿜었습니다. 그것들은 농민들을 위해 일할 수 있는, 한창 좋은 시기였죠. 그것들의 어깨에는 농기구를 씌울 때 남긴 자국이 있었습니다. 시현西縣의 소 장사꾼들은 대부분이 소 도적들이었으며, 그들은 강력한 조직이 있었고, 전문적으로 훔치는 사람과 전문적으로 팔러 다니는 사람이 있었으며, 그들과 해당 지역의 기차역은 서로 거래가 있었기에 그들의 소는 순조롭게 기차를 탈 수 있는 보증이 되었고, 우리 마을까지 운송되어서는 다시 팔렸죠. 하지만 최근에 이런 정황에 변화가 생겼는데, 우리 공장에서 처리하고 수집하는 시현의 고기소들은 기차로 운송되어오는 것이 아니라 몇 대의 트럭에 실려서 운송되었답니다. 그런 트럭들은 높고 길게 생겼으며 차 바구니에는 초록색 풍막이 덮여 있었고, 달릴 때마다 아주 위엄이 있었으며 만약 아무도 말하지 않는다면 차에 실고 있는 것이 소가 아니라 중형 무기라고 여길 수 있었습니다. 그 소들이 차에서 내려올 때면 모두 바로 서지도 못했으며 마치 술 취한 소 같았습니다. 그 소 장사꾼들도 비틀거리면서 걸었는데 술을 많이 마신 모양이었습니다.

라오치는 두 마리의 스페인 투우 황소를 끌고서 도축장으로 들어갔으며, 그의 뒤를 바싹 따르는 사람은 칭티엔러成天樂 아저씨였습니다. 그는 원래는 마을에서 돼지를 전문으로 잡던 개별적인 백정이었는데, 옛것을 지키는 백정이었습니다. 육십년대부터 우리 이곳 도축장에서는 돼지 껍질로 상품 가죽을 만들 수 있었기에 돼지 껍질을 벗기기 시작했는데 돼지 껍질 한 근이 돼지고기 한 근보다 더 비싸게 팔렸답니다. 하지만 이 칭티엔러는 줄곧 돼지 껍질을 벗기지 않았습니다. 그의 집 도축장에는 특별히 큰 가마 하나가 있었고 그 위에는 나무 판이 덮여 있었습니다. 가마 옆과 나무 판 위에는 모두 돼지 털 천지였죠. 돼지 털을 깨끗하게 뽑기 위하여, 칭티엔러는 옛날 방법을 사용했는데, 먼저 돼지 뒤쪽 다리에다 자국을 하나 내고, 무쇠 몽둥이로 공기가 들어 갈 수 있는 작은 구멍을 몇 개 냅니다. 그리고 그는 그 작은 구멍에다 입을 대고 안에다 공기를 불어넣는데, 돼지가 팽창된 기구처럼 부풀어오를 때까지 불어넣는답니다. 그렇게 되면 돼지 껍질이 돼지에서 떨어져 나옵니다. 그리고 돼지 봄에다 뜨거운 물을 붓는데, 그렇게 하면 돼지털이 아주 쉽게 뽑힌답니다. 이런 방식으로 만들어낸 돼지고기는 피부가 매끄럽고 껍질이 붙어 있는 고기들보다 훨씬 아름다워 보인답니다. 칭 씨는 김을 잘 불었는데 한꺼번에 돼지 한 마리에 공기를 불어넣을 수 있었답니다. 많은 사람들은 껍질 있는 칭티엔러 방식의 돼지고기 먹기를 좋아했습니다. 그 이유는 껍질이 있는 돼지고기는 씹는 맛이 있고 영양가도 높다는 것입니다. 하지만 돼지에다 공기를 불어넣는 특기를 가지고 상등품 껍질을 가진 고기를 만들어내는 사람이 기운 없이 소 두 마리를 끌고서 도축장에 들어섰던 것입니다. 이것은 마치 손재간이 상당한 신발 수선공을, 가죽신을 생산하는 도축장에다 세워놓은 거나 마찬가지였죠. 저는 그점에 대해 매우 호감이 있었습니다. 첫째, 제가 보건대 그는 대담하게 자기의 품격을 고수하는 사람이었고, 둘째, 그는 아주 선량한 사람이었기 때문입니다. 그가 집에서 돼지를 잡을 때 저는 언젠가 한 번 가본 적이 있었습니다. 그는 다른 사람들처럼 손에다 칼을 쥐고 애들 앞에서 위세를 부리지 않았습니다. 그는 아주 겸손했으며 저에게 아주 잘 대해주었죠. 제가 찾아갈 때마다 그는 저와 인사를 나누었고 어떤 때는 아버지가 소식이 없는가, 하고 묻기도 했습니다. 그는 매번 말했죠.

"샤오퉁! 너의 아버지는 정직한 사람이란다."

제가 그의 집에 가서 돼지털을 수집할 때면(솔 만드는 사람들에게 팔 수 있었답니다) 그는 항상 돈은 안 받을 테니까 제 마음대로 가져가라고 말했습니다. 그리고 또 한 번은 그가 담배를 피우면서 저에게 한 대를 건네주기도 했답니다. 그는 처음부터 저를 애처럼 취급하지 않았고 항상 저를 존중했던 것이죠. 그러므로 저는 저의 직권 범위 내에서 칭티엔러 아저씨에게 보답할 생각이었습니다.

그 아저씨는 이 지방 토종산인 검은 소를 끌고 있었는데 키는 그리 크지 않고 배는 아주 컸는데, 흔들거리는 모습은 마치 암모니아수 주머니 같았습니다. 저는 그것이 늙은 소라는 것을 이내 알아보았습니다. 그것은 노동력을 잃은 후에 그의 주인 혹은 늙은 소들만을 사들이는 장사꾼들이 호르몬 배합 사료로 그것들을 살찌게 한 것이었습니다. 저는 이러한 고기들이 거칠고 영양가도 아주 낮다는 것을 알고 있었습니다. 하지만 도시 사람들의 기관은 이미 퇴화되어서 고기의 좋고 나쁨을 구별하지 못했습니다. 진짜 상등품 고기가 있다고 해도 그들에게는 주지 말아야 합니다. 좋은 물건들이 그들의 입 안에 들어가면 너무나 아까운 것입니다. 저는 도시 사람들은 좋은 말 듣기를 좋아한다는 것을 알고 있습니다. 우리가 이런 화학적 방법으로 살찌게 한 쇠고기를 시골에서 풀을 먹이고, 우물물을 주면서 기른 고기라고 말한다면 그들은 이내 입을 쩝쩝거리면서 이렇게 말할 것입니다.

"과연 맛이 다르구나."

저는 도시 사람들은 바보 같고 또 아주 나쁘다는 란 씨의 관점에 완전히 찬성합니다. 이래서 우리 시골 사람들이 당당하게 또 아무런 죄책감도 없이 그들을 속일 수 있는 것입니다. 사실 우리들도 그들을 속이고 싶어하는 것은 아닙니다. 하지만 만약 우리가 그들에게 사실대로 말한다면 그들은 오히려 화를 내고 심지어는 우리를 법원에 신고한단 말입니다.

칭터엔러 아저씨가 끌고 있는 다른 한 마리는 배가 하얀 젖소였는데, 그것도 이미 아주 늙었습니다. 너무 늙어서 이미 젖이 나오지 않았기에 목장 사람들이 고기소로 팔아버린 것이었습니다. 젖소의 고기도 맛이 없었습니다. 마치 새끼 돼지를 낳은 암돼지의 고기가 맛이 없는 것과 마찬가지였죠. 젖소의 고기는 향기롭지 않고 또 고기에는 많은 거품이 있답니다. 저는 그놈의 뒷다리 사이에 비록 이미 말랐지만 여전히 아주 거대한 유방을 보면서 가슴이 찡했습니다. 늙은 젖소든지 늙은 일소든지 모두 한평생 사람들을 위해서 커다란 공헌을 하였기에 이치대로라면 사람들은 당연히 그것들이 늙어서 죽을 때까지 기르다가 그것들이 죽으면 시체를 파묻고 또한 무덤도 만들어주고 무덤 앞에 비석까지 세워주어야 합니다.

저는 다른 소들을 하나씩 소개할 인내력이 없습니다. 제가 물을 주입하는 곳의 주임을 맡고 있던 시절, 물 주입실을 지나서 죽음의 길로 나간 소들은 수천 마리에 달합니다. 저는 이런 소들의 자태와 생김새를 모두 기억하고 있습니다. 마치 저의 머릿속에 서랍이 있어서 그 서랍 속에 그것들의 사진을 넣어둔 것 같았습니다. 하지만 저는 확실히 이런 서랍들을 열고 싶지 않습니다.

사전에 제가 말한 대로 공인들은 각자 도축장으로 끌고 들어온 소들을 철제 우리 안에다 밀어 넣었으며 뒤쪽에 무쇠 몽둥이로 가름대를 해 그것들이 혹형을 당하더라도 우리에서 빠져나오지 못하게 했습니다. 만약 몇몇 소 앞에다 구유 하나를 만들어준다면 이곳은 널찍하고 밝은 외양간 우리가 되는 것입니다. 하지만 그것들 앞에는 그런 돌구유가 없었으며 외양간 사료도 이제는 그들에게 아무런 소용이 없는 것이었습니다. 저는 극히 일부의 소들만이 자기들이 죽을 때가 닥쳤다는 것을 느끼고 있을 뿐 대다수 소들은 죽음이 닥쳐왔어도 여전히 멍청한 상태에 있다는 사실을 알고 있었는데, 바로 도축장으로 나가면서도 길 옆의 풀을 뜯는 것을 잊지 않는 게 그 증거 중의 하나였죠.

모든 것이 준비되었고 물을 주입하기 시작할 때가 되었습니다. 여러 사람들의 생각을 통일하기 위하여 또 여러 사람들의 우려를 없애기 위하여 저는 다시 한 번 강조했습니다. 우리는 고기에다 물을 주입하는 것이 아니라 고기를 썻고 있는 것이라고.

공인들은 연하고 투명한 플라스틱 호스를 소의 코에다 꽂아 넣었으며 그 호스는 코로부터 후두를 지나 최고 윗부분까지 들어갔습니다. 소들이 아무리 머리를 흔들어대도 호스를 빼낼 수는 없었습니다. 이 과정을 완성하려면 반드시 두 사람이 협력해야 했습니다. 한 사람은 소머리를 위로 쳐들어야 하고 다른 한 사람은 신속히 호스를 꽂아 넣어야 했습니다. 호스를 꽂아 넣을 때 어떤 소들은 아주 격렬하게 반항했지만 어떤 소들은 반항하지 않고 그대로 받아들였습니다. 반항해봐야 아무런 소용도 없다는 것을 아주 빨리 알아차렸기 때문입니다. 호스를 다 꽂고 나서 공인들은 자기 소들 앞에 서서 명령을 기다리고 있었습니다. 저는 냉정하게 말했습니다.

"물을 넣으시오."

공인들은 사전에 이미 시험해본 수도꼭지들을 급히 틀었습니다. 열두 시간 내에 물량은 이백오십 근 정도에 달할 것이며, 오차는 열 근을 넘지 않을 것이었습니다.

물을 주입하던 첫날에 적지 않은 문제들이 발생했습니다. 말하자면 어떤 소들은 물을 주입한 지 몇 시간 후에 고꾸라졌고, 또 어떤 소들은 기침을 크게 해서 위 속에 물을 토해냈습니다. 이런 문제들의 해결 방법을 저는 금방 생각해냈습니다. 저는 소들이 물을 주입하는 과정에서 넘어지는 것을 방지하기 위해 공인들너러 소의 배 밑에다 철 몽둥이 두 개를 가로로 꿰어서 옆의 난간에다 고정하도록 했습니다. 물을 토하는 소들에 대해서는 검은 천으로 그것들의 눈을 가리게 하고는 계속 물을 주입했습니다.

물을 주입하는 긴 시간 동안 소들은 끊임없이 배설했습니다. 저는 공인들에게 득의양양해하면서 말했습니다.

"보았지요? 이것이 바로 우리가 원하는 효과란 말입니다. 이렇게 씻는 과정을 통해서 소 체내의 더러운 물건들이 모두 배설되어 나옵니다. 그것들의 신체 내의 세포들도 모두 깨끗이 청결해지죠. 그러므로 저는 시작할 때부터 소에다 물을 넣는 것이 아니라 고기를 씻는 것이라고 했던 것입니다. 고기 속에다 물을 주입하면 고기 품질이 떨어지고 맛도 못하지만 이렇게 함으로써 고기의 품질을 높일 수 있습니다. 병든 소거나 늙은 소거나 모두 장시간의 청결 과정을 거치면 그것들의 고기는 연하게 되고 영양도 풍부하게 되는 것입니다."

저는 공인들의 얼굴에 희색이 도는 것을 보았습니다. 저는 그들이 이미 나에게 굴복하고 있다는 것을 알아차릴 수 있었습니다. 저는 도축장 주임이라는 권위가 어느 정도 세워졌다는 것을 알 수 있었습니다.

고기소는 물을 주입하고 나서 도축장으로 운송되어야 했습니다. 하지만 소들은 우리에서 나온 후 걷기 힘들어했고, 대다수의 소들은 몇 발자국 걷고는 마치 담장이 넘어지듯 고꾸라졌으며, 그러고 나서는 스스로 일어날 가능성이 없는 듯했습니다. 저는 네 명의 공인들을 시켜서 땅에 쓰러진 소를 일으켜 세우게 했지만 숨을 헐떡거리며 땀을 흘릴 뿐, 소는 여전히 땅에 네 다리를 벌리고 누운 채로 흰자위를 드러내고 숨을 몰아쉬면서 입과 코에서는 연신 물을 흘리고 있었습니다. 저는 이번에는 공인 여덟 명이 함께 들라고 명령하였습니다. 저는 한쪽에 서서 박자를 외치고 그 여덟 명의 공인들은 허리를 굽히고 엉덩이를 쳐들고 젖 먹던 힘까지 다 내서 겨우 소를 일으켜 세웠습니다. 소는 일어나서 비틀거리면서 앞으로 몇 발자국 나아가더니 그 자리에 다시 넘어졌습니다.

이것은 사전에 고려하지 못했던 일이라 저는 아주 수치심을 느껴야 했죠. 공인들은 모두 한쪽에 서서 흐뭇해하고 있었습니다. 그러나 제가 그처럼 속수무책일 때 아버지가 나서서 저를 도와주어서 문제를 해결했습니다. 아버지는 공인들을 도축장으로 보내 열 몇 개의 둥근 나무를 가져오게 해 땅에다 펴놓았으며, 또한 사람들을 보내 끈을 가져오게 하더니 소의 뿔과 다리에 걸어놓게 하고는, 한 무리의 공인들은 앞에서 당기고 두 명의 힘센 공인들더러 받침 몽둥이를 들고 뒤에서 약간씩 소 엉덩이를 들게 하였으며, 또 동작이 빠른 공인들은 뒤에서 나오는 원목을 신속히 앞으로 옮기게 했습니다. 이렇게 하여 우리는 제일 원시적인 방법으로 무거운 소를 도축장으로 끌고 갔습니다.

제 마음은 매우 불안했지만 란 씨가 저를 위로해주었습니다.

"괜찮아! 친구! 자넨 아주 성공적으로 물을 주입! 아니지, 아니지! 고기를 씻는, 일을 했어. 그 다음의 일은 원래 자네가 상관할 일이 아니란 말이야. 이리 와서 우리 방식을 생각해보세. 어떻게 하면 다 씻은 소를 간단하고 편리한 방법으로 도축장으로 옮길 수 있을까 생각해보자고."

저는 말했습니다.

"란 동지! 저에게 반나절의 시간만 주세요. 저는 틀림없이 해결 방법을 생각해낼 것입니다."

란 씨는 제 부모들을 보면서 말했습니다.

"얘를 보시오. 우리가 자기 공로를 빼앗을까 봐 두려워하는구먼."

저는 머리를 흔들면서 말했습니다.

"그게 아니라 저는 제 자신을 증명하려는 것입니다."

"좋아! 우린 너를 믿으니까 잘해봐. 돈 들어가는 것은 걱정하지 말고."

란 씨가 말했습니다.

제34포

第三十四炮

부성장은 많은 사람들이 배웅하는 가운데 아우디 A6에 올라탔다. 맨 앞에 선 경찰차가 길을 내고 뒤에서는 홍치紅旗,* 산타나 등 열 몇 대의 차가 따르고 있었다. 그들은 서쪽으로 가서 상상력이 충만된 연회에 참가하게 될 것이었다. 그들이 금방 사찰 마당을 지나갈 때 이빨이 아직 완전히 낫지 않아서 얼굴이 부어 있는 젊은 일꾼이 담장이 무너진 곳으로 달려가서 후胡 시장이 던져버린 가발을 주워왔다. 그는 가발을 머리에 써보았는데 이내 다른 사람처럼 보였으며 꼴이 아주 우스웠다. 그는 이렇게 말했다.

"우리가 시장은 되지 못하더라도 시장의 가발을 쓰고 권위적인 모습이라도 보여야지. 하지만 자네에게 있는 것은 권위적인 기운이 아

---

* 홍치(紅旗): 중국 자동차 대기업체의 브랜드 명칭.

니라 액운일까 걱정되네."

그러자 키 작은 공인이 이렇게 말했다.

"시장의 액운은 곧바로 백성들의 액운이오."

젊은 공인은 자신 있게 말했다. 그러자 키 작은 공인이 이렇게 말했다.

"더러운 가발 하나 줍고 그렇게 좋아한단 말이야?"

그는 마술을 부리듯 품속에서 세련된 검정색 가죽 가방을 꺼내 자랑했다.

"여기 보시오, 내가 어떤 것을 주웠는가?"

이렇게 말하면서 그는 지퍼를 열고 그 속의 물건들을 하나씩 꺼내 놓았다. 먼저 붉은색 가죽 표지의 작은 노트와 도금된 유명 상표의 만년필을 꺼냈으며 작은 노트북을 꺼냈다. 그리고 작은 흰색 병과 고급 피임약을 꺼냈다. 키 작은 사내가 약병을 열더니 타원형의 연한 파란색 약을 꺼내고 호기심에 차서 물었다.

"이건 무슨 약이야?"

네 명의 공인 가운데 줄곧 침묵을 지키고 있던 시골 교사 같은 사내가 냉소를 지으면서 말했다.

"이것은 탐관오리들이 항상 갖고 다니는 두 개의 필수품 중의 하나인데 웨이거偉哥*라고 불리는 약이오."

"그건 무슨 병을 치료하는 약인데요?"

그 사내는 옅은 웃음을 지으면서 말했다.

"우통 신선 사찰 앞에서 웨이거를 파는 것은 마치 공자 무덤 앞에

---

*웨이거(偉哥): '위대한 형님'이라는 의미.

서 삼자경三字經을 읽는 격이오. 란 형!"

대머리인 한 사내가 하얗고 작은 병을 란 우두머리에게 건네주면서 약간 신비감을 조성하듯 말했다.

"이건 제가 미국에서 귀국할 때 선생님에게 선사하려고 사온 것입니다."

란 우두머리는 병을 받아 쥐고 물었다.

"뭔데?"

대머리 사내가 대답했다.

"인도의 신유보다 효과가 있고 태국의 대력완보다 효과가 있는 것인데 한번 서면 절대로 죽지 않는대요."

"이런 물건을 내게 선물로 준단 말이야?"

란 우두머리는 병을 땅에다 던지며 경멸하듯 말했다.

"난 아무것도 사용하지 않아도 두 시간은 할 수 있어. 집에 돌아가서 자네 처제에게 물어봐. 내가 그녀를 몇 번이나 오르가슴을 느끼게 했는지 말이야. 돌 같은 여자라도 나는 물을 흘리게 할 수 있단 말이야."

얼굴이 붉은 사내가 말했다.

"란 형은 신선 같아서 마음대로 할 수 있단 말입니다. 이런 물건 같은 건 아예 필요 없지요."

대머리 사내가 약병을 주워 귀중하게 품속에 간직하면서 말했다.

"형님께서 사용하시 않으시겠다면 어쩔 수 없지만, 지는 단맛을 보았답니다."

붉은 얼굴이 또 말했다.

"대머리야! 적당히 하란 말이지. 이런 물건을 많이 먹으면 눈이 흐려진다고 했어."

그러자 대머리가 말했다.

"그거야 돋보기를 거는 것보다 좋을지도 모르고, 설사 눈이 먼다 해도 나는 먹을 거요."

벽에 걸린 커다란 벽시계가 땡땡 종을 치며 시간을 알리고 있었다. 오후 두 시다. 얼굴이 창백한 여인이, 키가 백칠십오 센티미터 이상인 젊은 여자들을 데리고 거실로 들어오더니 낮은 소리로 말했다.

"란 선생님! 애들이 왔습니다."

키가 큰 세 여자는 모두 무표정하게 마담 같은 여인의 인솔하에 침실로 들어갔다. 란 우두머리가 말했다.

"난 훈련을 할 것인데 자네들도 구경할 텐가?"

그러자 대머리 사내가 웃으면서 말했다.

"이처럼 좋은 연극을 안 볼 수가 있습니까?"

란 우두머리는 웃으면서 대꾸했다.

"그래! 자네들 입장료는 받지 않을 테니, 구경하게."

그는 경쾌한 발걸음으로 침실로 걸어 들어갔다. 잠깐 사이에 침실에서는 살과 살이 부딪치는 소리와 여자들의 신음 소리가 들려왔다. 대머리는 돋음발을 하고 침실 앞쪽으로 다가가서 살펴보고 돌아오더니 붉은 얼굴의 사내에게 말했다.

"세상에! 이건 사람이 아니라 완전히 전설에 나오던 우통 신선이네!"

저는 식당으로 들어가 평소 습관처럼 작은 의자에 앉았습니다. 황빠오는 친절하게 그 높은 의자를 제 앞에 놓고 잘 보이려는 듯한 어조로 물었습니다.

"뭐 주임! 어떤 고기를 들겠소?"

"어떤 고기가 있나요?"

"돼지 엉덩이 고기와 소 등심살, 말고기와 양 다리 고기 그리고 개 얼굴 고기가 있습니다."

"오늘 나는 머리를 써야 하니 그런 고기는 안 먹을 거요."

저는 코를 벌름거리면서 말했습니다.

"혹시 당나귀 고기 있나요? 난 당나귀 고기를 먹고 싶단 말이오. 당나귀 고기를 먹을 때 내 머리는 제일 맑은 상태가 된단 말이오."

"하지만……"

황빠오는 난처한지 우물거리면서 말했습니다.

"뭐가 하지만이야? 당신은 내 눈을 속였지만 내 코는 속이지 못해요. 좀 전에 문으로 들어설 때 이미 당나귀 고기 냄새를 맡았거든."

저는 화를 내면서 이렇게 말했습니다.

"뭐든지 당신을 속일 수는 없습니다. 하지만 이 당나귀 고기는 란 회장님께서 주문한 고기이고 또한 오늘 저녁에 시에서 오는 지도자들을 접대한다고 했습니다."

"그들이 이런 당나귀 고기를 먹을 자격이 있단 말이오? 남산에서 구해온 검은 당나귀 아니오?"

"예! 바로 그 검은 당나귀 고기입니다. 정말 좋은 고기죠. 생고기라도 저는 반 근은 먹을 수 있을 겁니다."

"이렇게 좋은 고기를 그런 사람들에게 준다면 낭비기 이니고 뭐겠소? 낙타 고기 두 덩어리를 삶아서 그들에게 주면 되잖소. 그들의 혀와 입은 모두 담배와 술에 마비되어서 맛을 구별해내지 못한단 말이오."

"하지만 란 회장님은 틀림없이 알 겁니다."

황빠오는 난처하다는 듯 말했습니다.

"그에게만 조용히 이 샤오통이 당나귀 고기를 먹었다고 보고하면 우리의 대장은 당신을 야단치지 않을 거요."

"이 보시게, 친구! 나도 이처럼 좋은 고기를, 고기를 모르는 그런 사람들에게 주고 싶지 않단 말이오. 그들에게 준다면 문 앞에 있는 강아지에게 먹이는 것보다 못하단 말이오."

"지금 나를 욕하고 있는 거요?"

"아이구 어르신, 당신이 저한테 간을 두 개씩이나 빌려주셨으니 감히 욕을 하지 못하겠구료. 다시 말해서 우리 둘의 친분이 하루 이틀 사이에 맺어진 것도 아니고 게다가 당신같이 고기에 대해 잘 아는 전문가가 있으니 저도 힘이 난단 말입니다. 이렇게 말하면 되겠습니까? 제가 삶아낸 좋은 고기는 다만 당신의 입 안에 들어가야만 억울하지 않단 말입니다. 당신이 고기를 먹는 것을 보는 것은 정말로 일종의 낙입니다. 마누라를 안고 잠을 자는 것보다 더욱 즐거워요……"

황빠오는 급히 이렇게 해석했습니다.

"됐어요. 그만하고 어서 당나귀 고기를 꺼내시오."

저는 마음속으로는 득의양양했지만 얼굴에는 전혀 그런 티를 내지 않고 아주 귀찮다는 투로 말했습니다. 저는 보통 인물이 아니었습니다. 그러므로 이런 작은 인물들에게 저의 마음속 생각을 알려서는 곤란했죠. 저는 그들에게 제가 얼마나 경이롭고 복잡한 존재인지 느끼게 하고 제 나이를 잊게 하며 저를 두려워하도록 만들어야 했습니다.

황빠오는 가마 뒤에 있는 높다란 찬장에서 신선한 연잎으로 싸놓았던 당나귀 고기를 꺼내 제 앞에 있는 높은 의자에 놓았습니다. 제가 설명해야 할 것은, 그때 당시의 제 특수한 신분과 직위로 말미암아 저는 황빠오에게 제 사무실로 고기를 가져오라고 해서 먹을 수 있

130

었습니다. 하지만 저는 음식 먹는 환경을 소중히 여기는 사람이랍니다. 마치 표범과 호랑이처럼 어디에서 사냥감을 붙잡든 자신이 익숙한 환경으로 끌고 와 천천히 먹었죠. 호랑이는 사냥감을 자기 굴속으로 끌고 와서 먹고, 표범은 자기가 살고 있는 나무 위로 끌고 올라가 먹는답니다. 익숙하고 안전한 환경에서 천천히 먹는 것이야말로 낙이라고 할 수 있지요. 그날 제가 하수구 구멍을 통해 공장의 식당 칸으로 들어가 한 끼를 실컷 먹은 뒤로 저는 이 환경에 대해 조건반사적인 열정이 생겼습니다. 그리고 반드시 이 작은 의자에 앉아 앞에는 높은 의자를 놓은 채 반드시 가마 속의 고기를 맛보면서 함지박 속의 고기를 먹어야만 했습니다. 사실대로 말하자면 제가 육류공장에 들어온 것도, 또한 이처럼 목숨을 내걸고 일하는 것도 모두 이렇게 정정당당하게 이곳에 앉아 고기를 먹기 위함이었습니다. 예전처럼 개같이 하수구로 기어 들어가 남몰래 한 끼 먹고 다시 하수구를 통해 나가는 것이 싫었던 것입니다. 만약 당신이 제가 고기를 먹고 나서 다시 하수구를 통해 기어 나가면서 받는 그 죄책감을 상상할 수 있다면 제가 공장에 들어오려 했던 목적을 대략은 이해할 것입니다.

황빠오는 저를 대신해 연잎을 벗기려고 했지만 저는 손을 들어 제지했습니다. 고기 포장을 뜯는 건 마치 란 우두머리가 여인들의 옷을 벗기는 것같이 일종의 향락이라는 것을 그는 모르고 있었죠.

"나는 아직까시 여사들 옷을 직집 빗겨본 적이라곤 없이. 자기 옷은 자기 스스로 벗는 것이 규칙이란 말이야."

란 우두머리는 이렇게 냉소하면서 말했습니다.

저는 그가 제 뒤에서 하는 말을 들었습니다.

"마흔 살을 넘긴 뒤로 나는 여인들의 유방을 만져본 적이라곤 없었고, 또 여인들과 키스를 한 적도 없지. 그리고 정면으로 그들과 그걸 한 적도 없어. 만약 내 감정이 움직이게 되면 천지가 뒤흔들릴 것이 니까."

저는 뜨거운 고기를 감싼 검은 연잎을 벗겼는데 하얀 증기가 올라왔습니다.

"당나귀 고기야! 당나귀 고기야! 사랑하는 당나귀 고기!"

당나귀 고기 향이 제 눈을 적셨습니다. 저는 아름다운 당나귀 고기 한 덩어리를 찢어 금방 입 안에 넣으려고 하는데 여동생이 문틈으로 머리 절반을 들이밀고 있었습니다. 여동생도 고기 먹기를 좋아하는 애였습니다. 물론 고기에 대해 알고, 또 고기를 사랑하는 애였지요. 비록 나이 차이 때문에 고기에 대한 이해가 저보다 깊지는 않았지만 일반인과 비교할 때 그 애의 고기에 대한 이해는 이미 상당히 깊은 수준이었습니다. 평소에 그 애는 항상 저와 함께 고기를 먹었지만 오늘은 제가 고기를 먹으면서 생각해봐야 할 고민거리들이 있어, 제 여동생과 함께 고기를 먹을 수 없었습니다. 저는 손짓으로 그녀를 들어오라고 하고는, 제 주먹보다 두 배는 큰 당나귀 고기를 찢어 주면서 말했습니다.

"애! 오빠는 중대한 문제를 생각해야 한단다. 그러니 오늘은 너 혼자 가서 먹어라."

여동생은 고기를 받아 쥐면서 이렇게 말하더군요.

"알았어. 나도 혼자 고민할 문제가 있어."

여동생이 가자 저는 황빠오에게 말했습니다.

"당신도 나가주시오. 그리고 한 시간 동안은 나를 방해하지 마세요."

황빠오는 그러겠다고 대답하고는 밖으로 나갔습니다.

저는 고개를 숙이고 아름다운 당나귀 고기를 내려다보면서 환희에 들떠 그것들이 내지르는 소리를 들었습니다. 저는 눈을 가늘게 뜨고 이 고깃덩어리가 그 아름답고 단단하게 생긴 검은 당나귀 몸에서 분리되어 나오는 정경을 바라보는 것 같았습니다. 이 고깃덩어리는 마치 한 마리의 무거운 나비처럼 당나귀 몸에서 튀어나와 공중을 날더니 결국 가마솥 안에까지 날아 들어왔고 필경 찬장에까지 날아올랐으며 결국에는 제 앞까지 날아왔습니다. 저는 그 고깃덩이가 지저귀는 다양한 소리 가운데 한 마디만 확실히 알아들을 수 있었습니다.

"저는 끝까지 당신을 기다렸어요."

그리고 그 고깃덩이는 동정심을 유발하는 처량한 목소리로 말했습니다.

"어서 저를 먹어요. 어서 저를 먹어주세요. 당신이 저를 먹지 않는다면 전 곧 식게 됩니다. 저는 늙게 됩니다."

언제나 고기들이 제게 와서 자기들을 먹으라고 아우성 치는 소리를 들을 때면 저는 너무나 감동되어 억지로 눈물을 참지 않는다면 곧 줄줄 흘러내릴 정도가 되었습니다. 저는 이미 몇 번 이런 바보 같은 경험을 한 적이 있답니다. 많은 사람들 앞에서 고기를 먹으며 눈물을 줄줄 흘리곤 했던 것이죠. 하지만 이것도 다 옛날 일이 되었고, 고기를 먹으면서 눈물을 흘리던 뤄샤오퉁은 이미 다 자랐답니다. 뤄샤오퉁은 매우 다정다감한 당나귀 고기를 먹으면서도 머릿속으로는 물을 주입한 고기들을 어떻게 도축장으로 끌어갈 것인가 등 육류 가공공장 생산 과정과 관련된 매우 중요한 일을 사유하고 있었지요.

우선 먼저 생각한 것은 물 주입하는 현장과 각 도축장 사이에 몇 개의 수송부대를 세우는 것이었지만 저는 곧 이 문제를 포기했답니다. 비록 란 씨가 돈 문제는 고려하지 말라고 했지만 저는 육류공장의 자금이 무척 쪼들린다는 걸 알고 있었기에 아버지와 어머니에게 경제적인 문제로 더 이상 압력을 가할 수 없었습니다. 그리고 저는 육류 가공공장에서 사용하고 있는 전기 선로가 방수포 공장에서 사용했던 것으로 이미 많이 낡았고 변압기의 전력이 모자란다는 것을 알고 있었으며, 이런 선로로는 원래 수천 근의 무게가 나가는 고기소를 운송하는 기계를 돌릴 수 없다는 것을 알았습니다. 그리고 아예 짐승들을 도축장으로 끌고 가서 그곳에서 물을 주입하고 또 그곳에서 도축하는 건 어떨까 하는 데까지 생각이 미쳤습니다. 하지만 그렇게 된다면 이제 막 신설된 물 주입 현장이 해체되는 것이 아닌가? 그리고 또 물 주입실이 해체된다면 물 주입 현장의 주임인 나는 할 일이 없게 되는 것이 아닌가? 그리고 더욱 중요한 것은 애당초 물 주입 현장을 건립할 때 짐승들이 물 주입 과정에 대량의 오줌과 똥을 눌 것이라는 점을 고려했었다는 사실이고, 만약 물 주입과 도축 행위를 한 공간에서 진행한다면 고기 품질에 더더욱 영향을 미칠 게 분명했습니다. 우리 물 주입 현장에서 나간 짐승들은 당연히 안팎이 모두 깨끗해야 하며, 이것은 우리 육류 가공공장이 다른 개인 경영 도축장과 구별되는 점이며, 그리고 또 다른 지방의 육류 가공공장과도 구별이 되어야 한다는 것입니다.

당나귀 고기는 제 입 안에서 노래를 부르고 제 머리는 아주 빨리 돌아가고 있었습니다. 하나의 방안을 포기하자 또 다른 방안이 금세 떠올랐습니다. 나중에 저는 현재 사용하고 있는 방법을 활용해 간단한 방법을 고안했습니다. 제가 이 방안을 란 씨에게 보고하자 그의 눈에서 광채가 돌았습니다. 그는 제 어깨를 두드리면서 말했습니다.

"여보게, 정말 대단해! 당장 허락할 테니 즉시 진행하게!"

"그렇게 할 수밖에 없구나."

아버지도 이렇게 말했습니다.

제 지휘하에 한 무리의 공인들이 물 주입 현장 입구에 굵은 삼나무로 가름대를 끼우고 그 위에다 움직이는 설비와 고정된 설비를 설치했고 쇠사슬로 기중기를 설치했는데, 우리는 그 물건을 기중기 조롱박이라고 부르기로 했습니다. 다른 한 무리의 공인들은 트레일러 두 대를 한데 연결해서 도축될 짐승들을 자유자재로 움직일 수 있는 플랫폼 같은 발판을 만들었습니다. 공인들은 물을 다 주입한 소들과 다른 짐승들이 문 입구까지 쫓아올 수 있으면 쫓아오고, 문 입구까지만 온다면 그것들이 서 있든 아니면 넘어지든 모두 끈으로 그것들의 배를 둘둘 감아서 달아매놓고 널빤지 위에다 올려놓은 뒤 네 명의 공인이 앞에서 끌고, 뒤에서는 또 다른 두 명의 공인이 밀어대면서 매우 장렬하게 도축장 안으로 운송하는 것입니다. 그곳에 도착해서 어떻게 도축하는지는 우리가 상관할 바 아니었죠.

물을 주입하고 나면 큰 짐승들은 반항할 재간이 없었으며, 돼지, 양, 개 등등의 작은 짐승들은 더더욱 문제될 게 없었습니다.

제35포

第三十五炮

구급차들의 새된 소리가 나의 서술을 중단했다. 먼저 서쪽에서 한 대가 달려왔으며 그리고 동쪽에서 또 한 대가 달려왔다. 이어서 동쪽과 서쪽에서 각각 두 대가 달려왔다. 여섯 대의 구급차가 큰길에서 조우한 뒤 그중의 두 대가 잔디밭으로 내려갔다. 다른 네 대는 큰길 가운데 서 있었다. 차 위에 달린 경광등 불빛이 번쩍이면서 긴장감과 공포감을 더해줬다. 차에서는 하얀 위생복을 입고, 하얀 모자를 쓰고 파란 마스크를 끼고, 약 상자나 간단한 들것을 든 사람들이 떼 지어 내렸다. 그들은 고기 난전을 향해 달려가고 있었다. 그곳에는 십여 명의 사람으로 이루어진 인간 담장이 생겨나 있었다. 구급대원들은 사람들을 비집고 들어갔다. 그들의 눈앞에는 의식을 잃고 누워 있는 사람들, 땅바닥에 엎드려 뒹굴고 있는 사람들, 허리를 굽히고 토하고 있는 사람들이 나타났다. 또한 토하고 있는 사람들의 잔등을 두드려

136

주는 사람들과 정신을 잃고 쓰러지면서 누군가의 이름을 부르는 소리들이 뒤범벅이 되어 나타났다. 구급대원들은 사람들을 비집고 들어가서 먼저 정신을 잃은 사람과 고통을 호소하는 사람들에게 간단한 검사와 치료를 해주었다. 그러다가 나중에는 무조건 들것에 눕혀서 둘러메고는 달려 나갔다. 들것이 모자랐으므로 구경하던 사람들까지 나서 구급대원의 지휘하에 중독된 사람들을 부축하거나 서로 들고서 구급차가 있는 쪽으로 데려갔다. 동서 양쪽에서 달려오던 차들은 구급차 때문에 길이 막혀 눈 깜짝할 사이에 차량이 사십여 대나 되었다. 기사들이 다급히 경적을 울려 엄청난 소음이 일었다. 자동차 경적 소리는 이 세상에서 제일 듣기 싫은 소리이다.

큰스님, 만약 제가 지구를 다스리는 대장이 된다면 저는 모든 자동차 경적을 다 부숴버리고 더 이상 고치지 못하도록 명령을 내릴 것입니다. 만약 누가 자동차 경적을 울린다면 저는 그것을 먹통으로 만들어버릴 거예요.

경찰차들이 달려오고, 경찰들이 차에서 내리더니 결국 상대방의 권고를 듣지 않고 계속 경적을 울리던 기사를 운전석에서 끌어내렸다. 그는 굴복하지 않고 팔을 뻗쳤는데, 그러자 경찰은 화를 내면서 앞으로 한 발 나아가더니 목을 누르면서 그 사람을 길가의 물 웅덩이에 밀어 넣었다. 그 사람은 물을 뚝뚝 흘리면서 웅덩이에서 올라오더니 외지 말투로 말했다.

"난 가서 너희들을 고발할 것이다. 너희들 두 성省의 경찰들은 모두 산적이란 말이야!"

경찰이 다시 그를 향해서 걸어갔다. 그러자 그 사내는 스스로 물웅덩이로 뛰어들었다. 중독자들을 가득 실은 구급차들은 경찰차의 도움 아래 먼저 사찰 마당으로 굽어들었다가 다시 머리를 돌려 좁다란 길을 따라 각자 병원을 향해 달려갔다. 경찰차 몇 대가 앞에서 길을 내주고 있었으며 한 경찰이 창문으로 머리를 내밀고 아직도 끼어들려는 차량들을 향해 큰 소리로 비키라고 명령했다. 큰길에 가까운 잔디밭에는 또 한 무리의 중독된 사람들이 모여들었다. 그들이 게워내며 신음하는 소리가 경찰들이 교통을 통제하며 외치는 소리와 한데 어우러졌다. 경찰들이 몇 대의 소형 버스를 반강제적으로 환자 수송 버스로 급조해 시내로 몰고 갔다. 버스 기사들은 비록 자원한 것이 아니었지만 달리 방법이 없었다! 얼굴이 검은 경찰이 눈을 부릅뜨자 그는 이내 입을 다물어버렸으며 길 옆으로 가서 담배를 붙여 물었다. 경찰들에게 쫓겨 한쪽에 내린 사람들은 마당으로 모여들었으며, 어떤 사람들은 사찰 안을 들여다보기도 하고 어떤 사람들은 햇살에 드러나 있는 육신을 가늠해보기도 했다. 두 도시의 육식절에 대해 몹시 반감을 갖고 있는 사람인 듯한 작자가 고소하다는 식으로 말했다.

"육식절은 이젠 끝장이야."

그러자 다른 한 사람이 말을 받았다.

"완전히 놀음이라니까. 대머리 후 시장이 원하는 대로 성공했구면. 머릿속에 온통 비뚤어진 궁리밖에 없는 그를 위에서 좋아하다니…… 그리고 그가 하자는 대로 밀고 나간단 말이오. 이번에는 골탕을 먹었단 말이오. 만약 사람이 죽지 않는다면 괜찮지만 몇십 명이 죽어나간다면……"

눈길이 예리한 어떤 여인이 나무 뒤에서 나오면서 엄숙한 어조로 말했다.

"우吳 주임! 우리 두 도시에서 만약 사람이 죽는다면 당신네가 얼는 것은 뭐죠?"

그러자 이쪽 두 사람이 어색하게 말했다.

"그냥 해본 말입니다. 정말 미안합니다. 우리는 지금 막 전화를 해서 우리 쪽 병원에서도 사람을 보내 도와주려고 하던 참입니다."

그 여자 간부는 휴대폰에 대고 큰 소리로 말했다.

"일이 급하게 생겼다니까! 아무런 문제도 돈도 따질 필요 없어요! 모든 것을 힘 닿는 데까지 동원하시되 사람을 원하면 사람을 내놓고, 돈을 원하면 돈을 내놓으시오! 문제가 생기면 관련자는 누가 됐든 처벌할 것이오!"

몇 대의 아우디 A6가 경찰차의 인솔 아래 달려왔고 후 시장이 차에서 내렸다. 간부 몇이 다가와서 보고했다. 시장의 표정은 엄숙했으며 보고를 들으면서 한편으로는 환자들 있는 쪽으로 다가갔다.

제 아버지의 지휘하에서라기보다 오히려 제 지휘하에서 화창 육류 가공공장은 규칙성 있게 생산을 시작했습니다.

제가 요리실에서 고기를 먹고 있을 때 황빠오가 제게 말했습니다.

"친구! 명목상으로는 자네 아버지가 공장장이지만 사실 자네가 진짜 공장장이란 말이야."

황빠오의 말은 저를 득의양양하게 만들었지만 저는 엄숙하게 말했습니다.

"황빠오! 말 좀 조심하시오. 당신이 하는 말을 제 아버지가 듣는다면 그는 기뻐하지 않을 겁니다."

"친구! 이 말은 내가 한 말이 아니란 말이야. 모두들 뒤에서 그렇게 말하고 있다니까. 나는 천성이 입이 더러워서 들은 말은 하지 않으면 답답해서 자네에게 전한 것뿐이라네."

"그들은 또 뭐라고 말하고 있소?"

저는 아무렇지도 않은 듯 물었습니다.

"모두들 말하기를 란 씨는 언젠가는 뤄퉁을 버리고 뤄샤오퉁을 고용할 것이라고 하더군. 친구, 만약 란 씨가 정말로 자네에게 공장장을 하라고 한다면 내 생각에는 겸손할 필요가 없네. 아버지가 관리하든 어머니가 관리하든 자기 스스로 관리하는 것보다 못하니까 말이야."

저는 정신을 집중해서 고기를 먹으면서 그의 말에 대꾸하지 않았습니다. 하지만 저는 그의 말을 끊지도 않았지요. 그의 입에서 터져 나오고 있는, 반신반의에 가까운 아첨하는 말들은 마치 고기 양념처럼 제 식욕을 자극하였으며 마음속 한구석이 편안해졌습니다. 한 그릇의 고기를 다 먹고 나자 저는 양이 충분했고 만족스러웠습니다. 고기는 뱃속에서 위산에 의해 소화되고 있었으니 저는 비로소 신선이 된 것 같은 느낌이 들었습니다. 지금 돌이켜 생각해보면 그때야 말로 행복했던 날들이었습니다. 출근한 지 얼마 안 되었을 때만 해도 식당 칸에서 고기를 먹을 때는 눈치를 보면서 먹었고 다른 사람들한테 들킬까 봐 두려워했지만, 나중에는 정정당당하게 먹었습니다. 생산 공장에 생산량을 지시해놓고 나서 저는 랴오치에게 말했지요.

"랴오치! 좀 보고 있게. 나는 요리실에 가서 연구 좀 할 테니."

"주임! 걱정하지 말고 가보세요. 무슨 일이 있으면 제가 즉시 알려드리겠습니다."

랴오치는 순종하면서 말했습니다.

제가 통치를 하려는 것이 아니라 제 부모를 대신해 갈등을 조정하는 것이고, 랴오치의 생각을 뜯어고치려는 것이 아니라 랴오치 표현이 너무 좋아서 나는 그를 소중히 다루지 않을 수 없었다는 것이죠. 비록 저는 그에게 어떤 권리를 부여할 수 없지만 제가 고기 창고에 근무하고 있지 않을 때는 그가 대리 주임인 것입니다. 본래 저는 칭티엔러 아저씨에게 보답하려고 했던 것이지만 그는 성격이 기괴해서 매일 얼굴을 찡그리고 다녔으며 한 마디도 하지 않았는데 마치 모든 사람들이 그의 돈을 빌리고 갚지 않는 것 같은 표정을 하고 있었으니, 그가 예전에 저에게 남긴 좋은 인상들은 이미 다 사라지고 없었습니다.

저는 랴오치를 포함해 무척 많은 사람들이 제가 출근 시간에 식당 칸으로 가 고기를 먹는 것에 대해 불만이 많다는 것을 알고 있었습니다. 입으로는 달콤한 말을 하고 얼굴에는 웃음을 띠고 있었지만 그들이 마음속으로는 어떤 생각을 하고 있는지 알 수가 없었습니다. 하지만 저는 그들의 관점에 상관하지 않았습니다. 왜 상관해야 합니까? 고기는 제 운명이고, 고기는 제 사랑이며, 고기가 뱃속으로 들어가기만 하면 그것은 바로 제 살이며, 고기를 먹어야만 제 것이 생겨난단 말입니다. 고기를 먹고 나면, 저는 마음이 넓어지고 정신이 맑아졌습니다. 그러니 그들이 불쾌해하고 그들이 질투하고 그들이 먹고 싶어하고 또 그들이 화내는 것은 모두 그 사람들의 일이며 화나서 죽는다 해도 저는 상관하지 않았을 것입니다.

저는 란 씨와 부모님들께 이렇게 말한 적이 있었습니다. 만약 육류 공장이 융성하게 발전하려면 무엇보다 제가 정력이 왕성하고 영감이 부단히 떠올라야 한다고 말이지요. 그런데 그러려면 반드시 제가 고기를 먹는 것을 보장해야 했습니다. 다만 고기가 제 배를 가득 채워야만 제 머리는 쓸모가 있게 되는 것입니다. 만약 제 뱃속에 고기가 없다면 제 머리는 마치 녹이 슨 기계처럼 움직이기 힘들게 되는 것입니다. 제 요구에 대해 아버지 어머니는 아무 말도 하지 않았지만 란 씨는 크게 웃더니 말했습니다.

"뤄샤오퉁! 뭐 주임! 우리와 같은 당당한 육류공장에서 자네가 먹을 고기를 공급하지 못하겠나? 걱정하지 말고 먹게나. 먹을 만큼 먹고 난 뒤에 자네 수준을 보여주고, 방법을 생각해내고, 우리 육류 가공공장의 위풍을 보여주란 말이오."

란 씨는 또한 제 부모들에게 말했습니다.

"뤄 동지! 량위전! 고기를 잘 먹는 사람은 대부분 부귀의 운명을 가진 사람이라오. 가난뱅이는 이런 배가 없단 말이오. 자네들은 믿소? 자네들은 안 믿어도 나는 믿는다오. 한 사람이 한평생 먹어야 할 고기는, 이미 날 때부터 갖고 온다오. 뤄샤오퉁! 너는 여기 한평생 동안 대략 이십 톤의 고기를 먹게 될 거야. 다 먹지 못한다면 염라대왕이 대답을 하지 않을 거란 말이야."

란 씨는 다시 한 번 크게 웃었고 제 부모들도 따라서 웃었습니다.

어머니가 하는 말은 이랬습니다.

"육류공장에 이런 장점이 있다니 다행이구나. 다른 공장 같으면 어떻게 너를 기를 수 있겠니?"

"이것은 기르고, 안 기르고 하는 그런 단순한 문제가 아니란 말이오."

란 씨는 갑자기 영감이 떠오른 듯 말했습니다.

"우리는 고기 먹기 시합을 할 필요가 있소. 성에 가서 시합을 크게 벌이고 또한 텔레비전 방송국에 가서도 하는 거요. 샤오퉁이 있기만 하면 전국에 우리 공장을 광고하는 거나 다름없단 말이지!"

란 씨는 주먹을 휘두르면서 말했습니다.

"꼭 진행해야 하오. 너무 기가 막힌 아이디어요. 생각해봐요. 어린 애가 고기 한 솥을 앉은 자리에서 먹어 치운다니 말이오. 게다가 그는 고기가 말하는 소리도 들을 수 있고 고기 표정도 읽을 수 있단 말이오. 누가 그 아이를 이길 수 있겠소. 만약 이런 장면이 텔레비전을 통해서 집집마다에 전해진다면 영향력이 얼마나 크겠소! 샤오퉁! 그때가 되면 너는 유명한 사람이 되는 거다. 너는 우리 화창 육류공장의 고기 창고 주임이고, 또한 네가 먹은 것은 우리 공장에서 생산한 고기이기에 네가 이름을 날리면 우리 공장도 따라서 이름을 날리게 된단다. 그때가 되면 우리 화창 공장의 고기는 제일 좋은 고기이며 이름 있는 고기이며 백성들이 마음 놓고 먹을 수 있는 고기가 되는 거란다. 샤오퉁! 네가 고기 먹는 것은 우리 육류공장에 대한 공헌이며 많이 먹을수록 공헌도 더욱 커진단다."

아버지는 머리를 흔들면서 말했습니다.

"그게 무슨 짓이란 말이오? 고기 잘 먹기 챔피언? 바보 같단 말이오."

"뭐 동지! 당신 관점은 많이 뒤떨어졌소. 당신은 텔레비전도 보지 않소? 텔레비전에서는 이런 시합이 자주 나온단 말이오. 맥주 먹기 시합이라든가, 만두 먹기 시합이라든가. 심지어 나뭇잎 먹기 시합도 있단 말이오. 하지만 고기 먹기 시합은 아직까지 없었어. 그러니 우리가 고기 먹는 시합을 틀림없이 진행해야 하오. 우리 고기는 국내에서뿐만 아니라 세계 시장에서도 주목받아야 하오. 그리하여 전 세계 인민들이 우리 화창 상표의 질 좋은 고기를 먹게 해야 한단 말이오. 그때가 되면, 뤄샤오퉁! 너는 세계의 명인이 된단다."

"란 동지! 당신은 샤오퉁처럼 고기를 너무 먹어서 취한 것 아니오?"

어머니가 웃으면서 말했습니다.

"내게는 당신 아들처럼 고기에 취하는 그런 재간과 복이 없소이다. 하지만 나는 당신 아들의 상상력을 이해할 수 있소. 당신네들은 안 되오. 당신들의 제일 큰 문제는 바로 항상 부모의 눈으로 샤오퉁을 대하는 거요. 그건 안 되는 것이오. 당신들은 첫째, 샤오퉁이 아이라는 사실을 잊어버리고, 둘째, 샤오퉁이 당신들 아이라는 것도 잊어버려야 하오. 만약 당신들이 이 두 가지를 할 수 없다면 당신들은 샤오퉁의 가치를 발견할 수 없게 될 것이오. 그리고 샤오퉁의 재간은 더더욱 알지 못할 것이오."

란 씨는 저를 보면서 말했습니다,

"조카야! 고기 먹는 시합을 틀림없이 진행한다고 우리 약속하자. 상반기에 시작하지 못하면 하반기에 진행하고 금년에 진행하지 못한다면 내년에 진행하자꾸나. 네 여동생도 고기를 잘 먹지? 그 애도 함께 데리고 가자꾸나. 그러면 더욱 멋있을 거란다……"

란 씨는 자기 스스로 생각해낸, 고기 먹기 시합 장면을 상상하면서 스스로 감동이 되어 있었습니다. 그의 눈에서는 빛이 뿜어져 나왔고, 마치 모기를 쫓듯 손을 흔들면서 말했습니다. 나중에 그는 눈물까지 흘리면서 저를 보고 아주 감동스럽게 말했습니다,

"샤오퉁 조카! 고기를 잘 먹는 아이들을 보기만 하면 나는 온갖 생각이 떠오른단다. 이 세상에는 고기를 잘 먹는 애가 둘밖에 없단다. 하나는 너고, 다른 한 명은 내 셋째 삼촌의 아들인데 불행히도 요절했지……"

나중에 란 씨는 황빠오에게 명령을 내려서 요리실에다 새로운 가마를 만들게 하고 그 위에다 십 인치 무쇠 가마솥을 매달아놓게 했습

니다. 란 씨는 이 가마를 '뤄샤오통 고기 전문가 가마'라고 불렀죠. 란 씨는 황빠오에게 이 가마솥에서는 고기 국물이 항상 끓고 있어야 하고 가마솥 속에는 고기가 항상 끓고 있어야 한다고 요구했습니다. 란 씨는 뤄샤오통이 고기를 잘 먹는 것에 육류공장의 사활이 걸려 있다고 말했답니다.

　제가 식당에서 고기를 먹는 일이 공개적으로 알려지게 된 후, 란 씨는 적당한 시기에 시에 가서 고기 먹기 시합을 개최하겠다는 소문을 내고 다녔습니다. 그런데 자기 분수를 모르는 세 명의 노동자가 제게 정식으로 도전장을 내밀었답니다. 그들은 물 주입 현장 입구에 서서 저를 가로 막고 이렇게 말했습니다.

　"뤄샤오통! 비록 네 아버지가 공장장이고 네 어머니는 회계 담당이고 너는 고기 창고의 주임이며 그리고 란 씨까지 네 양아버지라고 하지만 우리는 너에게 굴복하지 않는다! 네가 뭐 잘난 곳이 있다고 그래? 글도 모르는 눈먼 소경 주제에! 배가 커서 고기를 잘 먹는 것 외에 뭐 잘난 것이 있어?"

　저는 그들의 말을 중단시켰습니다.

　"먼저 밝히겠는데, 란 씨는 내 양아버지가 아냐. 그리고 난 글을 하나도 모르는 게 아니라 다만 아는 것이 적을 뿐이지. 하지만 생활하는 데는 아무런 지장이 없어. 그리고 내가 고기를 잘 먹는 것은 사실이지. 그렇지만 배는 크지 않아. 당신들도 눈 뜨고 보면 알겠지만 내 배가 커? 배가 크고 잘 먹는다면 그것은 신기한 것이 아니. 배는 크지 않은데 많이 먹는다면 그게 재간이란 말이야. 당신들이 굴복하지 않는다면 란 씨에게 가서 우리부터 시합을 한다고 말해. 만약 내가 지면 이 고기 창고의 주임 노릇을 하지 않을 것이고 공장에도 있지 않고 밖으로 나가서 유랑하든지, 아니면 학교로 돌아가서 공부를 하든지 할 거야. 만약 내가 지면 앞으로 고기 먹기 시합에 참가하는 이도 물론 내가 아닐 거야. 그렇게 되면 나는 당신들처럼 평범한 한 사람의 노동자가 되겠지."

"우리가 가서 란 씨를 찾아도 소용없단다. 비록 넌 란 씨가 네 양아버지라는 것을 시인하지 않지만 우리가 보니까 너에 대한 란 씨의 감정은 아주 유별나더란 말이야. 너희들 사이에는 어떤 특수한 관계가 있는 게 틀림없어. 아니면 그가 너처럼 거기에 털도 나지 않은 놈을 데려다가 고기 창고 주임을 시키진 않을 거란 말이지. 그리고 네게 마음대로 고기를 먹게 하는 특권을 내려주지도 않았을 거란 말이지."

"만약 당신들이 나와 고기 먹기 시합을 하겠다면 내 스스로 응할 것이야. 작은 일까지 란 씨 허락을 받을 필요는 없어."

"그래, 좋다! 우리도 다른 건 너와 경쟁하고 싶은 생각조차 없어. 단지 고기 먹는 능력 만큼은 겨루고 싶어. 우리가 너의 연습 상대가 될 수도 있지. 만약 네가 우리마저 이기지 못한다면 아예 시합에도 나가지 말아라. 그래도 나간다면 망신만 당할 거야, 너뿐만 아니라 우리 육류 가공공장도 위신이 떨어질 것이고 우리들도 얼굴 들고 못 다닐 거야. 그러니까 우리가 너와 시합하려는 데는 반은 공장을 위한 마음도 있단 말이다."

"좋아요. 그럼 내일 바로 시합합시다. 당신들 뜻이 절반은 공장을 위해서라고 하니까 나도 함부로 대하지 못하겠군. 그러니 이 일은 필히 란 씨에게 말해야 해. 모든 책임은 내가 질 테니 당신들은 두려워할 것 없어. 그냥 무조건 시합할 수는 없거든. 반드시 규칙을 정하고

146

진행해야만 해. 첫째, 시합은 누가 더 많이 먹느냐를 겨루는 거야. 당신이 한 근을 먹었는데 내가 여덟 냥을 먹었다면 자연히 내가 패한 거고. 두번째는 속도인데 모두 한 근을 먹었는데 당신은 한 시간을 소모하고, 나는 반시간을 소모했다면 물론 내가 이긴 게 되는 거지. 세번째는 만약 다 먹고 나서 토하거나 딸꾹질을 한다면 진 것으로 취급해. 전혀 딸꾹질도 하지 않고, 토하지도 않고 편안한 상태를 유지해야만 이긴 걸로 할 수 있어. 그리고 또 하나는 시합을 단 하루만 진행하면 안 돼. 반드시 연속해서 삼 일 혹은 오 일, 심지어는 한 주일, 한 달 동안 진행해야 해. 다시 말해서 오늘 시합에 참가했다면 내일도 여기로 와서 시합에 참가해야 한다는 말이지. 또한 모레도 계속해서 참가해야 하고. 나는 어떤 사람이든지 첫날에 고기 세 근을 먹었다면 그 다음 날에는 두 근밖에 먹을 수 없으며 세번째 날에는 한 근도 먹지 못한다는 것을 알고 있어. 이런 사람들은 고기를 먹을 줄 모르는 사람이며 고기를 사랑한다고는 더더욱 말할 수 없지. 다만 고기를 사랑하는 사람만이 매일 고기에 대한 열정을 보일 수 있으며 매일 먹어도 싫증을 느끼지 않아……"

그들은 내 말을 중단시키고 번거롭다는 듯이 말했습니다.

"이봐! 주둥이 그만 나불대지. 누구를 혼내는 건가? 결국 고기를 먹자는 거 아닌가? 그리고 고기를 먹는다는 것은 입 안에다 밀어 넣는단 말이 아닌가? 많이 밀어 넣을수록 또 빨리 밀어 넣을수록 좋고, 또 다 밀어 넣고 난 다음에는 토하지도 말고 딸꾹질도 하지 않으면 이긴다는 거 아닌가?"

저는 머리를 끄덕이면서 말했습니다.

"제대로 이해했군."

"그럼 어서 란 씨에게 말해보게. 기다리고 있을 테니."

그들 가운데 한 사람이 배를 두드리면서 말했습니다,

"오늘 시합을 하면 좋겠네. 나, 이 배에 기름이 들어간 지가 오래되었단 말이야."

그들 가운데 다른 한 사람이 말했습니다.

"가서 네 양아버지한테 제일 질 좋은 고기를 많이 준비하라고 해, 난 한꺼번에 소 반 마리는 먹을 수 있으니까!"

"소 반 마리가 뭐가 대단한 거야?"

그들 중의 또 다른 한 사람이 말했습니다,

"소 반 마리는 내 잇새를 채우기도 모자란단 말이야, 난 한꺼번에 소 한 마리는 먹을 수 있어."

"좋아, 그럼 기다리고 있어. 지금부터 당신들은 아무것도 먹지 말고 배를 비워두는 게 좋을 거야."

저는 웃으면서 이렇게 말했습니다.

그들은 배를 두드리고 웃으면서 대답했습니다.

"이 속은 줄곧 비어 있었어!"

"그러지 말고 당신들 집으로 돌아가서 식구들과 말이나 많이 하고 오는 것이 어떨까? 고기를 너무 많이 먹으면 사람은 배가 불러 죽을 수도 있단 말이야."

그들은 멸시하는 눈길로 저를 보더니 함께 웃었으며, 실컷 웃고 나더니 그들 중의 대표인 듯한 사람이 전체의 의사를 대변하듯 말했습니다.

"이놈아! 우리들의 생명은 어차피 값이 없으니 죽어도 상관이 없단다."

그러자 다른 한 사람이 말했습니다.

"배가 불러 죽는다고 해도 뱃속에 고기를 가득 넣는다면 그것도 나쁘지 않지."

제 36 포
第三十六炮

영상靈床*에 눕혀진 란 우두머리 아들의 우람한 신체는 생화에 포위되어 있었다. 그는 사실은 꽃 속에 누워 있었던 것이다. 낮고 쓸쓸한 음악 소리와 함께 몇십 명의 검은 옷을 입은 사람들이 영상을 에워싸며 돌고 있었다. 란 우두머리는 아들의 머리 앞에 몸을 수그리고 아들의 얼굴을 주시하고 있었다. 그는 허리를 펴고 머리를 쳐들고서 온 얼굴에 웃음을 띠었다. 그는 여러 사람들에게 말했다.

"제 아들은 태어나서 지금까지 금의오식錦衣五食** 생활을 해왔습니다. 제 아들에게는 고통도 없고 번뇌도 없었습니다. 아들은 고기를 먹고 싶다는 것 외에 다른 욕망이라곤 없었습니다. 아들의 욕망은 뭐든 만족을 얻었습니다."

*영상(靈床): 죽은 자를 눕혀둔 단상.
**금의오식(錦衣五食): 풍족한 가문에 태어나 부귀를 누렸다는 의미.

란 우두머리는 작은 산언덕처럼 불룩 솟아오른 배를 바라보면서 계속 말했다.

"제 아들은 고기 한 끼니를 포식한 후 달콤하게 잠을 자다가 죽었기에 아무런 고통도 없었습니다. 제 아들의 일생은 행복했던 것입니다. 이 아이의 아버지로서 저는 자기 책임을 다 했다고 봅니다. 더욱 고마운 것은 아들이 저보다 먼저 죽었다는 사실입니다. 그러므로 저는 그의 후사를 아주 잘 처리할 수 있게 되었습니다. 만약 죽은 후에 태어나는 곳이 있다면 제 아들은 그곳에서도 낙을 누릴 것입니다. 제 아들이 죽은 후에 저는 아무런 걱정할 일이 없습니다. 오늘 저녁 저는 정부 공관에서 연회를 베풀고 손님들을 청할 테니 여러분께서도 모두들 참석하시기 바랍니다. 그리고 여러분들은 제일 화려한 옷을 입고 또한 제일 아름다운 여인들을 데리고 가서 그곳에 있는 제일 비싼 술을 마음껏 마시고, 산해진미를 드십시오."

화려한 란 씨 공관의 거실에서 여러 가지 음식들 냄새 가운데 란 우두머리는 고급 위스키가 담긴 높은 유리잔을 들고 있었으며, 술은 그 속에서 움직였고 백호白虎 같은 광채를 발산하고 있었다.

"제 아들이 인간의 복을 다 누리고 고통 없이 떠나간 것을 축하하기 위해 건배!"

란 우두머리는 이렇게 소리 높여 말했다. 보아하니 그는 아무런 고통이라곤 없는 것 같았다. 그에게는 정말 아무런 고통도 없었다.

저와 그 세 사람과의 고기 먹기 시합은 육류공장 요리실 앞 노천에서 진행되었습니다.

세월이 지난 후에도 저는 그때 일을 종종 회상한답니다. 그리고 그 일을 회상할 때마다 정신을 집중하지 못하고, 한창 하고 있던 일이나 혹은 마음속에서 생각하고 있던 일들을 모두 잊고 온갖 정력을 다 소모해 그날의 기억으로 돌아가곤 합니다.

시합은 오후 여섯시에 시작되었습니다. 낮 근무조는 퇴근할 시간이고, 밤 근무조는 이미 공장으로 들어간 후였습니다. 계절은 초여름이라 일 년 중에서 낮이 제일 긴 때였습니다. 오후 여섯 시라고는 하지만 태양은 아직도 아주 높이 떠 있었으며 농민들은 아직도 밭에서 일하고 있는 시각이었습니다. 밀 타작이 끝난 지 얼마 안 되었기에 공기 속에는 밀 향기가 넘쳐흐르고 있었습니다. 우리 공장 문 앞의 길 위에도 아주 많은 밀들이 널브러져 있었습니다. 어떤 때는 바람이 공장으로 불어 들어와 수많은 농작물 향기를 보내오기도 했지요. 우리는 비록 그때까지 시골 마을에서 살았지만, 그리고 비록 그때까지 시골에 호적이 있긴 했지만 우리는 이미 순수한 농민이 아니었습니다. 우리는 낮이면 짐승들에게 물을 주입하고, 저녁이 되면 물을 주입한 짐승들을 살해했습니다. 우리는 야밤삼경에 물을 주입한 짐승들을 다 도축한 뒤 그것들의 시체를 토막내어 검역소의 사람들에게 파란 도장을 찍게 하고서는 더 늦은 밤이면 도시로 운송했습니다. 처음 일을 시작했을 때는 검역소 대장의 부하직원들이 찾아와 당직을 서면서 아주 정직하게, 원칙대로 처리하는 모습을 보여주었지만 그들은 금방 그 일을 번거로워했습니다. 도장과 도장집을 아예 우리 도축장에다 내던지고는 우리들이 스스로 도장을 찍게 했죠. 수분이 유실되어 고기 중량이 적어지는 것을 방지하기 위해서, 더더욱 중요한 것은 고기 품질이 떨어지는 것을 방지하기 위해 우리는 고기 표면에다 풀을 칠해놓았습니다. 그런 풀은 인체에 좋을 것도 나쁠 것도 없었지요. 그때 우리는 아직 냉장고가 없었기에 그날 잡은 고기는 반드시 그날 밤으로 운송해야 했습니다. 우리 공장에는 고기만을 운송하는, 자동차를 개조한 고기 전용 차량이 석 대 있었는데, 기사들은 모두 퇴역한 군인들이었습니다. 그들은 기술이 좋고 성격이 과감했으며 인상이 차가워서 바라보는 사람들을 두렵게 했습니다. 매일 새벽 두 시 전후가 되면, 늙은 문지기가 절그렁거리면서 출입문을 양쪽으로 열어놓았습니다. 방심육放心肉*을 실은 세 대의 자동차가 꼬리에 꼬리를 물고 은밀하게 공장을 빠져나와서 모퉁이를 하나 돌고는 아스팔트 길 위로 올라서서 호흡을 조정하고 나더니 들판의 말처럼 앞으로 마음 놓고 달리는데 눈 같은 헤드라이트는 도시로 향하는 길을 환하게 비춰주었습니다. 사실 저는 차에 실은 것이 깨끗한 우물물을 넣어서 신선함을 보존한 방심 고기라는 것을 알고 있었지만, 여명의 어둠 속에서 조용히 달려나와 길 위로 올라선 뒤 정신없이 내달리는 고기 운송차를 볼 때마다 마음속에는 어떤 신비한 느낌이 생겼습니다. 마치 차에 실은 것이 방심육이 아니고 사람들에게 들키면 안 되는 포탄이거나 독극물 따위의 금지된 물건인 것처럼 말입니다.

이쯤에서 저는 오랫동안 언론에서 잘못 이해된 많은 문제점을 반드시 정중하게 설명해야겠습니다. 즉 물을 주입한 고기가 모두 나쁜 고기인 것은 아닙니다. 우리 도축 마을에서 개별적으로 도축을 하고 불법적으로 도축 행위를 하던 시기에는 많은 사람들이 비위생적인 환경을 조성했고 특히 수질에 주의하지 않았으니 대량의 저질 고기를 생산했다는 사실은 저 또한 인정합니다. 그러나 우리 육류 가공공

*방심육(放心肉): 안심하고 먹을 수 있는 고기.

장에서 도축을 시작한 뒤부터 도축 전에 물을 주입하는 것으로 바꾼 것은 도축 역사에서 하나의 혁명이었습니다. 란 씨의 표현을 빌리겠습니다.

"이것은 혁명이고, 이번의 혁명적 의의는 어떻게 평가해도 과분하지 않습니다. 그리고 또한 중요한 것은 우리 공장에서 생산한 물을 주입한 고기는 물을 주입하지 않은 고기보다 더더욱 신선하다는 것입니다. 우리는 사실 수돗물을 주입해도 되었죠. 하지만 우리는 그렇게 하지 않았습니다. 그것은 수돗물에는 표백분 등의 화학물질이 들어 있기 때문입니다. 그래서 저는 우리 공장에 있는 그 깊은 우물물을 고기에게 주입하는 물로 사용하기로 결정했습니다. 이 우물물은 투명하고 맑아서 아주 달콤하기에, 순수한 물이랍시고 병에다 넣고 파는 생수나 광천수보다 품질이 더욱 좋습니다. 이런 물 자체가 바로 미주美酒인 것입니다. 열이 나서 눈이 붉어진 많은 사람들이 이 물로 얼굴을 한 번 씻고 나더니 눈이 곧 밝아졌습니다. 그리고 소변이 노란 사람들은 우리 이 우물물을 두 그릇 마시고는 소변이 이내 샘물처럼 맑아졌답니다. 우리의 이런 맑은 물을 이제 곧 도축될 짐승에게 주입한다고 생각해보십시오. 그리고 이런 짐승들에게서 나온 고기들이 어떤 상품일지 고려해보십시오. 이런 고기를 먹으면서도 걱정한다면, 당신은 영원히 한평생 걱정만 하다가 가십시오. 우리 고기를 먹어본 사람들은 모두들 좋다고 했습니다. 우리 고기는 도시의 큰 상가에서도 주문이 밀려들고 있습니다. 저는 여러분들이 물을 주입한다는 소리를 듣기만 하면, 곧 더럽고 불법적인 도살 방법을 떠올리고 무작정 썩은 냄새를 연상하지 말아달라고 정중히 부탁합니다. 우리의 고기는 신선하고 싱싱하며 청춘의 숨결을 발산하고 있습니다. 유감스러운 것은 제가 여러분들에게 우리가 물을 주입한 고기를 맛보지 못하게 하고 있다는 사실이고, 또한 유감스러운 것은 제가 당년에 얻었던 업적은 이미 존재하지 않는다는 것이며, 그리고 또 유감스러운 것은 저 역시 과거를 회상할 때만 저의 역사인 것이고 또한 우리 육류공장의 것이었던 영광스러운 역사를 기억으로 체험한다는 사실입니다."

저와 그 세 청년의 고기 먹기 시합에 대해 모두들 듣고 있었기에 퇴근하던 사람들도 집에 갈 생각을 하지 않았고, 출근하려던 사람들도 일찍 찾아와서 요리실 앞에 둘러앉아 있었는데, 족히 백여 명은 되었으며 시합이 시작되기를 기다리고 있었습니다. 여기까지 말을 하고 나니 저는 또 다른 말을 하지 않을 수 없습니다. 옛날에 책 내용을 구술口述하던 사람들의 표현대로라면 그것은 바로 '꽃 두 송이가 피면 각자 한 가지를 대표한다花開兩朶, 各表一枝'라고 할 수 있습니다.

인민공사人民公社 시절,* 마을에서는 집단노동을 하였는데 휴식시간에 두 사람이 고추 먹기 시합을 했답니다. 이긴 자는 담배 한 갑을 얻을 수 있었지요. 상품을 내건 사람은 집단농장의 생산 대장이었고 시합에 참가한 사람은 바로 제 아버지와 란 씨였답니다. 그때 그들은 모두 열대여섯 살밖에 안 되었으므로 어른이라고도 아이라고도 할 수 없는 나이였죠. 그때 시합에서 사용했던 고추는 일반적인 고추가 아니라 특별히 매운 양쟈오羊角였답니다. 각자 길고 커다랗고 색깔이 붉은 양쟈오 사십 개씩을 먹어야 했죠. 일반적인 사람들은 이런 고추

*인민공사(人民公社) 시절: 문화대혁명 전후를 가리키며 모두 집단농장에서 함께 생산하고 배급을 받던 체제를 말함.

하나만 먹어도 얼굴을 감싸 쥐고 '아이고, 엄마'를 불러야 했습니다. 대장의 그 담배를 가져가기란 그리 쉬운 일이 아니었습니다. 저는 제 아버지와 란 씨가 시합하던 장면을 못 보았기에 다만 상상할 수밖에 없습니다. 제 아버지와 란 씨는 친구이며 또 적수였고 두 사람은 줄곧 경쟁하면서 지내왔답니다. 늘 경쟁을 하면서도 승부를 가리기가 힘들었답니다. 그러므로 그들이 마흔 개의 고추를 먹는 장면은 한편으로는 상상이 되면서도 다른 한편으로는 도무지 상상이 되지 않습니다. 마흔 개의 고추를 땅에다 쌓아도 적지 않을 것입니다. 마흔 개의 고추를 저울에다 놓고 달아본다면 적어도 두 근은 될 것입니다. 그들 둘은 거의 동시에 다 먹었으므로 처음에는 승부가 나지 않았습니다. 그래서 두번째로 시작했는데 저마다 스무 개씩 더 먹었지만 그래도 승부가 나지 않았습니다. 시합을 주최하던 대장은 그들 둘의 얼굴색이 모두 변하는 것을 보고서는 무서운 생각이 들어서 이렇게 말했답니다.

"너희들 둘이 합의하면 내가 각자에게 담배 한 갑씩 사주겠다."

하지만 그들은 그걸 원하지 않았으며 계속해서 세번째 시합이 시작되었고 각자 스무 개씩을 더 먹기 시작했는데 란 씨는 열일곱 개째 고추를 먹을 때 손에 쥐고 있던 고추의 절반을 땅에다 던지면서 자기가 졌다고 말했답니다. 그러더니 허리를 굽히고, 배를 끌어안더니 온 얼굴에 땀을 흘리면서 입 안에서 녹색의, 어떤 사람이 말하는 것처럼 검붉은 즙이 흘러 내렸다고 했습니다. 제 아버지는 열여덟 개의 고추를 먹고 나더니 금방 열아홉번째 고추를 입 안에 밀어 넣었는데, 그때 그의 코에서 피가 흘러 나왔답니다. 대장은 이내 사원을 보내서 공사 매점으로 달려가 담배를 사오게 했으며, 제일 좋은 담배 두 갑을 사오라고 했답니다. 인민공사 시절 우리 마을에서 발생한 중대한 일 가운데 하나가 바로 고추 먹기 시합이었답니다. 뭔가 먹는 시합이 있을 때마다 사람들은 먼저 이 일을 틀림없이 꺼내곤 했습니다.

얼마 후에 기차역 음식점에서 또 떡 튀김 먹기 시합이 있었는데 시합에 참가한 사람은 기차역 운반공이었으며 또한 잘 먹기로 이름난, 별명이 우吳 배불뚝이라는 사람이었고 다른 한 사람은 제 아버지였답니다. 그때 제 아버지는 열여덟 살이었고 생산대대의 사람들과 함께 기차역으로 야채를 날라다주곤 했답니다. 기차역 플랫폼에서 우吳 배불뚝이는 배를 두드리며 제 아버지 앞을 어슬렁거리면서 큰 소리로 도전했답니다.

"누가 나와 겨룰 사람 없소?"

대장은 그가 너무 시끄럽게 굴자 한 마디 물었습니다.

"뭘 겨루는 건데?"

그러자 우 배불뚝이라는 말했습니다.

"먹는 시합이오! 내 배는 천하제일이란 말이오!"

대장은 웃으면서 말했습니다.

"주둥이를 너무 나불거리는 것 같구먼."

그때 옆에서 누군가가 대장에게 조용히 귀엣말을 했습니다. 절대로 이 사람과 시합하지 말라는 것이었습니다. 이 사람은 그 유명한 우 배불뚝이라고 하는데, 매일 이곳에 있으면서 많이 먹어대는 그 재주만으로 밥을 먹으며 한 끼 배불리 먹고 나면 삼 일 동안 아무것도 먹지 않아도 된다는 것이었습니다. 대장은 제 아버지를 보더니 웃으면서 우 씨와 말을 주고받았답니다.

"여보게! 사람 밖에 사람이 있고 하늘 밖에 하늘이 있다네. 큰소리 너무 치지 말게."

그러자 우 씨는 다시 떠들었죠.

"왜 믿지 않는단 말이오? 그럼 한번 해보잔 말이오."

대장도 떠들기 좋아하는 스타일이라 다시 물었답니다.

"어떻게 겨루는 건데?"

우 씨는 기차역 음식점을 가리키면서 말했습니다.

"저곳에는 수이쟈오, 밀가루 튀김 그리고 국수도 있고 하얀 만두
도 있으니까 당신들 마음대로 선택하시오. 이긴 사람은 그냥 먹고 진
사람이 돈을 내는 거요."

대장은 제 아버지를 보면서 말했습니다.

"뤄퉁! 저 친구의 기를 눌러줄 수 있겠나?"

아버지는 우물거리면서 말했습니다.

"해보고 싶지만, 만약 진다면…… 저는 돈이 없습니다."

그러자 대장이 말했죠.

"너는 이길 거야. 만약 진다고 해도 괜찮아. 그렇게 되면 돈은 우
리 대대에서 내는 걸로 할 테니."

아버지는 대답했지요.

"그럼 해보겠습니다. 저도 오랫동안 기름이나 튀김을 먹지 못했거
든요."

우 배불뚝이도 대답했지요.

"좋아! 그럼 튀김을 먹기로 하자."

한 무리의 사람들이 떠들면서 음식점으로 걸어갔습니다. 우 배불
뚝이는 제 아버지의 손을 잡고 걸었는데 겉으로 보기에는 아주 친한
사람들이 서로 손을 잡고 걷는 것 같았지만 실은 우 씨가 제 아버지

가 도망을 갈까 봐 그랬던 것입니다. 음식점에 들어서자 종업원은 웃으면서 반겼습니다.

"우 씨 아저씨가 왔네요? 오늘은 뭘 먹는 시합을 하는데요?"

그러자 우 씨는 소리쳤습니다.

"너, 요 계집애! 네가 감히 우 씨라고 부르다니? 할아버지라고 불러야지."

그러자 그 종업원이 대꾸했지요.

"흥! 누구더러 당신을 할아버지라고 부르라는 겁니까? 당신이 저를 할머니라고 부르면 비슷하겠네."

음식점의 종업원들은 우 배불뚝이가 다시 찾아와서 사람들과 먹기 시합을 한다는 소리를 듣고서는 함께 달려 나와 구경했답니다. 음식점에서 식사 중이던 다른 사람들도 눈을 둥그렇게 뜨고 이쪽으로 시선을 보내왔습니다. 음식점의 책임자가 앞치마로 손을 닦으면서 걸어 나와 물었습니다.

"우 동지! 뭘 먹을 거요?"

우 배불뚝이는 제 아버지를 한 번 보더니 말했습니다.

"튀김을 먼저 세 근씩 가져오시오. 세 근이면 괜찮겠어?"

제 아버지는 여전히 우물거리면서 말했습니다.

"당신 마음대로 하세요. 아무튼 당신이 먹는 만큼 저도 먹으면 되니까요."

우 배불뚝이는 무척 놀라는 듯이 말했답니다.

"여보게, 젊은이! 아주 자신이 있는가 보네! 나, 우 가는 기차역 주변에서 십여 년 살아오면서 백여 명의 사람들과 먹기 시합을 했지만 아직 적수를 만나지 못했다네."

그러자 대장이 말했습니다.

"오늘 당신은 적수를 만났소. 이 젊은 청년은 한꺼번에 계란 백 개를 먹고도 암탉 한 마리를 먹은 적이 있다오! 그러니 튀김 세 근이면 그의 배는 절반밖에 차지 않을 거요! 뭐통! 그렇지?"

제 아버지는 머리를 수그리고 말했답니다.

"먹어봐야지요."

아버지는 허세를 부리는 성격이 아니었습니다.

우 배불뚝이는 흥분되어서 말했습니다.

"좋아! 좋다! 얘들아, 튀김을 올려라. 새로 튀긴 걸로 올려야 한다."

그때 음식점의 책임자가 말했습니다.

"우 동지! 잠깐만! 미안하지만 먼저 돈을 내야 하오."

우 배불뚝이가 말했습니다.

"저 사람들 보고 내라고 하게, 어쨌든 저들이 돈을 낼 게 뻔하니까 말이야."

그러자 대장이 말했죠.

"여보게! 형씨! 당신 너무 날뛰는 것 같구먼? 튀김 값이야 우리도 낼 수 있지만 속담에 오줌을 먹는 것은 괜찮은데 냄새는 아니올시다, 라고 우리가 진다고 어떻게 확신할 수 있단 말이오?"

우 배불뚝이는 엄지손가락을 내밀고 대장 앞에 흔들면서 말했답니다.

"좋소! 좋소! 나, 우 씨가 너무 날뛰어서 당신을 화나게 한 것 같은데, 우리 이렇게 합시다. 각자 튀김 여섯 근 값을 꺼내서 카운터에 놓고, 이긴 사람이 자기 돈을 갖고 가고, 진 사람은 돈을 두고 가면 되지 않소?"

대장은 생각하더니 말했습니다.

"그게 괜찮구먼! 우리는 시골에서 온 사람들이라 성격이 괴벽하니 귀에 거슬리는 말을 해도 여러분들이 양해하시기 바랍니다."

우 배불뚝이는 허리춤에서 기름기가 가득한 돈을 꺼내 카운터에 올려놓았습니다. 대장도 돈을 꺼내 그 옆에다 놓았습니다. 종업원 하나가 이내 그릇 두 개로 돈을 엎었습니다. 마치 그 돈에 날개라도 달려서 날아갈 것처럼 말입니다. 우 배불뚝이가 말했답니다.

"여러분! 이제는 시작해도 되겠지요?"

책임자가 카운터 직원에게 지시했습니다.

"어서 가서 오 씨 할아버지와 이 사내에게 줄 튀김을 가져오너라. 한 사람에 세 근씩 높게 달아서 가져오너라."

그러자 우 배불뚝이는 웃으면서 말했답니다.

"이 나쁜 놈들, 평소에는 고객들의 근수를 깎아 내더니 우리가 내기를 한다니까 근수를 높게 달라고 하다니. 이 친구들아, 이곳에서 먹기 시합을 한다고 소리 지르는 사람이나 대응하는 사람이나 어느한 놈도 쉬운 놈이 없군. 속담에 말하기를 굽은 창자 없이는 낫을 삼키지 못한다고 했거늘, 일단 이곳에서 시합을 하려고 한 이상 너희들의 근수가 많고 적은 것을 꺼리겠어? 그렇지? 사내야!"

우 배불뚝이는 제 아버지에게 말했습니다. 제 아버지는 알은체를 하지 않았습니다. 말하는 사이에 여종업원이 튀김 여섯 근을 두 개의 함지박에다 담아서 내오더니 테이블에다 올려놓았습니다. 튀김은 과연 금방 튀긴 것으로 바삭, 하고 소리가 날 지경이었으며, 향기가 코를 찔렀고 아직도 열기를 뿜고 있었답니다. 제 아버지는 아주 품위 있게 대장을 보면서 말했답니다.

"시작할까요?"

대장의 말이 떨어지지도 않았는데 우 배불뚝이는 커다란 튀김 하나를 집어서는 자신의 큼직한 입 안에 넣고 반을 베어 먹었습니다. 그의 양 볼은 불룩하게 올라왔고 눈에는 눈물이 글썽해서 다른 사람들을 바라볼 겨를도 없이 함지박 속의 튀김만 들여다보았답니다. 이 사람은 너무나 배가 고팠던 것 같았습니다. 제 아버지는 테이블 앞에 앉아서 대장과 구경하는 마을 사람들을 보면서 말했습니다.

"미안하지만 저도 먹겠습니다."

제 아버지의 얼굴에는 온통 미안해하는 기색이 역력했습니다. 그것은 아버지가 구경하는 사람들의 눈길에서 모두들 튀김을 먹고 싶어 한다는 걸 읽었기 때문입니다. 아버지는 아주 조심스럽게 튀김을 먹었는데 대략 사십 센티미터쯤 되는 긴 튀김을 아버지는 열 번에 걸쳐 뜯어 먹었답니다. 모든 튀김이 입 안에 들어간 후 그는 몇 번 씹어서 넘겼습니다. 우 배불뚝이는 절대 씹지도 않았으며 그는 튀김을 먹는 것이 아니라 어떤 구멍에다 튀김을 쑤셔 박고 있었습니다. 두 그릇의 튀김은 점점 줄어들고 있었습니다. 그리고 줄어드는 속도도 늦어지고 있었습니다. 우 배불뚝이 앞의 그릇에 튀김이 다섯 개 남았고 제 아버지 앞의 그릇에는 여덟 개 남았을 때, 그들이 삼키는 속도는 더더욱 느려졌습니다. 그리고 아주 힘들어한다는 것을 알 수 있었습니다. 그들의 얼굴에는 고통스런 표정이 나타났습니다. 우 배불뚝이의 그릇에 두 개의 튀김이 남았을 때 그가 먹는 속도는 더더욱 느려졌습니다. 제 아버지 그릇에도 튀김 두 개가 남았습니다. 시합은 거의 끝나가고 있었답니다. 그들은 동시에 마지막 튀김을 먹었습니다. 우 씨는 자리에서 일어섰지만 다시 그 자리에 주저앉았습니다. 그의 몸은 아주 무거웠습니다. 시합 결과는 비겼습니다. 제 아버지는 음식점 책임자에게 이렇게 말했습니다.

"저는 하나 더 먹을 수 있습니다."

그는 흥분이 되어 뒤에 있는 직원에게 명령했습니다.

"이 사내가 더 먹을 수 있단다. 어서 가서 하나 더 가져오너라."

종업원 하나가 젓가락에다 긴 튀김을 꽂아 들고 달려왔는데, 얼굴에는 즐거운 웃음이 어려 있었습니다. 대장이 물었습니다.

"뭐통! 괜찮아? 안 되면 그만 해. 우리는 그 몇 푼 안 되는 돈 때문에 고민하지 않아."

제 아버지는 아무 말도 하지 않고 그 튀김을 받아서 손으로 찢더니 작은 원반 모양으로 만들어 입 안에 밀어 넣었습니다. 우 씨도 나도 하나 더 먹을 테야, 그렇게 말했답니다. 음식점의 책임자는 큰 소리로 말했습니다.

"우 동지도 하나 더 먹을 수 있단다. 어서 가져와라."

하지만 종업원이 그 앞에 튀김을 내밀었을 때 그는 그것을 받아 쥐고는 입으로 가져가 먹을 듯하다가 먹지 않았습니다. 그의 표정은 아주 고통스러웠고 눈에도 눈물이 글썽거리고 있는 것 같았는데 마침내 그는 튀김을 식탁에 던지면서 힘없이 말했답니다.

"내가 졌소."

그는 비틀거리며 어렵게 일어섰지만 이내 털썩 주지앉아버렸으며 무게를 이기지 못한 의자는 삐걱거리더니 그만 부서지고 말았답니다. 그의 엉덩이 밑에서 단단한 나무로 만든 의자가 흙더미처럼 무너졌답니다.

나중에 우 배불뚝이는 병원으로 호송되었으며 의사가 그의 배를 가르고 아주 오랜 시간 동안 잘 씹지 않은 튀김 토막을 깨끗이 청소

했답니다. 제 아버지는 병원에 가지 않았답니다. 하지만 온 밤을 마을의 언덕 주위를 걸어다녔으며 몇 걸음 걷고는 머리를 수그리고 튀김을 한 토막씩 토해냈지요. 그의 뒤에는 열 몇 마리 되는 마을의 굶은 개들이 눈에 퍼런 빛을 켠 채 뒤따르고 있었는데 나중에는 인근 마을의 개들도 다 따라왔답니다. 그것들은 제 아버지가 토해낸 튀김을 빼앗아 먹기 위해 한데 엉켜서 물고 뜯었는데 강 언덕에서부터 강 아래쪽까지 그리고 다시 강 아래에서부터 강 언덕까지 따라다녔답니다. 저는 그날 저녁의 정경을 직접 목격하지는 못했지만 제 상상 속에서는 아주 생동감 있게 나타났습니다. 만약 개들이 제 아버지를 먹어버렸다면 오늘의 저도 존재하지 않았을 것이기 때문입니다. 제 아버지는 제게 그날 저녁 튀김을 토했던 일을 직접 말한 적이 없습니다. 제가 매번, 아버지와 다른 사람들이 고추와 튀김 먹기 시합을 한 일에 관해 물으면 그는 얼굴을 붉히고 화를 내면서 마치 제가 그의 아픈 곳을 찌른 것같이 말했습니다.

"주둥이 닥쳐!"

비록 아버지는 확실히 말하지 않았지만 저는 아버지가 쉰아홉 개의 고추를 먹은 후에 받았던 고통에 대해 아주 분명하게 알 수 있었으며, 그리고 아버지가 튀김 세 근을 먹고 난 후 그날 저녁에 받았던 고통의 맛을 다 알 수 있었습니다. 그때 사람들은 튀김을 할 때 밀가루에다 항상 백반을 넣었고 그리고 잿물도 넣었고 소다도 넣었습니다. 그 당시 사람들이 튀김을 할 때 사용하던 기름은 정제되지 않은 막기름이었으니 색깔은 시커멓고 심지어 녹색을 띠는 것도 있었으며 찐득찐득하여 마치 녹은 아스팔트 같기도 했답니다. 이런 찌꺼기 기름에는 많은 화학물질이 함유되어 있었고 페놀과 DDVP와 살충제 등등 영원히 분해되지 않는 농약도 들어 있었답니다. 그의 목구멍은 필경 죽순 조각으로 베어내는 듯 아팠으며 그의 배도 너무 부어 북처럼 커졌을 겁니다. 그는 허리를 굽힐 수가 없었으며 빨리 걸을 엄두도 내지 못했습니다. 그는 손으로 배를 끌어안는 순간 마치 지뢰를 안고 있는 것처럼 약간만 움직이면 곧 폭발할 것처럼 조심스레 걸었죠. 그는 자신의 뒤를 따르고 있는 개들의 눈빛이, 달빛 아래에서 예사롭지 않은 녹색을 띠고 있는 것이 마치 귀신의 불덩어리 같다고 느꼈지요. 아마도 아버지는 그 개들이 자신의 배를 가르고 튀김을 끄집어내 먹어 치우기를 원했을 것입니다. 그리고 그 개들이 뱃속의 튀김을 다 끄집어내서 먹어 치우고 난 뒤 아버지의 육신까지 먹어 치울 수 있을 거라는 생각까지 했을 것입니다. 먼저 내장을 먹고, 그리고 사지를 먹고, 나중에는 뼈까지 다 씹어 먹을 것입니다.

이러한 역사가 있었기 때문에 제가 세 청년과 고기 먹기 시합을 하겠다는 사실을 란 씨와 아버지에게 보고하자 아버지는 얼굴을 찡그리면서 일고의 가치도 없다는 식으로 말했습니다.

"안 된다. 넌 이런 부끄러운 일을 하면 안 된다."

그래서 저는 이렇게 말했습니다.

"어떻게 부끄러운 일이라고 말합니까? 아버지와 란 씨 아저씨가 고추 먹기 시합을 한 일은 미담으로 전해지고 있지 않습니까?"

아버지는 화가 나서 책상을 내려치면서 말했습니다.

"그것은 가난했기 때문이란다. 가난 때문! 알기나 해?"

란 씨가 온화하게 아버지에게 말했습니다.

"전부 가난 탓만도 아니지. 여보게! 자네가 다른 사람과 튀김 먹기 시합을 한 것은 허기를 채우려는 것이었지만 우리가 고추 먹기 시합을 한 것은 단지 그 담배 한 갑을 얻기 위해서가 아니었단 말이야."

아버지는 란 씨의 말에 약간 주저하는 듯한 소리로 말했습니다.

"뭐든 다 겨룰 수 있지만 먹는 내기는 안 돼. 사람의 배는 한계가 있어. 하지만 맛있는 음식은 무한해. 이긴 사람이라고 해도 자기 생명을 놓고 놀음하는 짓이란 말이다. 먹은 것만큼 토해내야 해."

란 씨는 웃으면서 아버지와 말했습니다.

"뭐 동지! 성급하게 생각지 마시오. 만약 샤오통이 확실히 자신이 있다면 고기 먹기 시합 전의 예선 경기로 하면 나쁜 일은 아니라고 생각하오."

제 아버지는 소리는 평온하지만 태도는 단호했습니다.

"안 되오. 이런 일은 못할 일이오. 당신들은 그런 느낌을 상상하지도 못할 거요."

제 어머니도 걱정이 태산 같아서 말했습니다.

"저도 동의하지 못해요. 샤오통! 너는 아직 어리고 위도 다 자라지 않았단다. 그러니 청년들과 겨룰 수는 없어. 네가 그들과 겨룬다면 공평하지 않단 말이다."

그러자 란 씨가 말했습니다.

"샤오통! 네 부모들이 동의하지 않는데 그럼 그만두자꾸나. 부모들이 동의하지 않는데 그러다가 무슨 일이라도 생긴다면 나도 책임질 수가 없어."

저는 고집스럽게 말했습니다.

"모두 저를 이해하지 못하고 있어요. 저와 고기와의 인연에 대해 알지 못한다구요. 제게는 고기를 소화시키는 특수한 기능이 있단 말입니다."

그러자 란 씨가 말했습니다.

"나는 네가 고기 아이라는 것을 알고 있단다. 하지만 나도 너를 모험하게끔 하고 싶지 않아. 우리가 네게 아주 큰 기대를 하고 있다는 걸 너도 알아야 한단다. 우리 육류공장도 네가 여러 가지 혁신안을 고안해내기를 기다리고 있단 말이다."

그래서 저는 이렇게 말했습니다.

"어머니, 아버지, 걱정하지 않아도 돼요. 저는 자신이 있거든요. 첫째, 저는 저들에게 지지 않을 것입니다. 둘째, 저는 제 몸을 함부로 다루지 않을 것입니다. 제가 걱정하는 것은 저 세 사람들입니다. 만일 배가 불러서 무슨 일이 생긴다면 나중 일은 스스로 책임진다는 각서를 쓰게 해야 합니다."

"좋아. 네가 끝까지 그들과 시합하겠다면 그런 일들은 내가 신경 쓰지. 가장 핵심은 네 안전을 네가 보장해야 한다는 거야."

그래서 저는 대답했습니다.

"다른 것은 몰라도 제 위장에 대해서는 자신이 있습니다. 두 분은 제가 매일 오후에 식당에서 얼마나 많은 고기를 먹고 있는지 모르시나요? 황빠오에게 물어보세요."

란 씨는 제 부모를 바라보면서 말했습니다.

"뭐 동지! 량위전! 샤오퉁이 그 사람들하고 시합하게 하는 것이 어떻겠소? 샤오퉁 조카가 고기를 잘 먹는다는 건 이미 세상이 다 아는 일이고, 우리가 일부러 광고를 한 것이 아니라 스스로 쌓아올린 명예라는 것도 알고 있지 않소? 만일의 경우를 생각해서 우리는 약간의 준비를 하면 되는 거요. 진 병원에서 의사 두 사람을 파견하게 하고, 함께 배석하고 있다가 만약 문제가 발생하면 이내 처리할 수 있게 말이오."

"저 때문에 그럴 필요는 없지만 그 세 사람의 안전을 위해서 의사를 불러오는 것은 필요합니다."

제가 이렇게 말하자 제 아버지는 엄숙한 어조로 말했습니다.

"샤오통! 지금 나와 네 엄마는 너를 애처럼 취급하지는 못하겠구나. 너 스스로 책임을 져야 한다."

"아버지! 너무 비장하게 말씀하지 마세요. 그냥 고기 한 끼 먹는 건데요 뭐. 저는 매일 고기를 먹고 있어요. 시합할 때는 평소보다 약간 더 먹는 것뿐이구요. 사실 그렇지 않을 수도 있어요. 만약 그들이 일찍 두 손을 든다면 저는 평소에 먹던 것만큼도 먹지 못할 수도 있거든요."

제 아버지는 조용히 시합할 것을 바랐지만 란 씨는 자고로 시합이란 전 공장의 사람들이 다 볼 수 있게 해야 하며, 그렇지 않으면 시합의 의미를 상실한다고 주장했습니다. 저야 물론 구경하는 사람들이 많으면 많을수록 좋았지요. 공장 사람들이 전부 와서 구경할 뿐만 아니라 뭐 포스터를 붙여도 좋을 것이고 혹은 확성기에 대고 선전을 실컷 해서 바깥 세상 사람들, 기차역에 있는 사람들과 현에 있는 사람들과 진에 있는 사람들뿐만 아니라 이웃 마을 사람들이 전부 다 찾아와서 구경하기를 바라고 있었습니다. 사람이 많으면 분위기도 살고, 성취감도 고조되며 더욱더 중요한 것은 이번 시합을 통해서 공장에서의 위신도 바로 세우고 사회에서도 명성을 날리자는 게 제 각오였던 것입니다. 저는 저한테 불만이 있던 자들을 탄복하게 만들고 그들에게 이 뤄샤오통의 유명한 함자가 입으로 나불대서 얻은 것이 아나라 한 입 한 입 음식을 씹어 삼킴으로써 얻어진 것이라는 걸 알게 하고 싶었던 것입니다. 저는 그 시합에 참가하는 세 청년들에게도 제가 얼마나 대단한 존재인지 알게 하고 또 그 녀석들에게 고기는 맛있긴 하지만 소화하기 어렵다는 것을 깨닫게 하고 만약 하느님이 특별히 소화가 잘되는 위장을 주지 않았다면 먹기는 쉽지만 소화하기는 어렵다는 것을 알게 하고 싶었습니다.

시합이 시작되기 전에 저는 이 세 사내들이 재수 없는 일을 당할 것이라는 것을 알았습니다. 그들을 징벌한 것은 란 씨도 제 부모도 저도 아닌 그들 스스로가 먹은 고기들입니다. 우리 도축 마을에서는 이런 말들이 떠돌고 있습니다. 어떤 인간이 고기에게 '물렸다.' 이 말의 뜻은 고기에 이빨이 있다는 것이 아니라 어떤 사람이 고기를 너무 많이 먹어서 위장이 망가졌다는 의미이지요. 저는 이 세 사내들이 고기에게 단단히 '물릴 것'이라는 걸 알고 있었습니다. 그들은 마치 무슨 좋은 일을 만난 것처럼 득의양양해하고 있었지만 그들은 곧 울려고 해도 울지도 못할 것입니다. 저는 그 세 명의 사내들이 이 상황에 대해 웬 횡재냐며 좋아하고 있다는 걸 알고 있으며 시합에서 이긴다면 유명해질 것이고, 비록 진다고 해도 고기를 배불리 먹게 되니 얻은 것이 많다고 생각할 것이라는 사실까지 저는 이미 알고 있었습니다. 저는 많은 구경꾼들도 그런 생각을 하고 있다는 것을 알았고, 심지어 그 세 명의 사내들에게 질투심까지 갖고 있으며, 그런 좋은 일이 왜 자기네들 머리에는 떨어지지 않았을까, 그것을 유감스럽게 여기는 자도 있다는 걸 알았습니다. 친구들, 잠시 후에는 당신들의 유감이 당신들의 행운으로 변할 테니 당신들은 그저 이 세 명의 사내들의 추한 몰골이나 보시게.

　제게 큰소리를 치던 그 세 명의 사내들 중의 한 명은 이름이 류청리劉胜利이고 다른 하나는 이름이 펑티에한憑鐵漢이며 또 다른 하나는 이름이 완샤오장萬小江이었습니다. 류청리는 키가 크고 피부색이 검었고 큰 눈을 갖고 있었으며 말할 때마다 팔소매를 걷어 올리는 습관이 있었으니 무척 거친 사람이라는 것을 알 수 있었습니다. 그는 사실 돼지를 도살하던 백정 출신이었기 때문에 매일 고기를 접했으니 당연히 고기에 대해 잘 알 것이며 고기 먹기 시합을 한다는 것이 얼마나 미련한 짓인지도 알 터인데도 불구하고 시합에 참가하고 있었던 것입니다. 그러니 이 사람도 내심 어느 정도 자신이 있다는 것을 말해주며 준비 없이 덤벼들지는 않았을 것이므로 무시 못할 대상이었습니다. 펑티에한은 마르고 키가 컸으며 노란 피부에 허리를 굽히면서 다녔는데 보아하니 큰 병을 앓고 난 사람 같았습니다. 이런 노란 얼굴을 한 사람들은 항상 사람들을 놀라게 하는 재간들을 갖고 있습니다. 저는 책을 읽는 소경에게서 양산梁山의 사내들 중에는 얼굴은 노랗지만 무예가 출중한 사내가 있다는 소리를 들은 적이 있었기 때문에 이 사람도 무시할 수 없었습니다. 완샤오장은 별명이 물쥐였는데, 키가 작고 입은 뾰족하며 원숭이 얼굴에다 삼각형 눈에 물을 잘 다루면서 놀았으며 들리는 말에 의하면 그는 물속에서 눈을 뜨고 고기를 잡는다고 했습니다. 먹기 시합에서 이 인간이 딱히 특별한 재능이 있다는 말은 듣지 못했지만 수박을 먹는 재주만큼은 원근에 전해지고 있었습니다. 한 인간이 먹는 분야에서 명성을 떨치려면 오직 먹는 시합이라는 이런 도의 경지를 통해야만 하는 것이지 그 외에는 다른 방법이 없습니다. 완샤오장은 다른 사람들과 수박 먹기 시합을 해서 한꺼번에 세 개나 먹었답니다. 그는 수박을 안고서 마치 하모니카를 부는 식으로 좌우로 움직이면서 먹었고 검은색의 수박씨가 그의 입가에서 뚝뚝 떨어졌답니다. 그러니 이 인간도 가볍게 여길 수는 없었습니다.

저는 여동생과 함께 시합 장소로 갔습니다. 여동생은 찻물이 가득 담긴 주전자를 들고 제 뒤를 바짝 따르고 있었습니다. 그 애의 작은 얼굴은 잔뜩 긴장되어 있었고 이마에는 땀방울이 맺혀 있었습니다. 저는 웃으면서 그 애에게 말했습니다.

"쟈오쟈오! 긴장하지 마."

"오빠! 나, 긴장하지 않아."

그 애는 팔소매로 이마를 닦으면서 말했습니다.

"나는 조금도 긴장하지 않아. 나는 오빠가 이길 것이라는 걸 알고 있어."

"그래, 난 틀림없이 이길 거란다. 네가 시합에 참가해도 이길 거야."

"난 아직 어려서 안 돼. 내 배는 아직 더 자라야 하거든. 나는 배가 조금만 더 크면 되거든."

저는 동생의 손을 이끌고 말했습니다.

"쟈오쟈오! 우리는 하느님이 고기 전문기로 파견해 고기를 먹게 한 사람들이란다. 우리는 저마다 이십 톤의 고기를 먹어야 한단다. 이 고기를 다 먹지 못하면 염라대왕은 우리를 받아들이지 않을 거란다. 이것은 란 씨가 한 말이야."

"그래? 우리는 이십 톤을 다 먹고도 가지 말자. 우린 삼십 톤을 먹어. 삼십 톤이면 얼마나 되는 거야, 오빠?"

"삼십 톤이면, 한 곳에 모아놓으면 대개 작은 산만큼 될 거야."

저는 좀 생각하다가 이렇게 대답했습니다.

여동생은 즐거워하며 웃었습니다.

우리는 물 주입 현장 입구를 돌아서서 나가다가 식당 앞에 모여 있는 사람들의 무리를 보았습니다. 우리가 그들을 보았을 때 그들도 우리를 보았습니다. 우리는 그들이 하는 말을 들었습니다.

"온다, 와……"

저는 여동생이 제 손을 꽉 쥐는 것을 느낄 수가 있었습니다.

"무서워하지 마."

"응."

사람들이 길을 비켜주었고 우리는 곧바로 시합 장소에 들어갔습니다. 요리실 앞에는 이미 식탁 네 개가 놓여 있었고 식탁 뒤에는 의자가 하나씩 놓여 있었습니다. 그 세 명의 사내들도 이미 와 있었습니다. 류청리는 식당 문 앞에서 큰 소리를 질렀습니다.

"황빠오! 다 삶았소? 나는 더 이상 기다릴 수 없단 말이오."

완샤오장도 요리실로 들어가더니 아주 빨리 나와서 말했습니다.

"맛이 너무 좋구먼. 고기야, 고기, 난 네가 보고 싶구나. 친엄마도 장졸임 고기 한 토막보다 못한단다……"

펑티에한은 담배를 피우면서 의자에 앉아 침묵하고 있었는데 시합은 자기와 아무런 상관도 없다는 듯 태연자약한 몰골이었습니다.

저는 호기심에 차서 혹은 탄복하는 눈길로 저와 여동생을 보고 있는 군중들을 향해 머리를 끄덕여 인사하고는 펑티에한 옆의 의자에 앉았습니다. 여동생은 제 곁에 서서 조용히 말했습니다.

"오빠, 난 여전히 긴장되는데."

"긴장하지 마."

"오빠! 차 마실래?"

"아니."

"오빠, 나 오줌이 마려워."

"식당 뒤에 가서 눠."

저는 사람들이 서로 귓속말을 주고받는 것을 보았는데, 비록 그들이 하는 말을 확실히 알아 들을 수는 없었지만 추측할 수는 있었습니다.

펑티에한은 저에게 담배 한 대를 건네주면서 물었습니다.

"피우겠나?"

"아니, 담배를 피우고 나면 맛에 영향을 주거든요. 아무리 좋은 고기라 해도 그 맛을 알아낼 수 없습니다."

"난 자네와 고기 먹는 시합을 하지 말아야 할 것 같구먼. 자네는 아직도 어린애인데 만약 너무 먹고 배탈이라도 나면 내 심기가 불편할 거란 말이야."

저는 웃으면서 아무 말도 하지 않았습니다.

"오빠! 란 씨는 왔는데 아빠와 엄마는 오지 않았어."

"알았어."

류청리와 완샤오장도 식탁 앞에 와서 앉았습니다. 류청리는 제 곁에 앉고, 완샤오장은 류청리 곁에 앉았습니다.

란 씨가 큰 소리로 말했습니다.

"다 온 거요? 다 왔으면 시합을 시작합시다. 황빠오는 어디 있는 거요? 황빠오! 고기는 다 삶긴 거요?"

황빠오는 식당 칸에서 달려나와 검은 수건으로 손을 닦으면서 말했습니다.

"다 삶았습니다. 올릴까요?"

"그래! 여러분! 우린 오늘 이곳에서 우리 공장이 창립된 이래 처음으로 고기 먹기 시합을 시작하겠습니다. 선수들로는 뤄샤오퉁, 류청리, 펑티에한, 완샤오장입니다. 이번 시합은 선수 뽑기 시합이라고 해도 괜찮습니다. 시합에서 이긴 사람은 앞으로 우리 공장이 외부에서 주최하게 될 본격적인 고기 먹기 시합에 참가할 수 있습니다. 장래와 관련된 일이니, 바라건대 참가자들은 각자의 재능을 맘껏 발휘해주기 바랍니다."

란 씨의 말은 아주 선동적이었으며 몰려 있던 사람들은 이러쿵저러쿵 분분했습니다. 많은 말들이 새들처럼 마구 날면서 부딪쳤습니다. 란 씨는 손을 들어 흔들면서 사람들의 말소리를 저지시켰습니다. 그는 이어서 이렇게 말했습니다.

"하지만 좋지 않은 말을 먼저 하겠는데, 그것은 바로 시합에 참가한 자들은 모두 자기 행위에 대해 책임을 져야 한다는 겁니다. 만약에 어떤 불길한 사태가 발생한다면 공장에서는 책임을 지지 않습니다. 다시 말하면 일체 뒷일의 책임은 스스로 져야 한다는 것입니다."

란 씨는 한창 사람들을 비집고 들어오고 있는 의사를 가리키면서 말했습니다.

"비키시오. 의사를 들어오게 하시오."

군중들은 일제히 고개를 돌려 어깨에 약 상자를 메고 얼굴에 땀을 흘리면서 들어오는 의사를 바라보았습니다. 그는 우리 앞에 서서 누런 이빨을 드러내고 웃으면서 미안하다는 듯이 말했습니다.

"제가 늦게 도착한 거 아닙니까?"

"아닙니다. 시합은 아직 시작되지 않았습니다."

174

란 씨가 말했습니다.

"저는 늦은 줄 알았습니다. 원장님께서 조금 전에 알려주었기 때문에 약 상자를 메고 달려왔습니다."

" 늦지 않았습니다. 천천히 걸어왔어도 충분했을 겁니다."

란 씨는 의사와 몇 마디 하고 나더니 눈길을 우리 쪽으로 돌리고 물었습니다.

"여러 사내들! 당신들은 준비가 다 되었소?"

저는 이제 곧 저와 시합을 하게 될 다른 사람들을 보았습니다. 제가 그들을 볼 때 그들도 저를 보고 있었습니다. 저는 웃으면서 그들과 머리를 끄덕였고 그들도 저를 향해 머리를 끄덕였습니다. 펑티에한의 얼굴에는 냉소가 어려 있었습니다. 류청리는 얼굴을 찡그리고 있었는데 마치 저와 고기 먹기 시합을 하는 것이 아니라 생사를 건 결투라도 하려는 것처럼 노기등등해 있었습니다. 완샤오장은 히히거리면서 수시로 코와 눈을 움직이며 사람들을 웃기고 있었습니다. 류청리와 완샤오장의 모습은 제게 더더욱 자신감이 생기게 했습니다. 그들은 틀림없이 질 것입니다. 하지만 펑티에한의 얼굴에 어려 있는 냉소는 상대를 가늠할 수 없게 만들었습니다. 사람을 무는 개는 짖지 않는다고, 저는 진정한 적수는 바로 이 노란 얼굴에 냉소를 짓고 있으면서 아무런 내색도 하지 않고 있는 펑티에한이라는 걸 알았습니다.

"이젠 의사도 왔고 내가 말하는 뜻을 당신들도 다 알아들었고 시합의 규칙도 당신들은 다 잘 알고 있으며 고기도 이미 다 삶았으니 시합을 시작합시다!"

란 씨는 높은 소리로 말했습니다.

"화창 육류공장의 제일회 고기 먹기 시합을 지금부터 시작하겠습니다. 황빠오, 고기를 올리시오!"

"예이!"

황빠오는 마치 고전 시대의 음식점 심부름꾼처럼 길게 대답하면서 고기를 가득 담은 붉은색 플라스틱 함지박을 들고 나왔으며 흐르는 물처럼 유연한 발걸음으로 음식을 날라 왔습니다. 그의 뒤에는 임시로 부탁을 해 도와주는 세 명의 여성 노동자들이 바싹 뒤따르고 있었는데, 그들은 모두 하얀 공작새 복장을 입고 있었고 발걸음도 가볍게 그리고 하나같이 일치된 자세로 걸어 나왔으며 얼굴에는 희색을 띠고 있었고 손에는 고기를 가득 담은 붉은색 플라스틱 함지박을 들고 있었습니다. 황빠오는 들고 있던 그릇을 제 앞에다 놓았습니다. 세 명의 여자 공인들도 들고 있던 고기를 차례로 세 사람 앞에 놓았죠.

그것은 우리 공장에서 생산한 쇠고기였습니다.

그것은 소금을 비롯한 아무런 조미료도 첨가하지 않은 어른 주먹만 한 쇠고기 덩어리였지요.

그것은 소 대퇴부위의 고기였습니다.

"몇 근이오?"

란 씨가 물었습니다.

"다섯 근씩입니다."

"난 제안할 게 있소."

펑티에한은 마치 공부 시간에 시험 보는 초등학생처럼 한 손을 들고 말했습니다.

"말해보시게!"

란 씨가 눈을 부릅뜨면서 대꾸했습니다.

"이 그릇의 고기는 모두 같은 거요? 고기 품질이 완전히 같은가 그 말이오?"

란 씨는 황빠오를 바라보았습니다. 황빠오는 목소리를 높여서 말했습니다.

"똑같은 소의 대퇴부를 똑같은 가마에서 삶아낸 거요. 모두 다섯 근씩 저울에다 달았단 말이오."

펑티에한은 머리를 흔들었습니다.

"속아만 살아왔소? 무엇 때문에 겁을 내는 거요?"

황빠오가 그렇게 물었죠.

"저울을 가져와."

란 씨가 명령했습니다.

황빠오는 투덜거리며 식당으로 들어가 작은 저울을 내왔고 통 소리를 내며 테이블 위에 올려놓았습니다. 란 씨는 다시 눈을 부릅뜨면서 말했죠.

"다시 달아서 애들에게 보여줘."

"당신은 전생에 인간들에게 사기 당한 자 같군."

황빠오는 투덜거리면서 네 그릇의 고기를 하나하나씩 달았죠.

"보았소? 모두 똑같소. 오차는 한 눈금밖에 안 되오."

"또 다른 무슨 의견이 있는 거요?"

란 씨가 높은 소리로 물었습니다.

"의견이 없다면 시작합시다."

"제게 다른 의견이 있소."

펑티에한이 말했습니다.

"자넨 무슨 의견이 이렇게 많은가?"

란 씨는 웃으면서 대꾸했습니다.

"의견이 있으면 제기하시게. 난 지지하지. 말해보시오. 당신들 셋도 무슨 의견이 있으면 시합을 하기 전에 제기하시오. 시합이 끝나고 나서 시시비비하지 말고."

"여기 네 그릇의 고기 중량은 비슷하지만 고기 품질은 똑같다고 말할 수 없소. 그러니 네 그릇에 번호를 매겨놓고 우리가 제비뽑기를 하는 방식으로 어떤 함지박의 고기를 먹을 것인지 자기 스스로 결정하기를 희망하오."

"좋소, 합리적인 건의요. 접수했소. 의사 선생, 종이와 펜이 있습니까? 번거롭지만 한 번 재판을 서주시오."

의사는 아주 열정적으로 약 상자에서 처방전용 종이를 꺼내더니 한 장 찢고는 네 개의 숫자를 적더니 그릇 밑에다 깔아놓았고 다시 또 한 장을 찢어서 네 개의 제비뽑기 종이를 만들어 손에다 올려놓고 비비더니 테이블에다 던졌습니다.

"여러 고기 대장군들, 어서 쥐시오."

란 씨가 말했습니다.

저는 펑티에한이 좀 시끄럽다고 생각하면서 차가운 눈길로 벌어지고 있는 일들을 지켜보았습니다. 저는 이 인간은 왜 이렇게 말이 많은가, 그렇게 생각해보았죠. 고기 한 함지박을 먹는 것뿐인데 이처럼 소란스럽게 할 필요가 있단 말인가, 이렇게 생각하고 있을 때 황빠오와 네 명의 여성 공인이 쥔 제비뽑기 종이를 순서대로 그릇에다 갖다 놓았죠. 란 씨가 큰 소리로 물었습니다.

"이제는 문제가 없는 거지? 펑티에한, 잘 생각해보게. 또 무슨 문제가 없는지? 없으면 화창 육류공장 제일회 고기 먹기 시합을 시작하겠습니다!"

저는 의자를 잘 조정해서 좀더 편하게 앉았고 종이를 꺼내 손을 닦았습니다. 손을 닦으며 저는 양쪽을 훔쳐보았는데, 제 왼쪽에 앉은 펑티에한도 포크로 고기 한 덩어리를 집어서 입 안에 넣고는 빠르지도 느리지도 않게 씹고 있는 것을 보았습니다. 그는 아주 품위 있게 먹었는데 저는 암암리에 탄복하지 않을 수 없었습니다. 제 오른쪽에 있는 류청리와 완샤오장은 조금도 품위가 없었습니다. 완샤오장은 젓가락을 사용했지만 젓가락 집는 기술이 좋지 않아서 고기를 집을 수 없게 되자 젓가락을 버리고 포크로 바꾸더니 투덜거리면서 흉하게 고기를 찔러서 입 안에 넣고 한 입 뚝 베어 물더니, 입을 움직이고 있는 두 볼이 일그러지면서 원숭이처럼 먹기 시작했습니다. 류청리는 젓가락으로 고기 한 덩이를 찔러서 입을 커다랗게 벌리고 절반쯤 떼어 넣더니 입 안이 꽉 차서 움직이기 힘들어했습니다. 이 두 사람은 고기를 먹는 모양이 아주 야만적이었으며 몇 세기 동안 고기를 먹어보지 못한 사람들 같았습니다. 그들은 이제 아주 빨리 힘을 다 써버릴 것이라는 것을 저는 잘 알고 있었습니다. 이렇게 고기를 먹는 것은 완전히 그 순간에 어린애가 되는 것이고, 가을 지난 베짱이처럼 몇 번 뛰지도 못할 게 뻔했습니다. 보아하니 무슨 사연이 많은 듯한 노란 얼굴의 펑티에한만이 진정한 적수라는 것을 저는 더욱 확실히 의식했습니다.

저는 휴지를 잘 접어서 그릇 옆에 놓고는 겉옷의 소매를 위로 걷어 올렸죠. 허리를 펴고 마치 권투선수가 시합을 하기 전에 얼굴을 보이는 것처럼 친절한 눈길로 여러 사람들을 보았습니다. 사람들은 모두 감상하는 눈길로 저를 보았습니다. 저는 그들이 진심으로 제 품위를 찬양한다는 걸 알고 있었습니다. 그들은 모두 제가 나이는 어리지만 성숙되었음에 감탄하고 그리고 모두들 저라는 사람과 고기 먹는 전설을 회상하는 것이었죠. 저는 란 씨의 웃는 얼굴을 보았으며 그리고 또 사람들 속에 숨어 짐작하기 어려운 미소를 띠고 있는 랴오치의 얼굴도 보았습니다. 제가 알고 있는 많은 얼굴들에는 모두 미소와 흠모가 어려 있었으며 어떤 이들은 고기가 먹고 싶어서 입을 벌리고 침을 흘리기도 했습니다. 제 귓가에는 이 세 사람이 고기를 씹는 소리가 들렸고 들을수록 번잡했습니다. 저는 고기들이 그들의 입 안에서 지르는 비참한 소리 혹은 고기들이 그들의 입 안에서 지르는 분노의 소리를 들었습니다. 고기들은 그들의 입 안에 들어가기를 원하지 않고 있었죠. 저는 자신감이 충만한 장거리 달리기 선수처럼 출발선에서 자연스럽게 제 적수들이 라인을 따라 개들이 똥을 쫓듯 앞으로 미친 듯이 달려 나가고 있는 모습을 지켜보고 있었죠. 저도 먹을 때가 되었습니다. 제 앞에 놓인 그릇의 고기들은 이미 조급해하고 있었죠. 구경꾼들은 들을 수 없었지만 저는 들을 수 있었습니다. 제 동생도 들을 수 있었을 것입니다. 그 애는 자신의 작은 손가락으로 제 잔등을 가볍게 찌르면서 낮은 소리로 말했습니다.

"오빠! 오빠! 어서 먹어."

"그래, 나도 먹어야지."

저는 가볍게 여동생에게 말했습니다. 그리고 저는 사랑하는 고기들에게 말했습니다.

"나, 이제 곧 너희들을 먹을 거야."

저를 먼저 먹어요. 저를 먼저 먹어요. 저는 고기들이 앞을 다투어 질러대는 소리를 들었습니다. 그것들의 온화하고 다정한 목소리와 그들의 아름다운 향기는 한데 어우러져 마치 꽃가루처럼 제 얼굴로 덮쳤으며 저를 도취하게 했답니다. 저는, 사랑하는 너희들, 고기들아, 천천히 먹을게, 급하게 굴지 마, 나는 한 덩어리도 남기지 않고 너희들을 전부 먹을 거야. 비록 난 아직 너희들을 먹지 않았지만 너희들은 이미 나와 감정을 교류하고 있단다. 그리고 너희들과 첫눈에 정이 들었으니 너희들은 이미 나에게 속하며 너희들은 이미 나의 고기들이다. 나의 고기들아, 내가 어찌 너희들을 떼어놓을 수 있단 말이니?

저는 젓가락도 사용하지 않고 집게도 사용하지 않고 손을 사용했습니다. 저는 고기들도 제가 손으로 직접 만져주는 것을 즐긴다는 것을 알고 있었습니다. 저는 고기 한 덩어리를 가볍게 집어 들고 이 고깃덩어리가 제가 집어 드는 순간에 내는 행복한 신음 소리를 들었습니다. 저는 또 이 고깃덩어리가 제 손 안에서 몹시 떨고 있는 것도 느낄 수 있었습니다. 저는 그들이 저를 두려워하며 떨고 있는 것이 아니라 행복에 겨워 떨고 있다는 것도 알고 있었습니다. 이 세계의 고기들은 수천만 종류이지만 그들 중에 복이 있어서, 고기를 알고 고기를 사랑하는 뭐샤오통에게 먹히는 고기는 너무나 적습니다. 그러므로 저는 고기들이 동요하는 것을 이해할 수 있습니다. 제가 고기를 잡고 입으로 옮기는 짧은 과정에서 고기의 맑은 눈물이 튕겨 나왔고 고기의 눈은 빛을 내면서 저를 주시했고 고기의 눈에서는 격정이 넘쳐흐르고 있었습니다. 저는 제가 고기를 사랑하기에 고기들도 저를 사랑하고 있다는 걸 알고 있습니다. 세상의 사랑이란 모두 사연이 있죠. 고기들아, 너희들도 나를 아주 격정에 젖게 하고 있단다. 너희들은 나의 마음을 찢어놓고 있으며, 사실대로 고백하자면 나는 정말 너희들을 먹기가 아쉽단다. 하지만 나는 또한 너희들을 먹지 않으면 안 된단다.

저는 첫번째 사랑하는 고기를 입 안에 넣었습니다. 다른 각도로 표현한다면 내가 사랑하는 고기 자신이 스스로 제 입 안으로 들어갔습니다. 이 순간 우리들은 여러 가지 의미가 교류하는 것 같았고 마치 오랫동안 헤어졌던 연인들이 다시 만난 것 같은 기분이었습니다. 나는 너를 씹기가 무척 가슴 아프구나, 하지만 난 반드시 너를 씹어야 한단다. 너를 목구멍으로 넘기기도 아쉽지만 반드시 넘겨야 한단다. 그것은 너의 뒤에도 그리고 아주 많은 고기들이 기다리고 있기 때문이며, 또 오늘은 다른 날들과 달리 너희들과 서로 감정적으로 교류하면서 나의 모든 것을 집중해서 먹는 것이 아니라 약간은 남들에게 보여주어야 하고 또 약간은 긴장감이 있어야 하기 때문에 옆에 아무도 없는 것처럼 할 수가 없단다. 나는 온갖 정력을 집중하고 있다는 것을 보여주어야 한단다. 고기들아! 그러니 나를 이해해다오. 나는 가능한 한 기품 있게 너희들을 먹을 테니 고기를 먹는 일의 존엄성을 함께 표현해내자꾸나. 첫번째 고깃덩어리가 약간의 유감을 갖고 제 위 속에 들어갔으며 고기처럼 위에서 헤엄치고 있었습니다. 너는 내 위 속에서 잘 헤엄쳐. 난 네가 약간 고독해하고 있다는 것도 알고 있다. 하지만 이런 고독은 잠깐이지. 네 친구들이 곧 들어갈 거야. 두번째 고깃덩어리도 첫번째 고깃덩어리와 마찬가지로 저에 대한 무한한 감정을 안은 채 똑같은 길을 따라 제 위 속에 들어가 첫번째 고기와 만났습니다. 그리고 세번째 고깃덩어리, 네번째 고깃덩어리, 다섯번째 고깃덩어리, 고기들은 일제히 대열을 서서 똑같은 노래를 불렀고 똑같은 눈물을 흘리며 똑같은 길을 따라 똑같은 곳에 도달했습니다. 이것은 달콤하면서도 비애에 찬 과정이며 영광스럽고 아름다운 과정이었습니다.

저는 고기들과의 친밀한 교류에만 신경을 쓰고 나니 시간이 흐르는 것도 잊었고 또 위장의 부담도 잊고 있었습니다. 하지만 그릇의 쇠고기는 이미 삼분의 이는 줄어 있었습니다. 이때, 저는 약간 피곤함을 느꼈으며 침이 말라서인지 입 안이 텁텁해서 속도를 늦추고 고개를 들었습니다. 한편으로는 우아한 자세로 고기를 계속 먹으면서 한편으로는 주위를 살폈습니다. 물론 제가 먼저 바라본 것은 저와 경쟁을 하고 있는 친구들이었습니다. 그들이 참석했기에 이번의 고기 먹는 시합은 공연의 성격을 띠고 있었죠. 그런 의미에서 볼 때 저는 당연히 이 사람들에게 고맙다고 인사해야 할 것입니다. 만약 그들의 도전이 없었다면 저는 여러 사람들 앞에서 고기 먹는 재능을 표현할 기회도 없었을 것입니다. 이것은 재능일 뿐만 아니라 예술이기도 했습니다. 세상에는 고기를 먹는 사람이 은하수처럼 많지만 고기 먹는 행위 같은 매우 저급한 행위를 예술로, 아름다움으로 변화시킨 인간은 나 뤄샤오퉁밖에 없죠. 세상 사람들에게 이미 먹힌 고기와 이제 곧 먹힐 고기를 다 모아놓는다면 아마 히말라야 산맥보다 더 높을 것입니다. 하지만 예술적 표현에서 중요한 역할을 하는 고기는 다만 나, 뤄샤오퉁에게 먹힌 그런 고기들뿐이죠. 얘기가 너무 지나쳤나요. 그렇다면 고기를 먹는 아이의 상상력이 과분하게 발달한 탓입니다.

그럼 다시 시합 장소로 돌아가 제 적수들이 고기 먹는 광경을 구경합시다. 제가 그들을 폄하하려는 것이 아닙니다. 저는 어릴 때부터 사실대로 표현하기를 좋아하는 아이였죠. 직접 보세요. 먼저 왼쪽에 있는 류청리를 보세요. 흉악한 몰골을 한 그 사내는 손에 쥐고 있던 젓가락이 언젠가부터 사라져버렸고 거칠게 손으로 고기 한 덩어리를 쥐었는데 마치 몸부림치는 참새를 꽉 잡고 있는 것 같았습니다. 저는 그가 만약 손을 놓기만 한다면 그 고깃덩어리가 하늘을 날아 올라갈 것이며 그리하여 벽 쪽에 있는 나뭇가지에 내려앉든지 아니면 줄곧 날아서 공기가 희박한 곳까지 올라갈 것이라고 믿었습니다. 그의 손에는 온통 기름이 가득했으며 기름기는 그의 손을 아주 더럽게 했죠. 그의 두 볼에도 기름기가 번들거렸으며 그 기름기들은 놈의 두 볼을 특히 돋보이게 했습니다. 이젠 그를 그만 보고 그 옆에 있는 완샤오 장을 봅시다. 별명이 물쥐인 이 인간 요정도 포크를 버리고 손으로 먹고 있었습니다. 저는 그들이 모두 저를 따라 하고 있다는 것을 알고 있었습니다. 하지만 그들은 저를 모방할 수 없죠. 천재란 모방할 수 없습니다. 저는 고기를 먹는 천재인 것이죠. 그러므로 저를 모방할 수는 없어요. 제 손을 보세요. 오직 세 손가락에만 기름이 약간 묻어 있을 뿐 다른 부위는 깨끗합니다. 그리고 그들의 손을 보면 이미 기름에 뒤범벅이 되어 손가락도 구분하기 어렵습니다. 그 모양은 마치 오리 혹은 개구리처럼 물갈퀴가 있는 동물 같았습니다. 완샤오 장은 두 볼에 기름이 가득했을 뿐만 아니라 이마에까지 기름이 가득 했죠. 이 자식은 이마로 고기를 먹었단 말인가? 그리고 이 두 자식은 머리를 그릇 속에 처넣었단 말인가? 저를 더욱더 참지 못하게 하는 건 바로 이 자식들이 고기를 먹을 때 입 안과 목구멍에서 나는 꿀떡 거리는 소리였는데 이런 소리는 이 아름다운 고기들에 대한 치욕이 었죠. 고기들아! 너희들은 마치 절세미인같이 명운이 약한 여인들이 받는 액운 같구나. 액운이라 했으므로 너희들은 도망갈 수도 없겠구나. 고기들은 그들의 손과 그들의 입 안에서 비명을 지르고 있었으며 아직 그들에게 먹히지 않은 고기들은 그릇에서 서로 밀고 있었는데 마치 머리만 돌보고 엉덩이는 상관하지 않는 새들 같았습니다. 저는 진정으로 이 고기들이 안타까웠고 가슴이 아팠습니다. 이것이 바로 운명인 것입니다. 만약 그것들이 제게 먹힌다면 완전히 다른 결과가 일어날 것입니다. 하지만 이 세상의 일은 바로 이런 것입니다. 저, 뤄샤오통의 배가 아무리 크다고 해도 천하의 고기를 다 먹어 치울 수는 없는 일이죠. 마치 여인들에 대한 사랑이 충만해 있는 사내가 아무리 능력이 뛰어나다고 해도 천하의 여인들을 모두 자기 품에 안지 못하는 것과 마찬가지죠. 방법이 없으니 저는 속수무책이랍니다. 너희들, 다른 사람의 그릇에 담겨 있는 고기들아, 이 상품上品의 소 대퇴부 고기들아. 너희들은 시집을 갔으면 끝까지 지아비를 따른다는 각오로 행동하여라. 그 두 명의 거친 인간들이 고기를 먹는 속도는 점점 느려지고 있었으며 그들의 얼굴에 어려 있던 흉악한 표정은 이미 미련하고 게으른 표정으로 대체되고 있었죠. 비록 그들은 여전히 고기를 먹고 있었지만 그들이 고기를 씹는 속도는 현저하게 느려졌으며 그들의 양 볼은 틀림없이 아팠을 것이고 그들의 타액은 이미 분비되지 않고 있었을 것이며 그들의 배도 틀림없이 불룩해져 있었을 것입니다. 이런 것들은 제 눈을 속일 수 없었으며, 저는 그들이 억지로 고기를 입 안으로 밀어 넣고 있다는 것을 알고 있었는데, 고기들은 그들의 입 안에서 오락가락하면서 마치 석탄 찌꺼기처럼 삼키기 어렵게 되었죠. 그들의 목구멍에는 마치 수문이 있는 것 같았습니다. 그 시각에 그들은 더 이상 고기 먹는 낙을 느낄 수 없었으며 고기 먹는 쾌락은 이미 고기 먹는 고통으로 변하고 있었죠. 고기에 대한 혐오감과 원한으로 충만되어 있었으며 그들은 입 안에 있는 고기들과 뱃속에 있는 고기들을 막 토해내고 싶었지만 토해내기만 하면 시합에서 질 것이기 때문에 그렇게 하지 못하고 있다는 걸 저는 알고 있었습니다. 저는 그들 그릇의 고기들이 이미 아름다운 모습과 향기를 상실하고 있다는 걸 알았습니다. 그것들은 모욕을 당했기에 용모가 추하게 변했으며 저는 그들이 자기네들을 먹는 사람에 대한 적의를 발산하기 위해 일부러 풍기는 더러운 냄새를 맡을 수 있었습니다. 류청리와 완샤오장의 그릇에 남은 고기는 대략 한 근 안팎이었습니다. 하지만 그들의 뱃속에는 이미 빈자리가 없었죠. 그들에게 있어 아무런 감정도 없는 고기들은 그들의 뱃속에서 신경전을 벌이며 서로 물고 뜯으면서 뱃속을 뒤흔들고 있었죠. 그들의 고생이 시작되었던 것입니다. 저는 이미 두 사람이 그릇의 고기들을 다 먹지 못할 것이라는 걸 자신 있게 예견할 수 있었죠. 살기등등하던 경쟁자들은 이제 곧 도태되어 떨어져나가게 될 것이었습니다. 제 진정한 적수는 펑티에한이었습니다. 놈은 어떻게 되었을까요? 저는 곁눈으로 그를 살피겠습니다.

제가 곁눈으로 보고 있을 때 펑티에한은 포크로 고기 한 덩어리를 집어서 한 입 물어뜯고 있었죠. 그는 여전히 노란 얼굴에 눈을 내리깔고 아무런 내색도 하지 않고 있었어요. 그는 줄곧 포크를 사용하고 있었기에 손은 자연 깨끗했습니다. 그의 양 볼도 깨끗했으며 다만 입술에만 기름기가 있을 뿐이었죠. 그는 빠르지도 않고 느리지도 않게 먹고 있었으며 마음이 평온해 마치 여러 사람들 앞에서 고기 먹는 시합을 하고 있는 것이 아니라 어느 작은 음식점의 한 모퉁이에 앉아 고기 맛을 즐기면서 먹고 있는 것 같았습니다. 그의 이런 자태는 제 마음을 덜컥 내려앉게 했으며, 저는 이 사람은 만만치 않은 적수라는 걸 다시 한 번 느꼈습니다. 마구 먹어대는 놈들은 얼핏 보기에 강하지만 닭털이 불에 빨리 타는 격으로 시작도 빠르고 끝도 빠르답니다. 하지만 이렇게 연한 불에다 돼지 머리를 삶는 식의 사람은 이기기가 힘듭니다. 그는 제가 자기를 관찰하고 있다는 걸 눈치 채지 못한 것 같이 여전히 아무런 내색도 하지 않았습니다. 저는 더더욱 자세히 그를 관찰했습니다. 저는 그가 집게로 새 고깃덩어리를 집을 때 약간 주저하는 것을 보았습니다. 잠깐 주저하더니 그는 눈앞의 약간 커 보이는 고깃덩어리를 포기하고 집게로 그릇 구석에 있는 작아 보이고 그리고 약간 말라 보이는 고깃덩어리를 집었습니다. 그가 이 고깃덩어리를 입으로 가져가는 과정에 저는 그가 공중에서 잠시 멈추는 것을 보았으며 이내 몸을 으쓱하더니 목구멍 깊은 곳에서 낮은 소리를 내는 것도 들었습니다. 저는 이 광경을 보고 마음이 무척 가벼워졌습니다. 저는 이 고수같이 보이던 사람도 패배의 조짐을 드러내고 있다는 걸 알았죠. 그가 작은 고깃덩어리를 선택하는 것은 그의 위가 이미 다 차 있다는 걸 말해주었습니다. 그가 몸을 으쓱하는 것은 올라오는 트림을 막아보려는 동작이고 그 트림에는 아래에서 위로 밀어올리는 고기들이 들어 있었죠. 그 앞의 그릇에도 대략 한 근가량의 고기가 남아 있었습니다. 하지만 그의 잠재력이 제 오른쪽 두 사람보다 더 크다는 건 의심의 여지가 없었습니다. 그리고 그의 의지력과 냉정함도 그에게 끝까지 견딜 수 있게 해 저와 경쟁하게 할 것이입습니다. 저도 물론 저와 능력이 비슷한 적수가 있기를 희망했습니다. 아니면 이 시합은 아무런 구경할 가치도 없는 것이었죠. 아무런 적수도 없는 시합은 시합의 의미를 상실하는 것입니다. 그렇지만 이러한 걱정은 기우에 불과해 보였습니다. 펑티에한은 자신의 완강함으로 제 승리에 광채를 더할 테니까요.

펑티에한은 제 곁눈질을 눈치 채고는 도전적인 눈길을 보내왔습니다. 저는 그를 향해 우호적인 웃음을 보냈습니다. 그리고 고기 한 덩어리를 집어서 키스하듯 입가에 대고는 고기에게 제 애정을 표시했으며 그리고 나서 입술과 이빨로 탐색하면서 고기 무늬를 따라서 한 줄을 찢었고 고기는 적극적으로 제 입 안으로 들어갔습니다. 저는 손에 남은 한 토막의 고기를 보고 갈색의 절단면에다 키스를 한 번 하면서 급하게 굴지 말라고 말했습니다. 저는 입 안의 고기를 씹으면서 시종일관 여일한 열정과 처음과 같은 예리한 느낌으로 그것의 맛과 향기와 유연함과 매끄러움을 전면적으로 느끼고 있었습니다. 그것의 모든 것을 느끼고 있었습니다. 이와 동시에 저는 허리를 펴고 눈을 쥘부채처럼 쫙 펼치며 앞에 있는 사람들을 훑어보았습니다. 저는 사람들 얼굴에 어린 흥분과 긴장을 보았습니다. 저는 그들의 얼굴에서 어떤 사람들이 제가 이기기를 바라는 사람이고, 저를 지지하는 사람인지 알 수가 있었습니다. 그리고 저는 그들의 얼굴에서 어떤 사람들이 저에게 다른 관점을 지니고 있으며 과연 누가 제가 지기를 바라는 사람인지를 알아볼 수 있었습니다. 물론 대부분의 사람들은 우연히 찾아와 구경하는 터라 명확한 입장이 없었습니다. 다만 시합이 보기 좋으면 그들은 기뻐할 것입니다. 저는 그들의 얼굴에서도 고기에 대한 그들의 갈망을 읽을 수 있었죠. 그들은 류청리와 완샤오장이 시간이 지나면서 점점 힘들어하는 모습을 보고 이해하지 못하고 있었죠. 이것은 사람들의 정상적인 느낌입니다. 한쪽에 서서 다른 사람들이 고기 먹는 시합하는 걸 구경하는 사람은 뱃속에 고기가 가득 차 있고 그리고 목구멍에까지 차 있지만 여전히 고기를 먹어야 하는 그들의 고통에 대해 알 수 없다는 것입니다. 제 눈길은 란 씨의 얼굴에 특별히 머물러 그와 몇 초 동안 눈길을 교환했습니다. 그의 눈길에서 저는 그가 저에 대해 자신감을 느끼고 있다는 것을 발견했습니다. 저도 눈길로 그에게 말했습니다.

'란 씨, 걱정 말아요. 저는 당신을 실망시키지 않을 겁니다. 다른 건 잘 못하지만 고기 먹는 것은 제 특기니까요.'

저는 제 아버지와 어머니도 보았습니다. 그들은 언제 왔는지 사람들 뒤에 서서 마치 제게 발견되면 제가 고기 먹는 데 영향이라도 끼칠까 봐 두려워하듯 슬금슬금 들여다보고 있었습니다. 가련한 부모들 심정이구나! 저는 그들이야말로 제가 이기기를 가장 간절히 원하는 사람들이고 제가 너무 많이 먹고 탈이라도 날까 봐 걱정하는 사람들이라는 것을 알고 있었습니다. 특히 먹는 시합을 해본 경험이 많은 데다 여러 번 우승을 한 아버지는 자연히 이번 시합이 힘들다는 것을 잘 알고 있으며 또 시합이 끝나고 나면 얼마나 고통스럽다는 것도 잘 알고 있는 것입니다. 그의 표정은 아주 침울했습니다. 그것은 그가 음식이 사분의 일이 남았을 때 시합이 제일 힘든 단계라는 것을 누구보다 잘 알고 있었기 때문입니다. 장거리 달리기 선수가 마지막 스퍼트를 내는 것처럼 이 시점은 체력과 위의 흡수력 그리고 의지력을 겨루는 순간이었습니다. 의지가 강한 자는 이길 것이고 의지가 약한 자는 질 것입니다. 한도까지 먹었을 때는 정말 고기 한 점도 삼키지 못하는 것입니다. 사람을 배터져 죽게 만드는 것은 바로 마지막 한 조각의 고기입니다. 마치 낙타를 깔아 죽인 것이 마지막 한 알의 쌀인 것과 마찬가지입니다. 이 시합의 참혹성은 바로 여기에 있는 것입니다. 제 아버지는 전문가이기에 그릇의 고기가 적어질수록 표정이 더욱 긴장되었고 나중에는 마치 두터운 페인트가 그의 얼굴에 덮여 있는 것 같았습니다. 제 어머니 표정은 그래도 단순했습니다. 제 입의 움직임에 따라 그녀의 입도 함께 움직이고 있었습니다. 그녀의 입 안에도 고기가 있는 것 같았는데, 그녀의 이런 행동은 제게 약간의 도움을 주는 것도 같았습니다. 여동생이 손가락으로 제 등을 찌르고는 조용히 말했습니다.

"오빠, 찻물 마실래?"

저는 손을 흔들어서 그 애의 제안을 거절했습니다. 이 시각에 차를 마신다면 규칙을 위반하는 행위인 것입니다.

제 그릇의 고기는 네 덩어리가 남았는데 대략 반 근가량 되었습니다. 저는 아주 빠른 속도로 한 덩어리를 먹었고, 그리고 이내 또 한 덩어리를 먹었습니다. 그릇에는 고기가 두 덩어리만 남았습니다. 이 두 덩어리 고기는 모두 계란 크기만 했으며 그릇에서 서로 소리를 내며 저를 부르고 있었는데 마치 늪의 양 쪽에서 서로 부르고 있는 친구 같았습니다. 저는 가볍게 몸을 움직여보았는데 배가 아주 무거웠습니다. 하지만 저는 제 위에 아직도 빈 곳이 있다는 것을 확실히 알고 있었으며 이 두 덩이의 고기쯤은 밀어 넣을 수 있었습니다. 설사 제가 이기지 못한다 해도 최소한 품위 있게 고기를 먹는 것이 어떤 것인지는 확실히 보여주었다고 생각했습니다.

마치 친구 같은 그 두 덩어리의 고기를 삼키자, 제 창자 속으로 들어간 고깃덩어리 중의 하나가 창자 안에서 저 홀로 우뚝 서서 장어의 팔다리 같은 손을 뻗어서 저한테 흔들고 있었는데, 고깃덩어리 손 안에 은근히 감추어져 있던 입이 벌어지면서 다른 한 덩어리 마저 삼켜달라고 저를 재촉했지요. 몸을 움직여 위 속의 고기들을 잘 배치해서 빈자리를 내었습니다. 그릇 속에 있는 그 고깃덩이를 가늠해보았는데 마음속은 이내 가벼워졌습니다. 위 속의 빈자리에 그것을 넣기에 충분하다는 것을 느낄 수 있었던 것입니다. 그 고깃덩이는 매우 서두르고 있었으며 함지박 속에서 마구 움직이고 있었습니다. 저는 그것이 날개라도 달려 제 입 안으로 스스로 날아 들어와 제 목구멍을 통해 제 위 속으로 들어가 형제자매들과 만나고 싶어한다는 것을 알고 있었습니다. 저는 다만 저와 그것이 알아들을 수 있는 언어로 그들에게 급하게 굴지 말고 조용히 인내심을 지닌 채 기다리라고 타일렀습니다. 저는 그것들에게 이번 고기 먹기 시합에서 맨 나중에 먹히게 된 것이 아주 행운이라는 걸 알게 했죠. 그것은 구경꾼들의 눈길이 거의 대부분 그것에 집중되었기 때문입니다. 그것과 앞에서 들어간 이름도 성도 없는 고기들과는 완전히 다른 것입니다. 그것은 맨 나중의 한 덩어리이고 그것은 시합의 결말을 대변했으니 사람들의 눈길을 끌 수밖에 없었죠. 저는 숨을 돌리고 정신을 집중하고 침을 조금이라도 더 분비해 가장 친밀한 느낌으로 가장 집중된 정신으로, 가장 소탈한 자세로 가장 아름다운 동작으로 제 시합을 완성하려고 했죠. 제가 숨을 돌리는 순간에 저는 다시 한 번 제 적수들의 상태를 보았습니다.

먼저 류청리, 이 강도 같은 외모를 한 놈을 봅시다. 그는 이미 아주 낭패스런 표정을 짓고 있었습니다. 그의 손과 입은 모두 고기습에 진득거리고 있었죠. 그는 귀찮다는 듯 손을 흔들면서 손가락 사이의 기름을 떨구어내려고 했죠. 하지만 그가 어떻게 떨어버릴 수 있단 말입니까? 고기 기름은 바로 고기이며 고기는 이미 그에게 짓밟혔으므로 고기는 이미 그에게 한이 있는 것입니다. 고기는 그를 뒤엉키게 하고는 그의 손가락을 한데 붙게 하더니 그에게 다른 고기들을 마음대로, 또는 자연스럽게 붙잡지 못하게 하고 있었죠. 고기는 똑같은 방법으로 그의 입을 대하고 있었습니다. 그의 입술을 붙게 하고 그의 구강과 혀를 붙게 하여 그에게 입을 한 번 벌릴 때마다 아주 큰 노력을 기울이게 했습니다. 마치 입 안에 다량의 찐득거리는 엿이 가득 차 있는 것 같아 마음대로 입을 벌리지 못하게 하였죠. 류청리를 다 보았으니 이번에는 완샤오장을 봅시다. 이놈은 고기에게 시달리면서 형편 없는 몰골이 되었습니다. 그는 마치 기름통에 빠진 쥐처럼 혐오감을 드러냈고 불쌍한 몰골이 되었죠. 놈은 가련한 눈길로 아직도 함지박 속에 남아 있는 고기를 슬금슬금 보고 있었죠. 기름기가 가득한 그의 두 손은 가슴 앞에서 떨고 있었는데 만약 그가 다시 이 손가락을 입 안에 넣고 씹는다면 완전히 쥐로 변할 것입니다. 고기를 너무 많이 먹어 걸을 수 없는 쥐이며, 배가 너무 커 북 같은 쥐인 것입니다. 그의 입에서는 쩝쩝거리는 소리가 났으며 이 소리는 바로 너무 먹어 이제 곧 죽게 된 쥐들이 내는 소리였습니다. 이 두 사람은 이미 전투력을 잃고 있었으며 자동적으로 투항하기만을 기다리고 있었습니다.

다음에는 제 진정한 적수인 펑티에한입니다. 시합의 절정에 달했는데 그는 여전히 품위를 유지하고 있었죠. 손은 깨끗하고 입도 말끔하였으며 앉은 자세도 곧았죠. 하지만 그의 눈길은 흩어지고 있었어요. 그는 이미 조금 전처럼 그렇게 예리하고 심지어 음침하던 눈길로 저를 마주 바라보지 못했어요. 그는 마치 물에 잠긴 흙 조각 같은 몰골로 앉아서 그나마 자신의 존엄을 지키기 위해 안간힘을 쓰고 있었습니다. 하지만 붕괴는 이미 시작되었습니다. 저는 그의 눈길이 흐려진 이유가 바로 위가 더 이상 음식을 받을 수 없기 때문이라는 걸 알

앉으며, 고기가 그를 못살게 굴고 배를 고통스럽게 한다는 걸 알았죠. 그 고기들이 한 무리의 새된 개구리 떼처럼 다급하게 살길을 찾고 있다는 것도 알았죠. 그의 의지가 약간만 느슨해지면 고기들은 뛰어나올 것입니다. 그리고 이런 시달림이 시작되면 그도 어쩔 수 없는 것이죠. 몸의 강렬한 반응을 억제하고 있었기에 그의 얼굴에는 사람을 놀라게 하는 슬픈 표정이 나타났죠. 사실 슬픈 표정뿐만이 아닐지도 모르죠. 저는 저도 몰래 슬픈 표정이라는 느낌이 들었습니다. 그의 앞에 있는 함지박에는 아직도 세 개의 고깃덩이가 남아 있었죠.

류청리의 함지박에는 고깃덩이 다섯 개가 남아 있었고 완샤오장의 함지박에는 여섯 개의 고깃덩이가 남아 있었죠.

까무잡잡한 몸에 허연 반점이 많은 커다란 파리 한 마리가 퍽 먼 곳에서 날아왔습니다. 그놈은 공중에서 잠깐 선회하더니 사냥감을 발견한 독수리처럼 곧추 날아올랐다가 하강을 해 완샤오장 앞의 그릇에 떨어졌습니다. 완샤오장은 손을 들어 맥없이 흔들며 몇 번인가 파리를 쫓더니 더 이상 상관하지 않았죠. 큰 파리의 뒤를 이어 무리를 지은 작은 파리들이 사방팔방에서 날아왔습니다. 그들은 우리들 머리 위에서 선회하더니 윙윙 소리를 냈어요. 모든 사람들은 약간 긴장했으며, 그래서 고개를 들어 보았습니다. 그 파리들은 석양빛 아래에서 황금빛을 내고 있었는데 마치 춤추는 항금색의 벌 같았습니다. 저는 큰일이 생길 것임을 알았습니다. 저는 그놈들이 세상에서 가장 더러운 곳에서 날아왔다는 것을 알았으며 날개와 다리에 모두 무수한 세균과 병균을 달고 있으며, 비록 우리의 면역력이 강해 간염되지 않는다고 해도 그것들이 날아오는 곳을 생각하기만 하면 구역질이 날 정도라는 건 알고 있었죠. 이제 몇 초가 지나면 놈들이 매우 빠른 속도로 상상도 할 수 없는 각도로 우리 앞에 있는 그릇에 내려앉을 것이라는 걸 알았죠. 저는 번개 같은 속도로 파리들이 내려앉기 전에 그릇에 있는 그 마지막 고기 한 덩이를 집었습니다. 그리고 그것을 통째로 입 안에 밀어 넣었습니다. 이때 파리들은 이미 내려오기 시작했습니다.

눈 깜짝할 사이에 그릇의 고기들과 그릇 주위에 있는 고기들 주위로 파리들이 잔뜩 내려앉았습니다. 그들의 다리는 정신없이 움직이고 그것들의 날개는 빛을 내었으며 그것들의 주둥이는 탐욕스럽게 고기를 먹고 있었죠. 란 씨와 의사를 비롯한 사람들이 앞으로 나와 다들 파리를 쫓았지만 그놈들은 노한 듯이 날아오르면서 죽기 살기로 사람들의 얼굴로 마구 덮쳤습니다. 아주 많은 파리들이 사람들에게 맞아 땅에 떨어졌습니다. 하지만 더더욱 많은 파리들이 사면팔방에서 날아와서는 죽거나 상처 입은 동료들의 자리를 채웠습니다. 사람들은 금세 힘이 빠져 무력해졌고 시끄러워졌으며 나중에는 아예 쫓지도 않았습니다. 펑티에한은 파리들이 내려앉기 전에 저를 따라 그 세 덩어리의 고기 가운데 하나를 집어 입 안에 밀어 넣고 이내 다른 한 덩어리를 집었지만 맨 나중의 재수 없는 고깃덩어리는 파리들이 덮어버렸습니다.

더욱더 많은 파리들이 완샤오장과 류청리의 그릇을 덮쳐 그릇의 색깔을 알아볼 수 없을 지경이었습니다. 그러자 완샤오장은 일어서서 힘을 내 소리를 질렀습니다.

"오늘 시합은 안 됩니다."

하지만 고함을 지르는 동시에 입이 벌려지면서 씹힌 고기 한 덩어리가 그의 목구멍에서 튕겨 나왔는데, 와 하는 소리와 함께 고기가 소리를 지르는 것인지 아니면 완샤오장이 소리를 지르는 것인지 알수 없었지만 그 고깃덩어리는 땅에 떨어졌습니다. 그 고깃덩어리는 땅에 떨어진 후 금방 태어난 토끼처럼 움직였고 파리들은 이내 그것도 덮어버렸습니다. 완샤오장은 더 이상 자신을 제어할 수 없었는데, 입을 가리고 벽 쪽으로 달려가더니 손으로 벽을 잡고 머리를 낮게 벽에다 대고는, 마치 기어가고 있는 벌레처럼 몸을 끊임없이 굽혔다 폈다 했습니다. 그리고 맹렬하게 토하기 시작했죠.

류청리는 이를 악물고 뻗치면서 일부러 아무렇지도 않은 듯 란 씨에게 말했죠.

"제 배는 아직 비어 있으니 사실 다 먹을 수 있었소. 하지만 파리들이 고기를 더럽혔기에 먹을 수 없단 말이오. 뤄샤오통! 너에게 말하지만 난 굴복하지 않았어. 난 지지 않았어."

말을 다 끝내기도 전에 그는 갑자기 몸을 일으켜 세웠죠. 그 모양은 마치 엉덩이 밑에 스프링이라도 깔려 있어서 튕겨 일어나게 한 것 같았습니다. 저는 그의 엉덩이 밑에 스프링이 있는 것이 아니라 그의 위 속에 든 고기들이 갑자기 위로 솟구치면서 목구멍과 입을 벗어나려고 거대한 힘으로 그를 밀었기에 저절로 일어났다는 걸 알았죠. 일어서는 순간 그의 얼굴은 흑색이었고 얼이 빠진 듯한 표정이었으며 얼굴 근육이 모두 죽어버린 것 같았죠. 그는 완샤오장이 있는 곳으로 급히 달려갔는데 그 와중에 의자를 뒤집으면서 식당에서 파리채를 들고 달려 나오던 황빠오와 부딪혔습니다. 두 사람은 몸을 지탱하지 못하고 앞뒤로 기우뚱했는데 황빠오가 욕설을 뱉으려는 순간 류청리가 입을 크게 벌리고 알아들을 수 없는 소리를 지르더니 이미 다 씹혀진 고기를 황빠오의 가슴에 뱉어냈죠. 황빠오는 처량하게 긴 한숨

소리를 내고는 마치 야수에게 물린 듯 욕설을 퍼붓다가 파리채를 버리고는 얼굴을 닦았습니다. 그러고는 류청리를 뒤따라가서 엉덩이를 발로 찼지만 제대로 차지 못하고 다시 식당으로 달려 들어갔는데, 아마 얼굴을 씻으러 들어간 듯했죠.

류청리의 잔걸음은 정말로 볼 만했습니다. 다리의 힘이 풀려 나선 모양으로 걸었으며 두 발은 팔자걸음이었고 무거운 엉덩이를 삐뚤거렸는데 뒤에서 보면 오리가 달려가고 있는 것 같았죠. 그는 벽 있는 곳까지 가서 완샤오장과 나란히 두 손으로 벽을 잡고 머리를 벽에다 대더니 우우 토하기 시작했으며 허리와 등을 몇 번인가 굽혔다 폈다 했습니다.

펑티에한은 입 안에 고기 한 덩이를 물고 손에는 한 덩어리를 잡은 채 눈은 이미 초점을 잃은 상태로 깊은 묵상에 잠겨 있었죠. 모든 사람들의 눈길이 모두 그를 향했습니다. 그것은 류 씨와 완 씨가 모두 패배했는데 오직 펑티에한만이 아직도 몸부림치고 있었기 때문이죠. 사실 펑티에한도 이미 패배했습니다. 비록 그가 입 안의 고기를 삼켜버리고 그리고 손에 쥔 고기를 먹어버리고 결국 파리 떼에 뒤덮여 있는 고기도 먹어버렸지만 시간으로 따져보면 그는 저에게 이미 지고 만 것입니다. 하지만 사람들은 마치 장거리 시합에서 일등은 이미 마지막 선을 넘었지만 끝까지 포기하지 않는 운동선수를 여전히 기다리며 지켜보는 것처럼 그를 기다렸고 그에게 기대를 하고 있었죠. 저는 아직도 위에 여유가 있어 고기 한 덩어리는 더 들어갈 것 같았기에 그가 고기를 다 먹고 끝까지 버티기를 희망했습니다. 만약 제가 고기 한 덩어리를 더 먹는다면 구경꾼들은 마음속으로 저에게 탄복할 것입니다. 그런데 펑티에한은 도망을 쳤습니다. 그는 목을 빼어

들고 눈을 부릅뜨면서 마침내 입 안에 있던 고깃덩어리를 삼켜버렸습니다. 그러자 모두들 그를 위해 박수갈채를 보냈습니다. 그는 손에 쥔 고기를 입가로 가져가서 잠깐 주저하더니 그 고기를 눈앞의 그릇에 던져버렸습니다. 그릇 속의 파리들이 윙윙대면서 동시에 날아올랐는데 마치 용광로 속의 불꽃이 튀는 것 같았습니다. 잠시 후에 파리는 다시 내려앉았으며 그릇도 평온을 되찾았습니다. 펑티에한은 머리를 수그리고 말했습니다.

"내가 졌소."

그리고 잠시 후 그는 고개를 들어 얼굴을 내 쪽으로 돌리고 말했습니다.

"자네에게 탄복했다네."

저도 퍽 감동이 되어 그에게 말했습니다.

"당신은 비록 졌지만 무척 품위가 있습니다."

그때 란 씨가 큰 소리로 말했습니다.

"고기 먹기 시합은 끝났소. 그 결과 뤄샤오통이 승리했습니다. 펑티에한도 실력이 괜찮았소. 류청리와 완샤오장도 마찬가지고!"

란 씨는 경멸하는 눈길로 그들의 등을 바라보더니 이렇게 표현했죠.

"비장의 무기도 없으면서 억지로 덤비더니 두 그릇의 좋은 고기만 낭비했군. 이후 우리 공장에서는 이런 시합을 정기적으로 진행할 것이오. 육류공장의 노동자라면 고기를 먹을 수 있어야 하오. 뤄샤오통, 자네도 자만하지 말아야 해. 이번에는 자네가 승리자이지만 다음번에는 어떤 강한 사내가 나서서 자네를 이길지도 모르지. 다음번 시합은 우리 공장 내에서만 겨루는 것이 아니라 사회적인 활동으로 진행할 거야. 시합에서 우승한 자는 상금도 줄 것이고. 만약 상금을 원하지 않는다면 우리 공장에서 일 년 동안 공짜로 고기를 먹게 할 것입니다."

제 여동생은 새된 소리를 질렀습니다.

"저도 시합에 참가하겠습니다!"

여동생의 목소리는 여러 사람들의 주목을 받았습니다. 그래서 그 애는 시합의 정점이 되었습니다. 그녀의 작은 얼굴은 온통 붉어졌는데, 높이 치켜올려 맨 갈래머리와 커다란 눈과 둥근 얼굴은 정말로 귀여웠습니다.

"좋아, 과연 영웅은 어린 사람들 가운데서 나오는구나! 하는 일마다 장원 감이 나온단 말이야! 개혁 개방이 좋긴 좋단 말이야. 재주 있는 사람들이 더 이상 파묻혀 있지 않게 되니 말이야. 고기를 잘 먹는다면 장차 큰일을 해내는 것이다. 좋아, 시합이 끝났습니다. 퇴근하는 이들은 집으로 가고 출근하는 이들은 공장 안으로 들어가세요."

사람들은 뭐라고 중얼거리면서 헤어졌습니다. 란 씨는 아직도 벽에 대고 토하고 있는 류청리와 완샤오장을 가리키며 의사에게 말했죠.

"방 의사, 저 사람들에게 주사라도 놔주어야 하는 거 아니오?"

"침 맞을 필요는 없고 토해내기만 하면 됩니다."

의사는 턱으로 저를 가리키면서 대꾸했습니다.

"제가 걱정하는 것은 저 애입니다. 제일 많이 먹었지요."

란 씨는 의사의 어깨를 툭툭 치고 웃으면서 답했습니다.

"여보시오. 당신은, 저 애 때문이라면 걱정하지 말게나. 저 애는 보통 애가 아니라 육신이란 말이오. 하느님은 저 애를 내려보낼 때 고기만 먹으라고 내려보냈어. 그 녀석 뱃속 구조는 우리 보통 사람들과 다를 거요. 그렇지? 뤄샤오퉁. 너, 지금 배가 부어올라 의사가 봐

쥐야 하니?"

"필요 없습니다."

저는 의사와 란 씨에게 대답했습니다,

"저는 정말로 기분이 아주 좋습니다."

제37포

第三十七炮

　온밤 내내 내린 비는 육식절에서 중독자들이 토해낸 물건들을 모두 깨끗이 씻어주었다. 아스팔트 길은 깨끗하게 빛이 났으며 나무 잎사귀들도 너무 파래서 기름기가 돌았다. 사찰 지붕 위에 난 구멍은 비를 맞아 그 충격으로 맷돌만큼 커졌기 때문에 그 구멍 안으로 빛이 쏟아져 들어왔고 몇십 마리의 쥐들이 빗물에 밀려 들어와서 무너진 신선상에 앉아 있었다. 엊저녁에 보았던 야생 노새 고모와 비슷한 여인은 나타나지 않았다. 나는 너무나 배가 고파서 큰스님 방석 주위에 자라난 버섯을 다 뜯어 먹었다. 버섯을 먹고 나자 정신이 들었고 눈이 밝아지면서 사유의 세계가 명석해졌다. 머릿속 깊은 곳에서는 언제 보았는지 알 수 없는 정경들이 많이 나타났다. 나는 바다를 향해 만들어진 공동묘지를 보았다. 풍수가 정말 좋은 곳이었다. 공동묘지 한가운데 놓인 대리석 비석 앞에는 검은 옷을 입은 한 여인이 앉아 있었다. 비석 앞에 놓인 사진은 이 무덤이 바로 란 우두머리의 아들의 묘라는 것을 알려주었다. 입가의 검은 기미는 바로 이 여인이 출가를 해서 비구니가 된 썬야오야오라는 것을 말해주었다. 그녀의 얼굴에는 눈물도 없었고, 그리고 그 어떤 비애도 찾아볼 수 없었다. 비석 앞에 놓여 있는 올방개 꽃에서는 연한 향기가 풍기고 있었다. 눈을 감고 깊은 사색에 잠겨 있는 란 우두머리 곁으로 어떤 여인이 가볍게 걸어가서 낮은 소리로 말했다.

"란 선생님! 훼이밍慧明 대사는 어제저녁에 원적圓寂했습니다."

란 우두머리는 어떤 무거운 짐을 내려놓기라도 한 듯 길게 숨을 내쉬고는 혼자 중얼거렸다.

"난 지금 진정으로 아무런 걱정할 일이 없구나!"

그는 술 한 잔을 마시고는 뒤에 있는 여인에게 말했다.

"샤오친小秦에게 말해서 여인을 두 명 불러오라고 하렴."

그러자 그 여인은 반문했다.

"선생님……"

란 우두머리는 가볍게 말했다.

"왜 그래? 난 격렬한 섹스로 그녀의 죽음을 기념하련다."

란 우두머리와 그 긴 다리에 매끈한 어깨의 두 여인이 서로 돌아가면서 몸부림치고 있을 때 격렬한 진동이 일어났고, 신선상을 조각했던 노무자들이 비틀거리면서 일어나 우퉁 신선묘의 마당에 나타났다. 비에 씻겨서 얼굴이 다 뭉개진 육신상을 보고 그들은 놀라 소리를 질렀다. 늙은 노무자는 화가 나서 그들이 육신상에게 비를 가릴 비옷이라든가 밀짚모자를 씌워주지 않았다고 그 세 명의 젊은 노무자들을 훈계했다. 젊은 노무자들은 한 마디도 대답하지 못하고 있었으며 다만 고개를 수그리고는 늙은 노무자의 훈계를 듣고 있었다. 그 긴 다리의 두 여인이 카펫 위에 꿇고 앉아 애교 띤 목소리로 말했다.

"양아빠! 저희들을 살려주세요. 저희들의 유방은 썬야오야오의 유방이고 저희들의 다리도 썬야오야오의 다리이며 저희들의 몸은 썬야오야오의 화신입니다. 그러니 저희들을 아껴주십시오."

"너희들은 누가 썬야오야오인지 알고 있어?"

란 우두머리는 큰 소리로 야단을 쳤다.

"저희들은 몰라요. 저희들은 다만 썬야오야오라고 둘러대면 양아빠가 기뻐하고, 양아빠께서 즐거워하시면 곧 저희들을 아낀다는 것만 알고 있어요."

란 우두머리는 웃었지만 눈에서는 눈물을 흘렸다. 두 젊은이는 물통으로 맑은 물을 길어왔고, 다른 젊은 노무자는 철 수세미를 얻어와서는 늙은 노무자의 지휘 아래 나무 조각상의 칠을 닦았다. 나는 육신이 고함을 지르는 소리를 들었다. 나는 몸이 저렸고, 간지럽고 그리고 아픔을 느꼈다. 조각상의 칠을 다 닦아내자 버드나무의 원색과 무늬가 드러났다. 늙은 노무자가 말했다.

"말린 다음 다시 페인트칠을 하여라. 샤오빠오! 너는 가서 엔閣 처장을 오라고 해라. 그에게 경비를 허락하는 쪽지를 써달라고 해. 넌 그에게 이렇게 말하렴. 만약 예산을 주지 않는다면 우리는 이 육신을 도로 메고 갈 것이고, 도끼로 패 땔나무로 만들어 난로를 지필 것이라고 말해."

어제저녁에 이빨이 아프던 노무자가 말했다.

"스승님! 이빨이 아프지 않게 조심하세요."

그러자 늙은이가 냉소하면서 대꾸했다.

"육신은 내 본질을 알고 있단다."

그 어린 노무자는 엉덩이를 흔들면서 달려갔다. 늙은 노무자는 사찰 안으로 들어와서 머리와 다리가 온전하지 않은 다섯 개의 신상 앞에서 순찰을 했다. 그의 서생 같은 제자가 뒤를 따르고 있었다. 늙은 노무자는 말 신선의 엉덩이를 만지면서 이렇게 말했다.

"흙 한 덩어리가 떨어지는구나."

"우리는 이제 곧 먹을 양식이 생기게 된단다. 이 우통 신선상은 우리가 열심히 일할 일거리가 된단 말이다."

제자가 말했다.

"스승이시여! 그런데 이 일에 변화가 있을까 봐 걱정됩니다."

"어떤 변화?"

늙은 노무자는 눈을 둥그렇게 뜨고 물었다. 제자가 하는 말은 이랬다.

"스승님! 어제 저녁에 백여 명이 중독되는 그런 큰 일이 발생했는데, 이 육식절을 계속 진행하게 될지 아직 모르지 않습니까? 만약 중지한다면 육신의 묘도 건설하지 않을 거란 말입니다. 육신을 모시는 묘를 짓지 않는다면 이 우통 신선묘도 건립하지 않을 것이란 말입니다. 어제 그 부성장이 하는 말을 듣지 못했습니까? 그는 육신의 묘와 우통 신선묘를 한데 묶어서 말했단 말입니다."

그러자 늙은이가 말했다.

"네가 그렇게 생각하는 것도 틀린 생각은 아니다. 하지만 넌 아직 나이가 어려서 사회적 경험이 없으니 그렇게 말하는 거란다. 만약 어제저녁의 그 일이 발생하지 않았다면 내년의 육식절은 중지될 수도 있단다. 하지만 어제 그 일이 발생했기에 내년의 육식절은 필경 계속 진행될 것이란다. 계속 진행될 뿐만 아니라 더욱더 규모가 커질 것이다."

제자는 고개를 흔들면서 말했다.

"스승님! 전 무슨 말씀이신지 잘 모르겠습니다."

늙은 노무자가 말했다.

"잘 모르겠으면 모르는 대로 있으면 돼. 사실 너 같은 젊은이들이 그렇게 많은 것을 알 필요도 없단다. 곧이곧대로 일이나 잘하면 되고 나이가 들면 알 것은 다 알게 돼 있단다."

어린 노무자가 말했다.

"스승님! 알겠습니다."

늙은이는 마당에서 육신상을 에워싸고 일을 하는 노무자를 아래턱으로 가리키면서 말했다.

"저 애들은 거친 일은 할 수 있지만 우통 신선 조각 같은 세밀한 일은 너에게 의존해야 할 것이야."

어린 노무자가 대답했다.

"스승님! 저는 노력은 하겠지만 머리가 둔해서 스승님 기대에 어긋날까 걱정됩니다."

그러자 늙은 노무자가 말했다.

"너도 너무 겸손할 필요는 없단다. 내가 사람을 보는 눈은 아주 정확하단다. 이 우통 신선은 네 명의 신선이 괴멸되었으니 그들을 복귀하려면 약간 힘이 들지. 우리집에는 조상들이 물려준 견본이 있단다. 그리고 또 『랴오자이聊齋』에도 그들의 형상을 대충 그려놓았을 테지만 그대로 옮기기보다 시대적 조류에 따라 약간 개조를 해야겠지. 이 말 신선을 좀 보렴. 말 같은 측면이 더 많고 사람 같은 측면은 적단다."

늙은 노무자는 말 신선상을 손짓하면서 말했는데 당연히 말상을 더더욱 사람 같게 해야 한다고 일렀다. 그래서 여기로 찾아오는 여인들이 그의 모습을 보고 기절하지 않으면 다행스러울 정도로, 그렇게 조각해야 한다는 것이었다. 어린 노무자가 물었다.

"스승이시여! 많은 사람들이 찾아와서 이 일거리를 빼앗지 않을까 걱정되는데요."

늙은 노무자가 말했다.

"그런다고 해도 네 일을 빼앗을 사람은 니에류표六와 한韓 동지 그들 둘밖에 없단다. 그들의 재간으로는 토지 할아버지나 세운다면 적당할 뿐 이 우통 신선은 조각할 수 없어."

"스승님! 적을 너무 경시하지 말아야 합니다. 들리는 말에 의하면 니에류는 자기 아들을 미술 대학에 보내 조각을 전문적으로 배우게 하였답니다. 일단 그의 아들이 돌아와서 아버지 일을 물려받는다면 우리는 그들의 상대가 안 됩니다."

그러자 늙은 노무자가 말했다.

"그 멍청한 아들 말이냐? 미술 대학이 아니라 미술 대학원에 들어간다고 해도 효과가 없단다. 신선을 세우는 일은 먼저 자기 마음에 신선이 있어야 한다. 마음에 신선이 없다면 재주가 아무리 좋아도 그가 빚어낸 것은 영원히 흙에 지나지 않아. 하지만 우리는 확실히 자기 하나밖에 모른다고 말할 수 있단다. 천하에는 재능 있는 사람들이 많으니 어디에선가 어떤 고수가 나타날지도 모르지. 그러므로 너는 지금부터 이 일을 마음에 두고 생각해."

"고맙습니다, 스승님."

"너는 무슨 수단이라도 동원해서 도축 마을의 촌장인 란 씨와 연결선을 만들어야 한다. 이 우통 신선의 묘는 그의 조상들이 먼저 지은 것이기에 이번에 건립할 때 그는 틀림없이 자금을 지원하는 큰 상대일 거다. 듣자하니 그는 국외에서 지금 일천만 위안을 끌어들였단다. 그러니 누구에게 신선상을 세우게 하는가, 그의 말이 절반은 차지할 거야."

"스승님! 걱정하지 마십시오. 제 아주머니는 란 씨 부인 판챠오샤의 사촌동생입니다. 란 씨가 부인을 두려워한다는 소리를 저는 이미 들은 적이 있습니다."

늙은이는 만족한다는 듯 머리를 끄덕였다. 란 우두머리는 손에 쥐고 있던 술잔을 땅에다 던져버리고 비틀거리면서 일어섰다. 뒤에서는 두 여자 하인이 급히 달려와서 그의 팔을 부축했다.

"선생님! 너무 많이 마셨습니다."

그중의 한 하인이 말했다.

"내가 많이 마셨다고? 그래, 많이 마셨을지도 모르겠구나."

그는 팔을 그녀들의 손에서 빼내면서 눈을 부릅뜨고 말했다.

"너희들은 어서 가서 여인들을 찾아다가 내 술을 깨게 해."

큰스님! 당신은 아직도 제 구술에 흥미가 있습니까?

란 씨의 부인이 죽기 삼 개월 전에, 저와 란 씨는 공모를 해 기자가 비밀리에 방문한 사건을 처리했습니다. 이 일은 저에게나 란 씨에게나 모두 득의양양해야 할 일이었죠.

처음에 찾아왔던 그 기자는 양을 파는 농민으로 가장했습니다. 그는 늙고 메마른 면양 한 마리를 끌고 오더니, 소를 끌어내고 양을 뒤쫓으며 수레로 돼지를 밀며 개는 멜대로 메고 아주 혼잡하게 사람들 속으로 끼어들었던 것입니다. 왜 멜대로 개를 메는 거냐고요? 그것은 개는 어떻게 다룰 수 있는 동물이 아니기 때문입니다. 그리고 잘 못하면 사람을 물 수도 있기 때문에 개 장사꾼들은 먼저 개들에게 술에 절인 만두를 먹이고 개들이 취하면 다시 그들의 발을 묶어 멜대에 걸어놓고 메는 것입니다. 그날은 시장을 보는 날이라서 짐승들을 팔러 온 사람들이 특히 많았습니다. 저는 고기 창고 일을 지시해놓고 여동생을 데리고 공장을 돌아다녔지요.

고기 먹기 시합이 있은 뒤 우리 남매의 위신은 전적으로 상승되었죠. 공인들은 우리를 보면 경탄해 마지 않았습니다. 시합에서 진 류청리와 완샤오장은 저를 보면 머리를 끄덕이고 허리를 굽히며 할아버지라고 불렀는데, 그런 어조 가운데 약간 조소하는 의미도 담겨 있었지만 그래도 감탄한 것은 사실입니다. 펑티에한은 고기 먹을 때의 점잖음을 유지했죠. 하지만 그가 저에 대한 감탄을 감출 순 없었죠. 그 일 때문에 아버지는 저와 한 번 아주 의미심장한 담화를 나누었습니다. 아버지는 제게 자만하지 말고 조심하며 꼬리를 감추고 일을 하라고 하셨죠.

"돼지는 살찌는 걸 두려워하고 인간은 명성 날리는 걸 두려워해야 해."

아버지는 저에게 이렇게 말했죠. 저는 웃으면서 대답했습니다.

"죽은 돼지는 물이 뜨거운 것을 두려워하지 않죠."

아버지는 흥분해서 대답했죠.

"샤오퉁! 내 아들아! 너는 너무 어려서 지금 내가 뭐라고 말하든 모두 다 흘려듣지만, 실패하면 벽이 얼마나 단단한지 알게 될 거야."

그래서 저는 아버지에게 대답했습니다.

"아버지! 저는 지금 이미 벽이 단단하다는 걸 알아요. 벽은 단단하지만 그 벽보다 더 단단한 건 쇠스랑이라는 것도 알죠. 아무리 단단한 벽이라고 해도 쇠스랑으로 찌르면 이겨내지 못하죠."

아버지는 막무가내라는 듯 말했습니다.

"아들아! 네가 알아서 하렴. 아무튼 나는 후손들이 너희들 같은 몰골이 되는 것이 싫구나. 너희들은 이미 이런 몰골이 되었으니 더 이상 뾰족한 방법이 없어. 아비가 어질지 못해 너희들이 이렇게 되었으니 내 책임이 크다."

"아버지! 저는 아버지가 희망하는 것이 어떤 것이라는 것쯤 알고 있어요. 아버지는 우리가 학교를 잘 다니길 바라죠. 먼저 초등학교를 다니고 그리고 중학교, 대학교에 가는 것이죠. 대학교 졸업하고는 외국으로 나가는 것이고요. 하지만 저와 쟈오쟈오는 둘 다 아버지가 관리할 그런 만만한 재료가 아닙니다. 우리 둘 다 특별한 장기가 있지요. 우리는 다른 사람들이 다 걸어본, 말하자면 표본화된 성공의 길을 걸을 필요가 없어요. 아버지, 속담에 말하기를 한 가지 재주만 있으면 천하를 다닐 수 있다, 하였거늘 우리는 각자의 길을 걸을 겁니다."

아버지는 기가 질려서 대답했습니다.

"너희에게 무슨 특별한 장기가 있단 말이니?"

"아버지! 다른 사람들은 우리를 업신여길 수 있지만 우리는 우리 자신들을 업신여겨서는 안 됩니다. 우리는 물론 특별한 장기가 있지요. 아버지 장기는 소의 무게를 가늠하는 것이고 저와 여동생의 장기는 고기를 먹는 것입니다."

아버지는 한숨을 쉬더니 물었습니다.

"아들아! 그것이 무슨 특별한 장기란 말이냐?"

"아버지! 아무나 고기 다섯 근을 먹고 아무렇지 않게 행동할 수는 없다는 걸 분명히 알면서도 그렇게 말씀하세요? 그리고 한눈에 짐승들의 무게와 고기가 어느 정도 나가는지 열에 아홉은 틀리지 않게 예측하는 분이 아버지 아닌가요?"

아버지는 고개를 흔들면서 대답했습니다.

"아들아! 내가 보건대 너의 특별한 장기는 고기를 먹는 것이 아니라 틀린 말을 맞는 말이라고 우기면서 고집하는 거로구나. 말싸움 대회에라도 나가야겠구나. 연합국은 그런 곳이 맞지? 그러니 너는 연합국으로 가서 우리와는 전혀 다른 인간들과 입씨름을 해야겠구나."

"아버지! 아버지가 저에게 찾아준 곳을 보세요. 연합국에 가서 제가 뭘 해요? 거기 인간들은 모두 양복 차림에다 사기꾼들인데 그런 곳에서 그 따위 구속을 받고 싶지 않아요. 더 중요한 것은 그곳에는 고기가 없다는 거죠. 고기가 없다면 천당이라고 해도 저는 가지 않을 거예요."

아버지는 하는 수 없이 대답했죠.

"나는 더 이상 너와 논쟁하지 않겠다. 계속 같은 말만 반복하는데, 너는 이미 스스로 애가 아니라고 선언하는구나. 그럼 넌 자신을 스스로 책임지거라. 장래에 나를 원망하지만 않으면 돼."

"아버지! 걱정하지 마세요. 장래가 뭔데요? 우리는 장래 같은 건 생각할 필요 없어요. 속담에 말하기를, 가다가 보면 길이 생기고 배는 맞바람이 붙어도 갈 수 있다고 했지요. 복이 있는 사람은 급할 필요 없고 복 없는 사람은 마구 떠들어댄다는 말도 있고요. 란 씨도 말하기를 우리 남매는 하느님이 고기를 먹으라고 지상으로 보낸 사람들이라고 했죠. 그러니 저희는 하느님께서 주신 고기를 다 먹고 가면 되니 장래니 뭐니 그런 건 생각할 필요가 없죠!"

웃지도 울지도 못하는 아버지의 표정을 바라보면서 마음속으로 아주 기뻤습니다. 저는 고기 먹기 시합을 통해 아버지로부터 완전히 벗어났다는 것을 느낄 수 있었죠. 제가 숭배하던 아버지는 사실 이제는 더 이상 숭배할 가치가 없게 되어버렸습니다. 심지어 란 씨마저 제가 숭배하는 대상이 아니었죠. 저는 이치를 알게 되었습니다. 즉 이 세상의 일들은 어떻게 보면 아주 복잡하지만 실은 매우 간단하다는 것을. 이 세상에는 오직 고기 문제 한 가지밖에 없습니다. 세상에 존재하는 그 많은 사람들도 고기를 기준으로 간단히 구분할 수 있습니다. 그것은 바로 고기 먹는 인간과 고기를 먹지 못하는 인간, 또 고기를 잘 먹는 인간과 고기를 잘 먹지 못하는 인간으로 구분하는 것입니다. 그리고 고기를 잘 먹긴 하지만 고기가 생기지 않는 인간과 고기가 잘 생기긴 하지만 고기를 잘 먹지 못하는 인간으로 구분할 수 있습니다. 그리고 또 고기를 먹고 나서 행복을 느끼는 인간과 고통을 느끼는 인간으로 구분할 수 있습니다. 아주 많은 인간들 중에서 저처럼 고기를 먹고 싶어하고 고기를 잘 먹으며 수시로 먹을 수 있지만, 먹고 나서 행복감을 느끼는 인간은 그다지 많지 않습니다. 이것이 바로 제 스스로 자신감을 느끼는 이유 중의 하나죠. 큰스님! 보세요. 고기 얘기를 하니까 제 말이 말 그대로 청산유수 아닙니까? 이것은 아주 사람을 번잡스럽게 한다는 걸 알고 있습니다. 그럼 잠깐 고기 얘기는 이만하고 농민으로 가장했던 기자에 대해 얘기하겠습니다.

그는 푸른 색의 낡은 상의에다 아래에는 회색 바지를 입었고 노란색의 고무 신발을 신고 있었으며 어깨에는 황토색의 불룩하고 낡은 책가방을 멘 채로 비쩍 마른 양을 끌고 짐승을 파는 대열에 끼어 있었습니다. 겉옷은 체구에 비해 지나치게 큰데다 바지도 너무 길어 사람이 옷 속에서 흔들거렸습니다. 하얗고 작은 얼굴에 머리는 온통 헝

쿨어진 채로 그는 여기저기 살피고 있었습니다. 저는 한눈에 그가 이상하다는 것을 알아보았습니다. 하지만 처음에 저는 그가 기자라는 것은 생각하지 못했죠. 저와 여동생이 그의 앞에까지 갔을 때 그는 저희들을 한 번 거들떠보더니 이내 눈길을 다른 곳으로 옮기는 것이었습니다. 저는 그의 눈길이 이상하다고 느꼈습니다. 그래서 머리에서 발끝까지 그를 자세히 관찰했습니다. 그는 제 눈길을 피해서 하늘을 바라보고 있었으며 일부러 아무 일도 없는 것처럼 휘파람을 불었죠. 하지만 그럴수록 저는 그가 더 의심스러웠습니다. 하지만 저는 여전히 그가 기자라고는 생각하지 못했습니다. 저는 그를 객지에서 찾아온 건달이라고 생각했을 뿐이며 다른 마을에서 목동의 양 떼를 훔쳐 갖고 와서 파는 거라고 생각했습니다. 저는 심지어 그에게 두려워할 것이 없다고 말하려고까지 생각했으며 우리 공장에서는 다만 짐승들을 거두며 여태껏 짐승의 출처를 묻지는 않았다고 말하려고까지 생각했습니다. 우리는 시현西縣에서 끌려오는 소들 중 단 한 마리도 정당하게 끌려오는 소가 없다는 것을 분명히 알고 있지만 다 받아들이는 것입니다. 저는 그 사람을 잠깐 바라보다가 그의 양을 보았습니다. 그것은 늙은 면양이었는데 수컷이었고 거세한 놈이었으며 머리에는 뿔이 나 있었습니다. 금방 누군가에게 털을 잘린 것 같았는데 그냥 보기만 해도 가정용 가위로 잘랐다는 것을 알 수 있었습니다. 털의 깊이는 일정하지 않았고 어떤 곳은 가죽까지 베어서 상처까지 있었죠. 정말로 가련한, 너무 말라 가죽까지 잘린 늙은 면양이었습니다. 만약 털을 깎지 않았다면 그래도 보기 괜찮았을 것입니다. 제 여동생은 면양의 몸에 난 상처에 시선을 빼앗겼다가 자기도 모르게 손을 내밀어 만졌답니다. 그러자 면양이 놀라서 앞으로 달려 나갔습니다. 마치 여동생의 손에 전기라도 있는 것처럼 말입니다. 그 사내는 아무런 방비도 없이 서 있다가 면양에게 걸려 넘어졌습니다. 양을 쥐고 있던 끈이 그의 손에서 떨어졌습니다. 양은 긴 끈을 달고 짐승들을 파는 사람들 대열을 따라 천천히 앞으로 달렸습니다. 그 역시 달려가서 자기의 양을 붙잡았습니다. 그는 질질 끌려가고 있는 끈을 발로 밟으려고 했지만 끝내는 밟지 못했습니다. 그는 달릴 때 보폭도 크고 팔도 아주 크게 휘저었기에 우스꽝스러워 보였습니다. 마치 사람들의 관심을 끌기 위해 일부러 연기하고 있는 것 같았습니다. 그는 발로 밟지 못하자 손으로 붙잡으려고 했습니다. 하지만 그가 허리를 굽힐 때 끈은 또 앞으로 나갔습니다. 그의 우스꽝스러운 행동은 여러 사람들을 웃게 만들었죠. 저도 웃었습니다. 동생도 웃으면서 물었습니다.

"오빠! 저 사람은 도대체 뭐 하는 사람이야?"

"바보란다. 하지만 아주 재미있는 사람이란다."

"너희들 눈에는 저 사람이 미련해 보이냐?"

개를 네 마리씩 메고 있던 아저씨가 말했습니다. 그는 우리를 알고 있는 것 같았지만 우리는 그 아저씨가 누군지 몰랐습니다. 그는 홑저고리를 입고 팔짱을 낀 채 담배를 물고 말했습니다.

"내가 볼 때 저 사람은 조금도 미련하지 않단다."

아저씨는 침을 멀리 뱉고는 계속해서 말했습니다.

"저 사람의 두 눈을 보았니? 도둑놈처럼 도처를 살피고 있단 말이다."

아저씨는 우리를 보면서 낮은 소리로 중얼거렸습니다.

"정직한 사람이 아니란다. 정직한 사람들은 저런 눈길을 하지 않는단다."

저는 아저씨의 의도를 눈치 채고 낮은 소리로 말했습니다.

"우리는 그가 도둑놈이라는 것을 이미 알고 있어요."

"그럼 당연히 파출소에 신고해서 경찰이 저 사람을 붙잡아 가게 해야지."

저는 아래턱으로 짐승들과 짐승을 팔러 온 사람들을 가리키면서 말했죠.

"아저씨! 우리는 그런 것까지 상관할 겨를이 없어요."

"이제 세월이 더 지나면 도둑놈들 세상이 온다. 내가 가진 이 네 마리 개들도 한 달가량 더 키워서 팔려고 했는데 그럴 용기가 없어졌지. 개 도둑들이 어떤 이상한 약품을 발명했는데 그것을 개 우리에다 뿌려놓기만 하면 개들은 정신을 잃는대. 그런 뒤 도둑놈들이 개들을 메고 하늘 끝까지 가도 개들은 잠에서 깨지 못한단다."

아저씨가 이렇게 말했습니다.

"아저씨는 그게 어떤 약인지 알아요?"

저는 아무렇지도 않은 자세로 아저씨에게 물었습니다. 날씨가 차지고 도시 사람들도 몸보신을 시작할 때이니까 개고기 장사도 이제 시작될 것입니다. 우리는 도시에 개고기를 공급해야 하는데 그렇다면 개에다 물을 주입하는 문제는 반드시 해결되어야 하는 것입니다. 저는 비록 식용 개라고 하더라도 그것들 역시 예리한 이빨을 갖고 있다는 것을 알며, 만일 개가 발작해 사람을 물기라도 한다면 그건 아주 중대한 문제인 것입니다. 만약 효과가 아주 좋은 약이 있다면 우리의 문제를 해결할 수 있었던 것입니다. 우리는 먼저 개의 정신을 잃게 만든 뒤 그놈들을 달아매고 물을 주입하면 되는 것입니다. 물을 다 주입하고 나서 그놈들이 정신을 차린다 해도 별 문제가 없을 것입니다. 그때가 되면 그놈들은 이미 돼지처럼 뚱뚱해져 있을 것이고, 사람을 깨무는 능력을 상실한 뒤이며 비록 그 개새끼들이 아직 죽지는 않았지만 우리는 그놈들을 마치 죽은 개새끼 끌듯 끌어서 도축장 안으로 옮기기만 하면 됩니다.

"들리는 말에 의하면 붉은색 분말이라고 하더군. 땅에다 던지면 펑 하는 소리가 나면서 붉은 연기를 내뿜는다고 하는데, 어떤 사람이 말하길 향기로운 물질과 악취가 한데 뒤엉켜 그런 묘한 향을 풍긴다고 한다더군. 아무리 흉악한 개새끼일지라도 이 향기만 맡으면 곧장 쓰러진단다."

아저씨는 분노와 공포에 질린 어조로 떠들었죠.

"그들은 애들을 납치하는 여자들과 한통속이란다. 자기들만 통하는 길이 따로 있기 때문에 우리 농민들은 그 비상한 약의 조제방법을 알 수 없겠지? 틀림없이 모두 기괴한 물건들이고 얻기 힘든 것들일 거야."

저는 아저씨 발밑에서 눈을 게슴츠레 뜨고 있는 개들을 보면서 물었습니다.

"이것들은 술로 마취시킨 개들입니까?"

"술 두 근에다 만두 네 개로 겨우 취하게 한 개들이야. 모두가 도수 낮은 술들이라 힘이 없단다."

여동생은 그 개들 앞에 앉아서는 갈대로 개들의 축축한 입술을 찌르고 있었는데 개들의 하얀 이빨이 수시로 드러나고 있었으며 짙은 술 냄새가 개들의 입 안에서 발산되고 있었습니다. 그 개들은 간혹 눈을 뜨고 으르렁대기도 했습니다.

저울추가 달린 철사 고리가 흔들리는가 싶더니 어떤 사내가 무쇠 바퀴 소리를 절그럭거리면서 멀리 한쪽에 있는 창고로부터 가까이에 있는 개 우리로 저울을 밀고 왔습니다. 관리의 편리를 위해 우리는 양 우리와 돼지 우리 사이에 새로운 개 우리를 세워놓았던 것입니다. 사건의 원인은 얼마 전에 우리 공장 물 주입 현장의 노동자가 개, 양, 돼지를 한데 가둔 우리에 들어가 돼지를 붙잡다가 너무도 장시간 갇혀 있는 바람에 미친 개들에게 엉덩이 절반을 물어뜯긴 것입니다. 그 사람은 아직도 병원에서 치료를 받으면서 매일 광견병 주사를 맞고 있답니다. 하지만 병원에 있는 사람이 와서 조용히 하는 말이 그런 약들은 이미 기한이 지난 약이라 아무런 효과도 없다는 것이었습니다. 그러므로 이 사람이 광견병이 발작할지 안 할지는 아직 예측하기 힘들답니다. 물론 우리가 개 우리를 만들어 이 짐승들을 갈라놓으려고 결심했던 것은 개들이 사람을 물어 신체를 상하게 했던 사건 때문만은 아니고 더더욱 중요한 이유가 있었습니다. 이곳으로 끌려온 개들 중에 농민들에 의해 술 취했던 개들이 술에서 깬 뒤 사고를 치기 때문이었습니다. 그들이 예리한 이빨로 돼지와 양들을 빈번히 공격했기 때문입니다. 세 동물을 동시에 가둔 우리에서는 하루 스물네 시간 동안 조용한 순간이 없었습니다. 고기 창고의 일들을 다 정리하고 나서 저와 여동생은 개 우리로 달려가서 구경하곤 했습니다. 우리는, 좀처럼 얻기 힘든 조용한 시간에 몇십 마리의 개들이 서거나 혹은 엎드려서 우리 안의 대부분의 공간을 차지하고 있는 광경을 보았습니다. 우리 안의 다른 두 개의 구석에는 각각 양과 돼지들이 서성거리고 있었는데 한쪽에는 흰 돼지, 검은 돼지와 그리고 몇 마리의 하얀 뱃가죽에 검은 무늬를 지닌 돼지들이 있었고 다른 한쪽에는 면양, 산

양 그리고 몇 마리 젖양들이 있었습니다. 돼지들은 서로 한곳에 모여 있었는데, 머리를 난간이 있는 곳으로 향하고 엉덩이는 안으로 향하고 있었으며 양들도 한데 모여 있었는데 머리는 모두 밖을 향하고 있었고 몇 마리의 커다란 뿔을 가진 수양들만이 제일 밖에 서서 호위 임무를 맡고 있었습니다. 대다수의 돼지와 양들의 몸에는 상처가 나 있었으며 핏자국이 있는 것으로 보아 개들이 물어놓은 자국이 분명했습니다. 우리는 개들이 쉬는 동안에도 돼지들과 양들은 여전히 긴장되고 불안한 시선으로 허둥대는 모습을 볼 수 있었습니다. 개들은 그 어떤 동물보다 한가롭게 휴식을 취할 때도 그들 내부에서 충돌이 생겼는데, 어떤 때는 두 마리의 수캉아지가 장난을 치며 으르렁 거리기도 했고, 어떤 순간에는 개들이 무리를 이루면서 전쟁을 벌이기도 했는데 이런 때면 양과 돼지들은 너무 조용해서 존재하지 않는 것 같았습니다. 몇십 마리의 개들이 우리 안에서 서로 물고 뜯으면서 싸움을 벌이면 개 털이 온 사방에 날리고 피가 도처에 튀었습니다. 어떤 개들은 중상을 입는데 다리가 물려서 끊어지기도 했습니다. 그러므로 그것들은 진짜로 무는 것이지 재미로 무는 것이 아니라는 것을 알 수 있습니다. 저와 여동생은 이런 문제를 상의한 적이 있습니다. 개 무리에서 격렬한 내전이 벌어졌을 때 돼지와 양들은 어떻게 생각할 것인가? 그러자 동생이 말했습니다.

"그것들은 아무런 생각도 하지 않을 거야. 왜냐하면 그들은 줄곧 잠을 제대로 잘 수가 없었거든. 개들이 싸우는 틈을 이용해 잠을 잘 수 있기 때문이야."

저는 사실 제 여동생의 말에 반박하려고 했지만 우리 안을 보았더니 과연 동생이 말한 것처럼 돼지와 개들은 기회는 이때다 하고 땅에 엎드려서 졸고 있었던 것입니다. 개들이 내전을 벌이는 것은 아주 보기 드문 일입니다. 대부분은 얼굴에 간사한 웃음을 띤 개들이 양과 돼지 무리를 공격했던 것이죠. 돼지 무리 중에서 몇 마리 큰 돼지들과 양의 무리 중에서 몇 마리 큰 양들이 처음에는 용기를 내 마구 공격을 해오는 개들에게 반격을 했습니다. 수양이 앞다리를 쳐들었다가 고개를 숙이며 들이박았지만 개들은 아주 가볍게 피해버렸습니다.

"넌 그 식용 개들은 전부 바보 같다고 하지 않았어? 그런데 어떻게 늑대처럼 영민하단 말이야?"

이렇게 묻는 사람도 있을 겁니다. 그렇습니다. 금방 갇혔을 때는 바보 같습니다. 하지만 우리는 그것들이 갇힌 후 일주일에 한 번도 먹이를 주지 않았습니다. 기아는 그것들의 야성을 회복시켜주며 야성이 회복됨과 동시에 그것들의 지혜도 회복되는 것입니다. 그것들은 자기 스스로 사냥감을 얻기 시작하는데 그 대상은 자연히 한 우리 안에 있는 돼지와 양들이었죠. 수양의 공격이 실패한 후 이내 두번째 공격을 시작했는데 여전히 앞다리를 쳐들고 머리를 쳐들었으며, 개들은 양의 뿔을 조준하고 낮게 공격했습니다. 수양의 공격은 마치 단조로운 동작을 반복하는 나무 인형 같아 개들은 가볍게 피해버렸습니다. 수양은 억지로 세번째 공격을 시도했지만 그 기세는 더더욱 약해졌으니 개들은 아주 천천히 피해버렸습니다. 세 번의 공격이 모두 실패로 돌아가자 수양은 철저히 무너졌습니다. 그러자 개들은 다 함께 징그럽게 웃더니 양의 무리 속으로 달려들었으며, 어떤 녀석들은 양의 꼬리를 물었고, 어떤 녀석들은 양의 귀를 물었으며, 어떤 녀석들은 양의 목덜미를 물었습니다. 상처 입은 양들은 처참한 비명을 내질렀으며 상처를 입지 않은 양들은 마구 들이박았습니다. 어떤 양은 머리를 무쇠 난간에다 들이박고 목이 삐뚤어지면서 쓰러져 정신을 잃었습니다. 개 떼들은 이미 물려서 죽은 양들을 순식간에 찢어버렸습니다. 순식간에 먹어 치우고 맛이 없는 양의 발과 양의 뿔과 양의 털이 붙어 있는 찢어진 가죽만 남겼습니다. 양 무리들이 피해를 입고 있을 때 돼지 무리들은 벌벌 떨고 있었습니다. 개새끼들은 양 고기를 먹고 싫증이 나면 그제야 돼지 무리를 향해서 공격을 했습니다. 몇 마리의 큰 돼지들은 저항하려고 시도했죠. 그들은 머리를 수그리고 목구멍에서 이상한 소리를 내며 마치 검은 포탄처럼 개를 향해 돌격했습니다. 개들은 몸을 한쪽으로 피하면서 혹은 돼지 엉덩이를, 혹은 돼지 귀를 모질게 물어놓았죠. 돼지들은 비참하게 비명을 지르면서 머리를 돌려 개를 물려고 하지만 그것들이 머리를 돌리려는 순간, 몇 마리 개들이 달려들어 그 돼지를 땅에 넘어뜨렸습니다. 돼지의 새된 소리는 귀청을 째는 듯하지만 잠깐 사이에 그 비명 소리는 더 이상 새어 나오지 않았습니다. 그놈은 이미 개들에게 배를 물려서 피를 흘렸고 몇 마리 개들이 돼지의 창자를 끌면서 우리 안을 돌아다니니까요.

이러한 얘기를 듣고 나면 여러분들은 개들이 비록 노동자의 엉덩이를 물지 않았다 해도 그것들을 갈라놓아야 한다는 것을 알게 될 것입니다. 그렇게 하지 않는다면 우리는 대량의 질 좋은 양 고기와 돼지고기를 잃게 될 뿐만 아니라 흉악해진 개들을 처리하려면 독약이나 총을 써야만 될 테니까요. 재미로 치자면 저는 오히려 개들과 돼지, 양들을 갈라놓지 말자는 쪽이었습니다. 하지만 저는 일반적인 사내아이가 아니라 공장의 도축장 주임이며 어깨에 중임을 메고 있는 사람이기에 절대 재미만을 위해 공장의 경제적 손실을 초래해서는 안 된다는 것을 알고 있었습니다. 우리는 쇠고기 서른 근과 수면제 이백 알로 이 놈의 미친개들을 꿈나라로 가게 한 뒤 그것들을 새로 만든 개 우리 안에 가두었습니다. 녀석들은 삼 일 동안 잠에 빠져 있다가 하나하나씩 비틀거리면서 깨어났습니다. 낯선 환경에 눈빛이 흐려지면서 방향 감각을 상실한 듯 보였습니다. 나중에 녀석들은 우리 안을 빙빙 돌면서 짖어댔습니다. 음식은 동물의 성격을 결정하며 심지어는 동물의 체구도 결정합니다. 이 개들이 우리 공장으로 오기 전에 먹은 것은 배합 사료였지만 당시에 우리가 녀석들에게 주었던 것은 도축장에서 나온 부재료들이었으며 마시는 것은 돼지와 소, 양의 피였습니다. 그러므로 아무리 바보 같고 연약한 개들도 이 개 우리 안에 갇히기만 하면 며칠이 지나지 않아 야성을 되찾으며 늑대처럼 변하는 것입니다. 우리가 이렇게 하는 것은 첫째, 도축장에서 나오는 버려지는 것들을 처리하기 위해서이고, 둘째, 진정으로 좋은 개들을 배양해내기 위해서입니다. 이렇게 키운 개들의 고기는 배합 사료를 먹여서 키운 개들의 고기와 매우 큰 차이가 있습니다. 란 씨가 하는 말이 이제 곧 개고기를 즐겨 먹는 겨울이 되면 누구든지 들개의 야성이 살아 있는 고기를 먹고 몸보신을 해야 하며 이런 좋은 개고기를 준비해서 선물로도 주고 육류공장의 앞날을 위한 상품으로 만들어야 한다는 것이었습니다. 저와 여동생은 별빛이 찬란한 밤에 개들이 난간 옆에 앉아서 하늘의 별들을 바라보며 수시로 고개를 들고 입을 크게 벌린 채 길고 처량하게 짖어대는 모습을 여러 번 목격했습니다. 그것은 이미 개들의 울부짖음이 아니라 늑대의 울부짖음이었습니다. 만약 한 마리 개가 이런 소리를 지른다면 공포 분위기를 조성하지 못했겠지만 몇십 마리의 개들이 함께 이렇게 울부짖었으니 우리 육류공장의 밤은 마치 지옥처럼 두려운 공간이 조성되곤 했죠. 저와 여동생은 담이 아주 컸기에 어느 달빛 밝은 밤에 슬그머니 개 우리로 접근해 난간 틈을 뚫고 안을 들여다보았습니다. 우리는 그 개들의 눈이 달빛 아래에서 녹색의 유유한 빛을 뿜고 있는 것을 보았으며 마치 수많은 초롱불이 반짝이고 있는 것 같았습니다. 우리는, 어떤 개들은 고개를 젖히고 울부짖고, 어떤 개들은 뒷다리를 들고 난간에다 오줌을 누며, 또 어떤 개들은 달빛 아래에서 달리거나 위로 뛰어오르기도 하는 것을 목격했습니다. 그들의 건강한 체구는 도약하면서 다리를 쫙 벌려 완벽한 곡선을 그려냈으며, 그것들의 가죽과 털은 달빛 아래에서 값비싼 일급 비단처럼 화려한 빛을 발산하고 있었습니다. 그것들은 아예 개 같지 않았습니다. 분명히 한 무리의 늑대들이었죠. 고기를 먹는 사람과 고기를 먹지 않는 사람들은 큰 차이가 있다는 것을 이 개들을 보고 저는 알았습니다. 이 개들은 배합 사료를 먹을 때는 양처럼 온순하고 돼지처럼 미련하더니 고기를 먹은 후부터 한 무리의 늑대로 바뀐 것입니다. 여동생은 마치 제 마음을 꿰뚫어본 듯 제 귀에 대고 말했습니다.

"오빠! 우리 둘은 늑대로 변한 사람이 아닐까?"

저는 그녀에게 얼굴을 찡그려 보이면서 말했습니다.

"그래! 우리는 모두 늑대가 된 아이들이지. 우리는 늑대 아이들이란다."

우리는 개들이 달빛 아래에서 뛰고 있는 것이 단련을 위해서가 아니라 난간을 뛰어넘기 위해서라는 것을 알게 되었습니다. 그것들은 더욱 넓은 들판으로 달려나가 더더욱 자유롭게 생활하고 싶었던 것입니다. 그것들은 고기를 먹고, 피를 마신 후 지능이 비교할 수 없을 정도로 좋아진 덕분에 자기들의 운명을 예감하고 있었을 것입니다.

그것은 겨울이 오기 전에 물 주입 현장으로 끌려가서 몸은 붓고, 걷기조차 힘들며 눈도 깊숙이 패일 때까지 물을 주입한다는 사실을 예감했던 것입니다. 그리고 도축실로 이송되어 몽둥이에 맞아 정신을 잃고 나면, 연달아 산 채로 껍질이 벗겨지고, 배를 가른 뒤 토막 내 포장이 되면 곧바로 도시로 운송이 되어 몸보신용 음식이 되어 도시 사람들의 창자 속으로 들어감으로써 도시 사람들의 성기를 무쇠 막대기처럼 단단하게 해줍니다. 이런 운명은 당연히 개들이 희망하는 것이 아니지요. 그 몇 마리 개들이 힘차게 도약하는 아름다운 모습을 지켜보면서 저와 동생은 우리의 난간을 높이기를 잘했다고, 정말 다행이라고 생각했습니다. 우리의 난간은 모두 무쇠 막대기로 만들어져 있었고 높이는 오 미터였으며 녹두 알맹이만큼 굵은 철사 고리가 군데군데 맺힌 철사 줄로 둘러쳐져 있었기에 아주 단단했습니다. 처음에 이런 철사 줄로 묶으려고 할 때 저와 란 씨는 그다지 동의하지 않았지만 제 아버지가 단호하게 이런 철사 줄을 사용하자고 우겼던 것입니다. 어떻든 공장장은 아버지였기에 저와 란 씨는 그의 의견을 존중했던 것입니다. 사실이 증명하다시피 아버지의 말이 옳았던 것입니다. 아버지는 둥베이*에서 생활한 적이 있었고 개와 늑대의 관계도 아주 잘 이해하고 있었던 것입니다. 지금 생각해봐도 정말 두려운 생각이 듭니다. 만약 늑대로 변한 개들이 우리를 뛰쳐나왔다면 우리가 사는 이 고장은 조용할 날이 없었을 것입니다.

그 사람은 저울을 개의 난간 옆에까지 끌고 왔고 아버지는 어디에서 나타났는지 큰 소리로 줄을 잡고 서 있는 사람들에게 말했습니다.

---

* 둥베이: 여기에서의 둥베이는 옌볜 자치구가 있는 東北 三省을 말함.

"여보게들, 고기 개를 파는 이들은 저쪽으로 가서 줄을 서게."

그 아저씨는 제 아버지의 소리를 듣더니 급히 멜대를 들고 허리를 굽혀서 멜대 아래로 들어가더니 허리를 펴고 일어나면서 그 네 마리의 개가 매여 있는 멜대를 메었습니다. 저는 또 한 가지 세부적인 것을 빠뜨렸는데, 그것은 바로 개를 기르는 사람들은 자기 집 개와 다른 사람들이 기른 개를 구분하기 위해 개의 몸에다 특별한 기호를 표시한다는 겁니다. 어떤 이들은 개의 귀에다 표시하고, 어떤 이들은 개의 코에다 코걸이를 달아놓는데, 이 아저씨는 아주 철저히 아예 개의 꼬리를 전부 끊어버렸던 것입니다. 꼬리 없는 개는 얼핏 보면 바보 같지만 일단 행동하기 시작하면 신속해 질질 끄는 일이 없습니다. 저는 이 꼬리 없는 개들이 개 우리 안에서 반늑대가 되지 않을까 생각했으며 만약 그것들이 반늑대가 되면 밤중에 달빛 아래에서 이리 뛰고 저리 뛰지 않을까, 생각했지요. 만약 그것들이 뛰기 시작한다면 꼬리가 없기에 그 자세가 더 아름다울까, 아니면 산양의 뜀박질처럼 마구 부딪치는 것일까, 그런 식으로 여러 가지 생각을 했습니다. 우리는 개를 멘 아저씨의 뒤를 따르면서 거꾸로 달아맨 개들을 보면서 그것들이 가련하다는 생각이 들었습니다. 하지만 우리는 이것이 퍽 위선적인 생각이라는 것을 알고 있었습니다. 만약 당신이 개 무리 속에 있는 사람이고 개에게 양보한다면 당신은 개들에게 물리게 되는 것입니다. 그리고 시퍼렇게 산 사람이 개들에게 먹힌다면 얼마나 안타깝고 그리고 그의 죽음이 얼마나 값싼 죽음이겠습니까? 사람은 오랜 옛날에는 표범, 늑대, 호랑이에게 먹혔겠지만 오늘날 만약 인간이 늑대나 호랑이나 표범에게 먹힌다면 먹이사슬이 완전히 뒤바뀌게 되는 것입니다. 우리는 그들의 고기를 먹으며, 그들은 태어날 때부터 우리에게 먹히는 운명을 타고난 것입니다. 그러니 그 어떠한 연민도 모두가 위선적인 것이며 그리고 웃기는 짓거리들입니다. 하지만 거꾸로 매달린 개들의 몰골을 보니까 제 마음속에는 그래도 연민의 정이 들었고 혹은 안됐구나 하는 생각이 들었습니다. 저는 이런 연약하고 수치스러운 감정에 빠지지 않기 위해 여동생의 손을 잡고 우리의 물 주입 현장 쪽으로 걸어갔습니다. 우리는 개 장사꾼들이 개들을 가로, 세로로 저울에 올려놓는 것을 보았습니다. 만약 그것들이 늙은 할머니가 이가 아플 때 내는 흥흥거리는 소리를 내지 않았다면 그것들이 산 짐승이라는 것을 상상하기 힘들었습니다. 우리는 사육하는 사람이 무척 숙련된 솜씨로 저울 눈금 움직이는 것을 보았으며, 그리고 그가 낮은 목소리로 무게를 말하는 소리를 들었습니다. 아버지는 한쪽에서 아무런 표정도 없이 말했죠.

"스무 근을 빼시오!"

개 장사꾼이 반박했습니다.

"왜, 왜 스무 근을 빼란 말이오?"

"당신의 이 개들은 적어도 저마다 다섯 근의 음식을 먹였단 말이오."

아버지는 냉소하면서 말했습니다.

"스무 근만 빼내는 것도 당신 얼굴을 봐서 그러는 것이오."

개 장사꾼은 쓴웃음을 띠면서 말합니다.

"뭐 공장장! 당신 눈은 속일 수 없구먼. 하지만 이 녀석들을 사형장으로 끌고 가면서 배불리 먹이지 않을 수 없단 말이오. 자기 집에서 기른 개들인데 그래도 약간의 감정은 있는 거란 말이오. 다시 말해서 당신네 이 당당한 공장에서도 고무 호스로 고기에다 물을 넣고 있지 않소?"

"증거를 갖고 하는 말이오!"

아버지는 호랑이 얼굴을 하면서 말했습니다.

"뭐 동지! 그렇게 엄숙한 태도를 하지 말란 말이오. 다른 사람들을 하지 못하게 하려면 자기 자신도 하지 말아야 하오. 당신들이 고기에다 물을 넣는다는 사실을 사람들은 모두 알고 있소. 속일 수 없단 말이오."

개 장사꾼은 냉소를 지으면서 말하더니 나를 흘겨보고 조소하는 투로 말했습니다.

"내가 한 말이 맞지? 뤄샤오퉁! 네가 바로 물 주입 현장의 그 당당한 주임이잖아?"

"우리는 물을 주입하는 것이 아닙니다, 우리는 고기를 씻는다 그 말입니다. 아시겠소?"

저는 당당하게 대답했습니다.

"뭐, 씻는다고? 그 동물들에게 내장이 폭발할 정도로 물을 넣으면서도 씻는 거라고? 이렇게 좋은 단어를 그럴듯하게 고안해내다니, 진짜 천재야."

그 개 장사꾼이 그렇게 말했습니다.

"나는 당신과 시비를 하지 않겠소. 팔겠으면 스무 근을 빼고 아니면 다시 둘러메고 돌아가시오."

아버지는 화가 나서 말했습니다.

"뤄퉁, 정말 한동안 못 보았더니 변했구나! 길에서 담배꽁초를 줍던 날들을 잊었단 말이야?"

"쓸데없는 말은 그만 하오."

"됐소, 사람은 운을 따르고 말은 살이 쪄야 하고, 토끼는 운이 좋지 않으면 독수리에게 잡힌다고 하더니!"

그 개 장사꾼은 저울에 있는 개들을 다시 잘 정리해놓고서 좀 어색한 얼굴을 하고 이렇게 말했습니다.

"여보게! 오늘은 왜 그 녹색 모자를 쓰지 않았는가? 잊은 건가?"

아버지는 얼굴이 벌건 상태로 아무 말도 하지 못했습니다.

제가 제 뱃속의 문화 수준을 들추어내면서 그 개 장사꾼과 한바탕 논란을 하려고 할 때, 고기를 씻는 도축장이 있는 쪽에서 고함을 지르는 소리가 들려왔습니다. 고개를 들어 보았더니 아까 이상한 행동을 하던 양 장사꾼이 큰길을 향해 달려가고 있었고, 열 몇 명의 공인들이 그의 뒤를 쫓고 있었습니다. 양 장사꾼은 달리면서 연신 뒤돌아보았고 쫓고 있던 사람들은 소리를 질렀습니다.

"저놈 붙잡아라. 저놈 붙잡아라."

저는 고개를 돌리고 한마디했습니다.

"기자로구나!"

저는 머리를 들어 아버지를 바라보았는데 그는 얼굴색이 창백해져 있었습니다. 저는 동생의 손을 잡고 정문 있는 쪽으로 달려갔습니다. 마치 아무 할 일이 없는 엄동설한에 사냥개가 토끼를 쫓는 모습을 본 것처럼 흥분되었습니다. 동생이 빨리 달리지 못했기에 저도 속도를 줄여야 했습니다. 저는 그 애의 손을 놓고 지그재그로 삐져나가며 줄곧 앞으로 달렸습니다. 제 귓가에서는 바람 소리가 났습니다. 저는 주위 사람들이 떠드는 소리가 나는 것도 들었으며 그리고 개들이 미친 듯이 짖어대는 소리와 양들이 매매거리는 소리와 돼지들이 꿀꿀거리는 소리와 소들이 길게 울어대는 소리도 들었습니다. 그 사람은 바닥의 돌멩이에 걸려서 넘어졌습니다. 관성 때문에 그의 몸은 앞으로 일 미터는 더 나가떨어졌습니다. 그 불룩하던 공무용 가방도 아주 멀리까지 내던져졌습니다. 저는 이상한 소리를 들었습니다.

"와, 와."

그것은 단단한 돌에 두꺼비 한 마리가 부딪쳐 죽는 소리와 흡사했습니다. 저는 그 기자가 넘어지면서 매우 심한 충격을 받았다는 것을 알았고 그에 대한 동정심이 일었습니다. 우리 공장 내부의 길은 벽돌과 돌멩이, 그리고 난로 찌꺼기를 퍼서 만든 길이었기에 모두 단단한 것들이었습니다. 저는 그 사람의 얼굴에 틀림없이 피가 났을 것이고 입술도 터졌을 것이며, 그리고 앞니도 부러졌을지 모른다고 예측했습니다. 더 심하면 뼈가 골절되었을지도 모릅니다. 하지만 그는 신속히 기어서 일어나더니 비틀거리면서 가방 있는 곳으로 몸을 덮쳤고, 그 가방을 줍더니 계속 앞으로 달리려고 하는 것이었습니다. 하지만 그는 이내 단념하고 말았습니다. 키가 큰 란 씨와 엄숙한 표정의 어머니가 그와 그다지 멀지 않은 곳에 나타났기 때문입니다. 그들은 마치 두 전우처럼 혹은 드라마에서 나오던 남녀 정탐꾼들처럼 그의 앞길을 막고 있었던 것입니다. 그 시각 뒤에서 쫓아오던 사람들도 그를 향해 달려들었습니다.

맞은쪽에는 란 씨와 제 어머니가 있고 이쪽에는 저와 제 아버지가 있으며 주위에는 기실 쫓아오던 사람들이 있었지만 란 씨는 인파에게 손을 휘저어서 그 자리를 떠나게 했습니다. 그때 모여든 군중은 모골이 송연해진 채 흩어졌고 공장 내부의 여기저기로 사라졌습니다. 이 재수 없는 기자는 사람들이 빙 둘러싼 가운데 축대처럼 뱅뱅 맴돌았습니다. 저는 그가 우리 중에서 어디 한쪽이라도 허술해 보이면 그 틈을 타 도망가려는 의도로 맴을 돌고 있다고 추측했습니다. 하지만 제 여동생 쟈오쟈오가 달려와서 든든한 지원군이 되어주었죠. 여동생은 비록 키는 작았지만 그 애의 손에는 작고 예리한 칼이 쥐어 있었습니다. 그 기자는 어머니가 있는 쪽으로 도망가려고도 생각했을 것입니다. 하지만 그는 우리 어머니의 얼굴을 보자 이내 고개를 숙였습니다. 그때 제 어머니의 얼굴은 약간 붉었으며 평범한 눈빛의 수수한 모습이었습니다. 하지만 이런 수수한 모습이 그 기자에게 머리를 숙이게 했던 것입니다. 저는 아버지의 표정이 순식간에 아주 우울해진 것을 발견했습니다. 그는 더 이상 기자를 지켜보지도 않았고 짐승을 모으는 곳에도 가지 않았습니다. 그는 공장의 동북 방향을 향해 걸어갔는데 그곳에는 소나무로 만들어놓은 제단이 있었습니다. 이 제단을 만든 것은 우리 어머니의 생각이었습니다. 어머니는 우리가 이제까지 많은 짐승을 살해했고 그 짐승들은 인간을 위해 공헌했으니 그들의 원한이 있다면 그 원한을 하루 빨리 달래주어야 한다면서, 높은 제단을 만들고 정기적으로 올라가서 천도제를 지내야 한다고 말했습니다. 저는 란 씨와 같은 도축인들은 미신을 믿지 않을 것이라고 생각했는데 그는 어머니의 건의를 무척 지지하는 것이었습니다. 우리는 이미 이 높은 제단 위에서 천도제를 한 번 지낸 적이 있습니다. 어떤 큰스님을 모셔놓고 제단 위에서 경을 읽게 하고, 어린 스님들은 아래에서 향을 사르고 종이를 태우면서 또 폭죽도 터뜨렸습니다. 그 큰스님은 얼굴이 환하고 목소리도 컸으며 풍채도 늠름했습니다. 그가 경 읽는 소리를 듣는 것은 일종의 쾌락이었습니다. 제 어머니가 하는 말이 이 큰스님은 마치 텔레비전 연속극 「서유기」에 등장하는 삼장법사와 비슷하다고 했습니다. 란 씨가 이렇게 말을 받았습니다.

"당신도 스님 고기가 먹고 싶단 말이오?"

그러자 어머니는 발로 란 씨의 뒤축을 차면서 낮은 소리로 말했습니다.

"당신은 저를 요정으로 알아요?"

높이가 십 미터이고 소나무 향기를 내는 높은 제단을 만들어놓은 뒤 제 아버지는 늘 그 위로 기어 올라갔습니다. 어떤 때는 몇 시간씩 있었으며 밥을 먹으라고 소리 질러도 내려오지 않았습니다. 저는 한 번 아버지에게 물은 적이 있었습니다.

"아버지! 그 위에서 도대체 뭘 하세요?"

그러면 아버지는 무뚝뚝하게 말했습니다.

"아무것도 하지 않아."

"아버지! 저는 알아요. 아버지가 뭘 하는지!"

여동생이 말했습니다. 아버지는 여동생의 머리를 만지면서 얼굴색이 어두워졌는데, 아무 말도 하지 않았습니다. 간혹 저와 동생은 그 위에 기어 올라가서 아주 좋은 소나무 향기를 맡으면서 사면팔방을 바라보기도 했습니다. 저는 멀리 있는 마을들을 보았고 가까이 있는 강물과 강물이 멀리 흘러간 곳까지 보았으며 그리고 강 유역에 있는 연기와도 같은 관목들을 보았고 또한 일망무제한 황폐화된 들판도 보았으며 멀리 지평선에서 솟아오르는 아지랑이도 구경했는데, 어느 순간 마음 한구석이 텅 빈 느낌이 들곤 했습니다. 여동생은 저에게 이렇게 말했습니다.

"오빠! 나는 아빠가 이 위에서 뭘 생각하는지 알아."

"뭘 생각하는데?"

그러면 여동생은 마치 늙은 할머니처럼 한숨을 쉬면서 말했습니다.

"아버지는 둥베이東北의 널찍한 숲을 생각하고 있는 거야."

저는 여동생의 축축한 눈길을 바라보면서 그 애가 말을 절반밖에 하지 않았다는 것을 눈치 챘습니다. 저는 아버지와 어머니가 이 일 때문에 싸우는 것도 들은 적이 있습니다. 어머니는 분노에 차서 말했습니다.

"목수가 도리깨를 베는 격으로, 스스로 해를 입히는 거라구요."

아버지는 이렇게 대응했지요.

"당신은 군자의 마음으로 소인처럼 행동하지 마시오."

"내일 저는 란 씨에게 부탁해서 그것을 몽땅 다 치워버리라고 할 거예요."

아버지는 손가락을 내밀고 어머니 얼굴을 가리키면서 이를 악물고 말했습니다.

"그 사람 이름을 다시는 들먹이지 마시오!"

어머니도 분노에 떨면서 말했습니다.

"왜, 왜 말하지 말라는 거죠? 그가 당신에게 뭘 잘못했나요?"

"그는 내게 실수한 게 많아."

"도대체 그가 당신에게 뭘 잘못했는지 한 가지 한 가지씩 말해봐요. 나도 듣고 싶어!"

"그가 내게 뭘 잘못했는지 당신은 아직도 모르고 있소?"

어머니의 얼굴이 갑자기 붉어지더니 눈에서 흉악한 빛이 드러났습니다.

"당신들이 한 짓들은 나와 상관없어!"

그러자 아버지는 이렇게 대꾸했습니다.

"바람이 불지 않으면 파도가 일지 않는다오."

어머니는 당당하게 대답했지요.

"나는 마음에 거리끼는 일이 없으니 두려울 것이 없어요."

"그가 나보다 강하지. 그들의 조상들부터 우리보다 강해. 당신이 그와 사이좋게 지내려 한다면 난 허락할 거요. 하지만 당신은 나와의 관계를 깨끗이 청산하고 나서 다시 그를 찾아가시오."

아버지는 이렇게 말하고는 나가버렸고 어머니는 그릇을 땅에다 던져버리고는 화가 나서 욕했습니다.

"뭐통! 당신이 이렇게 자꾸 나를 코너로 밀어내면 난 정말 해버릴 거다!"

큰스님! 이 일은 그만 말합시다. 이 일을 말하면 저는 마음이 산란해집니다. 다만 우리가 어떻게 기자를 처리했는지 당신께 말씀드리지요.

아버지는 높은 무대 위에 올라가서 담배를 피웠고 어머니는 자기 사무실로 들어가버렸답니다. 저와 란 씨와 여동생은 그 기자를 고기 씻는 곳의 제 사무실로 끌고 갔습니다. 제 사무실은 물 주입 현장 한쪽에 있었으며 나무로 간단하게 만든 작은 방이었습니다. 나무 틈 사이로 물 주입 현장의 정경을 다 들여다볼 수 있었습니다. 우리는 기자에게 우리의 고기 씻는 이론을 설명했으며 원한다면 그도 고기처럼 한 번 씻어줄 것이라고 했고, 만약 그가 원한다면 고기가 씻긴 그의 육신을 도축장으로 보내 살육하고 그의 고기를 낙타고기나 혹은 개고기에 섞어서 팔아줄 수 있다고 말했습니다. 우리는 콩알 같은 땀방울이 그의 이마에서 흘러내리는 것을 보았습니다. 우리는 또 그의 바짓가랑이가 젖어 있는 것을 보았습니다. 여동생이 말했습니다.

"어른이 오줌을 누다니, 쓸모없구나."

우리는 계속해서 말했지요. 만약 고기처럼 씻기지 않고 도살도 당하지 않으려면 우리 공장을 홍보하는 기사를 신문에다 실으라고 말예요. 그렇게 되면 그를 우리 공장의 홍보과 과장으로 임명할 수 있으며 봉급을 한 달에 천 위안씩 주겠다고 했고 기사의 길고 짧음을 떠나서 매번 실릴 때마다 이천 위안씩 더 주겠다고 했습니다. 그 기자는 우리 사람이 되었으며 그는 진짜로 신문에다 아주 긴 문장을 써냈는데 신문의 한쪽을 거의 다 차지했습니다. 우리는 약속하면 약속한 대로 이행했으니 그에게 이천 위안의 상금을 주고 그를 불러 마음껏 먹고 마시게 했으며 떠날 때는 언제나 개고기 백 근을 선물로 주었습니다.

두번째 찾아온 기자는 텔레비전 방송국 기자였는데 한 명은 빈 손이었고 다른 한 명은 그의 조수였는데 고기 장사꾼으로 가장하고 몸에 다는 소형 카메라를 지닌 채 공장을 돌아다녔답니다. 우리는 앞에서와 똑같은 방법으로 그들을 회유했으며 그들도 우리 회사의 고문이 되었습니다.

저와 란 씨가 연합 작전으로 기자들을 처리할 때 제 아버지는 제단 위에서 시간을 보냈습니다. 저는 십 분에 한 번씩 담배꽁초 하나가 그 위에서 떨어져 내린다는 것을 알고 있었습니다. 제 아버지는 깊은 고통 속에 빠졌던 것입니다. 나의 아버지가여, 기련한 사람이여.

제38포
第三十八炮

　썬야오야오가 살아 있으면 나는 죽은 거나 마찬가지고, 썬야오야오가 죽으면 나는 곧 살아난 것이다. 과거의 영화배우 황베이윈黃飛雲이 란 우두머리 맞은쪽 소파에 앉아서 말했다.

　"다른 방법이 없지요. 전 당신을 사랑하니까요. 그녀가 살아 있으면 저는 죽은 듯 행동하고, 그녀가 죽었으니 저는 살 거예요. 제가 임신한 애는 당신의 애예요. 그러니 당신은 반드시 저를 데려가야 해요."

　란 우두머리는 차갑게 말했다.

　"넌 얼마를 원하는 거냐?"

　"이 나쁜 자식! 당신은 내가 돈이나 뜯어갈려고 찾아온 줄 알지요?"

　황베이윈은 분노하면서 말했다.

　"만약 돈을 받으러 온 것이 아니라면 왜 다른 사람의 애를 내 머리에다 올려놓는 거야? 당신이 결혼한 뒤로 나는 한 번도 당신에게 손을 댄 적이 없다는 것을 알아야 하오. 만약 내 기억이 옳다면 당신 딸은 당신이 결혼한 지 삼 년 만에 출생한 거 아니오? 당신이 애를 뱃속에서 삼 년 동안 간직한 것은 아니겠지?"

황베이원이 대답했다.

"나는 당신이 이렇게 말할 줄 알았어요. 하지만 유명인들의 정자 은행에 당신의 정자도 들어 있다는 사실을 잊지 않았겠지요?"

란 우두머리는 권총 모양의 라이터로 담배를 붙여 물고 천장을 올려다보면서 말했다.

"그런 일이 있기는 있었지. 나는 그 자식들의 꼬드김에 넘어갔단 말이야. 내 유전자가 우량품종이라면서 꼬드기길래. 그 사람들은 당신이 파견해 보낸 사람들이 맞지? 당신은 정말 생각을 많이 했구먼! 그렇다면 애는 보내도 괜찮소. 나는 제일 좋은 가정교사를 부르고 제일 착한 보모를 모시겠어. 그리고 그 애를 교육시킬 것이오. 그리고 그를 쓸모 있는 기둥으로 키울 거요. 하지만 당신은 착실하게 상인의 마누라질이나 하시오."

황베이원은 단호하게 대답했다.

"안 됩니다."

란 우두머리가 말했다.

"그런데 왜? 넌, 왜 하필 나에게 시집을 오려고 하는 거야?"

황베이원은 눈물을 흘리면서 말했다.

"저는 알아요, 그게 무의미하다는 것을. 그리고 또한 당신이 건달 이라는 것도 알고 큰 악마라는 것도 알며 흑백의 두 길을 당신이 다 끼고 있다는 것도 알고 당신에게 시집가면 죽는 날까지 원망을 하면 서 죽어가게 된다는 것도 알아요. 하지만 저는 그래도 당신에게 시집가고 싶어요. 저는 하루 종일 당신을 생각해요. 저는 당신의 마법에 걸려들었어요."

란 우두머리는 크게 웃으면서 말했다.

"나는 결혼을 한 번 해서 이미 한 사람을 해쳤어. 그런데 너는 하필이면 두번째 피해자가 되고 싶어? 사실대로 말하지만 나는 인간이 아니고 말이야. 한 필의 종마란 말이다. 종마는 모든 암말들의 것이지 어느 특정 암말의 몫이 아니야. 그리고 종말이 암말에게 씨를 심었으면 암말은 당연히 떠나야 하는 거야. 그러므로 나는 인간이 아니니까 너도 네 스스로를 인간으로 생각하지 마. 네 스스로를 여자로 간주하게 되면 나와 결혼하겠다는 이런 황당한 생각을 하게 될 테지만, 네 스스로 인간이 아니라고 생각하면 그런 생각을 하지 않을 테니까."

황베이윈은 주먹으로 자기 가슴을 치면서 고통스럽게 말했다.

"나는 암말이다, 나는 암말이다, 나는 매일 저녁 꿈속에서 종마와 교접하고 그 말은 나의 오장육부를 다 훔쳐간다네."

그녀는 이렇게 울면서 하소연했고, 한편으로는 앞가슴의 옷을 찢었다. 그녀가 입고 있던 비싼 옷은 찍 소리와 함께 찢어졌다. 그녀의 손은 미친 듯이 움직여 몇 번 만에 곁옷을 다 찢어버렸고, 계속해서 브레지어와 팬티를 찢었기 때문에 결국 알몸이 되어버렸다. 그녀는 알몸으로 거실을 뛰면서 소리를 질렀다.

"나는 암말이다…… 나는 암말이다……"

사찰 밖의 떠들썩한 소리가 나를 깨웠다. 하지만 황베이윈이 미친 듯이 지르는 고함 소리는 여전히 내 귓가에 맴돌고 있었다. 나는 슬그머니 큰스님을 보았다. 그 얼굴의 고통스럽던 기색은 이내 안온한 자태로 되돌아왔다. 내가 금방 이야기를 계속하려는데 밖에서 떠드는 소리가 들려왔다. 고개를 들어 밖을 내다보니 어떤 커다란 트럭 한 대가 길 옆에 서 있었고 그 차에는 목재가 가득 실려 있었으며 두꺼운 목판 재료와 굵은 원목도 있었는데, 그 목재 꼭대기에는 수십 명이 앉아 있었다. 그들은 차에서 목재들을 땅에다 던지고 있었다. 하마터면 원목에 맞을 뻔한 어떤 남자 애가 드높은 소리로 물었다.

"아저씨! 아저씨! 당신들은 왜 나무를 부리는 거예요?"

머리에다 버들가지로 된 모자를 만들어 쓴 사내가 말했다.

"얘야! 어서 비켜라. 나무에 박혀서 죽어버리면 너를 위해 울어줄 아들이 없단다."

어린 사내애가 물었다.

"아저씨들은 도대체 뭘 하는 거예요?"

차 위에 있던 사람이 말했다.

"오늘 저녁 여기에서 큰 공연이 있다고 집에 가서 엄마에게 알려라."

"아저씨들은 여기서 연극 무대를 만들고 있는 거예요?"

어린애는 기뻐하면서 또 물었다.

"어떤 공연인데요?"

널따란 소나무 판자가 차 위에서 미끄러져 내리자 차에 있던 사람이 새된 소리를 질렀다.

"얘야 비켜라!"

어린 남자 애는 고집스레 물었다.

"아저씨들이 알려주지 않는데 제가 어떻게 비키겠어요?"

차에 있던 사람이 말했다.

"그래, 알려주겠는데, 오늘 저녁에 하는 연극은 육아肉兒가 신선이 되다, 이런 내용이다. 이젠 물러설 수 있겠니?"

그러자 남자 애가 말했다.

"물론이지요. 아저씨들이 저에게 알려주었는데 당연히 비켜드려야지요."

"정말 이상한 애로군."

차에 있던 사람이 말했다.

굵은 원목이 차에서 굴러떨어졌다. 그 남자 애는 퐁퐁 뛰면서 피했고 그 원목은 마치 살아 있는 동물처럼 그 애를 쫓아서 줄곧 사찰 대문 앞까지 가더니 멈췄다. 목재에서는 맑고 향기로운 나무의 기름 냄새가 났고 내게 원시 삼림의 소식을 전해주었다. 소나무 향기를 맡으면서 나는 십 몇 년 전의 육류공장에 있던 그 높다란 제단을 생각했다. 그래서 마음이 아팠던 지난 일이 다시 떠올랐다. 가련한 나의 아버지는 제단을 담배 피우는 곳으로, 생각하는 곳으로, 고독을 즐기는 곳으로 간주하였고, 매일매일 대부분의 시간을 그곳에서 보내면서 공장의 일은 거의 상관하지도 묻지도 않았다.

큰스님! 란 씨의 부인이 죽기 한 달 전의 어느 저녁에 제 아버지와 제 어머니는 제단 아래에서 한 차례 대화를 나누었습니다.

"내려와요."

어머니가 말했습니다.

아버지는 타다 남은 담배꽁초를 던지면서 말했습니다.

"불가능하오."

"당신, 능력이 있거든 그 위에서 영원히 내려오지 말고 죽을 때까지 있어요."

"난 그렇게 할 거요."

"만약 당신이 내려온다면 당신은 거북이예요."

"그렇게 하지 않을 거요."

비록 란 씨는 소문을 엄밀히 봉쇄했지만 아버지가 제단 위에서 내려오지 않겠다고 말한 맹세는 공장 내부에 은밀히 전해졌습니다. 그날 어머니는 넋을 잃은 사람처럼 기세 사납게 그릇을 부수거나 또는 거울을 마주 보고 앉아서 엉엉 울기도 했습니다. 저와 여동생은 이일에 대해 아무런 슬픈 느낌이 없었습니다. 심지어 큰스님, 정말로 참회합니다. 차라리 우리는 어쩐지 재미도 있고 자랑스럽기도 하고, 그렇게 느껴졌습니다. 제 아버지는 다시금 오직 그분만이 간직하고 있던 풍채를 나타내기 시작했습니다.

아버지는 제단에서 다시는 내려오지 않겠다고 맹세했지, 다시는 밥을 먹지 않겠다고 맹세한 것이 아닙니다. 그리하여 그의 하루 세 끼는 저와 여동생이 갖다 드렸습니다. 처음 제단 위로 밥을 나를 때는 이상한 느낌이 들었지만 나중에는 곧 습관이 되었습니다. 아버지는 제단 위에 편안히 앉아 있었고 얼굴색이 침울하고 조용했으며 우리와 덤덤하게 인사를 했습니다. 우리는 제단 위에서 아버지와 함께 밥을 먹고 싶었지만 그는 항상 아주 상냥하면서도 또 아주 고집스럽게 우리를 내려 보냈습니다. 언제나 우리가 올라갈 때면 아버지는 먼저 올려 보낸 그릇들을 내려 보냈습니다. 그 그릇들은 모두 너무도 깨끗해서 아예 씻을 필요가 없었습니다. 저는 아버지가 자신의 혀로 그릇을 핥았을 것이라고 추측했습니다. 저는 종종 자신도 모르게 아버지가 혀를 내밀고 그릇을 핥는 모습을 상상했습니다. 그는 그 위에서 시간이야 얼마든지 있었으니 그릇을 핥는 것도 하나의 일이라고 할 수 있었죠.

아버지의 배설 문제를 해결하기 위해 저와 여동생은 고무통 두 개를 올려 보냈습니다. 이렇게 되어 저와 여동생은 위로 음식을 올려 보내는 임무를 수행하는 것 외에 또 아래로는 아버지의 배설물을 나르는 임무도 수행했습니다. 저와 여동생이 변기통을 들고 아래로 힘겹게 기어 내려갈 때 아버지는 줄곧 아래를 내려다보고 있었는데 얼굴색이 아주 보기 안 좋았습니다. 아버지는 제게 끈을 하나 얻어다가 거기에 철사 고리 하나를 매어놓으면 변기통을 위에서 아래로 내려 보내고, 밥을 담은 광주리도 아래에서 올리면 된다고 말했습니다. 그렇게 되면 저와 여동생이 기어 올라왔다가 내려가는 그런 수고를 덜 수 있다는 것이었죠. 제가 아버지의 생각을 란 씨에게 말했을 때 란 씨는 하하 크게 웃더니 말했죠.

"이 일은 근본적으로 네 가정 일이니 가서 네 엄마와 상의를 하여라."

어머니는 아버지의 의견에 단호히 반대했습니다. 아마 어머니는 이미 남편이 제단 위에 올라가 있는 상황에 적응이 된 것 같았습니다. 어머니는 매일매일 적극적으로 일했고 더 이상 접시랑 그릇을 깨지 않았으며 란 씨와 웃으면서 말도 하였는데, 간혹 제게 이렇게 말하기도 했습니다.

"샤오퉁! 밥을 가져갈 때 아버지께 담배까지 한 갑 갖다 드려."

사실 어머니가 반대를 한다고 하더라도 만약 우리가 끈을 얻는다면 식은 죽 먹기였습니다. 우리가 그렇게 하지 않은 것은 우리가 원하지 않았기 때문입니다. 매일 세 번씩 제단 위로 올라가서 비범한 아버지를 볼 수 있었고 또 급히 아버지와 간단한 대화 몇 마디를 나

눌 수 있다는 것은 이미 저와 여동생에게는 엄청난 즐거움이었기 때문이죠.

란 씨의 부인이 죽기 이십 일 전 아침에 저와 동생이 아침밥을 올려 갔을 때, 아버지는 우리를 보면서 긴 한숨을 짓더니 이렇게 말했습니다.

"애들아! 아빠는 한평생 아무것도 한 일이 없단다."

그래서 저는 이렇게 말했지요.

"아버지! 아닙니다. 아버지는 이미 일주일 간 견뎠으니 간단치 않습니다. 많은 사람들은 아버지를 성자로서 이 높은 제단 위에서 신선이 되기 위해 수련하고 있다고 말합니다."

아버지는 머리를 흔들면서 쓴웃음을 지었습니다. 비록 우리가 갖다 드리는 음식이 아주 좋은 것이었고, 아버지도 식사를 괜찮게 들고 있다는 걸 그 그릇들이 증명할 수 있지만, 그 이레 동안 아버지는 아주 많이 여위었습니다. 수염도 마치 고슴도치처럼 길어졌고 눈에는 핏기가 어룽져 있었으며 눈가에는 눈물 찌꺼기가 들러붙어 있었고 몸에서는 더러운 냄새를 풍기고 있었습니다. 저는 코가 시큰해져 하마터면 눈물을 흘릴 뻔했습니다. 저는 자신의 세심하지 못한 행동에 대해 자책했습니다.

"아버지! 아버지의 면도칼과 세숫대야를 갖다 드릴게요."

그러자 여동생도 말했습니다.

"아빠! 이불과 베개도 가져올게요."

"샤오퉁! 쟈오쟈오야! 너희들은 내려가서 불을 지펴서 아빠를 생매장해주렴."

아버지는 몸을 나무 기둥에 기대고 담장 밖의 들판을 바라보면서 침울한 목소리로 이렇게 말했습니다.

저와 여동생은 일제히 말했습니다.

"아빠! 절대 그런 생각을 하지 마세요. 만약 아빠가 없다면 우리가 산다는 게 무슨 의미가 있어요? 아빠! 꼭 견뎌야 해요. 끝까지 견디면 곧 승리하는 거예요."

저와 동생이 밥그릇이 담긴 광주리를 내려놓고 고무통을 들고 아래로 내려가려는데 아버지가 커다란 손으로 얼굴을 문지르면서 일어나더니 말했습니다.

"필요 없다."

아버지는 고무통 하나를 들고서 앞뒤로 몇 번 흔들더니 그 통에 관성이 붙자 손을 놓았습니다. 고무 통은 담장 밖으로 날아갔습니다.

아버지는 다른 고무통 하나도 같은 방법으로 담장 밖으로 날아가게 했습니다.

아버지의 행동은 저를 놀라게 했으며 저는 어떤 불행한 일이 곧 닥칠 거라고 예감했으므로 곧장 아버지에게 달려들어서 그의 다리를 끌어안고 울면서 말했습니다.

"아버지! 뛰어내리지 마세요. 그러면 죽어요."

여동생도 달려들어서 아버지의 다리를 끌어안고 울면서 말했습니다.

"아빠! 죽지 마."

아버지는 우리의 머리를 쓰다듬으면서 얼굴을 쳐들고 있다가 한참 시간이 흐른 뒤에야 얼굴을 숙이더니 눈물을 마구 흘리면서 말했습니다.

"얘들아! 너희들은 무슨 생각을 하고 있는 거니? 아빠가 왜 뛰어내리겠니? 아빠 같은 이런 사람은 그럴 용기조차 없단다."

아버지는 우리를 따라서 제단에서 내려와 사무실로 향했습니다. 길가의 사람들은 이상한 눈길로 우리들을 바라보았습니다.

"보긴 뭘 봐요? 당신들 가운데 누가 재주가 있으면 올라가서 시험해보세요. 제 아버지는 그 위에서 칠 일 동안이나 있었단 말입니다. 그러니 당신들은 저 위에서 팔 일은 있어야만 제 아버지를 거론할 자격이 있단 말입니다. 못하겠으면 입을 다물고요."

제게 욕을 먹은 사람들은 모두 슬금슬금 도망을 갔습니다. 저는 대단한 듯 아버지를 바라보면서 말했습니다.

"아버지! 아무 일도 없어요. 아버지는 제일 위대한 사람입니다."

아버지의 얼굴은 흐릿한 백색을 띠었으며 아무 말도 하지 않았습니다.

아버지는 우리를 따라서 사무실에 들어섰습니다. 란 씨와 어머니의 표정은 아주 평온했으며 아무런 이상한 반응도 없었습니다. 마치 우리가 제단에서 내려온 것이 아니라 공장에서 혹은 화장실 갔다가 들어오는 것처럼 자연스럽게 대했습니다.

"뭐 동지! 좋은 소식이오. 자자푸家家富 슈퍼에서 우리에게 빚진 그 자금이 도착되었소. 이제부터 우리는 더 이상 신용을 지키지 않는 그 사람들과 사귀지 않아도 되오."

아버지는 얼굴이 어두워지면서 말했습니다.

"란 동지! 난 공장장직을 사직하겠소."

란 씨가 놀라면서 물었습니다.

"왜? 왜 사직하겠다는 거요?"

아버지는 의자에 가서 앉더니 고개를 숙인 채 한참 뒤에야 비로소 입을 열었습니다.

"나는 실패했소."

"이봐요! 애들처럼 삐치기라도 한 거요? 내가 당신에게 뭐 서운하게 한 거라도 있소?"

어머니는 업신여기는 어조로 말했습니다.

"란 동지! 가만 놔두세요. 이 사람은 습관적으로 자기 스스로를 해치곤 하니까요."

아버지는 화를 낼 것 같더니 머리를 흔들면서 이내 조용해져버렸습니다.

란 씨는 여러 장의 컬러 사진이 있는 신문을 아버지에게 던져주면서 낮은 소리로 말했습니다.

"뤄통! 여길 좀 보오. 그 억만장자인 우리 셋째 삼촌이 사랑하는 여인들과 재산을 다 버리고, 운문사로 찾아가서 머리를 깎고 출가를 했다고 하오……"

제 아버지는 아무렇게나 그 신문을 뒤적였습니다.

"나의 이 셋째 삼촌은 고귀한 사람이고, 정말 기이한 사람이오."

란 씨는 감개무량하게 말했습니다.

"예전에 나는 그를 잘 이해한다고 여겼지만 지금에야 나는 자신이 아주 속된 사람이고, 전혀 삼촌을 이해하지 못하고 있다는 걸 깨달았소. 뤄 동지! 사실 인생은 이렇게 짧은 것이오. 여인이고 재산이고 명예고 지위고 모두 외부의 부질없는 것들이니 빈 몸으로 홀로 태어나 죽을 때도 갖고 가지 못한다오. 그러니 나의 셋째 삼촌은 그걸 진작 깨달았다고 해야지……?"

"당신도 이제 곧 다 알게 된다는 거예요?"

어머니는 비아냥거리는 투로 말했습니다.

"제 아버지는 제단 위에서 칠 일 동안 있으면서 이미 다 깨달았어요."

여동생이 새된 소리로 말했습니다.

란 씨와 어머니는 모두 놀란 눈길로 제 여동생을 바라보았습니다. 순간 어머니가 말했습니다.

"샤오통! 동생을 데리고 밖에 나가서 놀아라. 어른들이 하는 말에 너희들이 뭘 안다고 끼어들어?"

"전 알아요."

여동생이 말했습니다.

"나가거라!"

아버지는 책상을 두드리면서 화난 듯이 말했습니다.

아버지는 머리가 흐트러지고 얼굴에 때가 가득하며 몸에서는 쉬어터진 냄새가 났습니다. 제단 위에서 칠 일 동안 지낸 사내가 심정이 불편한 것은 당연하지요. 저는 동생을 이끌고 밖으로 달려 나갔습니다.

큰스님! 아직도 제 말을 듣고 있습니까?

란 씨 부인의 영정은 란 씨네 거실에 놓여졌습니다. 검은 테이블 위에는 아주 무거워 보이는 보라색 유골 상자가 놓여 있었습니다. 유골 상자 뒤쪽 벽에는 죽은 사람의 흑백 사진이 액자에 걸려 있었습니다. 사진에 있는 얼굴은 란 씨 부인의 실제 얼굴보다 훨씬 커 보였습니다. 저는 입가에 쓴 미소를 띠고 있는 그 얼굴을 보면서 한편으로는 저와 동생이 그녀의 집에서 밥을 함께 먹을 때 잘 대해주던 일들을 생각하고 한편으로는 이해가 되지 않았습니다.

"이처럼 큰 사진을 어떻게 찍은 걸까?"

이미 우리 사람이 된 그 기자는 다리가 긴 카메라를 메고서 집 안과 집 밖에서 사진을 찍고 있었습니다. 그는 허리를 굽혀서 찍기도 하고 땅에 무릎을 꿇고 찍기도 하면서 아주 열심이었는데 앞가슴에 신문사 도장이 찍힌 하얗고 둥근 와이셔츠 깃도 땀에 절어서 잔등에 들러붙었습니다. 그는 우리와 도모한 뒤로 아주 눈에 띄게 뚱뚱해졌습니다. 그의 얼굴 피부는 원래 팽팽했지만 새로 뒤룩뒤룩 찐 살이 안에서 불룩하게 올라와 마치 두 개의 작은 고무공 같아졌죠. 그가 필름을 바꾸는 사이에 저는 앞으로 다가가서 조용히 물었습니다.

"마른 말 뼈다귀 아저씨! 저 사진은 왜 저렇게 크지요?"

그는 하던 일을 멈추고 전문가들이 문외한을 업신여기는 그런 태도로 말했습니다.

"확대했지. 만약 네가 원한다면 네 사진을 낙타보다 더 크게 확대해줄 수 있단다."

"그런데 저한테는 사진이 없는데요."

그는 카메라를 들고 제 얼굴에 대고 찰칵 하더니 이렇게 말했습니다.

"지금은 있지요. 며칠 후에 확대한 사진을 드리겠습니다. 뭐 주임!"

제 여동생이 뒤에서 달려오더니 소리 질렀습니다.

"저도 가지겠어요!"

기자는 렌즈를 여동생에게 향하고 찰칵 하더니 말했습니다.

"됐어."

"저는 오빠와 함께 찍을래요."

여동생이 또다시 말했죠.

기자는 렌즈를 우리 둘 쪽으로 향하고 찰칵 하더군요.

"둘이 어울리는구나."

저는 기분이 아주 좋아서 그에게 뭔가 말하려고 했지만 그는 이미
몸을 돌려 다른 배경을 찍으러 갔습니다. 란 씨네 열린 대문으로 어
떤 사람이 걸어 들어왔습니다. 그는 주름이 가득한 회색 양복을 입고
있었는데, 속에는 깃이 시커멓게 된 흰색 와이셔츠를 입고 있었으며
목에는 분홍색의 가짜 진주가 달린 넥타이를 매고 있었고 아래에는
검정색 바지를 입었는데 하나는 높고 하나는 낮게 바짓가랑이를 걷
고 있었습니다. 속에 신은 붉은색 양말이 다 드러났으며 오렌지색 구
두에는 갈색 흙이 가득 묻어 있었습니다. 그의 별명은 쓰따四大였는
데 입이 크고, 눈이 크고, 코가 크며 또한 앞니가 크다는 것입니다.
사실 그의 귀도 아주 컸으므로 당연히 우따五大라고 불러야 했습니다.
쓰따는 허리에다 삐삐를 차고 다녔는데 그때 우리는 그것을 전기 베
짱이라고 불렀습니다. 그때는 휴대폰이 무척 귀했고 백 리 안에서는
란 씨에게만 한 대 있을 뿐이었고, 벽돌 조각처럼 생긴 것이었는데
황빠오가 대신 들고 다녔으며, 간혹 통화할 때면 끈도 없고 선도 없
어서 아주 근사해 보였습니다. 그때는 휴대폰이 아니라 전기 베짱이
만 갖고 다녀도 아주 대단한 때였습니다. 쓰따는 진 지방 정부 장長의
막내처남이었고, 또 우리 마을의 제일 이름 있는 건축가 우두머리였
습니다. 우리 진鎭에서 하는 모든 공정(프로젝트), 말하자면 길을 닦
는 일이거나 공동 화장실을 짓는 일이거나 모두 그가 도맡아서 했습
니다. 그러므로 일반 백성들 앞에서 그는 뽐내면서 다녔죠. 하지만
란 씨와 제 어머니 앞에서는 그렇게 하지 못했습니다. 그는 겨드랑이
에서 가죽 가방을 빼내고 우리 어머니 앞에 서서 허리를 굽실거리면
서 말했습니다.

"량 주임님……"

제 어머니는 그때 이미 화창 그룹의 사무실 주임이었고, 그리고 부사장 겸 육류공장의 회계를 주관하고 있었던 것입니다. 그날 어머니는 까만색 투피스를 입고 있었고 앞가슴에는 하얀 종이꽃을 달고 목에는 하얀 진주 목걸이를 걸고 있었습니다. 얼굴에는 화장을 하지 않고 있어서 기색이 엄숙했으며 눈빛은 예리했는데, 어머니 자체가 커다란 정자였으며 또 엄숙한 추도문이었으며 장엄한 소나무 같았습니다.

"넌 여기 뭘 하러 왔는데? 너도 가서 무덤 만드는 일을 거들라고 하지 않던?"

어머니가 다그쳤습니다.

"노무자들이 그곳에서 한창 일하고 있습니다."

"그럼 넌 그곳에서 지키고 있어야지."

"저는 줄곧 그곳에서 지키고 있었습니다. 란 회장님의 일인데 누가 감히 함부로 하겠습니까? 그런데……"

"그런데, 뭐?"

쓰따는 호주머니에서 작은 수첩 하나를 꺼내 뒤적이며 말했습니다.

"량 주임님! 흙 파는 일은 이제 곧 끝나게 됩니다. 다음에는 묘실을 지어야 하는데 석회 삼 톤과 벽돌 오천 장과 시멘트 이 톤, 모래 오 톤과 목재 이 세제곱미터가 필요하며 또 다른 시시껄렁한 물건들도 필요합니다…… 그러니 량 주임! 먼저 돈을 지불해줄 수 없을까요?"

"네가 우리 회사에서 벌어간 돈이 얼마인데? 그리고 무덤 하나 짓는데 돈이 몇 푼이나 든다고 이러는 거니? 그런 말을 할 낯짝이 있단 말이야? 먼저 돈을 대고 나서 나중에 결재해."

어머니가 언짢게 말했습니다.

"저는 먼저 쓸 돈이 없단 말입니다. 일을 하고 나서 돈이 결재된다면 먼저 노무자들에게 나누어주고 나면 저는 다만 지나가는 바람 신세가 됩니다. 한 푼도 남지 않는단 말입니다. 먼저 얼마만큼이라도 대주세요. 아니면 공정이 진행되지 못합니다."

쓰따는 가련하게 말했습니다.

"너 이 자식, 정말 의리가 없구나."

어머니는 이렇게 말하면서 동쪽 방을 향해 걸어갔으며 쓰따도 그녀의 뒤를 바싹 따랐습니다.

아버지는 차디찬 얼굴을 하고 테이블 뒤에 앉아 있었습니다. 테이블 위에는 화선지로 만든 장부 하나가 놓여 있었고 그 옆에는 누런 색상의 먹통이 있었으며 그 속에는 붓 한 대가 꽂혀 있었습니다. 조의금을 들고 들어오는 사람과 여러 가지 누런 종이를 들고 들어오는 사람들이 부단히 드나들고 있었습니다. 아버지는 그것들을 받고는 기록하였습니다. 아버지 뒤의 작은 테이블에는 육류 검역소의 한 씨가 앉아서 동전 모양이 찍혀 있는 종이 찍기로 그 누런 종이에 동전 흔적을 남기고 있었는데 그런 누런 종이는 곧바로 태울 수 있는 종이돈이 되는 것이었습니다. 또 어떤 사람들은 아예 지폐 모양으로 만든 지전을 한 뭉치씩 들고 오는 사람들도 있었는데, 그 위에는 '명부은행'이라는 글자와 상상해서 그린 명부의 황제 얼굴이 그려져 있었습니다. 지전의 액수는 아주 컸는데 억 위안을 단위로 한 것들이었습니다. 한 씨는 그중에서 십억 위안이 찍혀 있는 지전 한 장을 들고 감개무량하게 말했습니다.

"이렇게 큰 액수를 찍으면 그쪽 명부 세상에도 통화 팽창이 일어나지 않을까요?"

마을에 사는 마궤라고 부르는 늙은이는 누런 종이와 백 위안의 조의금을 내면서 이렇게 말했습니다.

"이런 물건들은 아무런 소용도 없단다. 다만 종이로 찍어낸 누런 종이들만이 태운 후에 저 세상의 돈이 될 수 있지."

"당신이 어떻게 아오? 그곳에 가보았소?"

"제 마누라가 꿈속에 찾아와서 말했는데 이런 돈은 그쪽에서는 가짜 돈이라고 했소."

마궤는 발로 그 지전들을 툭툭 차면서 말했습니다.

"자네들은 가서 란 씨에게 말하고 이것들을 모두 내다버리라고 하시오. 아니면 이런 가짜를 갖고 그쪽으로 갔다가 경찰에게 위조 지폐범으로 간주되어 잡히면 어쩔려고 그러오?"

"저 세상에도 경찰이 있는 거요?"

한 씨가 물었습니다.

"물론 있지. 이곳에 있으면 그쪽에도 있어."

마궤는 단호하게 말했습니다.

"이곳에 육류공장이 있는데 그쪽에도 있소? 그리고 이쪽에 당신이 있으니 그쪽에도 당신과 같은 사람이 있다는 거요?"

"여보게! 나와 말씨름을 하지 말고, 믿지 못하겠으면 직접 가서 보게나."

마궤가 말했습니다.

"가기는 쉽지만, 다시 돌아올 수 없단 말이오. 이 늙은이가 날더러 지금 죽으라는 거요?"

어머니가 방 안으로 들어서자 마궤는 고개를 끄덕였지요. 어머니는 한 씨를 조소하듯 말했습니다.

"어디로 가서 일하겠다는 거요? 검역원 동지?"

한 씨가 대답도 하기 전에 어머니는 수화기를 들고 전화에 대고 말했습니다.

"재무부요? 기 동지! 나, 량위전이오. 좀 있다가 쓰따라고 불리는 작자가 그곳으로 갈 것이니까 먼저 오천 위안을 건네주시오. 그리고 사인도 받고 지장도 받아두시오."

"량 주임님, 만 위안을 건네주십시오. 오천 위안 갖고는 아예 안 됩니다."

쓰따는 떼를 쓰면서 말했습니다.

"쓰따! 너무 달라붙지 마시오!"

어머니는 화가 나서 말했습니다.

"제가 달라붙는 것이 아니라 오천 위안 갖고는 정말 모자랍니다."

쓰따는 수첩을 꺼내면서 응대했죠.

"보세요. 벽돌 사는 데 삼천 위안이 필요하고, 석회를 사는 데 이천 위안이 필요하며, 목재를 사는 데 오천 위안이 필요하며……"

"오천 위안밖에 못 주겠소."

어머니는 단호했습니다.

쓰따는 아예 문턱에 걸터앉아 말했습니다.

"그렇다면 저는 일을 계속 진행할 수 없습니다……"

"너 같은 애간장 끓이는 인간을 만났으니 염라대왕도 두려워하겠구나."

어머니는 수화기를 들고서 떠들었죠.

"그에게 팔천 위안을 건네주시오."

"량 주임님! 당신은 정말 강철 주판입니다. 조금 더 줘서 만 위안을 채우세요. 당신 집 돈도 아니지 않습니까?"

쓰따는 그렇게 졸랐습니다.

"우리집 돈이 아니기에 만 위안을 줄 수 없단 말이야."

"란 씨가 당신을 찾았다니 정말로 제대로 찾았습니다."

"물러가! 널 보기만 해도 난 짜증이 난단 말이다."

쓰따는 문턱에서 일어나면서 제 어머니에게 경례를 하고는 말했습니다.

"아버지도 좋고 어머니도 좋지만 우리 량 주임보다 못합니다!"

"자네는 부모님이 돈보다 못하다는 것이군! 자네가 길을 닦고 집을 지으면서 얼마나 많은 재료들을 빼냈는지 다 알고 있다니까. 만약 무덤을 지을 때도 그렇게 한다면 업보를 입게 돼, 쓰따야!"

"량 대★주임! 마음을 뱃속에다 갈무리하고 계십시오. 저는 돈을 적게 쓰고 일을 많이 할 것이며 심지어는 돈을 쓰지 않고도 일을 잘 처리해서 당신에게 원자탄으로도 터지지 않는 무덤을 지어드리겠습니다."

쓰따는 교활하게 말했죠.

"개 같은 주둥이에서 상아가 나올 수 없지. 자네 아직 수중에 돈이 들어오지 않았다는 걸 알고 있지? 전화가 빠른지 아니면 너의 토끼 다리가 빠른지 시험해보겠어?"

어머니는 분노했습니다.

"내가 죽일 놈이죠. 변기통보다 더 더러운 입!"

쓰따는 자기의 빰을 마구 후려치면서 말했습니다.

"량 주임님! 란 아주머니! 아니지, 아니지, 뭐 아주머니! 존경하는 아주머니! 저는 당신에게 잘 보이려고 하는 건데 수준이 너무 낮아서 그런 겁니다. 하지만 마음만은 진실입니다……"

"물러갓!"

어머니는 지전 한 뭉치를 쥐고 쓰따를 향해 던졌습니다.

지전은 공중에서 날려서 흩어지더니 땅에 떨어졌습니다.

쓰따는 방 안에 있는 사람들을 향해 이상한 얼굴을 짓더니 몸을 돌려 달려 나가다가 막 들어서는 황빠오의 첩과 부딪히고 말았습니다. 젊은 첩은 얼굴을 붉히면서 욕했습니다.

"쓰따! 제사 때 쓸 모자를 빌리러 가는 거예요? 그럴 필요가 없어요. 많으니까. 쓰따!"

그는 머리를 만지면서 응수했습니다.

"미안합니다. 란 아주머니, 아니지, 아니지, 황 아주머니, 제 입 좀 봐요. 습관이 되어서."

그는 손으로 뺨을 치고는 머리를 앞으로 내밀더니 거의 황빠오 첩의 얼굴에다 갖다 대고 낮은 소리로 물었습니다.

"내가 당신 젖가슴을 아프게 했어요?"

"씨발! 쓰따야!"

젊은 첩은 발로는 쓰따를 올려 찼고, 손으로는 쓰따 앞에서 휘두르면서 말했습니다.

"어디 가서 똥을 먹었어? 이렇게까지 더럽다니!"

"나 같은 인간은 똥은 먹지만 뜨거운 걸 먹지는 못하오."

그는 자기 스스로를 낮추어서 말했습니다.

젊은 첩은 또 한 번 걸어찼지만 쓰따는 몸을 피하면서 문에 부딪히고 뛰어나갔습니다.

모두들 입을 벌리고 젊은 첩만 바라보았습니다. 그녀는 목에다 칼처럼 깃을 세우고, 소매에는 파란색 바탕에 작은 꽃이 납작하게 염색

되어 있는 겉옷을 입고 있었으며 아래에는 동일한 천의 넓은 바지를 입고 있었는데, 파란색 천에다 까만색의 수가 아로새겨진 신발이 가끔씩 보였습니다. 그녀의 복장은 어딘지 서양식 학교의 여학생들 같았으며 지주 집안의 유모 같았습니다. 기름기 흐르는 머리카락은 뒤에다 느슨하게 틀어 올렸으며 칠흑 같은 눈썹과 두 개의 커다란 눈과 영리하게 생긴 마늘 코에 두텁고 작으며 도톰한 고기 입술에, 살며시 웃을 때면 왼쪽 입가에 작은 보조개가 어리곤 했습니다. 그녀의 유방은 아주 컸는데 마치 토끼처럼 흔들거렸죠. 큰스님! 이 여인은 제가 전에 말씀드렸지만 란 씨네 집에서 하녀를 하면서 란 씨의 부인과 딸의 시중을 들어주던 여자입니다. 제가 육류공장에 가서 주임이 된 후로 저는 그들의 집에서 밥을 먹지 않았기에 저는 아주 오랫동안 그녀를 못 보았습니다. 저는 갑자기 그녀가 아주 로맨틱하게 보였습니다. 그 원인은 그녀를 바라보고 있자니 제 성기가 자꾸 커지는 것이었으며, 아무리 억제하려고 해도 소용이 없다는 걸 알았기 때문입니다. 사실 저는 로맨틱한 여인들을 별로 좋아하지 않았습니다. 하지만 제 눈동자는 스스로 그녀의 몸에 가 닿았습니다. 그녀는 제가 그녀를 보고 있다는 것을 눈치 채고 입을 비쭉거렸는데 너무도 로맨틱해서 억울하기까지 했습니다. 그녀는 어머니에게 말했습니다.

"량 주임님! 란 회장님께서 찾아오셨습니다."

어머니는 아버지를 한 번 보았는데 눈길이 이상했습니다.

아버지는 머리를 수그리고 손으로 붓을 잡고는, 한 획, 한 획씩 책에다 글을 쓰고 있었습니다.

어머니는 황빠오 첩의 뒤를 따라서 문을 나섰습니다. 황빠오 첩은 엉덩이를 마구 흔들었습니다. 이 로맨틱한 여인은 제 신경을 혼란스럽게 했으며 제 얼굴에 여드름이 나게 했으니 당연히 총살해도 좋을 여인이었습니다.

한 씨는 젊은 첩의 엉덩이를 보면서 감개무량하게 말했습니다.

"정말로, 진정한 사내에게는 예쁜 마누라가 생기지 않고, 두꺼비에게는 꽃 같은 여인이 생긴다는 그런 말이 틀림없구나."

땅에 꿇어앉아 손님 접대용 담배를 연속 피우던 마퀘가 말했습니다.

"황빠오는 그저 앞가림에 지나지 않는 거요. 이 여자는 도대체 누구의 애인인지 확실하지 않단 말이오!"

여동생이 말참견을 하였습니다.

"누구를 말하는 거예요?"

아버지는 붓을 테이블에다 힘 있게 던져버렸으며 그 바람에 구리로 만든 곽에서 먹이 튀었습니다.

"아빠! 왜 화를 내세요?"

여동생이 물었습니다.

"다들 주둥이 닥쳐!"

아버지가 말했습니다.

마퀘가 머리를 흔들면서 말했습니다.

"뤄퉁 형님, 이렇게 크게 화를 낼 필요까지는 없지 않소?"

"씨발! 빨리 꺼지란 말이야."

한 씨가 말했습니다.

"돈 내지 않고도 담배를 얻었다는 거요? 당신이 냈던 조의금을 몽땅 갖고 갈 예정이오?"

마퀘는 담배 곽에서 또다시 담배 두 개비를 꺼내더니 하나는 손에 쥐고 불을 붙였고 다른 하나는 귀에 걸더니 자리에서 일어나 밖으로 나가면서 이렇게 떠들었습니다.

"알고 보면 나와 란 씨는 아주 가까운 친척이란 말이오. 그의 셋째 외삼촌의 며느리는 내 사위의 셋째 고모부 친조카란 말이오."

아버지가 말했습니다.

"샤오퉁! 동생을 데리고 어서 집으로 가. 여기서 더 복잡하게 만들지 말고."

"여기가 떠들썩해서 좋아요. 전 안 갈래요."

여동생이 말했습니다.

"샤오퉁! 어서 데리고 가!"

아버지는 엄하게 말했습니다.

저는 아버지가 돌아온 후 제일 엄한 얼굴 표정을 보고서 공포감이 일어 이내 여동생의 손을 끌고 집으로 가려고 했습니다. 여동생은 안 가려고 몸을 비틀면서 입으로 뭐라고 종알거렸습니다. 아버지는 손을 들어 여동생의 머리를 치려고 했는데, 이때 어머니가 엄숙한 표정으로 들어왔습니다. 아버지는 들었던 손을 도로 내렸습니다.

"뭐 동지! 란 회장님이 나와 상의를 끝낸 일인데 샤오퉁에게 상주를 하라는 거요. 톈꽈와 함께 아주머니의 영을 지키고 기와를 깨뜨리라고 하는군요."

어머니가 말했죠.

아버지의 얼굴이 어두워졌습니다. 그는 담배 한 대를 붙여 물고서는 연달아 피워댔습니다. 연기가 그의 얼굴을 휘감고 돌았는데 그 바람에 아버지의 안색이 더욱 어두워졌습니다. 시간이 좀 지난 후에야 아버지가 입을 열었죠.

"그래, 당신은 허락했다는 거요?"

"내 생각에 안 될 것도 없다고 생각해요. 황빠오 마누라가 하는 말이 샤오통과 쟈오쟈오가 이곳에 찾아와 밥을 먹을 때 아주머니가 샤오통을 아들로 삼겠다고 했대요. 란 씨가 하는 말도 그 부인이 한평생 아들을 갖고 싶어 했대요. 이렇게 되면 그 부인 소원을 이루게 되죠."

어머니는 약간 어색하게 말하면서 나를 보고 물었습니다.

"샤오통! 아주머니가 그렇게 말했지?"

"잘 기억나지 않는데요."

"쟈오쟈오! 그 아주머니가 오빠를 아들로 삼겠다고 말했지?"

어머니가 이번에는 여동생에게 물었습니다.

"아주머니가 그렇게 말했어요."

여동생은 매우 긍정적으로 대답했습니다.

아버지는 여동생의 머리를 내리치면서 말했죠.

"무슨 일이든지 너는 다 참견을 할 셈이냐? 아주 버릇을 잘못 들였구나."

여동생은 엉엉 울기 시작했습니다.

여동생이 울자 저는 마음이 아팠습니다. 저도 단호하게 답했습니다.

"옳아요. 그 아주머니가 그렇게 말한 적이 있어요. 그때 저는 대답했어요. 아주머니가 말씀했을 뿐만 아니라 란 아저씨도 말했으니까요. 그는 시에서 찾아온 친_秦 부장 앞에서도 밀했죠."

"그렇게 큰일도 아닌데 이렇게 화를 낼 필요가 있어요?"

어머니는 씩씩거리면서 따졌습니다.

"죽은 사람에게 명복이라도 빌어줍시다!"

"죽은 사람이 그걸 알아?"

아버지가 냉랭하게 물었죠.

"당신이 말해봐요. 아는지 모르는지? 사람은 죽지만 혼만은 살아 있대요."

어머니가 침울한 얼굴로 말했어요.

"아무렇게나 둘러대지 마시오!"

아버지가 소리를 질렀습니다.

"내가 어떻게 했는데?"

어머니도 소리쳤죠.

"나는 당신과 싸우지 않겠소."

아버지는 목소리를 낮추었지요.

"이 애는 당신 아들이니까, 당신이 하고 싶은 대로 하시오."

줄곧 땅에 꿇고 앉아서 아무런 말도 하지 않던 한 씨가 거들었습니다.

"뭐 공장장! 당신도 그만 우기시오. 량 주임님이 란 회장님 앞에서 이미 대답을 했고, 샤오퉁 주임도 동의하는데 그저 떼를 쓰면 뭘 해요? 다시 말해 이것은 겨우 연기에 지나지 않습니까? 샤오퉁은 상주로 한 번 분장하는 것뿐이고 일이 끝나면 여전히 당신 아들이란 말입니다. 누구도 빼앗지 못하지요. 이런 기회는 다른 사람들은 얻고자 해도 얻지 못한단 말이오."

아버지는 머리를 수그리고 아무 말도 하지 않았죠.

"이 양반은 항상 이런 곰 같은 성격이에요. 무슨 일이든지 저와 대적하려고 하지요. 그 바람에 난 한평생 출중하게 튀어볼 기회가 없었죠."

어머니가 말했죠.

"당신, 이제 곧 튀게 될 거요."

아버지가 뜨뜻미지근하게 응수했습니다.

"무슨 쓸데없는 말을 하고 있는 거예요?"

어머니는 아버지를 욕하더니 나에게 머리를 돌려 이렇게 말했습니다,

"샤오퉁! 황빠오 여자를 찾아가서 네가 입을 옷을 달라고 해. 조금 뒤에 기자들이 와서 촬영을 할 텐데 절대로 웃어서는 안 된다. 란 아주머니는 생전에 네게 잘 대해주었으니 너도 당연히 효성을 보여야 한단다."

"저도 가서 바꿔……"

여동생이 지껄였습니다.

"쟈오쟈오!"

아버지가 눈을 부릅뜨고 질책했습니다.

여동생은 입을 비쭉거리면서 울려고 했지만 아버지의 전에 없던 엄한 얼굴을 보고서는 소리는 내지 못하고 다만 눈물만 흘렸습니다.

제39포
第三十九炮

　저녁 무렵, 높다란 연극 무대는 이미 다 세워졌으며 새로 칠을 한 육신상도 네 명의 노동자에게 들려서 연극 무대 한쪽에 옮겨졌다. 육신은 칠월의 축축한 석양에 비쳐 더더욱 생기발랄해 보였다. 육신이 넘어지는 것을 방지하기 위해 노무자들은 두 개의 굵은 못으로 그들의 발을 나무 판에다 고정해놓았다. 그들이 못을 박을 때, 내 심장은 그 거대한 소리와 함께 수축되었으며 발에도 찔끔거리면서 경련이 일었다. 나중에야 나는 정신을 잃고 쓰러졌다는 것을 알았다. 그것은 오줌에 전 바지가 증명할 수 있고, 깨물어서 터진 입술이 증명할 수 있었으며, 꼬집어놓은 인중으로 증명할 수가 있다. 가슴에 의원 마크를 단 젊은 여인이 내 옆에서 일어서더니, 뒤에 서 있던 그녀처럼 앞가슴에 마크를 달고 노란색으로 머리를 염색한 아저씨에게 말을 붙였다.

258

"아마 지랄병이 발작한 것 같소."

그 아저씨는 허리를 굽히고 반듯하게 누워 있는 나에게 물었다.

"집에 지랄병을 앓은 사람이 있었나?"

나는 머리가 텅 빈 상태였고 혼란한 상태였지만 고개를 좌우로 흔들었다.

"그런 식으로 물어보면 저 애가 어떻게 알겠어?"

그 여자는 사내를 흘겨보면서 그렇게 말하더니 머리를 수그리고 나에게 물었다.

"지랄병이 아니라 너희 집에 누가 간질병을 앓은 사람이 있었니?"

"간질병?"

나는 애써 생각을 하느라 온몸의 힘이 사라지는 것을 느꼈으며 팔을 들려고 해도 너무 힘이 없어서 제대로 들어올릴 수조차 없었다.

"간질병?"

아, 생각이 났다. 바로 판챠오샤의 아버지가 습관처럼 길에서 정신을 잃고 쓰러졌는데 입에 거품을 물고 온몸에 경련을 일으켰지. 그때 사람들이 하는 말이 바로 간질병이라고 했던 것이다. 우리 가족 중에는 간질병을 앓은 사람이 없었다. 내 어머니와 내 아버지는 그처럼 별난 몰골을 하고 살아왔지만 간질병에 걸리지는 않았다. 나는 머리를 흔들면서 면발처럼 기운 없는 손으로 땅을 짚고 힘겹게 일어나 앉았다.

"어쩌면 신종 지랄병일 수도 있지 뭐. 이 증세는 대부분 매우 심각한 정신적 자극을 받으면 발작한다고."

여인이 사내에게 말하자 그 사내가 의심스러운 눈길로 되물었다.

"이런 인간들은 정신생활이 지극히 단순한데 무슨 심각한 자극을 받을 일이 있단 말이야?"

'씨발!' 나는 속으로 이렇게 욕하면서 생각했다. '너희들이 어떻게 내 정신생활이 단순한지 알 수가 있어? 내 정신생활은 복잡하기 그지없단 말이다.'

그때 여인이 드높은 소리로 나를 타일렀다.

"넌, 높은 곳에 올라가지 말고, 물에도 내려가지 말며, 차를 몰거나 오토바이도 타지 말아야 하고 말을 타서도 안 되니 주의해야 해."

나는 그녀의 말뜻을 알아들었지만 내 표정은 필경 막연했을 것이다. 그런데 그 사내가 이렇게 말했다.

"탠쫘! 가자, 연극이 곧 시작된단 말이야."

'탠쫘라니?' 내 마음속에는 지나간 일들이 가슴 아프게 떠올랐다. 그럼 허리가 가늘고 두 다리가 길고 머리카락을 어깨에 드리우고, 눈이 예쁘고 마음씨 착한 여학생이 바로 란 씨의 딸이고 그 노란 머리 처녀가 탠쫘란 말인가? 눈언저리에 요염한 장난기가 어려 있던 그 소녀가 어떻게 저렇게 다 자란 처녀로 변했단 말인가? 정말로 여자들은 크면서 열여덟 번 변한다는 말이 맞긴 맞는가. 탠쫘! 내가 소리를 질렀고, 혹은 이제 곧 무너지게 될 마퉁 신선이 소리를 질렀을지도 모른다. 나는 물론, 소리를 지른 사람이 나지, 마퉁 신선이 아니기를 바랐다. 왜냐하면 일찍이 들은 말이 있는데, 아름다운 여인들이 만약 마퉁 신선에게 불려가 불행하게도 마퉁 신선의 부름에 대답한다면 그 여인은 그에게 시달림을 받아 거의 죽게 되는 운명을 면하지 못한다고 했기 때문이다. 여인은 대답을 하더니 고개를 돌려 소리의 근원을 찾았다. 그녀는 나를 도무지 생각하지도 않았다. 왕년에 세상을 놀라게 한 뤄샤오퉁이 쓰러져가는 사찰에 살면서 신종 간질병에 걸린 것인가. 비록 나는 거지가 아니었지만, 그녀와 그녀의 남자 친구는 틀림없이 거지라고 여겼을 것이다. 이처럼 초라한 몰골이 되었다고는 상상하지도 못했을 것이다. 그녀는 큰스님 앞에 서 있었는데 아랫배가 스님의 얼굴을 스쳤지만 큰스님은 조금도 움직이지 않았고, 그녀도 그것을 느끼지 못하고 있는지, 몸을 앞으로 내밀고 손으로 마통 신선의 목을 만지면서 고개를 돌리지 않은 채 남자 친구에게 되물었다.

"너, 『랴오쟈이 우통聊齋五通』이라는 책을 본 적이 있니?"

그녀의 남자 친구는 뒤에서 어색하게 말했다.

"본 적 없어. 대학에 붙기 위해 우리는 교과서 외에 잡다한 서적은 전혀 보지 않았어. 우리 대학의 커트라인은 아주 높기 때문에 경쟁력이 정말 극심하단 말이야."

"우통이 무슨 신인지는 알고 있니?"

처녀는 얼굴에 간사한 웃음을 띠고 고개를 돌려 되물었다. 사내가 말했다.

"몰라."

그러자 처녀가 말했다.

"모를 줄 알았어."

"그럼 도대체 무슨 신인데?"

그러자 처녀는 기가 막힌다는 투로 말했다.

"그러니까 파오송링蒲松齡이 말하기를, 만물이 모두들 무武를 다 사용한 뒤에 이제 남은 것은 통通밖에 없도다 萬物用武之后, 吳下僅遺半通! 그렇게 표현했대."

사내는 알 수 없다는 듯이 되물었다.

"뭘 말하고 있는 거야?"

처녀는 빙그레 웃으면서 말했다.

"됐어. 그만 해. 여기 봐."

처녀는 흙이 잔뜩 묻은 손을 남자 친구 앞에 내밀면서 말했다.

"마통 신선이 땀을 흘리는구나."

사내는 처녀의 손을 끌면서 사찰 밖으로 나갔다. 처녀는 떨어지기 아쉬운 듯 고개를 돌려서 마통신을 바라보는 것 같더니 내게 부탁의 말을 했다.

"너, 병원에 가보는 것이 좋아. 비록 이런 병이 네 목숨을 빼앗지는 않겠지만 그래도 약은 먹어야 한단다."

나는 감동도 되었고 또한 세상의 급격한 변화 앞에서 감개무량해지면서 갑자기 코가 찡했다. 마당에는 이미 많은 사람들이 와 있었고, 점점 더 많은 사람들이 어린이들을 데리고 늙은이들을 부축하고 의자를 메고 몰려왔는데, 길 양쪽과 사찰 뒤에 있는 밭에서도 사람들이 우우 이곳으로 몰려오고 있었다. 그리고 더 이상한 것은 늘 복잡하던 거리가 그 시각에 한 대의 차량도 보이지 않더라는 것이다. 나는 경찰들이 교통 통제를 하고 있을 거라는 추측으로 그 비정상적인 현상을 해석할 수밖에 없었다. 그리고 또 하나 이상한 것은 그들이 왜 연극 무대를 맞은쪽의 공지에 만들지 않고 사람들을 조금밖에 받아들일 수 없는 이 사찰 앞에 만들었는지 알 수 없다는 것이었다. 모든 것이 이처럼 황당해서 이치를 깨달을 수 없었다. 나는 갑자기 맹렬한 눈길로, 붕대로 한쪽 팔을 가슴 앞에다 달아매고 왼쪽 눈에 거즈를 두른, 마치 전쟁터에서 막 돌아온 병사 같은 란 씨를 보았는데 그는 황빠오 등등의 사람들의 호위 아래 사찰 뒤에 있는 옥수수 밭에서 걸어 나오고 있었다. 쟈오쟈오라고 부르는 여자 애는 손에다 싱싱한 옥수수 하나를 집어 들고, 그들의 앞에서 유쾌하게 달려오고 있었다. 그 애의 엄마인 펀쟈오화는 그 아이에게 수시로 경각심을 주고 있었다. 귀염둥이, 천천히 뛰어라, 넘어지면 어쩌려고! 속적삼을 입고 손에 종이부채를 든 중년 아저씨가 란 씨네가 오는 것을 보더니 잰걸음으로 달려와 얼굴에 웃음을 띠면서 말했다.

"란 회장님, 당신께서 직접 오셨습니까?"

란 씨 옆의 한 사람이 말했다.

"란 회장님, 이 사람은 루캉柳腔 극단의 캉 단장입니다."

그러자 란 씨는 높은 소리로 대꾸했다.

"예술가로구먼! 당신도 보는 바와 같이 난 당신과 악수를 할 수 없구먼, 실례하오!"

그러자 캉 단장이 말했다.

"란 회장님, 당신께서는 너무 사양하십니다. 당신이 지지해야만 우리 극단은 밥을 먹을 수 있단 말입니다."

그러자 란 씨가 말했다.

"서로 도와주는 격이지. 당신들 연극 단원들에게 말을 해서 힘을 내라고 하시오. 나를 대신해 육신과 우통신에게 감사를 드리란 말이오. 나, 란 씨는 무식해서 신 앞에서 총을 마구 쏘아댔고 신령을 노하게 했단 말이오. 그러니 업보를 받았지."

"란 회장님, 걱정하지 마십시오. 우리는 최선을 다해 연기를 할 것입니다."

공구 주머니를 멘 전기공 몇 명이 사다리에 올라가서 무대의 전등을 설치하고 있었다. 그들이 재빠르게 오르고 내리고 하는 모습을 보면서 나는 몇 년 전 우리 마을의 그 전기공 형제를 생각했는데, 세월이 지남에 따라 상황이 변하고 사물도 변하였으니, 나 뤄샤오퉁은 이미 사회의 제일 밑바닥에 떨어지게 되었으니 어쩌면 더 이상 솟아오르지 못할 것이다. 내가 할 수 있는 일이라면 이 낡은 사찰에 앉아 신종 간질병일지도 모르는 병이 발병한 뒤의 피곤한 몸을 겨우 지탱하면서, 오래된 먼지처럼 지나간 옛이야기를 조각품같이 앉은 큰스님에게 들려주는 것일 뿐이었다.

붉은색 페인트가 칠해진 높다란 관이 란 씨네 거실에 놓여 있었습니다. 그 호화로운 유골함은 유족과 함께 모두 안으로 들어갔습니다. 이 과정을 목격하는 저는 어쩐지 쓸데없는 짓이라고 생각했습니다. 나중에 란 씨가 땅에 엎드려 손으로 관을 두드리면서 소리를 내며 통곡할 때에야 저는 비로소 깨달았습니다. 오직 손으로 관을 두드려야만 그처럼 사람들의 마음을 울려주는 소리를 낼 수 있고, 오직 이처럼 커다란 관이야말로 지체 높은 란 씨가 그 앞에 꿇고 앉아 있어도 제법 어울리는 일이 될 수 있는 것이며, 그리고 오직 이와 같은 붉은 관이라야만 영안실의 장엄하고 엄숙한 분위기를 받쳐줄 수 있는 것이었습니다. 제 추측이 옳은지 알 수는 없었지만 나중에 발생한 일들 때문에 저는 이런 작은 일의 원인까지 알아야 할 흥미를 잃어버렸습니다.

저는 삼베옷을 걸치고 관의 맨 앞쪽에 앉아 있었고 탠꽈는 삼베옷을 걸친 채 관의 맨 뒤에 앉아 있었습니다. 우리 둘 사이에는 종이돈을 태우는 기와로 된 가마가 놓여 있었습니다. 저와 탠꽈는 동전 도안이 찍힌 누런 종이들을 관 위에 놓인 콩기름 등잔불에 붙여서 기와 가마 속에 넣고 태웠습니다. 종이는 가마솥 속에서 하얀 재가 되었으며 연기와 함께 위로 위로 올라갔습니다. 음력 칠월의 날씨는 사실 온도가 높은데다가 저는 널찍한 상복을 입고 있었고, 허리에다 끈을 동이고 있었으며 앞에는 또 불가마가 놓여 있었기 때문에 잠깐 사이에 제 온몸에서 땀이 흘렀습니다. 저는 탠꽈를 보았는데 그 애도 온 얼굴에 땀투성이였습니다. 우리 앞에는 각각 한 뭉치의 종이돈이 놓여 있었으며 제가 한 장을 태우면 그 애도 이내 한 장을 태웠습니다. 그 애는 얼굴을 찡그리고 있었고 자못 진지한 표정이었지만 고통스런 표정은 볼 수 없었습니다. 그 애의 얼굴에는 눈물 흔적이라곤 없었습니다. 혹시 눈물이 이미 다 메말라버렸는지도 모르지요. 저는 언젠가 사람들이 하는 말을 들었는데 탠꽈는 죽은 이 여인의 친딸이 아니라고 했으며 인신매매를 하는 자들에게서 사왔다고 했습니다. 또 어떤 사람 말로는 란 씨와 다른 마을의 규수가 낳은 딸이며, 그 딸을 안고 와서 란 부인이 키웠다고 했습니다. 저는 관 뒤에 있는 커다란 액자 속의 여인의 얼굴과 그 애의 얼굴을 비교해보았지만 그들 둘의 닮은 점을 찾을 수 없었습니다. 저는 또 그 애의 얼굴과 란 씨의 얼굴도 비교해보았지만 비슷한 곳이 얼마 되는 것 같지 않았습니다. 그렇다면 그 애는 정말 인신매매단의 손에서 사온 애란 말인가요?

어머니는 찬물에 담근 수건을 갖고 다가와서 제 얼굴을 닦아주더니 낮은 소리로 당부했습니다.

"너무 많이 태우지 마. 불만 꺼지지 않으면 된단다."

어머니는 제 얼굴을 닦아주고 나서 또 수건을 접어 쥐고 탠꽈 앞으로 가서 그 애의 얼굴도 닦아주었습니다.

탠꽈는 머리를 들어 어머니를 바라보면서 커다란 눈을 굴리고 있을 뿐 고맙다는 말은 하지 않았습니다.

여동생은 우리가 종이를 태우는 일이 재미있어 보였는지 살금살금 다가와서 제 곁에 꿇고 앉아서 자기도 누런 종이 한 장을 가마 속에다 던지면서 조용히 말했습니다.

"오빠, 우리 이 속에서 고기를 구워 먹어도 돼?"

"안 돼."

제가 말했습니다.

이미 우리 사람이 된 두 명의 촬영 기자가 마당으로 들어섰습니다. 한 사람은 카메라를 메고, 다른 한 사람은 채광등을 메고서 영안실 촬영을 시작했습니다. 어머니는 허리를 굽히고 달려와서 여동생을 끌어당겼지만 그 애는 떠나려 하지 않았고, 어머니는 두 팔을 내밀어서 그 애의 겨드랑이에 넣고 바투 껴안더니 반강제로 끌어당기면서 데려갔습니다.

카메라 렌즈를 마주한 저는 입을 꼭 다물고 스스로 엄숙해졌죠. 저는 종이 한 장을 가마 속에 던졌고 탠쫘도 종이 한 장을 가마 속에 던졌습니다. 저는 카메라를 멘 기자가 허리를 굽히는 것을 보았는데 그는 카메라 렌즈를 불 가까이에 닿게 했습니다. 그리고 그는 렌즈를 돌려서 저를 향했고 다시 렌즈를 돌려서 탠쫘의 얼굴을 향했고 또 렌즈를 돌려서 제 손을 찍었고 또 렌즈를 돌려서 탠쫘의 손도 찍었습니다. 그러고는 다시 렌즈를 돌려서 관을 향했고 카메라를 들고서는 액자에 있는 죽은 여인의 얼굴을 향했습니다. 저는 죽은 란 아주머니의 액자 속에서, 그 거대한 창백한 얼굴과 비애에 잠긴 눈과 비록 입가에 약간의 미소가 어려 있다고 하지만 여전히 그 여인의 얼굴에 도사리고 있는, 비애를 감출 수 없는 그런 얼굴을 보았습니다. 제가 그 여인을 주시하고 있을 때 그 여인도 저를 주시하고 있었습니다. 그 여인의 눈길에는 아주 많은 것들이 담겨 있었기에 저에게 위엄을 느끼게 했죠. 저는 그 여인과 마주 볼 용기가 없어서 이내 눈길을 옮겨 문 어귀까지 물러선 기자를 보았으며 또 눈을 내리깔고 있는 댄꽈를 보았습니다. 저는 그 애를 볼수록 그 애가 기괴해 보였으며, 보면 볼수록 그 애가 사람 같아 보이지 않았으며, 보면 볼수록 그 애는 어떤 요정이 변한 사람 같았고, 진정한 댄꽈는 이미 그 애의 어머니(친어머니이든 아니든 상관없다)를 따라서 죽었다는 생각이 들었습니다. 그리고 저는 마치 그들의 마당에 서남 방향으로 통하는 누런 황톳길이 뻗어 있고, 그 길에 네 필의 말이 끌고 있는 꽃차가 달리고 있으며 그 차 위에 란 아주머니와 댄꽈가 서 있고 그들은 모두 하얀 소매 넓은 옷을 입고 있는데 바람에 펄럭이고 있는 것이 마치 나비 같다고 느껴졌습니다.

점심때 황빠오의 젊은 첩이 저와 댄꽈를 부엌으로 불러내더니 우리들에게 커다란 고기완자 한 접시와 휘퇴이둥과火腿冬瓜* 국물 한 그릇과 만두 한 광주리를 주었습니다. 쟈오쟈오 동생도 저희들과 함께 점심을 먹었습니다. 날씨가 무덥고 또 반나절 동안이나 연기에 그을린 탓인지 저는 약간 메스꺼웠고 식욕이 없었습니다. 그러나 여동생과 댄꽈는 식욕이 아주 좋았습니다. 그 애들은 고기완지 하나를 먹고는 휘퇴이둥과 국 한 모금을 마셨고, 다시 만두 하나를 입 안에다 밀어 넣었죠. 두 여자 애는 둘 다 서로를 쳐다보지도 않았으며 시합이라도 하듯 입 안에다 밀어 넣고 있었죠. 우리가 밥을 먹고 있는 사이

---

*휘퇴이둥과(火腿冬瓜): 소금에 절여 말린 돼지고기와 둥과를 썰어 넣고 만든 국.

에 란 씨가 들어왔습니다. 그는 머리도 씻지 않았고 수염도 깎지 않았으며 옷도 단정하지 않고 울상이 되어 있었으며 눈에는 피가 맺혀 있었습니다. 황빠오의 젊은 첩이 마중을 나가더니 눈물이 글썽해서 그를 바라보았으며 관심 어린 어조로 말했습니다.

"란 회장님, 저는 당신이 정말로 가슴이 아프다는 것을 알고 있습니다. 하룻밤 부부 인연이면 백 일 은혜를 갚는다고, 당신들은 하물며 몇 년간 부부였으니 오죽하겠습니까? 아주머니는 또한 그렇게도 현숙한 부인이었으니 당신뿐만 아니라 우리들도 눈물을 금할 수 없습니다. 하지만 일은 이렇게 되었고, 아주머니는 손을 털고 저승으로 가버렸으니 회장님은 이제 집을 돌보아야 할 것이고, 공사에도 큰 사업이 있는데 당신이 없으면 우리 마을은 핵심이 없어진답니다. 그러니 란 회장님! 제 착한 오라버니시여! 당신을 위해서가 아니라 우리이 마을 사람들을 위해서라도 식사를 드셔야 합니다."

란 씨는 눈이 벌겋게 되어서 대답을 했습니다.

"감사하오. 하지만 난 먹을 수가 없소. 자네가 우리 애들을 잘 돌보오. 나는 또 다른 일을 보러 가야 하오."

란 씨는 내 머리를 만지고, 쟈오쟈오의 머리를 만지고 탠꽈의 머리를 만지면서 눈에 눈물을 머금고는 몸을 돌려 나갔습니다. 황빠오의 젊은 첩은 눈으로 그의 뒷모습을 쫓으면서 감개무량하게 말했습니다.

"정말로 정도 있고 의리도 지키는 좋은 사내란 말이야."

밥을 다 먹고 나서 우리는 다시 관 앞으로 가서 영구를 지키고 종이를 태웠습니다.

마당에는 사람들이 분주히 드나들었습니다. 독일산인 그 늑대 개는 란 씨 부인이 죽은 뒤로는 벙어리가 되었습니다. 그것들은 땅에 엎드려서 머리를 앞으로 뻗친 앞다리 위에 올려놓고 눈물이 글썽해서 마당에 있는 사람들을 보고 있었는데 눈길이 우울하고 우호적이었습니다. 개들은 사람의 마음과 통한다는 말이 진정 맞는 말이었습니다. 한 무리의 사람들이 종이 사람과 종이 말들을 메고 들어와서는 이리저리 놓을 자리를 찾고 있었죠. 맨 앞에 선 그 종이접기 공인은 정신이 영민한 작은 늙은이였는데, 눈알을 굴리는 모양이 아주 민첩한 인물이었습니다. 그의 머리에는 머리카락이 없어 마치 전구 같았으며 아래턱에는 몇 개의 수염이 있었는데 쥐새끼와 흡사했습니다. 어머니는 그를 손짓으로 불러 그들이 들고 있던 종이들을 서쪽 곁방 앞에다 줄을 세워놓게 했습니다. 네 마리의 종이 말들은 크기가 진짜 말과 비슷했습니다. 하얀 털에 검은 말 발굽이고 눈은 계란 껍질에다 색을 칠해서 만들었던 것입니다. 큰 말의 체구에다 망아지의 기색이라서 아주 귀여워 보였습니다. 카메라 렌즈는 그 말들을 향했고 또 군중들을 향했으며 다시 종이 인형으로 향했습니다. 종이로 만든 사람은 둘이었는데 동남동녀童男童女였습니다. 소년의 이름은 라이푸來福였고, 소녀의 이름은 아빠오阿寶였습니다. 그들의 이름은 그들의 앞가슴에 적혀 있었습니다. 듣자하니 이 쥐 요정처럼 생긴 종이접기 공인은 자기 이름자도 모른답니다. 하지만 그는 해마다 설날이면 시장에서 대련對聯* 난전을 벌여 장사를 한답니다. 그의 문장은 스스로 적는 것이 아니라 다른 사람들이 쓴 것을 보고 그저 그려낸 것이랍니다. 그는 사실 천재적인 미술가이며 조형 예술가였던 것입니다. 그의 이야기는 아주 많지만 큰스님께 모두 말씀드릴 수는 없습니다. 또 한

*대련(對聯): 종이나 대나무 위에 문장을 걸어 장식함.

그루의 금전수가 있었는데 가지는 모두 종이로 감아서 만들었고, 나뭇잎은 모두 구멍 뚫린 동전 모양이었으며 햇빛 아래에서 반짝거리면서 사람들의 눈을 부시게 했지요.

어머니가 먼저 찾아온 종이접기 공인들을 아직 보내지 않았는데, 다른 한 무리의 종이접기 공인들이 문에 들어섰습니다. 이것은 서양식 패거리였는데 맨 앞의 우두머리는 들리는 말에 의하면 어느 예술학원의 예술가로, 여자였고 짧게 생머리를 하고 있었으며 귀에는 번뜩거리는 귀걸이를 달았고 몸에는 짧은 적삼 하나를 입었는데 사실은 낡은 그물과 몇 개의 천 조각들을 모아서 만든 것이었습니다. 아래에는 청바지를 배꼽이 다 드러나게 입었고, 바짓가랑이는 낡아 보였는데 마치 두 개의 빗자루 같았고, 무릎에는 두 개의 구멍이 뚫려 있었습니다. 이런 여인이 이런 직업을 가지다니요? 그의 부하들이 아우디 A6 한 대와 커다란 텔레비전 한 대와 그리고 또 스피커 등을 들고 들어왔습니다. 이런 것들은 신기하지 않았습니다. 더욱 신기한 것은 종이로 만든 사람이었습니다. 그것도 역시 일남일녀一男一女였는데 남자 애는 양복 차림으로 입술에 립스틱을 바르고 화장도 하였으며, 여자는 하얀 치마를 입고 있었는데 앞가슴이 절반은 내려와 있었습니다. 마치 혼례식장의 신랑 신부 같았지 장례식 모양 같지는 않았습니다. 촬영기자들은 서양식 종이접기 공인들에 대한 흥미가 그 구식 종이접기 공인들에 대한 관심보다 훨씬 높았으니, 그들을 따라다니면서 촬영하였고 무릎을 꿇고서 클로즈업을 하며 사진을 찍었습니다. 신문기자의 흥미는 인물을 촬영하는 것이었는데 그는 나중에 인물 촬영의 저명한 사진가가 되었습니다. 그 종이 물건들은 마당에 꽉 들어찼는데, 이때 랴오치가 허리에 심벌즈를 찬 북 치는 우두머리와 몸에다 가사를 입고 손에다 염주를 쥔 스님을 인솔해서, 그 종이 틈새로 비집고 들어와 어머니 앞까지 다가왔죠. 어머니는 손으로 땀을 닦으면서 동쪽 방을 향해 크게 소리 질렀습니다.

"뤄 동지! 나와서 저를 좀 도와주세요."

오후의 뜨거운 햇살 아래에서 저는 관 앞에 앉아 기계적으로 종이를 태우면서 마당에서 벌어지고 있는 떠들썩한 장면을 구경하기도 하고 또 간혹 맞은쪽의 탠쫘를 보기도 했죠. 그 애는 피곤해서 수시로 하품을 했어요. 여동생은 어디로 갔는지 보이지 않았습니다. 황빠오의 젊은 첩은 성격이 활달해서 짙은 고기 향기를 풍기면서 작은 돌개바람처럼 오가고 있었습니다. 란 씨는 어떤 방 안에서 큰 소리로 말하고 있었는데 어떤 사람들이 그의 말을 듣고 있는지 알 수 없었습니다. 들락날락하는 사람들이 너무 많아서 다 기억할 수 없었죠. 그날 란 씨네 집에는 어떤 큰 지역을 지휘하는 기관의 행사같이 참모, 간사, 행정요원, 지방 정부 관원, 사회에 이름 있는 사람들과 개명신사들 등등 여러 부류의 사람들이 다 모였습니다. 저는 아버지가 허리를 굽히고 침울한 표정으로 동쪽 방에서 나오는 것을 보았습니다. 어머니는 윗옷을 벗어버리고 하얀 와이셔츠를 입고 있었는데 와이셔츠 아래 깃을 치마허리에다 동여매고 얼굴이 붉어져 있는 모습이 마치 알을 금방 낳은 암탉 같았으며 퍽 세련되고 얼럴해 보였습니다. 그녀는 구식과 서양식 종이접기 공인들의 우두머리들을 둘러보았고, 그리고 나무처럼 서 있는 아버지를 가리키면서 말했습니다.

"당신들은 저 사람을 따라가서 결산하시오."

아버지도 아무 소리 없이 몸을 돌려 다시 동쪽 방으로 들어갔죠. 그 두 종이접기 공인 혹은 예술가들은 서로 경멸하는 눈길로 마주 보고 서 있더니 아버지의 뒤를 따라서 들어갔습니다. 어머니는 랴오치, 악사, 스님들과 큰 소리로 말했죠. 어머니의 말소리는 높고 날카로웠으며 제 귀에서 감돌고 있었죠. 저는 졸렸습니다.

제가 잠깐 졸았던 모양인지, 다시 마당에 시선을 보냈을 때 그 종이로 만든 물건들은 이미 한데 겹쳐져서 적지 않은 공간을 만들어내고 있었습니다. 비워낸 공간에는 두 개의 테이블과 열 몇 개의 접기 의자가 놓여 있었죠. 좀전까지도 뜨겁던 태양은 이미 검은 구름에 가려 있었습니다. 칠월의 날씨는 여인의 얼굴과 마찬가지로, 변해버린 것이죠. 황빠오의 젊은 첩은 마당을 한 바퀴 돌고 들어와서 말했죠.

"이런 날씨에 절대로 비가 내리지 말아야 하는데."

"엄마가 시집가거나 하늘에서 비가 내리는 일은 누구도 막을 수 없단 말이오."

몸에다 하얀 위생복을 입고 파마 머리를 하고 입에다 검은 립스틱을 바르고 온 얼굴에 여드름이 나 있는 어떤 여인이 문앞에 나타나서 그녀의 말을 되받으면서 물었습니다.

"란 회장님은 어디에 있는 거요?"

황빠오의 젊은 첩은 아주 빠른 눈길로 들어서는 여인을 가늠해보면서 경멸조로 말했습니다.

"판챠오샤, 당신 왔어요? 여기 와서 뭘 하게요?"

"너는 올 수 있고, 나는 올 수 없단 말이니?"

판챠오샤도 마찬가지로 경멸조로 말했습니다.

"란 회장님이 전화를 해서 어서 와서 수염을 깎으라고 했단 말이야."

"그렇다고 당신이 명령을 받은 것처럼 말하지 마. 판챠오샤, 란 회장님은 이런 큰일을 당하고 이틀 동안 쌀을 한 알도 먹지 않았고, 물을 한 모금도 마시지 않았는데 언제 수염을 깎을 겨를이 있단 말이야?"

황빠오의 젊은 첩은 화가 나서 말했습니다.

"그래? 란 회장님이 직접 전화를 걸어왔는데 내가 그의 목소리도 분간하지 못하는 얼간이인 줄 알아?"

판챠오샤는 냉랭하게 말했습니다.

"당신, 열이 나는 거 아냐? 사람이 열이 나면 머릿속에 귀신도 보이고 신선도 보이면서 환각이 생긴대!"

황빠오의 젊은 첩이 조소하면서 말했습니다.

"홍, 넌 한쪽에 비켜서서 정신이나 차려! 죽은 사람의 시체도 식지 않았는데 넌 여기서 안사람 역할을 하고 있어?"

판챠오샤는 침을 뱉으면서 말했습니다.

판챠오샤가 이발 공구를 들고 막 들어서려는데 황빠오의 젊은 첩이 두 팔을 벌려 문을 잡고 두 다리는 쩍 벌린 채로 서서 몸을 큰 대자 모양으로 만들었습니다.

"비켜라!"

판챠오샤가 말했습니다.

황빠오의 젊은 첩은 머리를 수그리고 뾰족한 아래턱으로 자기의 바지 사이를 가리키면서 말했습니다.

"넓은 도로가 있으니 기어 들어와!"

"너, 이 더러운 년!"

판챠오샤는 이렇게 욕하더니 발길로 젊은 첩의 바지 사이를 걸어 찼습니다.

"네가 감히 나를 때려!"

황빠오의 젊은 첩은 이렇게 울부짖더니 몸을 움츠리고는 판챠오샤에게로 달려들었습니다.

황빠오의 젊은 첩은 판챠오샤의 머리를 틀어쥐었으며, 판챠오샤는 젊은 첩의 유방을 움켜잡았습니다.

두 여인은 한데 엉겨 붙어버렸죠. 황빠오는 그릇이 담긴 광주리를 들고 마당에 들어섰다가 처음에는 이빨을 드러내고 구경하더니 싸우고 있는 두 여인 가운데 자기 첩이 있는 것을 발견하고는 천둥 같은 소리를 지르면서 광주리를 던져버렸습니다. 광주리에 담겨 있던 그릇들이 쟁그랑 소리를 냈습니다. 그리고 그는 달려들어 손발을 날렸습니다. 하지만 몇 번은 목표가 어긋나서 발길로 자기 여자의 엉덩이를 차기도 하고 주먹으로 자기 여자의 어깨를 치기도 했습니다.

판챠오샤의 친척이 지켜보다가 불공평하다면서 달려들어 황빠오를 밀어붙였습니다. 이 사람은 기차역에서 무거운 짐들을 메고 나르던 사람이라서 체구가 철탑처럼 웅장하고 어깨의 힘이 오백 근은 되었으니 그는 황빠오를 밀어붙여 들고 들어오던 그릇 광주리 옆까지 밀어서 꿇어앉게 만들어버렸죠. 그는 마음의 평형을 얻지 못하고 광주리 속의 그릇들을 집어 들고 던졌는데 그 도자기 그릇들은 공중에서 날다가 어떤 것들은 담장에 가서 부딪히고 어떤 것은 사람들이 있는 곳으로 날아갔으며 또 어떤 것들은 조각조각 박살이 났고 어떤 것들은 땅에서 빙그르르 돌기도 했죠. 정말 재미있는 장면이었습니다. 란씨가 문 입구에 나타나 큰 소리를 질렀죠.

"모두들 그만 하오!"

그의 위풍은 과연 범상치 않았습니다. 마치 맹호가 삼림에 들어온 듯 새들도 모두 조용해졌습니다. 어쩌면 마치 호랑이가 굴속에서 나오자 모든 짐승들이 숨어버린 것 같기도 했습니다. 그는 아무렇게나 화가 나는 대로 눈을 붉히면서 쉰 목소리로 말했습니다.

"당신들은 나를 도우러 온 거요? 아니면 이 틈에 납치하러 온 거요? 당신들은 나, 란 회장이 이렇게 무너졌다고 생각하는 거요?"

말을 다 하고 나서 란 씨는 도로 방 안으로 들어갔습니다. 싸우던 두 여인은 손을 놓았습니다. 비록 서로 아직도 원망 어린 눈길로 바라보고 있었지만 다시 한데 엉켜서 싸우려는 의도는 없었죠. 그들은 모두 지쳤고 또 모두 상처를 입었습니다. 판챠오샤는 머리카락이 한 줌 뽑혔고 피부도 조금 긁힌 것 같았으며, 황빠오의 젊은 첩은 겉옷의 단추가 떨어졌는데 그 바람에 낡은 깃발이 앞가슴에서 펄럭이는 것 같았고, 절반쯤 드러난 앞가슴에는 붉은 손자국까지 나 있었습니다.

어머니가 걸어와서 두 여인을 보고 냉랭하게 말했습니다.

"그만들 두오."

두 여인은 모두 투덜거리면서 눈물을 주룩주룩 흘리며 사라졌습니다.

마당에는 일곱 명의 스님과 악단 일곱 명이 그들의 우두머리의 인솔하에 마치 어떤 시합에 참가하는 단원들처럼 영안실로 들어서고 있었습니다. 스님들은 서쪽에 있는 테이블을 둘러싸고 앉았으며 그들이 들고 있던 목탁, 철, 경, 서, 동, 방울 등을 테이블 위에 올려놓았습니다. 악단 대열은 동쪽 테이블에 둘러앉았으며 나팔과 심벌즈와 열여덟 개의 구멍이 뚫린 피리를 테이블에 올려놓았습니다. 제일 앞에 선 스님만이 노란 가사를 입었고 다른 스님들은 모두 회색의 큰 옷을 입고 있었습니다. 악기 대열은 저마다 낡은 옷차림이었으며 그중의 세 사람은 뱃가죽을 다 드러내고 있었습니다. 란 씨네 거실에 있는 키가 큰 나무 시계가 세 번 크게 소리를 내자 어머니가 랴오치를 보고 말했습니다.

"시작합시다."

랴오치는 두 테이블 가운데 서서, 오케스트라의 지휘자와 같이 두 팔을 벌리고, 오른쪽 스님들과 왼쪽의 악단 대열을 향해 명령했습니다.

"스승님들, 시작합시다!"

말을 다 마치고 나서 그의 두 팔은 갑자기 아래로 내리 찔렀는데 그 동작은 아주 소탈하고 무척 씩씩해 보였습니다. 이처럼 멋있는 일을 이 자식이 하다니, 이런 일은 당연히 내게 시켜야 하는데, 나는 고작 관 앞에 앉아서 상주로 분장하고 있다니. 정말 쓸모없는 존재로군.

랴오치의 팔이 내려오는 동시에 마당에서는 두 가지 소리가 울려 퍼졌습니다. 이쪽에서는 목탁 소리, 철, 경, 쇠 소리와 동, 방울 소리와 경 읽는 소리가 울려 퍼지고 저쪽에서는 심벌즈 소리와 나팔 소리와 피리 소리가 슬픈 곡조를 연주하였는데 분위기는 순식간에 처량해졌으며, 천지는 어두워졌고, 어두운 방 안에서는 오직 기름 등잔불에서 녹색 빛을 뿜고 있었는데 그 빛만이 수박만 한 크기의 흐릿한 광명을 만들어주고 있을 뿐이었습니다. 저는 이 광명 가운데 어떤 여인의 얼굴이 있는 것을 분명히 보았는데 자세히 보니까 란 씨 부인의 얼굴이었습니다. 그 여인의 얼굴색은 창백했고 일곱 개의 구멍이란 구멍에서 모두 피가 흐르고 있는 모습이 아주 무서웠습니다. 저는 낮게 소리 질렀습니다.

"톈꽈! 저길 봐."

톈꽈는 아직도 담장 밑에서 병아리처럼 졸고 있었습니다. 저는 잔등이 시렸고 머리칼이 쭈뼛하게 섰으며 오줌이 마려웠기에 그것을 빌미로 관을 떠나기 좋은 이유가 생겼습니다. 만약 제가 영전에서 바지에다 오줌을 눈다면, 그것은 영전을 떠나는 행위나 마찬가지로 죽은 자에 대한 모독이겠지요? 저는 종이 몇 장을 집어서 가마 속에다 던지고 급히 일어나 문을 나서서는 마당에서 긴 호흡을 하면서 공기를 마셨죠. 그런 뒤 개 우리 옆에 있는 변소로 달려 들어가서 몸을 떨며 오줌을 누었습니다. 저는 바람이 오동나무 잎을 마구 흔드는 것을 보았지만 바람 소리와 나뭇잎이 마찰되는 소리는 듣지 못했습니다. 모든 소리는 악기 소리와 스님들이 만들어낸 소리에 잠겨버렸던 것이죠. 저는 기자들과 촬영기사들이 악단 대열과 스님들을 에워싸고 앞을 다투어 촬영하는 것을 보았습니다. 랴오치가 고함을 질렀습니다.

"여러분, 힘을 내세요. 어르신께서 상금을 준답니다!"

랴오치는 얼굴에 기름이 돌았으며 소인이 득도한 역겨운 모습을 하고 있었습니다. 예전에 제 아버지를 꼬드겨 란 씨를 뒤엎으려고 하던 자식이 지금은 란 씨의 졸개가 된 것이었습니다. 하지만 저는 이 자식은 믿을 수 없다는 것을 알고 있었으며 그의 뒤쪽 정수리에는 하얀색의 반골이 있으니 란 씨는 당연히 저런 놈에 대한 경각심을 높여야 했죠. 저는 다시 관 앞에 가서 죄를 받고 싶지 않았습니다. 저는 어디에서 튀어나왔는지 알 수 없는 여동생과 함께 마당을 뛰어다니면서 이것저것 구경을 했습니다. 여동생은 종이 말 인형의 두 눈을 도려내 손에 거머쥐고는 마치 보배를 얻은 것처럼 기뻐했습니다.

스님들과 악기 대열들의 합작 연주는 마치 예정된 반주처럼 끝을 맺었습니다. 달빛 아래 하얀색으로 새로 옷을 바꿔 입은 황빠오의 첩이 무대에서 지게를 지고 걷는 배우처럼 잔걸음질을 하면서 두 테이블에다 차 주전자와 차 그릇들을 올려놓고는 이를 악물고 그들에게 찻물을 따라주었습니다. 그들은 물을 약간 마시고 담배를 몇 모금 빨고 나더니 다시 연주를 계속했죠. 먼저 스님들께서 노래하듯 경을 읽기 시작했는데 그 소리는 높고 우렁찼으며 다정하고 습한 느낌이 여름날 밤에 늪에서 울고 있는 개구리를 상상하게 했죠. 그 명랑한 독경 소리와 동반한 것은 맑고 듣기 좋은 목탁 소리였죠. 함께 경 읽기를 한참 하고 나서 어린 스님들은 입을 다물었고, 가사를 입은 그 큰 스님만이 계속해서 드높은 소리로 경을 읽었습니다. 스님의 기는 충분했으며 목소리도 높고 낮음이 안성맞춤이었으며 정말 비범하였습니다. 모든 사람들이 입을 다물고, 숨을 죽이고, 늙은 스님의 가슴에서 울려 나오는 범어를 듣고 있었으며, 모두 정신이 하늘 끝까지 날아올랐고 황홀해서 얼이 빠져 있었습니다. 늙은 스님은 한참 경을 읽고서는 테이블 위에서 구리 방울을 집어 들고 여러 가지 방식으로 울리기 시작했습니다. 스님은 두드릴수록 속도가 더더욱 빨랐는데 혹은 두 팔을 크게 벌렸다가 합했으며 혹은 두 손의 동작이 아주 작은 포물선을 그리면서 움직였습니다. 스님의 두 팔과 손동작의 변화에 따라서 두 개의 구리 방울은 드높은 소리를 내거나 매우 낮은 소리를 내고 있었습니다. 고조에 이르러서는 늙은 스님이 쥐고 있던 구리 방울 하나가 공중으로 돌아 올라갔는데 마치 신비한 보배 같았습니다. 늙은 스님은 높은 소리로 법명을 부르면서 몸을 돌려 손에 쥐고 있던 그 구리 방울을 잔등에 댔는데, 공중에 있던 구리 방울은 때마침 그의 손에 쥔 방울에 떨어지면서 여음이 묘하게 떨리는 이상한 소리를 냈습니다. 모든 사람들이 함께 박수를 보냈습니다. 모든 사람들의 박수 속에서 늙은 스님은 또다시 손에 쥔 구리 방울 두 개를 동시에 공중으로 올려보냈으며 두 방울은 공중에서 서로 쫓고 있었는데 마치 꼭 붙어 다니는 쌍둥이 형제 같아 보였으며 그것들은 다시 공중에서 서로 부딪치면서 공중 음향을 만들었습니다. 내려올 때 그것들은 앞뒤에 하나씩 내렸는데 스님이 그것들을 받은 것이 아니라 그것들 자신이 늙은 스님의 손 안으로 돌아온 것 같았습니다. 큰스님, 이 늙은 스님은 도가 아주 깊었으며 그의 표현은 그날 관중들에게 깊은 인상을 남겼습니다.

스님들의 표현이 한 단락 끝을 맺자 앉아서 차를 마시면서 쉬었죠. 모든 사람들의 눈길이 일시에 악기 쪽으로 옮겨 갔으며 그들의 표현을 기대하고 있었습니다. 스님들은 이미 재능을 과시했으니 악사들이 만약 재능을 과시하지 않는다면 우리가 용서하지 않을 뿐 아니라 그들 자신들의 면목도 없어졌겠죠.

자리에 앉아 있던 악단은 모두 일제히 자리에서 일어섰습니다. 그들은 먼저 합주를 했는데 첫 곡은 「동생아, 용감히 앞으로 나아가라」였고, 두번째 곡은 「낭군님은 언제 올까」였으며, 세번째 곡은 「방목」이라는 곡이었죠. 세 곡을 다 연주하고 나서 제자들은 모두 악기를 내리고 스승을 보았습니다. 늙은 악기 스승은 겉옷을 벗어버리고 웃통을 다 드러냈는데 뼈가 앙상한 것이 너무 말라서 보기가 가련했어요. 그리고 그는 눈을 감고 머리를 쳐들고 아주 처량한 곡을 연주했는데 후두가 아래위로 움직였죠. 저는 그 곡의 이름은 모르지만 듣고 있자니 가슴에서 저절로 슬픔이 느껴졌습니다. 한참 불더니 플루트가 그의 입에서 그의 콧구멍으로 옮겨졌죠. 플루트 소리는 좀 갑갑한 것 같았지만 여전히 힘이 있고 박자가 맞으며 상상 이상으로 처량하게 들렸죠. 여전히 눈을 감고서 그가 손을 내밀자 그의 한 제자가 다른 플루트를 넘겨주었습니다. 그는 그 플루트도 다른 콧구멍 속에다 넣고서 두 개의 플루트를 함께 연주했는데, 그 비참한 소리는 다른 무엇에 비교할 수 없었습니다. 그의 얼굴은 벌겋게 되었으며 태양혈의 혈관이 위로 불룩하게 솟아 있었습니다. 모든 사람들은 너무 놀라서 박수를 치는 것조차 잊고 있었습니다. 그러기에 랴오치는 아주 이름 있는 플루트 대왕이라고 불러야겠구나, 그렇게 말했죠. 과연 헛된 이름을 날린 것이 아니었습니다. 한 곡을 다 불고 나서 늙은 악사는 플루트를 콧구멍에서 빼내더니 양 쪽에 있는 제자들에게 건네주고 그 자신은 그대로 앉았습니다. 제자들은 급히 그에게 차를 따르고 담배를 건네주었습니다. 그는 담배 한 모금을 깊숙이 들이마셨는데 먼저 짙은 연기가 두 마리 용의 수염처럼 뿜어져 나왔고 이어서 굵은 지네처럼 코피 두 줄이 흘러내렸습니다. 랴오치가 고함을 질렀습니다.

"주인께서 상금이 있답니다!"

검역원 한 씨가 동쪽 방에서 달려나와 봉투를 각 테이블에 하나씩 놓아주었습니다. 스님들과 악사들이 각자 재주를 표현했는데 누가 이기고 누가 졌는지 분간할 수 없었죠.

큰스님, 당신은 이런 일들에 흥미가 없지요? 그럼, 이런 것들은 생략하고 사건들에 대해서만 빠른 속도로 말하겠습니다.

랴오치는 동쪽 방에서 제 아버지와 한 씨 그리고 도우러 온 몇몇 사내들에게 자신의 공로를 자랑하고 있었습니다. 그는 이 두 대열을 청하기 위해 오백 리 길을 걸었으며 발바닥마저 다 닳았다고 말하면서 발을 들어 보였습니다. 한 씨는 입이 간사한지라 그에게 한 마디 찔렀습니다.

"랴오치 동지! 들리는 말에 의하면 당신은 원래 란 씨의 적수라고 하던데, 지금은 어떻게 란 씨의 앞잡이가 된 거요?"

아버지는 입을 삐쭉하고 말은 하지 않았지만 마음속의 말들은 얼굴에 씌어 있었습니다.

"앞잡이라고 말한다면 우리 모두가 다 앞잡이란 말이오. 나는 그래도 괜찮은 셈이오. 팔아도 나 혼자만을 팔았단 말이오. 하지만 어떤 사람들은 자기의 마누라와 아들마저 다 팔고 있단 말이오."

랴오치는 아무렇지도 않은 듯이 말했습니다. 아버지는 얼굴이 보라색이 되었고 이를 악물고 말했습니다.

"너, 지금 누구를 말하고 있는 거니?"

"난, 나 자신을 말하고 있는 거요? 그런데 뤄 동지, 자네가 놀랄 건 뭔가? 뤄 동지, 듣자하니 당신은 이제 곧 결혼한다며?"

랴오치는 교활하게 말했습니다. 아버지는 테이블 위에 있던 먹통을 집어 들고 랴오치의 몸에다 내던지는 바람에 그 사람도 갑자기 일어났습니다.

그는 온 얼굴에 노기가 차더니 이내 간사한 웃음을 띠면서 이상한 어조로 말했습니다.

"여보게, 그렇게 화를 내다니, 낡은 것이 가지 않는다면 어떻게 새 것이 오겠나? 당신은 당당한 공장장인데 어디 가서 처녀인들 데려오지 못하겠나? 이 일은 나에게 맡기게. 난 관가의 관원은 못 되지만 이런 일은 내 특기란 말일세. 한 씨야! 아예 네 여동생을 뤄통에게 시집보내버려라."

"씨발, 랴오치!"

제가 말했습니다.

"뭐 주임, 아니, 당연히 란 주임이라고 불러야지. 너는 우리 마을의 태자가 되었단다."

랴오치가 이렇게 말했습니다. 아버지가 앞으로 덮치려고 하는데 한 씨가 이미 달려들었습니다. 그는 랴오치의 팔을 잡고 뒤로 콱 밀었는데, 그 바람에 몸은 중심을 잃은 채 한 바퀴 빙 돌았고 머리도 아래로 향했습니다. 한 씨는 그를 밀고 앞으로 몇 걸음 나아갔습니다. 문의 입구로 가서 무릎으로 그의 엉덩이를 떠밀면서 상체도 동시에 힘을 써서 랴오치를 포탄처럼 문밖으로 떠밀어버렸으니 그는 땅에 엎드려 있다가 한참 후에야 기어서 일어났습니다.

오후 다섯시, 성대한 입관식이 시작될 시간이었습니다. 어머니는 제 목덜미를 잡아서 저를 관 앞의 상주 위치에다 꿇어앉게 했습니다. 관 뒤에 있는 정방형 테이블 위에는 두 개의 하얀색으로 된 큼직한 무 같은 서양식 양초를 켜두었는데 촛불은 움직이면서 코를 찌르는 양놈 비린내를 풍기고 있었습니다. 서양 촛불이 비치는 아래쪽의 기름 등잔 불빛은, 마치 개똥벌레의 엉덩이에 붙은 불처럼 미약해 보였습니다. 사실 란 씨네 거실에는 스물여덟 개나 등이 달린 아치형의 펜던트가 있었으며 주변에는 또한 스물네 개의 백열등이 있었기 때문에 그것을 몽땅 켠다면 바닥에서 기어 다니는 개미의 움직임조차 확실히 보일 터였지만, 저는 그런 등불은 신비한 분위기를 조성하지 못한다는 것을 알았으며 그렇기에 촛불을 켜놓았던 것입니다. 흔들리는 촛불 아래에서 제 맞은쪽에 앉은 탠콰의 모습은 더더욱 이상해서 사람 같지 않았습니다. 저는 그 애를 보지 않으려고 하면 할수록 더더욱 보게 되었으며, 보면 볼수록 그 애가 사람 같아 보이지 않았습니다. 저는 그 애의 얼굴이 수면 위의 파도처럼 자꾸 변하는 것을 보았는데, 오관의 위치도 변하고 있었습니다. 그 애는 새 같기도 하고, 또는 고양이 같기도 하면서 늑대 같기도 했습니다. 그리고 그 애의 눈길은 줄곧 저를 주시하면서 한 순간도 떠나지 않고 있었습니다. 더욱 두려운 것은 그 애의 엉덩이는 의자에 걸쳐 있지 않았고, 그 애의 두 다리는 힘 있게 책상다리를 틀고 있었으며, 몸은 앞으로 향하고 있는 것이었는데, 그 자세는 바로 맹수들이 힘을 모았다가 공격하는 자세였으니, 그것은 바로 번개보다 더 빠른 속도로 몸을 날려 종이를 태우고 있는 기와 가마솥을 넘어서 제게로 달려들어, 두 손으로 제 목을 비틀어 잡고 입으로 제 얼굴을 사각사각 물어뜯을 거라는 점이었습니다. 마치 무를 먹는 것처럼 제 대가릴 몽땅 먹어버릴 것입니다. 그리고 울부짖으면서 본성을 드러내고 빗자루와 같은 꼬리를 끌면서 뛰어나가서 순식간에 어디론가 사라질 것입니다. 저는 진정한 댄쾨는 이미 죽었다는 것을 압니다. 그리고 어떤 요정이 댄쾨의 모습으로 변해 이곳에 앉아서 기회를 노리고 있는 것입니다. 저, 뤄샤오퉁은 일반적인 아이들과는 달라서 고기를 잘 먹는 아이이기 때문에 제 고기는 일반 아이들보다 더 맛있을 겁니다. 저는 언젠가 동냥 스님이 윤회에 대해 하시는 말씀을 들은 적이 있습니다. 고기를 먹는 아이는 언젠가는 고기를 먹기 좋아하는 다른 물질에게 먹힐 것이다, 그렇게 말씀하셨죠. 큰스님, 그 스님도 도가 높은 분이셨습니다. 우리 이곳에는 도가 높은 스님들이 적지 않습니다. 그 동냥 스님만 보더라도 그는 엄동설한에 잔등을 드러내고 눈 속에서 가부좌를 틀고 앉아, 먹지도 않고 마시지도 않고 삼 일 동안 앉아 있을 수 있답니다. 마음 착한 많은 아주머니들이 얼어 죽을까 봐 솜이불을 갖고 가서 그 동냥 스님에게 씌워주려고 했는데, 그의 얼굴에서는 붉은 빛이 나고 머리에서는 열기가 나는 게 마치 작은 난로 같았답니다. 그러니 이불이 필요할 리 없었지요! 물론 어떤 사람이 하는 말이 이 스님은 화롱단을 먹었기 때문이지 결코 도가 높은 것이 아니라고 했습니다. 화롱단을 누가 본 사람이 있나요? 전설에나 나오는 물건인걸요. 하지만 눈 속에 앉아 있는 스님을 저는 정말 본 적이 있습니다.

금방 이가 빠진 칭티엔러 할아버지는 얼굴에 아마 팔십여 줄의 주름이 있을 것입니다. 그는 제사 의식의 사회자를 맡았으며 왼쪽 어깨로부터 오른쪽 허리까지 하얗고 넓은 천을 걸고 머리에는 하얀 모자를 쓰고 있었는데, 얼굴 가운데 쪽에 너무도 많은 주름이 있어서 마치 수탉의 벼슬 같았습니다. 그는 줄곧 나타나지 않다가 그제야 나타난 것입니다. 대체 여태 어디 있었단 말인가요? 그의 몸에서는 술 냄새와 절인 생선 냄새와 습한 흙냄새가 풍기고 있었으니 저는 그가 란 씨네 지하에서 자반에다 술을 마시고 있었다고 추측했습니다. 술을 너무 마셔서 이미 취해 있었으며, 눈빛도 흐릿하였고 눈가에는 하얀 눈곱이 끼여 있었습니다. 그의 조수인 썬캉은, 바로 우리집 돈을 빌렸던 그 자식인데, 그의 몸에서도 칭티엔러 같은 냄새를 풍기고 있었으니 그들은 같은 곳에서 튀어나왔다는 것을 증명해주었습니다. 그는 검은색 옷을 입고 있었으며 팔에는 두 개의 하얀 토시를 끼고 있었고 왼손에는 도끼를 오른손에는 수탉 한 마리를 들고 있었습니다. 흰 닭인데 검은 벼슬이 돋아나 있었습니다. 그들과 함께 들어선 사람이 한 명 더 있었습니다. 이 사람은 중요한 사람이기에 말하지 않을 수 없습니다. 그가 바로 란 씨 부인의 동생 쑤저우였던 것입니다. 이치대로 말하자면 제일 가까운 사람이니 일찍 나타나야 했지만 그는 그제야 나타난 것입니다. 만약 일찍부터 음모가 있었다면 진작 나타났겠지만, 외지에서 금방 돌아온 것이었습니다.

아버지와 랴오치, 한 씨 등등 건장한 사내들 몇 명도 거실로 들어섰습니다. 문밖에는 다리 낮은 걸상이 두 개 놓여 있었으며 한 무리 아저씨들이 나무 막대기를 짚고 처마 아래에서 기다리고 있었습니다.

"관을 들어내시오."

칭티엔러 할아버지의 곡조가 있는 소리와 함께 란 씨는 방 안에서 뛰어나와 관에 엎드리더니 손으로 관의 덮개를 치며 울면서 소리를 질렀습니다.

"여보, 흑흑, 당신, 어쩌면 이렇게 모질게 갈 수가 있소…… 나와 탠꽈를 버리고 이렇게 가다니, 흑흑."

관 덮개는 퉁퉁 소리를 냈고 란 씨는 눈물을 비가 쏟아지듯 흘렸는데 아주 슬픈 표정이었기에, 그를 둘러싸고 난무하던 낭설들을 일순간 흩어지게 만들어버렸습니다.

마당에서는 악사들이 슬픈 곡조를 연주했고 스님들은 천도제를 올리는 경을 읊으면서 각자 있는 힘을 다했습니다. 방 안팎에서도 호흡을 맞추어가며 비통한 분위기가 절정에 달하게 했습니다. 저는 잠시 동안 맞은쪽의 요정을 잊고 코가 시큰했는데, 제 눈에서도 눈물이 줄줄 흘러내렸습니다.

이때 하늘도 도와주었는데, 천둥이 지나가고 나서 동전만 한 크기의 빗방울이 뚝뚝 떨어졌습니다. 빗방울은 스님들의 머리에 떨어졌고, 악사들의 양 볼에도 떨어졌지만, 그들은 그 충격을 억지로 견디고 있었습니다. 그리고 잠시 후 빗방울은 작아졌지만 집중적으로 내렸습니다. 스님들과 악사들은 자기들 직업에 열중했는데 그 빗속에서도 고집스레 천도제를 계속하고 있었습니다. 스님들의 머리에서는 수많은 물보라가 튕겼는데 차라리 시원해 보였습니다. 악사들의 새납과 나팔들은 빛이 번쩍거렸으며 악기 소리는 더욱 처량하게 들렸습니다. 제일 비참한 것은 그 종이 물건들이었습니다. 밀집해 내리던 빗속에서 그것들은 먼저 툭툭 하는 소리를 내더니 이어서 힘없이 부서졌으며, 앞에 구멍이 생겼고 뒤에도 구멍이 생기더니 수숫대로 만든 바짝 마른 물건이 드러났습니다.

칭티엔러가 눈짓을 하자 랴오치가 앞으로 나가서 슬퍼하고 있는 란 씨를 한쪽으로 끌어당겼습니다.

어머니가 다가와서 저를 관 앞으로 끌고 갔습니다. 황빠오의 젊은 첩은 탠꽈를 관 뒤로 끌고 갔습니다. 우리 둘은 관을 사이에 두고 서로 바라보았습니다. 이때 요술을 부리듯 칭티엔러 할아버지의 손에는 구리로 만든 징이 들려져 있었는데, 낡은 징 소리가 들리자 밖에서 울리던 악기 소리와 경을 읽던 소리는 이내 멈추었고 오직 비가 지면을 치는 소리와 처마에 부딪치는 소리만 들릴 뿐이었습니다. 썬캉은 조심스럽게 관 앞으로 다가와서 손에 쥐고 있던 다리가 묶인 수탉을 관의 덮개 위에다 올려놓고서 도끼를 높이 쳐들었습니다.

징 소리가 나면서 닭의 모가지가 툭 떨어졌습니다.

"관을 들어라!"

칭티엔러 할아버지의 명령이 떨어지면 당연히 나타나야 할 장면이 있었지요. 주위에서 기다리고 있던 아저씨들이 한데 모여서 관을 들고 마당으로 나와서 걸상 위에 올려놓고, 끈을 맨 다음 굵은 나무 막대기에 걸고서 대문으로 나가, 거리를 지나고 들판을 지난 다음 묘지에다 안장을 한 뒤, 묘지 문을 닫고 무덤을 쌓고 비석을 세워주면 만사형통인 것입니다. 하지만 일은 그 순간 다른 방향으로 전개됐습니다.

모든 아저씨들이 앞으로 나가기 전에 란 씨의 처남인 쑤저우가 달려들어 관에 엎드리더니 울면서 소리를 질렀습니다.

　"누님, 나의 친누님이여! 당신은 너무 억울하게 죽었습니다. 당신은 비참하게 죽었습니다. 당신은 불분명하게 죽었습니다."

　그는 이렇게 울면서 관 덮개를 두드렸기에 손에는 온통 닭 피가 가득 묻었습니다. 그 장면은 어색하고 공포에 가까워서 모든 사람들이 서로 바라보기만 할 뿐 어찌할 바를 모르고 있었습니다.

　잠깐 멍하니 있다가 칭티엔러 할아버지가 앞으로 다가가서 그의 옷깃을 끌어당기면서 말했습니다.

　"쑤저우! 됐어, 됐어, 그만 해, 그리고 자네 누님이 어서 흙 속에 파묻히게 해야 한다."

　"흙 속에 들어가면 편안해요?"

　쑤저우는 울음을 뚝 그치더니 갑자기 몸을 일으켜 관 위에 올라앉아서는 여러 사람들을 바라보더니 파란 불꽃을 내뿜으며 마치 선서라도 하듯 말했습니다.

　"안 됩니다. 흙 속에서 편안해질까요? 당신들은 증거 인멸을 하려는 거죠? 절대로 안 됩니다!"

　란 씨는 머리를 수그리고 오랫동안 아무 소리도 하지 못했습니다. 쑤저우가 그렇게까지 말하자 다른 사람들은 더 할 말이 없었습니다. 란 씨조차 아무 기운도 없이 말했습니다.

　"쑤저우, 말해봐, 어떻게 할 생각인데?"

　"어떻게?"

　쑤저우는 기세 사납게 말했습니다.

　"자기 마누라를 모살했으니 천지가 당신을 용서치 않을 거요!"

란 씨는 머리를 흔들면서 고통스럽게 말했습니다.

"쑤저우, 넌 애가 아니야. 애들이라면 아무 말이든 마구 떠들 수 있겠지만 넌 말을 함부로 해서는 안 된다. 너는 자신이 한 말에 대해 법률적 책임을 져야 해."

"법률적 책임? 하하하, 법률적 책임. 자기 마누라를 모살한 죄는 법률적 책임을 안 져도 되나요?"

쑤저우는 미친 듯이 웃으면서 이렇게 말했습니다.

"너, 무슨 증거가 있는 거니?"

란 씨는 아주 평온하게 말했습니다. 쑤저우는 피가 묻은 손으로 몸 아래에 있는 관을 두드리면서 말했습니다.

"이것이 바로 증거입니다!"

"좀 확실하게 말해봐."

란 씨가 말했습니다.

"만약 당신이 마음에 거리끼는 일이 없다면 왜 급히 서둘러 화장을 했으며, 그리고 왜 제가 오기도 전에 관 뚜껑을 덮어버렸단 말이오?"

"난 사람들을 보내서 너를 찾았지만 그들이 하는 말이 네가 둥베이로 물건을 납품하러 갔다고들 했고, 또 하이난따오海南島*로 유람을 떠났다고 했단다. 지금은 밀가루 막대기에도 다 싹이 돋을 정도로 날씨가 더워. 그래도 우리는 너를 이틀 동안이나 기다렸단다."

"당신은 화장을 하면 죄의 증거가 없어지는 줄 알았나요. 나폴레옹도 죽은 지 몇백 년이 지났지만 후세인들은 그의 뼛속에서 죄상을 밝혀냈어. 반금련이가 오대랑을 태워버렸지만 무송은 뼛속에서 그

* 하이난따오(海南島): 중국 최남단의 휴양지로서 중국의 하와이로 불리는 섬.

증거를 얻었어. 그러니 당신도 나를 속여서 얼렁뚱땅 넘어가려고 하지 말란 말이야."

"정말로 하늘이 웃을 일이구나! 나, 란 씨가 아내와 더 이상 살 수 없다면 완전히 정당한 수속을 거쳐 이혼을 할 수 있었을 거요. 하필이면 그런 수단을 쓴단 말입니까? 여러분들은 다들 눈이 밝은 분들입니다. 당신들이 말해보십시오. 나, 이 란 씨가 그런 바보짓을 할 사람입니까?"

란 씨가 눈물을 흘리면서 말했습니다.

"그럼 우리 누님은 어떻게 죽었단 말이오?"

쑤저우는 아주 위엄 있게 물었습니다.

"쑤저우! 넌 내가 꼭 입을 열기를 바라는 거니? 너는 내게 결국 우리 집안의 추한 몰골을 바깥세상에다 드러내도록 만들려는 거니? 네 누님은 어리석었지, 자기 스스로 목을 매고 자살했단다."

란 씨는 땅에 꿇어 앉아서 머리를 감싸 쥐고 말했습니다.

"누님이 왜 자살한 거예요? 말해봐요. 왜 자살했는지."

쑤저우는 울면서 소리를 질렀습니다.

"여보, 당신은 정말 어리석단 말이오."

란 씨는 울면서 주먹으로 자기 머리를 두드렸습니다.

"란 씨야, 너, 짐승보다 못한 놈아, 너는 애인꾀 더불이 나의 누님을 살해했어. 그러고는 자살로 위장했지. 오늘, 난 누님을 대신해서 복수를 하겠다."

쑤저우는 이를 악물고 소리를 질렀습니다. 쑤저우는 그 예리한 도끼를 쳐들고 관 위에서 뛰어내리더니 란 씨를 향해 덮쳤습니다. 어머니는 놀라 소리를 질렀습니다.

"막아라."

여러 사람들이 달려들어 팔을 쥘 사람은 팔을 잡고 허리를 안을 사람은 허리를 안았지만, 쑤저우가 쥐고 있던 도끼는 란 씨를 향해 날아갔습니다. 도끼는 공중에서 날면서 하얀 빛을 뿜었고 붉은색 꼬리를 끌면서 란 씨의 머리를 향해 날아갔습니다. 어머니는 급히 란 씨를 끌어당겼습니다. 도끼는 땅에 떨어졌습니다. 어머니는 발로 도끼를 한쪽에 차버리고 놀란 목소리로 말했습니다.

"쑤저우, 너, 너무도 야만적이구나. 대낮에 도끼로 사람을 죽이려 들다니."

"하하, 량위전! 너, 이 음탕한 년아, 바로 네가 란 씨와 합작해서 내 누님을 살해했구나!"

쑤저우는 미친 듯이 웃으면서 말했습니다. 어머니의 얼굴은 붉어지다가 순간 창백해졌으며 입술을 떨면서 떨리는 손가락으로 쑤저우를 가리키면서 말했습니다.

"너…… 넌 없는 말을…… 하고 있는 거야……"

"뭐통, 너, 이 쓸모없는 놈아, 너, 이 오쟁이를 진 사내야, 너, 이 늙은 거북아!"

쑤저우는 아버지를 손가락질하면서 큰 소리로 욕했습니다.

"네가 그래도 남자란 말이니? 네 마누라와 저 인간이 섹스를 하는 바람에 너는 공장장 자리를 얻었고 네 아들은 주임 자리를 얻었단다. 너, 그런 물건 주제에 이 세상에 살아 있을 면목이 있단 말이니? 만약 내가 너라면 끈으로 목을 매서 자살한 지 오래됐겠구나. 그런데도 불구하고 너는 아직도 잘 살고 있다니……"

"씨발! 쑤저우야."

저는 달려들어서 쑤저우의 배를 주먹으로 마구 때렸습니다. 아저씨 몇이 저를 뒤로 끌어냈습니다. 랴오치가 앞으로 나서면서 쑤저우에게 말했습니다.

"여보게, 사람을 때려도 얼굴은 때리지 않고 사람을 욕해도 그의 약점을 말하지 않는다고 했네. 자네가 그의 아들과 딸 앞에서 이런 일들을 다 털어놓는다면 뭐 동지가 어디에다 몸을 감추겠나?"

"씨발, 랴오치야!"

저는 마구 욕을 해댔습니다. 여동생도 사람들 틈에서 빠져나와 욕을 했습니다.

"씨발, 랴오치야!"

"이 애들 좀 봐. 얼마나 용감한가. 말끝마다 씨발, 그렇게 말하는데 너희들은 무슨 뜻인지 알기나 하니?"

랴오치가 웃으면서 말했습니다.

"모두들 적당히 하고 덕이나 쌓게나."

칭티엔러 할아버지가 말했습니다.

"나는 제관이니 내가 결정하겠소. 관을 드시오!"

하지만 누구도 그의 명령에 응하는 사람이 없었습니다. 모두들 눈길을 아버지에게로 향했으며 마치 뭔가 기다리고 있는 것 같았습니다.

아버지는 벽 구석에 서서 잔등을 벽에 대고 얼굴을 들더니 친징을 바라보는 것 같았습니다. 쑤저우의 욕설과 랴오치의 풍자는 전부 제 아버지에게 아무런 영향도 주지 않은 것 같았습니다.

밖에서는 비가 화살처럼 퍼부었으며 물소리가 나고 있었지만 스님들과 악사들은 나무 인형처럼 까딱도 하지 않고 있었습니다. 노란 뱃가죽을 드러낸 제비 한 마리가 비스듬히 날아서 거실로 들어오더니 여기저기에 마구 부딪쳤으며 그 바람에 제비 날개가 움직일 때마다 촛불이 마구 흔들거렸습니다.

아버지는 긴 한숨을 내쉬고는 벽을 떠나서 천천히 앞으로 걸어 나갔습니다. 한 발, 두 발, 세 발, 네 발…… 여러 사람들은 모두 멍하니 제 아버지를 바라보기만 했습니다. 다섯 발, 여섯 발, 일곱 발, 여덟 발, 아버지는 그 도끼 앞에서 멈추었으며 머리를 수그리고 허리를 굽히더니 오른손 식지와 엄지로 도끼 자루를 집고 도끼날을 들여다보았습니다. 잠시 후 그는 옷섶으로 도끼 자루에 묻은 닭 피를 깨끗이 닦았습니다. 아버지는 마치 공구를 아끼는 목공처럼 아주 꼼꼼하게 닦았습니다. 한참 뒤에 아버지는 왼손으로 도끼를 꽉 붙들어 잡았습니다. 제 아버지는 마을에서 소문 난 왼손잡이입니다. 그래서 저도 왼손잡이이고, 여동생도 왼손잡이이며, 왼손잡이는 똑똑하답니다. 우리가 어머니 옆에서 밥을 먹을 때면 우리 손에 쥔 젓가락이 어머니 손에 쥔 젓가락과 싸우곤 했습니다. 아버지가 랴오치를 향해 걸어가자, 랴오치는 몸을 피해 쑤저우 뒤로 숨었습니다. 아버지가 쑤저우를 향해 걸어가자 쑤저우 역시 관 뒤로 얼른 숨었습니다. 랴오치는 당황해 관 뒤로 가서 숨으면서 여전히 쑤저우를 자기 방패로 삼았습니다. 사실 제 아버지는 원래 그들과 싸움을 해 이겨보려는 것이 아니었습니다. 제 아버지는 란 씨를 향해 걸어갔습니다. 일어선 란 씨의 표정은 처음에는 평온하더니 머리를 끄떡이면서 말했습니다.

"뭐통, 난 예전에 너를 너무 고상하게만 보았어. 사실 너는 야생 노새에게도 맞지 않고 량위전에게도 어울리지 않는단 말이다."

아버지는 도끼를 높이 쳐들었습니다.

"아버지!"

제가 크게 소리를 치면서 앞으로 달려 나갔습니다.

"아빠!"

여동생이 크게 소리를 치면서 앞으로 달려 나갔습니다. 신문사 기자들의 카메라가 들려졌습니다. 촬영기자의 렌즈가 아버지와 란 씨를 향했습니다.

그런데 아버지의 도끼는 공중에서 굽이돌아서는 어머니의 머리를 내리찍었습니다.

어머니는 아무런 소리도 내뱉지 못했으며 나무처럼 서 있더니 앞으로 순간적으로 넘어지면서 아버지의 가슴에 쓰러졌습니다.

제 40 포

第四十炮

　손이 빠른 두 전기공은 사찰의 벽에다 못 하나를 박고 전선 하나를 늘여놓더니 커다란 전등 하나를 걸어놓았다. 하얗게 눈이 부신 전등 불빛이 어두운 사찰 안을, 간질병을 앓는 사람처럼 창백하게 비추었다. 나는 고통스럽게 눈을 찡그렸으며 사지에 경련이 일어나는 것 같았고 귀와 눈에서는 두 마리 매미가 울고 있는 것 같았다. 나는 병이 또 발작할까 봐 걱정되었다. 큰스님을 동원해서 신선상 뒤에 있는 작은 방으로 들어가 눈을 찌르는 빛을 피하고 싶었지만, 큰스님의 기색은 조용했으며 보아하니 퍽이나 편안해 보였다. 나는 갑자기 옆에 정교한 검정색 선글라스가 있는 것을 발견했다. 아까 의대생 여학생이—나는 그녀가 란 씨의 딸인지 아닌지 확실하게 모르겠다. 세상에는 동성동명인 사람이 많지 않은가—나를 구해주었을 때 이곳에다 놓고 간 것 같았다. 그녀는 나를 구해주었으니 나는 그녀에게 갚아야 할 은혜가 있으며, 도리대로라면 내가 이 선글라스를 그녀에게 돌려줘야 하지만 여자는 이미 어디로 사라지고 보이지 않았다. 나는 검정색 선글라스를 눈에다 걸고, 강렬한 광선을 가렸다. 비록 나는, 나 같은 인간이 잠시 걸쳤던 선글라스를 그녀 같은 아가씨들이 다시는 사용하지 않을 것이라는 걸 알지만, 행여 그녀가 이곳에 나타난다면 나는 곧장 선글라스를 돌려줄 것이고 혹시 그녀가 나타나지 않는다면 잠시 빌렸다고 생각하고 이렇게 쓰고 있겠다. 내 눈앞의 모든 사물은 색상이 변했다. 아주 연한 베이지 색상이 되어버렸으며, 그 느낌이 무척이나 편안했다. 란 씨가 우물쭈물하면서 문턱을 넘어서서 사찰로 들어서더니 상처를 입지 않은 손길을 가슴 앞에 들어올렸고, 아무렇게나 인사를 하고 다시 깊은 경례를 했는데, 가만히 듣고 있자니 퍽 정직하지 못한 어조로 말했다.

말 신선 할아버지, 이놈이 무식해서 죄를 지었습니다. 그러니 연극단을 불러 당신에게 들려주렵니다. 신선님께서 저를 보호하시고 재벌이 되게 해주십시오. 제가 재벌이 되면 헌금을 많이 해 사찰을 재건하고 금으로 신선을 도금해드리겠습니다. 그리고 당신께 아가씨 몇 명을 공급해드릴 것이니, 당신은 수시로 쾌락을 즐길 수 있으며, 야밤삼경에 다른 집 담장을 뛰어넘지 않아도 될 겁니다.

그의 뒤에서 따르던 사람들이 축문을 듣다가 입을 틀어막고 웃었다. 판챠오샤가 입을 비쭉거리면서 말했다.

당신은 그게 신선에게 비는 거예요? 분명히 신선을 노엽게 하고 있는 거예요.

그러자 란 씨가 말했다.

당신이 뭘 아오? 신선은 나를 이해한단 말이오. 말 신선님, 제 이 마누라를 좀 보세요? 만약 당신이 원한다면 저는 이 여자도 당신에게 바쳐서 당신을 시중들게 하겠습니다!

판챠오샤가 란 씨를 걷어차면서 말했다.

당신은, 개 주둥이에서 상아는 절대 나오지 못한다더니! 마통 신선님, 어서 나타나서 말발굽으로 이 작자를 걷어차 죽여버리세요.

그들의 딸이 마당에서 소리를 질렀다.

아빠! 엄마! 솜사탕 먹을 거야!

란 씨는 마통 신선의 목을 두드리면서 말했다.

마통 신선 할아버지! 혹시 보아둔 여자가 있으시다면 꿈에 와서 저에게 알려주세요. 그러면 이놈이 틀림없이 구해드리겠습니다. 현대 여성들은 그저 당신처럼 그렇게 큰 물건만 좋아한답니다. 안녕히 계십시오.

여러 사람들의 호위하에 란 씨는 사찰을 나섰다. 나는 솜사탕을 쥔 어린애들이 사람들 틈으로 빠져 다니는 것을 보았다. 옥수수를 구워서 파는 장사꾼이 부채로 난로 속의 석탄불을 저으면서 소리를 길게 내질렀다.

구운 옥수수요! 한 자루에 일 위안이오! 달지 않고 향기롭지 않다면 우리는 돈을 받지 않습니다!

연극 무대 앞에는 이미 사람들이 가득 앉아 있었다. 무대에서는 징과 북이 서로 부딪히면서 창창 소리를 내고 있었으며 악사들도 소리를 조정하고 있었다. 하늘로 치솟은 듯한 헤어스타일에다 붉은 앞치마를 두르고 얼굴을 빨갛게 칠해놓은 어릿광대 남자 애는 폭이 좁은 소매에다 통이 널찍한 겉옷을 입었고, 넓은 바지를 입은 채 머리를 얹은 계집종, 머리에다 밀짚모자를 쓰고 발에다 짚신을 신었으며 아래턱에 하얀 수염이 붙어 있는 노인, 파란 얼굴의 남자 어릿광대, 태양혈에다 고약을 바른 아버지와 여자 어릿광대가 떠들썩하게 사찰 안으로 들어왔다. 그 계집종이 울분을 토하고 있었다.

이런, 이런! 의자 하나도 없는 이런 곳이 배우 휴게실이란 말이에요?

그러자 하얀 수염의 늙은이가 대꾸했다.

너도 제발 좀 참아라.

그러자 계집종이 계속 떠들었다.

안 돼요. 우리를 하나같이 사람 취급을 하지 않는단 말입니다. 전 연극 단장을 찾아가서 이르겠어요.

그때 단장이 발소리와 함께 도착했으며 냉랭하게 물었다.

무슨 일이오?

그러자 계집종이 큰 소리로 대꾸했다.

단장님! 우리는 뭐 이름 있는 배우가 아니니까 아주 특별한 격식을 차리지는 않겠습니다. 그렇다고 우리가 사람이 아닙니까? 뜨거운 물이 없으면 우리는 찬물을 마시면 되고, 밥과 반찬이 없다면 빵을 먹으면 될 것이고, 화장실이 없다면 차에서 화장해도 된다고요. 그런데 최소한 우리가 앉을 의자는 주어야 하는 것 아닙니까? 노새나 말들은 서서 잠을 잘 수 있지만 저희들은 노새나 말이 아니란 말입니다.

그러자 단장이 말했다.

동지, 참아요. 나는 꿈속에서라도 자네들이 장안 극장이나 파리 가무단에 진출해 공연하기를 희망하지. 그런 곳에서는 뭐든지 다 공연할 수 있지. 하지만 우리가 그럴 조건이 되냐고? 듣기 싫은 말로 비유한다면 우리는 고급스런 거지란 말이야. 심지어 거지들보다 못해. 거지들은 내버렸으니까 그대로 그냥 버리면 되지만 우리는 다들 체면을 지키자니 그렇게까지는 못한단 말이야.

그러자 여자 어릿광대가 말했다.

우리는 아예 어디 가서 거지처럼 밥을 빌어먹읍시다. 그렇게 되면 수입도 지금보다 훨씬 더 좋을 겁니다. 얼마나 많은 거지들이 집을 지었는데요?

단장이 목소리를 낮추어서 말했다.

말은 그렇게 하지만 진정으로 가서 밥을 빌어먹으라고 하면 자네들은 그런 행동을 하지 않을 거요. 동지들, 란 씨에게서 돈 오백 위안을 받아 내기 위해 나는 씨발, 그의 엉덩이까지 닦아줄 지경이란 말이오. 나도 당당한 연극학교 졸업에다 잘났든 못났든 지식인이란 말이오. 이십세기, 칠십년대에 내가 각색한 극본이 성의 연극대회에서 이등 상을 받은 적도 있단 말이오. 당신들은 내가 란 씨네 그 말 같은 놈들 앞에서 허리를 굽히는 것을 보았소? 난, 내 주둥이에서 그런 징그러운 말이 튀어나왔다는 걸 내 스스로 생각해도 수치를 느끼오. 그래서 혼자 있을 때면 내 뺨을 내가 후려친다오. 그리고 여러분들이 이 밥통을 버리기 아쉬워하고, 이런 가난한 예술에 미련이 있어 한다면 치욕을 참기 바라오. 뜨거운 물이 없거든 찬물을 마시고, 밥과 찬이 없으면 빵이라도 먹을 수 있으니 족한 것이고, 지금 그저 모두들 인내심을 지닌 채 서서 생활하십시다. 서 있으면 얼마나 좋소? 멀리 내다볼 수 있단 말이오.

전설에 나오던 나타* 동물처럼 분장한 남자 애가 나와 큰스님 사이를 지나서 몸을 날려 마통 신선의 잔등에 올라타고는 맑은 목소리

---

* 나타(哪吒) : 고대 신화 속에 나오는 동물. 도교에 나오는 중국 신화적 존재.

로 말했다.

"동董 이모! 어서 올라오셔서 타세요. 여기가 아주 편해요."

계집종이 말했다.

"너, 이 양심도 없는 육아肉兒야!"

그러자 그 남자 애는 말의 잔등에서 엉덩이를 움직이면서 까불거렸다.

"전 육아가 아니에요. 전 육신肉神이란 말이에요. 저는 고기 신선이란 말이에요."

그때 오랜 세월 동안 비바람을 맞아 눅눅해진 마통 신선의 잔등이 아래로 쑥 꺼져 내려갔다. 남자 애는 겁을 먹고 급히 미끄러져 내리더니 놀라서 소리를 질렀다.

"말 잔등이 끊어졌어요!"

"말 잔등만 끊어진 것이 아니라 이 절간도 무너지게 생겼다. 오늘 저녁에 우리를 고기 속으로 만들지 말기를 바랄 뿐이야."

그 여자 배우가 말했다. 그러자 흰 수염의 늙은이가 말했다.

"걱정 마시오. 아가씨! 자넨 육신의 엄마이니까 육신이 보호해줄 거요!"

단장은 낡은 의자 하나를 들고 급히 들어오면서 말했다.

"육아야, 어서 무대로 올라갈 준비를 하렴!"

단장은 의자를 여배우 뒤에다 내려놓으면서 말했다.

"미안하오. 샤오퉁! 참아라."

육아는 엉덩이를 털고, 손에 묻은 흙을 비비더니 사찰을 뛰어나갔다. 그는 나무 토막으로 만들어진 층계를 뛰어서 무대에 올라갔다. 징소리와 북소리가 멈추고, 호금胡琴과 피리 소리가 길게 늘어지는 곡을 연주하고 있었다. 육아는 높은 소리로 곡을 불렀다.

어머니를 구하기 위해 저는 밤낮을 가리지 않고 뛰어다녔습니다.

이렇게 소리를 지르고 나더니 그는 이미 무대 중앙까지 올라가 있었다. 나는 파란 천으로 아무렇게나 막아둔 무대 뒤쪽 천막의 큼직한 틈새로, 그 애가 무대에서 공중제비를 도는 장면을 아주 힘겹게 볼 수 있었다. 징과 북과 여러 가지 기구들이 두서없이 다급한 소리를 냈고, 무대 아래쪽의 관중들도 그 애의 연속되는 공중제비에 박수갈채를 보내고 있었다.

깊이 잠든 마을과 산들을 지나서 도시로 갔더니 신기한 의사인 양씨, 그 친구를 만났습니다. 그는 저에게 어머니의 처방전을 주었습니다. 그런데 이 처방전에 적힌 약들은 모두 이상한 것들이었습니다. 파도 있고 생강도 있었으며 또 우황도 들어 있었습니다. 약방으로 가서 두 손을 높이 들어 처방전을 바쳤습니다. 그 약제사는 저보고 두 개의 은화를 내놓으라고 했습니다. 그런데 우리집에는 돈이 한 푼도 없었습니다. 그렇지만 일편단심 효심밖에 없었던 저, 육아, 고기 아이는 걱정이 태산 같았습니다.

그리고 육아는 자기 심정을 연속되는 곤두박질로 표현했다. 나는 징과 북소리가 어우러져 그 육아와 하나가 된 것 같은 느낌이 들었다.

그 고기를 잘 먹는다던 뤄샤오통에 대한 이야기와 지금 큰스님 옆에 앉아 있는 나와 무슨 상관이 있단 말인가? 그것들은 다른 아이들의 이야기이고 내 이야기는 지금 무대에서 연출되고 있는 것이다. 육아는 어머니에게 약을 지어드리기 위해, 전문적으로 점포를 차려놓고 애들을 팔아먹는 아주머니를 찾아가 자기 스스로를 팔아달라고 요구한다. 인신매매 장사꾼 아주머니는 무대로 오르자마자, 유머가 있고 환락적인 분위기를 조성한다. 그 아주머니가 뱉어낸 말마다 무척 음률이 있었다.

인신매매꾼인 나는, 성이 왕이며, 말을 잘하는 이 주둥이 때문에 밥을 먹고 삽니다. 저는 닭을 오리라고 말할 수 있고, 노새 주둥이조차 말 엉덩이에다 붙여놓을 수 있지요. 저는 죽은 사람을 거리에서 마구 뛰어다니게 할 수도 있고, 살아 있는 사람도 염라대왕을 만나게 할 수 있으며……

인신매매꾼 아주머니가 한창 끊임없이 말을 하고 있을 때, 몸에다 아무것도 걸치지 않고 머리를 풀어헤친 여인이 무대 한쪽 기둥으로 비둘기처럼 몸을 날려 무대 중심으로 올라왔다. 무대 아래에서는 약간의 소동이 일었으며 흥분된 목소리가 하늘을 찔렀다.

좋구나!

나는 너무도 놀라 소리를 질렀다.

큰스님! 저는 나체의 미친 여인 얼굴을 보았는데, 그 여인은 예전의 영화배우 황베이윈이었던 것입니다.

그녀가 무대에 오르자 육아와 인신매매 장사꾼 아줌마는 한쪽으로 물러선다. 황베이윈은 옆에 아무도 없다는 걸 확인하고 무대에서 한바퀴 돌았으며, 그러고 나서 눈길이 무대 한쪽에 세워진 육신상에 흡인된다. 그녀는 나무 조각상 앞에 서서 손을 내밀어 시험이라도 하듯 육신의 가슴을 찔러보더니 왼쪽 오른쪽으로 몸을 움직이면서 육신의 뺨을 때렸다. 육신의 키가 컸기 때문에 그녀는 뛰어올라야 손이 육신의 양쪽 볼에 닿는다. 몇몇 아저씨들이 무대로 올라갔으며 아마 그녀를 붙잡아서 아래로 끌어내리려 하는 것 같았다. 하지만 그녀의 몸은 매끄러워서 여러 사람들의 틈에서 빠져나온다. 또다시 몇몇 사람들이 올라갔는데 그들의 얼굴에는 한결같이 불결한 웃음이 어려 있다. 그들은 팔을 서로 겹쳐서 사람으로 이루어진 벽을 쌓더니 그녀를 향해 접근해 간다. 그녀는 킥킥거리면서, 웃으면서 천천히 뒤로 물러선다. 그녀는 뒤로 계속 뒤로 물러선다.

너희들, 이 나쁜 놈들아. 그 여자에게 접근하지 말란 말이다.

나는, 마음 한구석에서 이렇게 울부짖는 내 마음의 소리를 들어야 했다. 하지만 비극은 피할 수 없이 발생하고 만다. 황베이원은 무대 아래로 반듯하게 넘어졌고 무대 아래에서는 소동이 일어났다. 잠시 후 어떤 여인의 비명 소리가 들려왔다. 의대생 탠쫘의 놀란 목소리였다.

죽었어요! 짐승보다 못한 나쁜 놈들! 왜 그 여자에게 접근을 해요!

큰스님……

나는 가슴이 찢어지는 것 같았고 눈물이 줄줄 흘러내렸다. 나는 어떤 차가운 손이 내 머리를 만지고 있는 것을 느꼈다. 눈물이 글썽한 가운데 나는 그것이 큰스님의 손이라는 것을 느꼈다. 그는 온 얼굴에 비애에 잠긴 표정을 하고 있었으며 더 이상 감추지 않고 매우 미약한 한숨을 내쉬었다. 그러면서 큰스님은 말했다.

"얘야, 네 이야기나 계속하렴. 내가 듣고 있단다."

어머니는 죽고 아버지는 체포되었습니다. 법률을 잘 아는 한 씨 아저씨가 하는 말이 아버지의 죄는 엄중해서 가볍게 판결해도 사형 집행유예이며, 어쩌면 총살될 수도 있다고 했습니다. 그렇게 되면 저와 여동생은 정말 고아가 되는 것이었습니다.

큰스님, 저는 아버지가 체포되던 날을 영원히 잊을 수 없습니다. 그날은 바로 십 년 전 오늘입니다. 전날 저녁에도 큰비가 내렸고, 오전 날씨도 오늘처럼 습했으며 햇살도 지금처럼 뜨거웠습니다. 아홉 시가 넘어서 시 공안 당국의 경찰차가 사이렌을 울리면서 마을로 들어섰고 많은 사람들이 구경을 왔습니다. 경찰차는 마을 사무실 앞에 멈추었으며 진鎭 파출소의 공안인 라오왕老王과 우진후武金虎가 아버지를 사무실에서 압송해 나왔습니다. 우진후는 파출소의 수갑을 아버지의 손목에서 풀어내고 시 당국의 공안이 그들의 수갑으로 아버지를 묶었습니다.

저와 여동생은 길 옆에 서서, 하룻밤 사이에 얼굴이 붓고 하얗게 된 아버지를 지켜보고 있었습니다. 제 마음속에는 이미 고통이란 물질이 사라졌음을 느꼈습니다. 하지만 눈물이 줄줄 흘러내렸습니다. 아버지는 저와 동생에게 머리를 끄덕이면서 다가오라고 표시했습니다. 저와 동생은 주저하면서 앞으로 다가가다가 몇 걸음 안 되는 곳에서 멈추었습니다. 아버지는 손을 들었는데 우리를 만지려는 듯하더니 결코 그렇게 하지는 않았습니다. 윤기 나는 수갑이 그의 손목에서 번뜩였으며 우리의 눈을 비추었습니다. 아버지는 낮은 소리로 말했습니다.

"샤오퉁! 쟈오쟈오! 아빠는 순간적으로 어리석어서…… 너희들, 무슨 곤란한 일이 생기면 란 씨를 찾아라. 그가 너희들을 돌봐줄 거다."

저는, 제 귀에 무슨 문제가 생기지 않았을까 의심하면서 머리를 들어 아버지가 두 손으로 가리키는 곳을 바라보았습니다. 란 씨는 길 옆에 서 있었는데, 손을 아래로 내려뜨리고 있었으며 눈은 멍했습니다. 대머리를 새롭게 깎긴 깎았는데, 머리 밑이 울퉁불퉁했습니다. 수염도 새로 깎긴 깎았으므로 단단한 아래턱이 돋보였습니다. 그 떨어진 귀는 특별히 추하고 또한 가련해 보였습니다.

경찰차는 멀리 떠나가고 길가에서 구경하던 사람들도 점점 흩어졌습니다. 란 씨는 비틀거리면서 나와 여동생 앞으로 다가와서 울상을 짓더니 이렇게 말했습니다.

"얘들아! 이제부터 너희들은 나와 같이 살자. 나, 란 씨가 먹을 것이 있으면 너희들도 먹을 것이 있을 것이고, 란 씨가 입을 옷이 있으면 너희들도 입을 옷이 있단다."

저는 고개를 흔들어서 복잡한 생각을 다 떨쳐버리고 정신의 힘을 모두 집중하기 위해 잠깐 멈칫하다가 말했습니다.

"란 씨 아저씨! 우리는 당신과 함께 살지 않을 겁니다. 너무도 많은 문제를 우리는 아직 이해하지 못하고 있습니다. 하지만 무엇보다 분명한 것은 우리가 당신과 함께 살 수 없다는 것입니다."

이렇게 말하고 나서 저는 동생의 손을 끌고서 집으로 돌아왔습니다.

우리는 황빠오의 젊은 첩이 검은 옷을 입고 발에는 하얀 가죽신을 신은 채, 머리에는 노란색 잠자리 모양의 핀을 꽂고, 손에는 밥과 반찬이 든 광주리를 든 채 벌써 대문 앞에서 우리를 기다리는 몰골을 목격했습니다. 그 여자의 눈길은 저희들을 똑바로 보지 못하고 있었는데요, 저는 그 여자가 란 씨의 심부름으로 찾아온 것임을 알았기 때문에 쫓아버리고 싶었습니다. 하지만 저는 그렇게 하지 않았습니다. 그녀가 광주리를 우리 앞의 땅에다 내려놓고, 자기 스스로 줄행랑을 놓았기 때문입니다. 고개도 돌리지 않고 엉덩이를 흔들면서 급히 달아나버렸죠. 저는 그 광주리를 발로 차버리고 싶었습니다. 하지만 광주리에서 풍기는 고기 냄새는 제 발을 들 수 없게 했죠. 어머니는 죽고, 아버지는 붙들려가고, 저희는 마음이 아팠습니다. 하지만 우리는 이미 이틀 동안이나 아무것도 먹지 못했으며, 기아는 우리들을 사정없이 몸부림치게 하고 있었습니다. 저는 먹지 않고 마시지 않아도 괜찮지만 동생은 그때 너무 어렸고 한 끼를 먹지 않으면 뇌의 세포가 몇만 개는 죽을 테고, 굶어서 여위는 것까지야 별문제이지만 굶어서 바보가 된다면 이 오빠가 아버지와 야생 노새 고모에게 너무도 죄송스런 일이었습니다. 저는 언젠가 보았던 드라마와 무성 영화가 생각났어요. 혁명하는 사람들이 반혁명 분자들의 행진용 가마솥을 납치하고 그 속에다 향기로운 고기를 삶고, 하얀 만두를 찌던 장면이 떠올랐으며, 연대장이 기분 좋게 한마디 지껄이던 말이 떠올랐습니다.

"동지들! 드시오!"

저도 광주리를 들고 집으로 들어갔습니다. 그러고는 밥과 반찬을 식탁 위에 올려놓고 연대장처럼 동생에게 말했습니다.

"쟈오쟈오, 어서 먹어! 안 먹어도 그저, 그냥 먹지 않을 뿐이고 먹어도 그저, 그냥 먹는 행위일 뿐이야!"

정신없이 먹었더니 잠시 후에 배가 불룩해졌습니다. 그리고 잠깐 쉬다가 우리 앞의 문제를 생각하기 시작했습니다. 모든 것이 전부 꿈결 같았습니다. 눈 깜짝할 사이에 운명은 엄청난 변화를 가져온 것입니다. 필경 누가 이 비극을 초래했는가? 아버지? 어머니? 란 씨? 쑤저우? 랴오치? 누가 우리의 적이고, 누가 우리의 친구인가? 저는 아주 묘한 생각이 들어서 잠시 주저했으며 제 지력은 전에 없던 시험을 당하고 있었습니다. 란 씨의 얼굴이 제 눈앞에서 움직였습니다. 그가 우리의 적이란 말인가? 그렇다. 바로 그다. 우리는 아버지의 당부를 받아들이지 않을 것이다. 아버지의 당부는 바보 같은 것이다. 우리가 어떻게 그 작자 집에 붙어산단 말인가? 저는 비록 나이는 어렸지만 '고기 씻는' 도축장을 운영했고, 고기 먹기 대회에도 참가해 그 당당한 사내들도 제 앞에서 머리를 수그렸으니, 저는 일찍부터 사내가 된 것입니다. 그러므로 그 때는 더더욱 당당한 사내였던 것입니다. 시어미가 죽으면 며느리가 시어미 노릇하고, 아비가 죽으면 아들이 왕 노릇을 한다, 그런 말도 있지요. 제 아버지가 아직은 죽지 않았지만 죽은 거나 다름없었으므로 제가 왕이 될 시기가 된 것이었습니다. 저는 복수를 할 것입니다. 저는 여동생을 데리고 란 씨를 찾아가서 복수를 할 것입니다. 저는 동생에게 말했습니다.

"쟈오쟈오, 란 씨는 우리의 적이란다. 우리는 가서 그를 죽여버려야 한다."

동생은 고개를 흔들면서 말했습니다.

"오빠! 나는 그 사람이 무척 착해 보이는데."

"쟈오쟈오, 너는 아직 어려서 경험이 없구나. 그러니 현상을 뚫고 본질을 볼 수 없단다. 란 씨는 양 가죽을 쓴 늑대야. 알겠니?"

저는 엄숙하게 말했습니다.

"알겠어. 오빠! 그럼 우리 가서 그를 죽여. 그런데 그를 먼저 도축장으로 데리고 가 물을 주입해야 하나?"

"군자가 복수하려면 십 년이 멀지 않다고 했단다. 십 년은 너무 길지만 지금 행하면 너무 빠르다. 우리는 십 년을 기다릴 필요는 없지만 지금 가는 것도 맞지 않다. 우리는 먼저 어디 가서 날카로운 칼 한 자루를 구해야 한다. 그리고 기회를 봐서 그를 죽여야 한단다. 우리는 아주 가련한 모습으로 가장을 해 그 작자가 우리를 정말로 가련한 아이들로 보게 만들어야 한단다. 그리하여 그가 경각심을 잃게 해야 해. 그래야만 우리는 그를 죽일 기회가 있어. 그는 힘이 세기에 억지로 맞상대를 해선 상대가 안 돼. 하물며 그의 옆에는 무예가 높은 황빠오가 있단 말이야."

"오빠, 난 오빠 말만 들을 거야."

동생이 말했습니다.

얼마 뒤 어느 날 오전 중에 우리는 칭티엔러 할아버지의 초청으로 사골을 먹으러 갔습니다. 사골은 칼슘 함량이 높아서 제 동생과 같이 한창 키가 자라는 아이들에게는 무척 좋은 음식입니다. 아주, 아주 큰 가마솥에 뼈가 가득했습니다. 저는 말, 소, 양, 당나귀, 개, 돼지, 낙타, 여우의 뼈를 제법 잘 알고 있었으니, 소뼈 무더기 속에 묻혀진 당나귀뼈도 저는 한 번 보면 알 수 있었습니다. 하지만 눈앞의 그 뼈들을 보고 저는 잠시 멍해졌습니다. 저는 여태껏 이런 뼈를 본 적이 없었습니다. 발달한 다리뼈, 굵은 골수뼈, 무쇠처럼 단단한 꼬리뼈……이 모든 뼈들은 하나 같이 저에게 흉악한 고양이과의 동물을 상상하게 했습니다. 저는 칭티엔러 할아버지는 좋은 사람이라는 것을 알고 있었으며, 그는 절대로 저를 해치지 않을 것이니, 그 노인이 제게 먹으라고 한 음식은 필경 좋은 음식이었습니다. 저와 여동생은 가마 옆의 작은 밥상 앞에 앉아서 사골 국을 마셨습니다. 한 사발, 두 사발, 세 사발, 네 사발. 칭티엔러 할아버지의 부인은 국자를 들고 가마솥 옆에 서서 우리의 그릇이 비면 국을 떠주곤 했습니다. 칭티엔러 할아버지는 옆에서 관심 어린 어조로 재차 말했습니다.

애들아! 많이 먹어라.

우리는 칭티엔러 할아버지네 집에서 녹이 슨 작은 칼을 얻었습니다. 큰 칼은 필요 없죠. 몸에 감추기도 불편했으니 이 작은 칼은 몸에 감추기에 안성맞춤이었습니다. 우리는 칼 가는 돌을 방 안으로 옮겨다 놓고 텔레비전의 음량도 제일 크게 틀어놓았죠. 문을 닫고 창문도 꽁꽁 잠그고는 칼을 갈면서 란 씨를 죽일 준비를 했습니다.

그때 우리 남매는 마을에서 제일 귀한 손님이 되었습니다. 집집마다 제일 좋은 음식이 생기면 저희들을 불렀기 때문입니다. 우리는 낙타 봉우리 고기도 먹어보았는데, 확실하게 표현하자면 그것은 지방 덩어리였습니다. 면양의 꼬리도 먹었지만 완전히 기름 덩어리였으며, 그리고 여우의 뇌수도 먹어보았는데요, 그것은 한 무더기의 교활함이었습니다. 우리들이 먹어본 음식들은 이루 다 헤아릴 수 없습니다. 큰스님! 하지만 당신에게 꼭 말씀드려야 할 것은, 우리가 칭티엔러 할아버지 집에서 너무도 많은 사골 국을 마셨을 뿐만 아니라 파란색의 쓴 술도 한 잔씩 마셨다는 겁니다. 비록 칭티엔러 할아버지는 우리에게 말하지 않았지만 저는 이미 그것이 값비싼 표범의 쓴 쓸개에다 담근 술이라는 것을 알았으며, 또 가마 속의 뼈도 한 마리의 완벽한 값비싼 표범의 뼈라는 것을 알았습니다. 저와 동생은 둘 다 표범의 쓸개를 먹은 사람이니까 예전에는 쥐처럼 담이 작았다 해도 표범의 쓸개를 먹은 뒤로는 간이 하늘처럼 커졌습니다.

마을 사람들은 제일 좋은 음식으로 우리들 몸에 기운이 돌게 해주었으며 담도 커지게 했습니다. 비록 누구도 우리들에게 뭐라고 표현하지 않았지만 저는 마을 사람들이 이렇게 우리를 불러다 앉혀놓고 먹이는 목적을 확실하게 알고 있었습니다. 우리는 맛있는 음식을 먹고 나면 감사의 뜻을 표시하기 위해 여러 번 확실하지 않게 말했습니다.

"할아버지 할머님들! 아저씨 아주머니들, 형님 형수님들, 기다리세요. 우리 남매는 역사에 정통하고 사리에 밝은 사람들입니다. 그리고 우리는 원수가 있으면 갚고 은혜는 보답할 줄 아는 사람들입니다!"

우리가 이런 말을 하고 나면 비장한 기운에 가슴이 두 근 반 세 근 반 뛰었고 온몸에서 피가 끓어올랐죠. 우리들의 말을 듣고 있는 사람들도 모두 감동이 되어서 눈에서 빛이 났으며 입에서는 긴 감탄의 소리를 내곤 했습니다.

복수의 날은 하루하루 다가왔습니다.

복수의 날은 마침내 왔습니다.

그날, 육류공장의 큰 회의실에서는 제도 개혁 회의를 열었는데 이번 회의가 끝나면 마을의 모든 육류공장 집단은 주식회사 제도가 될 것이었습니다. 저와 동생도 이십 퍼센트의 주식이 있었기 때문에 우리도 주주였습니다. 이런 하찮은 회의는 두말할 것도 없었습니다. 이 회의가 사람들에게 이렇게 전파된 이유는 저와 동생이 복수를 시작했기 때문이었습니다. 저는 허리춤에서 작은 칼을 꺼내면서 드높은 소리로 외쳤습니다.

"란 씨야, 우리 부모를 돌려달라!"

제 동생도 소매 속에서 녹이 슨 가위를 꺼냈죠. 일전에 제가 동생에게 가위도 예리하게 갈라고 했더니 그 애가 하는 말이 녹이 슨 가위로 사람을 찔러야 찔린 사람이 파상풍에 걸린다고 했습니다. 드높은 소리로 우리는 외쳤습니다.

"란 씨야, 우리 부모를 돌려달라!"

우리는 가위와 칼을 높이 치켜들고 강단에서 연설하고 있는 란 씨를 향해 달려들었습니다.

동생은 층계에서 넘어져서 입이 땅에 부딪치고는 엉엉 울기 시작했습니다.

란 씨는 연설을 그만두고 다가와서 동생을 부축했습니다.

란 씨가 손으로 동생의 입술을 뒤집어 보았을 때, 저는 동생의 입술에 콩알 크기의 구멍이 뚫려 피가 이빨을 적시고 있는 것을 보았습니다.

　이 갑작스러운 변화는 제 계획을 몽땅 분쇄해버렸습니다. 저는 마치 송곳으로 찔린 고무타이어처럼 가슴속에 분노가 꽉 차올라 칙칙 푹푹 새고 있는 것이었습니다. 저는 이대로 내버려둘 수 없었습니다. 이대로 내버려둔다면 저는 마을 사람들에게 보답할 수 없었고, 또한 제 아버지에게도 송구스러운 일이었지요. 저는 숨을 죽이면서 칼을 들고 란 씨를 향해 한 발, 한 발 접근했습니다. 제 머릿속에서 갑자기 아버지가 도끼를 들고 란 씨를 향해 걸어가던 모습이 떠올랐습니다. 그래서 제가 마치 아버지가 된 것 같았습니다. 란 씨는 손으로 쟈오쟈오의 눈물을 닦아주면서 달래고 있었습니다.

　"착한 애야! 울지 마!"

　이렇게 말하는 란 씨의 눈에서는 눈물이 흘러내렸습니다. 그는 쟈오쟈오를 맨 앞에 앉아 있던 이발사 판챠오샤에게 밀어주면서 말했습니다.

　"애를 안고 위생실에 가서 약을 발라주시오."

　판챠오샤는 쟈오쟈오를 받아 안았고, 란 씨는 땅에서 가위를 줍더니 강단으로 던졌습니다. 그리고 그는 의자 하나를 옮겨 내 앞으로 다가와 앉더니 심장을 가리키면서 말했습니다.

　"샤오통 조카! 찌르시게."

　이렇게 말하고 나서 그는 눈을 감아버렸습니다.

　저는 금방 깎아 울퉁불퉁한 그의 머리카락과, 금방 세면한 파란 아래턱과, 제 아버지에게 물려 반쯤 달아난 귀와, 흐느끼면서 눈물을 흘리고 있는 눈을 바라보고 있자니 마음속에서 문득 슬픈 감정이 떠올랐습니다. 저는 갑자기 아버지가 들고 있던 도끼가 왜 제 어머니의 머리를 내리쳤는지 그제야 알 것 같았습니다. 하지만 지금 란 씨의 옆에는 아무도 없었으며 강단 아래쪽에 있는 사람들은 모두 저와 원수를 진 일도 없었으니, 도끼로 누구를 내려친다는 것이 마땅치 않았습니다. 나는 어떻게 하면 좋단 말인가? 그런데 정말 급하면 방법이 생긴다고, 이때 란 씨의 경호원 황빠오가 큰걸음으로 회의 장소로 걸어 들어왔습니다. 호랑이를 도와주는 자식, 너를 죽이면 란 씨의 팔을 자르는 것이나 다름없다. 저는 칼을 들고 황빠오를 향해 달려갔습니다. 제 입에서는 고함 소리가 터져 나왔고 머릿속은 텅 빈 상태였지요. 큰스님! 당신께 말씀드렸듯 황빠오는 보통 사람을 초월하는 출중한 무예가 있었습니다. 그때 당시 저는 어리고 약했으니 근본적으로 그의 적수가 아니었습니다. 제 칼은 그의 배를 향해 찔렀지만 그가 손을 내밀어 제 손목을 비틀어 잡더니 그대로 위로 당겨 올렸습니다. 뼈가 끊어지는 소리가 나더니 제 팔은 맥없이 부러지고 말았습니다.

제 복수는 이렇게 쓸모없이 끝나고 말았습니다.

뤄샤오통이 복수한 이 이야기는 한동안 마을 사람들의 웃음거리가 되었습니다. 저와 여동생은 비록 치욕을 당했지만 그로 인해 우리들의 명성은 높아졌죠. 몇몇 사람 앞에서 말을 하는 사람들이 우리를 대신해서 말했는데, "이 두 아이는 아무런 쓸모없는 아이들이 아니다. 이 애들이 자라나면 란 씨는 끝장날 것이다" 이렇게 말들은 했지만 저희들을 집에다 청해서 밥을 먹이는 사람들은 하나도 없었습니다. 란 씨는 젊은 색시를 보내서 몇 번 음식을 보내왔지만 그것도 빨리 보내오지 않았습니다. 황빠오는 앞에서 일어난 일과 상관없이 몇 번 찾아와서 란 씨의 명령을 전했으며, 저에게 육류공장으로 되돌아 와서 고기 창고의 주임을 맡으라고 했지만 저는 결코 대답하지 않았습니다. 저는 비록 작은 벌레이지만 그래도 기개는 있었던 것입니다. 제가 어떻게 아버지도 없고, 어머니도 없는 육류공장으로 가서 일할 수 있겠습니까? 비록 말은 이렇게 하지만 육류공장은 저에게 아주 많은 아름다운 추억이 담긴 곳이니 저와 동생은 자기도 모르게 육류 공장 밖 거리로 걸어갔습니다. 우리가 오고 싶어 온 것이 아니라 우리들의 다리가 우리를 싣고 온 것이었죠. 우리는 육류공장의 현대화된 건축물을 바라보았지요. 새로 지은 건축물에는 까만색 화강암을 붙여서 만든 아름다운 정문이 있었고, 정문 옆에 세워진 아름다운 간판이 보였고, 자동문이 천천히 열리기도 하고 천천히 닫히기도 하는 장면을 바라보면서 현대화의 기상이 흘러넘친다고 생각했습니다. 모든 것이 다 변했습니다. 예전에 남몰래 운영하던 육류공장이 정정당당한 화창 육류 가공 유한공사가 된 것입니다. 공장 안에는 기이한 꽃들과 나무들이 심어져 있었으며 노동자들은 모두들 하얀 위생복을 입고 있었는데, 아는 사람은 이곳이 도축장이라는 것을 알지만, 모르는 사람들은 병원인 줄 알 정도였습니다. 모든 것이 변했지만 소나무로 만들어놓은 제단만은 그때 그대로 한쪽에 높다랗게 세워져 있었습니다. 그것은 마치 어떤 기호같이 우리들에게 지나간 일을 회상케 했습니다. 어느 날 저녁에 저와 동생은 꿈속에서 둘 다 그 제단 위로 올라갔는데 저는 아버지와 어머니가 낙타가 끌고 있는 마차에 올라앉아서 새로 펼쳐진 포도 위를 바쁘게 달리고 있는 모습을 보았고, 여동생이 그 애의 엄마와 제 엄마와 함께 맛있는 음식이 가득 차려진 테이블에 앉아서 수시로 술잔을 부딪치고 있는 것을 보았습니다. 동생이 하는 말이 두 어머니가 들고 있는 술잔의 술은 색깔이 녹색이었는데 표범의 담에다 담근 술이 아닐까, 그렇게 물었습니다. 그걸 누가 알겠습니까?

그 무렵 저를 제일 고통스럽게 한 것은 기아도 아니고 고독도 아니었고 다만 일종의 어색함이었습니다. 저는 그것이 바로 복수가 실패한 뒤에 찾아온 고통이라는 걸 알고 있었습니다. 저는 이렇게 살아갈 수는 없다는 걸 뼈저리게 느꼈습니다. 반드시 이 어색함을 해결하는 방법을 찾아야만 했습니다. 이 방법의 목적은 란 씨더러 견딜 수 없게 하는 것이며, 우리는 그를 죽이지 않을 것이고, 또한 우리의 힘으로는 그를 죽일 수도 없으며, 우리는 그를 죽일 필요조차 없었습니다. 칼로 찔러서 그를 죽인다면 우리도 끝장나는 것이기 때문에 그런 행위는 재미가 없는 게임입니다. 어떻게 하면 의미가 있을까요? 한 가지 묘한 방법이 제 머릿속에 떠올랐습니다.

저와 여동생은 어느 날 하늘이 드높은 가을 점심때 칼과 가위를 들고 머리를 쳐들고 가슴을 쭉 편 채 육류 가공공장으로 들어갔는데, 누구도 우리를 막는 사람이 없었습니다. 우리는 밥을 짓는 황빠오를 만났으며 그에게서 란 씨의 행방을 물었습니다. 그는 연회 장소 쪽을 향해 입을 비쭉거렸습니다. 저와 여동생은 연회 장소를 향해 걸어갔습니다. 저는 황빠오가 뒤에서 낮은 소리로 지껄이는 말을 들었습니다.

"친구, 잘한다!"

연회 장소에서 란 씨와 새로 임명된 공장장 랴오치가 먼 곳에서 온 거래처 사람과 먹고 마시고 있었습니다. 테이블 위에는 맛있는 고기 음식들이 놓여 있었습니다. 당나귀 입술과 소의 똥구멍, 낙타의 혀,

말의 불알도 있었는데, 이런 음식들은 듣기에는 전부 우아하지 않지만 맛이 독특한 음식들이었습니다. 그것들은 우리들 코에다 향기를 쏟아놓고 우리에게 인사를 했지요. 비록 우리 남매는 이미 아주 오랫동안 고기를 먹지 못해서, 고기를 보자 마음이 약간 흔들리기는 했지만 우리는 큰일을 행할 결심을 세웠기 때문에 그 따위 고기 때문에 힘을 분산시킬 수는 없었습니다. 저와 동생이 문 안으로 들어서자마자 란 씨가 우리를 발견했습니다. 감화력이 무척 강한 그의 웃는 얼굴은 이내 사라지고 이마를 찡그리면서 랴오치에게 눈치를 주었습니다. 랴오치는 급히 일어나 우리를 향해 걸어오더니 이렇게 말했습니다.

"샤오퉁! 쟈오쟈오! 너희들이 왔구나! 밥은 다른 방에 있으니 내가 너희들을 데리고 가마."

"우리 공장 두 공인의 고아들입니다. 우리 공장에서 책임지고 키우고 있지요."

란 씨가 그 손님에게 이렇게 설명하는 소리를 들었습니다.

"당신은 비키시오."

저는 랴오치를 밀치고 앞으로 몇 걸음 더 나아가 란 씨에게 접근하면서 말했습니다.

"란 아저씨! 당신은 긴장할 필요도 없고, 당황할 필요도 없습니다. 그리고 당신 이마는 땀을 흘릴 필요도 없으며, 창자도 경련을 일으킬 필요가 없어요. 오늘 우리는 당신을 죽이러 온 것이 아니라 당신에게 우리를 죽여달라고 부탁하러 왔으니까요."

저는 칼을 바꿔 쥐었고 동생도 가위를 돌려 쥐고는 함께 란 씨의 앞에 내밀고 말했습니다.

"란 씨! 우리는 사는 게 지겨워요. 우리는 충분히 다 살았지요. 그러니 어서 우리를 죽여주세요!"

동생도 말했습니다.

"만약 네가 우리를 죽이지 않는다면 너는 거북이다!"

란 씨는 온 얼굴이 벌게지면서 겨우 웃으며 말했습니다.

"너희들은 무슨 국제 우스개를 사려는 거니?"

"우리는 당신과 국제 우스개를 하자는 것도 아니고 국내 우스개를 사려는 것도 아니고 다만 우리를 죽여달라는 것입니다."

란 씨는 잠깐 동안 깊이 생각하더니 쓴웃음을 지으면서 말했습니다.

"얘들아! 우리 사이에는 아주 큰 오해가 있는 것 같구나. 너희들은 아직 어려서 어른들의 일에 대해 잘 알지 못한단다. 내가 생각하기에 너희들은 나쁜 사람의 선동을 받은 것 같구나. 하지만 난 너희들이 언젠가 알게 될 것이라고 믿는다. 지금 나는 너희들에게 아무것도 설명하지 않겠다. 너희들이 만약 나를 원망한다면 수시로 와서 나를 죽일 수 있단다. 나는 항상 너희들을 기다리고 있을 거란다."

"우리는 당신을 죽이지 않을 거예요. 우리가 왜 당신을 죽여야 하는데요? 우리는 당신을 원망하지도 않아요. 우리는 다만 살고 싶지 않을 뿐이고 우리는 다만 당신더러 우리를 죽이라는 것이며 어서 우리를 죽여달라는 것뿐입니다."

"나는 거북이다. 나는 거북이라고 하면 되는 거지?"

란 씨가 이렇게 말했습니다.

"그래도 안 돼요. 당신은 반드시 우리를 죽여야 해요."

동생은 맺고 끊듯이 말했습니다.

"샤오퉁, 쟈오쟈오, 그만 떠들어. 너희 부모들의 일은 나도 아주 괴롭단다. 정말로 괴롭단 말이다. 나는 한 순간도 편안한 적이 없단다. 그리고 나는 시시각각 너희들의 장래에 대해 생각한단다. 얘들아, 내 말을 듣고 그만 하렴. 너희들이 일을 하겠다면 내가 일자리를 줄 테다. 그리고 너희들이 학교에 다니겠다면 그것도 내가 해결해줄 수 있단다. 좋지?"

"별로 안 좋아요. 우리는 아무것도 생각하지 않아요. 우리는 다만 죽고 싶어요. 그러니 당신은 오늘 반드시 우리를 죽여주셔야 해요."

얼굴이 퉁퉁한 외지 상인이 웃으면서 말했습니다.

"이 아이들 정말 재미있구먼."

"이 애들은 둘 다 천재입니다."

란 씨는 웃으면서 이렇게 손님들과 말하고 나서 얼굴을 돌려 우리를 보면서 말했습니다.

"샤오퉁, 쟈오쟈오! 너희들은 먼저 가서 고기를 먹어라. 황빠오에게 가서 제일 좋은 고기를 달라고 해. 난 지금 볼일이 있으니까, 이따 우리 함께 해결 방법을 상의하자."

"안 됩니다. 당신이 아무리 바빠도 요만한 시간은 있을 겁니다. 다만 칼로 두 번만 찌르면 우리를 죽일 수 있어요. 우리를 죽이고 나서 당신은 하던 일을 계속하면 되는 거고요. 그러니 우리는 당신의 시간을 얼마 뺏지 않을 거란 말입니다. 당신이 만약 지금 우리를 죽이지 않는다면 우리는 매일같이 찾아와서 당신을 애 먹일 것입니다."

"반항하는 거야? 이 조그만 놈들이!"

란 씨는 얼굴색이 변하면서 화를 내며 소리 질렀습니다.

"황빠오, 이 애들을 끌어내라!"

황빠오는 다가와서 한 손으로는 제 목을 다른 한 손으로 쟈오쟈오의 목을 비틀어 잡고 우리를 끌고 나왔습니다. 그가 우리를 밖으로 끌어낼 때 우리는 순순히 따랐으며 조금도 반항하지 않았습니다. 하지만 그가 손을 놓기만 하면 우리는 다시 란 씨를 찾아갈 생각이었습니다. 그리고 우리는 란 씨를 찾기만 하면 칼과 가위를 그의 손에 내밀면서 동시에 우리를 죽여달라고 애원할 것이었습니다.

우리의 위신은 마치 예포처럼 하늘로 솟아올랐습니다. 그때로부터 우리는 매일 육류공장으로 찾아가서 란 씨를 찾았으며 그를 찾기만 하면 그에게 우리를 죽여달라고 요구했습니다. 란 씨는 경비원을 세워놓고 우리를 공장으로 들어오지 못하게 했습니다. 우리는 공장으로 들어갈 수 없게 되자 정문 앞에서 끈기 있게 기다렸습니다. 란 씨의 차만 나타나면 우리는 곧 달려들어서 차 앞에 엎드려 칼과 가위를 쳐들고 그 양반에게 우리를 죽여달라고 요구했습니다. 나중에 란 씨는 아예 공장 정문을 열고 바깥으로 나오지도 않았기에 우리는 정문 앞에서 높은 소리로 외쳤습니다.

"란 씨야, 란 씨, 나와서 우리를 죽여달라~ 란 씨야, 란 씨, 선심을 써서 우리를 죽여달라~"

사람들이 없을 때 우리는 그냥 앉아 있었고 사람들이 나타나면 우리는 곧 일어서서 소리를 질렀습니다. 행인들은 우리의 고함 소리를 듣고서는 다가와서 도대체 어떻게 된 일인가, 다들 물었지만 우리는 대답도 하지 않고 다만 더욱 힘을 내서 고함을 질렀습니다.

"란 씨야! 제발 우리들을 죽여라~ 너에게 이렇게 빌게~"

매우 짧은 순간에 우리 이야기는 이미 현縣과 성省의 절반에 퍼졌을 것이라고 예측됩니다. 사실 현의 절반뿐만 아니라 성의 절반 혹은 국내의 절반에 퍼졌을 수도 있습니다. 왜냐하면 육류공장에 와서 고기를 주문하는 사람은 동서남북에 다 있었기 때문입니다.

어느 날 란 씨는 늙은이로 분장하고 지프차에 앉아 정문을 빠져나가려고 했습니다. 하지만 그의 몸에서 풍기는 그 특이한 냄새를 저와 동생은 멀리서부터 맡을 수 있었습니다. 우리는 지프차를 가로막고 그를 차에서 끌어냈으며 칼과 가위를 그의 손안에 밀어 넣었습니다. 그는 칼과 가위를 받아 쥐고 얼굴이 흉하게 일그러졌습니다.

"부스럼을 없애지 않으면 언제든지 병이 된다는 말이 있다."

그는 먼저 오른 다리를 지프차의 발판에 올려놓고 바지를 걷어 올리고는 칼로 종아리를 찔렀습니다. 그리고 그는 오른쪽 다리를 내리고 다시 왼다리를 올려놓고 바지를 걷어 올리고는 녹이 슨 가위로 자기 종아리를 찔렀죠. 그는 왼다리를 차의 발판에서 내리고 두 손으로 바지를 쥔 채 다리에 칼과 가위를 꽂은 상태로 정문 앞에서 두 바퀴를 돌았죠. 아주 많은 피가 그의 종아리에서 흘러내렸습니다. 그는 오른다리를 차 발판에다 올려놓고 칼을 쓱 뺐는데, 검은 피가 뿜어져 올라왔죠. 그는 칼을 제 앞에 던졌습니다. 그는 오른다리를 내리고 왼다리를 올려놓더니 가위를 빼냈고, 그 때문에 파란 빛이 뿜어져 올라왔죠. 그는 가위를 동생 앞에 던졌습니다. 그는 저를 보며 경멸조로 말했죠.

"이 자식아! 너, 이런 용기가 있어? 용기 있다면 너도 이렇게 찔러봐!"

그 순간 저는 우리가 또 한 번 실패했다는 것을 느꼈습니다. 씨발, 지랄 같은 란 씨가 감히 이런 방식으로 우리를 절망의 구렁텅이로 빠지게 하다니. 그렇습니다. 저는 만약 저와 동생이 칼과 가위를 우리들의 종아리에다 박는다면 란 씨가 완전히 지고 만다는 것을 알고 있었습니다. 그렇게 되면 그는 자살하는 것 외에 더 이상 자기 낯짝을 지킬 수 있는 방법이 없게 되는 것이죠. 하지만 칼을 종아리에 박는 다는 것은 정말로 아픈 일입니다. 공자님도 이렇게 말씀하셨죠.

"신체가 튼튼한 것은 부모님들이 물려준 것이니 신체를 상하게 한 다면 효자가 아니다."

우리가 만약 자기 몸에다 칼을 박는다면 공연히 공자님과 맞서는 격이 되고, 또한 그렇게 된다면 우리는 교양이 없는 사람이 되는 것 입니다. 여기까지 생각한 저는 이렇게 말했죠.

"란 아저씨! 당신, 이게 무슨 짓이란 말이오? 당신은 이런 한량 같은 건달 수작으로 우리를 두렵게 해서 물러서게 하려는 거요? 어림없소. 우리는 죽는 것도 두려워하지 않는데 더 이상 두려울 것이 없단 말이오! 우리는 자기 스스로 몸에다 칼을 박지는 않을 기요. 우리는 당신이 우리 몸에다 칼을 박기를 원하고 있소. 당신이, 당신 다리의 고기를 몽땅 도려낸다고 해도 우리는 당신을 조용히 내버려두지 않을 거요. 당신은, 오직 우리를 죽여야 조용히 살 수 있게 되어 있소."

우리는 피가 묻은 칼과 가위를 도로 란 씨의 손에 쥐어주었습니다. 란 씨는 그것들을 받아 쥐더니 아주 먼 곳에다 던져버렸습니다. 칼은 햇살을 받더니 거리를 지나 어디론가 떨어져버렸죠. 란 씨는 쟈오쟈오의 손에서도 가위를 빼앗더니 힘차게 던졌으며 가위도 햇실을 받아 거리를 날더니 어디론가 떨어져버렸습니다. 란 씨는 비명에 가까운 소리로 고함을 질렀습니다.

"뭐샤오퉁, 뭐쟈오쟈오! 이 귀신들에게도 뒤지지 않을 징그러운 놈들아! 너희들, 도대체 날더러 어쩌라는 거냐?"

"우리는 다른 요구를 하지 않아요. 우리는 이미 다 살았으니까 아저씨가 우리를 죽여주십시오."

저와 동생은 함께 일치된 목소리로 말했죠. 란 씨는 피가 흐르는 다리를 끌면서 지프차를 타고 도망을 가버렸습니다.

큰스님! 아주 유명한 말 한 마디가 있습니다.

"나를 압제하던 방법으로 너를 압제한다."

누가 한 말인지 아십니까? 모르신다고요? 저도 모릅니다. 하지만 란 씨는 압니다. 란 씨는 이 말에서 지혜를 얻었습니다. 우리가 아주 큰 힘을 들여 진에서 텔레비전을 수리하는 리쾅퉁李光通에게 말발굽 모양의 자석을 빌려다가 칼과 가위를 찾아와 그의 손에 의해 죽기 위한 작전을 계속 진행하고 있을 때 상황이 갑자기 돌변했습니다. 그것은 란 씨가 도망을 간 후 세번째 되던 날 점심 무렵이었습니다. 저와 동생이 육류공장 정문 앞에 앉아서 어떤 결혼식 차량을 향해 란 씨더러 우리를 죽여달라는 고함을 막 지르고 있는데 짤막한 몸매에 산딸기 코를 하고 배가 맥주통처럼 생긴 한 사내가 번뜩이는 칼을 들고 느릿한 걸음으로 우리 앞에 나타났습니다. 우리 앞에 오자 그는 미소를 지었는데 표정이 아주 교활한 것이 건달 같았고 망나니 같았으며 불량배 같았습니다. 그가 말했죠.

"날 모르겠니?"

"당신은?"

"너와 고기 먹기 시합을 했던 완샤오장이야. 네게 패한 장군이란다."

"아, 당신이 이렇게 뚱뚱해졌단 말이오?"

"뤄샤오퉁, 뤄쟈오쟈오! 나도 너희들과 마찬가지로 이제는 다 살았단다. 그러니 일 분간이라도 더 살고 싶지 않단다. 그러니 너희들이 나를 죽여달란 말이다. 너희들 손에 있는 칼과 가위로 죽여도 되고, 내 손에 있는 큰 칼로 죽여도 된단다. 나는 아무런 요구도 없단다. 아무런 이유도 없단다. 나는 다만 너희들이 나를 죽여달라는 것뿐이다."

"물러나요."

제가 말했습니다.

"우리는 당신과 아무런 원수진 일도 없는데 왜 당신을 죽여요?"

"그래. 너희들은 확실히 나와 직접적으로는 아무런 원수진 일도 없단다. 하지만 나는 너희들이 나를 죽여주기를 바란단다."

그는 이렇게 말하면서 큰 칼을 억지로 제 손에 쥐어주었습니다. 저와 동생은 피했지만 그는 끝까지 우리를 따라왔습니다. 그의 몸은 아주 뚱뚱했지만 행동은 매우 민첩했으며 고양이와 쥐가 교합해서 태어난 동물 같았습니다. 이러한 동물을 뭐라고 불러야 할지 모르지만, 아무튼 어떤 방법을 써도 우리는 그를 떨쳐버릴 수가 없었습니다.

"너희들은 나를 죽일 테냐? 안 죽일 테냐?"

"죽이지 않을 거다!"

"그럼 좋다, 너희들이 나를 죽이지 않는다면 나는 스스로 천천히 자신을 죽일 거다."

그는 이렇게 말하면서 칼로 자기의 뱃가죽에다 금을 그었는데 먼저 노란 지방이 드러나고 이어서 피를 흘렸습니다.

여동생은 우우 토하기 시작했습니다.

"너희들, 나를 죽여줄 거니?"

"아니."

그는 또 뱃가죽에다 칼로 금을 그었습니다. 저와 동생은 몸을 돌려서 도망갔습니다. 그는 우리 뒤에서 바짝 따르고 있었습니다. 그는 손에다 칼을 쥐고 배를 그어 피를 흘리면서 우리를 쫓아왔으며 소리까지 질렀습니다.

"날 죽여다오~ 나를 죽여다오~ 뤄샤오통, 뤄쟈오쟈오, 선심을 써 나를 죽여다오~"

이튿날 오후, 우리가 육류공장 정문 앞에 나타나자 그는 큰 칼을 집어 들고 작은 다리를 놀리면서 상처가 난 배를 드러내고 아주 빨리 달려왔습니다.

"나를 죽여다오~ 나를 죽여다오~ 뤄샤오통, 뤄쟈오쟈오, 선심을 써 나를 죽여다오~"

우리는 아주 멀리까지 갔지만 여전히 그의 고함 소리를 들을 수 있었죠.

우리가 집으로 돌아와서 아직 숨도 돌리지 못했는데 밖에서 오토바이 소리가 들렸습니다. 까만 선글라스를 낀 사람이, 옆에 의자가 달린 구형 오토바이를 우리집 대문 앞에다 세웠습니다. 완샤오장은 그 옆자리에서 기어 내려서는 큰 칼을 들고 배를 내밀더니 비틀거리며 우리집 마당으로 들어섰습니다. 대문 안에 들어서자 그는 고함을 질렀습니다.

"나를 죽여다오~ 나를 죽여다오~"

우리가 문을 닫자 완샤오장은 그의 커다란 엉덩이로 문을 들이밀었으며 또 고함을 질렀습니다. 그의 목소리는 유리라도 벨 듯 예리했습니다. 우리는 귀를 막았지만 그래도 견디기 힘들었죠. 방문이 들썩거리더니 문을 고정시킨 자물쇠가 점차 문에서 떨어져 나가면서 마침내 쾅 하는 소리와 함께 문이 넘어졌고 이어서 쫙 하는 소리와 함께 유리가 깨졌습니다. 그는 문짝과 유리를 밟고 방 안으로 들어왔습니다.

"나를 죽여다오~ 나를 죽여다오~"

그는 이렇게 고함을 지르면서 우리를 벽에다 몰아넣었습니다.

저와 동생은 그의 겨드랑이 아래로 빠져나왔습니다. 우리는 거리를 미친 듯이 달렸으며 그 오토바이는 우리 뒤를 바싹 따라왔습니다.

저와 동생은 마을을 벗어나서 잡초가 무성한 들판으로 들어섰지만 그 오토바이 운전사는 씨발, 카레이서 출신인지 사람의 키 절반이나 되는 잡초를 꿰뚫고, 또한 물이 고인 웅덩이를 뛰어넘었습니다. 너무도 많은 잡스런 교접에 의해 생긴 이상한 혼혈 동물들이 야수들을 놀라게 하였고, 완샤오장 그 작자는 사람을 못살게 구는 그 고함 소리를 시종일관 우리들 귓가에다 퍼뜨렸습니다.

큰스님! 이리하여 우리는 완샤오장 그 불량배를 피하기 위해 고향을 떠나 유랑 생활을 시작했습니다. 밖에서 삼 개월 동안 유랑하고 고향으로 돌아왔지요. 집에 들어서자 모든 가재도구들이 이미 도둑놈에게 몽땅 털린 것을 발견했죠. 텔레비전도 없고, 비디오도 없었으며, 박스도 밑이 드러나게 뒤졌고, 서랍들도 모두 열려 있었으며, 가마솥마저 모두 가져가서 솥단지는 검은 구멍만 남아 있는 것이 아주 보기 흉했는데 마치 이빨 없는 커다란 주둥이 같았죠. 다행히 제 박격포는 아직도 창고 구석에 포장이 덮여진 채로 놓여 있었으며 그 위에는 먼지가 두텁게 앉아 있었습니다.

우리는 대문 앞에 앉아서 길에서 오가는 행인들을 보면서 높게, 낮게 울음소리를 냈습니다. 그리하여 많은 사람들이 기와통과 죽순 광주리와 플라스틱 주머니 등등을 들고 우리를 찾아왔고, 그 속에는 모두 고기가 들어 있었습니다. 향기롭고 사랑스러운 고기가 들어 있었죠. 그들은 우리 앞에 놓은 뒤에 아무 말도 하지 않고 다만 조용히 우리를 지켜볼 뿐이었습니다. 우리는 그들이 우리가 어서 고기를 먹기를 바란다는 것을 알고 있었습니다. 큰아버지 큰어머니들, 삼촌 아주머니들, 형님 그리고 형수님들, 우리는 고기를 먹을 것입니다.

우리는 먹기 시작했습니다.

먹었습니다.

먹었습니다.

먹었습니다.

큰스님, 우리가 배가 부른 느낌이 들었을 때는 이미 일어설 수조차 없었습니다. 우리는 물통보다 더 뚱뚱해진 배를 내려다보았으며 두 손으로 배를 받들고 천천히 집으로 돌아왔습니다. 여동생은 갈증이 난다고 했으며 저도 갈증이 났습니다. 우리는 기어서 집으로 돌아왔지만 집에는 물이 없었습니다. 우리는 처마 밑에서 물통 하나를 발견했는데 물통에는 더러운 물이 반 통 들어 있었으며 그것은 가을에 고인 물 같았는데 물 가운데는 아주 많은 모기와 파리의 시체가 떠 있었습니다. 우리는 그런 것을 상관할 필요 없이 그저 마셨습니다. 마셨답니다.

큰스님, 이리하여 날이 밝을 무렵 제 여동생은 죽었습니다.

처음에 저는 그 애가 죽은 줄 몰랐습니다. 저는 고기들이 그 애의 뱃속에서 새된 소리를 지르는 것을 들었고, 그리고 그 애의 얼굴이 퍼렇게 변색되는 것을 보았으며, 이가 그 애의 머리에서 기어 나오는 것을 보고서야 그 애가 죽었다는 것을 알았습니다. 저는 동생을 부르면서 울었습니다. 그런데 제가 절반의 소리를 내지도 못했는데 아직 소화되지 않은 고기가 제 입에서 쏟아져 나왔습니다.

저는 토했습니다. 저는 제 뱃속이 마치 더러운 변소보다 더 지저분하다고 느꼈으며 입 안에서 나는 더러운 냄새를 맡았고, 그리고 그 더러운 고기들이 더러운 언어로 저를 욕하는 것을 들었습니다. 저는 제가 토해낸 고기들이 마치 두꺼비처럼 땅에서 기어 다니는 것을 보았습니다. 저는 고기에 대해 비로소 혐오감과 분노를 느꼈습니다. 큰스님, 저는 그때부터 맹세했습니다.

나는 다시는 고기를 먹지 않겠다. 나는 거리에 나가서 흙을 먹더라도 고기는 먹지 않겠다.

나는 말우리에 가서 말똥을 처먹더라도 고기는 먹지 않겠다. 나는 굶어 죽어도 고기를 먹지 않겠다.

며칠 후, 저는 마침내 뱃속의 고기를 깨끗이 다 토해냈습니다. 저는 강으로 기어가서 살얼음이 있는 맑은 물을 마셨고 누군가가 강가에 던져둔 고구마를 주워서 천천히 먹고 나서야 기운이 돌았습니다. 그때 어린애 하나가 달려와서 저에게 물었습니다.

"뤄샤오퉁, 네가 뤄샤오퉁이지?"

"그래. 넌 어떻게 알았니?"

"나는 진작부터 알고 있었어. 나를 따라와. 누가 널 찾고 있어."

그 애가 말했습니다.

저는 그 애를 따라 어떤 복숭아 과수원으로 갔습니다. 그 과수원에는 두 개의 작은 집이 있었는데 저는 아주 오래전에 보았던 그 박격포, 그 낡은 물건을 우리에게 판 늙은 부부를 거기서 만났습니다. 그리고 무척이나 늙은 노새도 보았는데 그놈은 복숭아나무 옆에서 아무런 맛도 없는 메마른 복숭아 가지를 먹고 있었죠.

"할아버지, 할머니!"

저는 마치 친가의 조상들을 만난 듯 할머니 품속에 안겨 눈물을 흘리면서 울었고, 노파의 옷섶을 적시면서 말했습니다.

"저는 이젠 끝장입니다. 아무것도 없습니다. 엄마는 죽고 아버지는 체포되고 동생도 죽었으며 고기 먹던 재간도 없어졌어요."

할아버지는 저를 할머니 품속에서 빼내더니 미소를 지으면서 말했습니다.

"애야. 저쪽을 봐라."

저는 할아버지가 가리키는 방향을 보았는데, 작은 방의 구석에 일곱 개의 상자가 놓여 있고 그 위에는 글자들이 적혀 있었지만 저는 그것들을 알지 못했고 그것들도 저를 알지 못했습니다.

할아버지는 앞이 납작한 쇠몽둥이로 그 상자를 쳐서 열어젖혔고, 그 위에 덮여 있는 기름종이를 열더니 다섯 개의 길면서 마치 볼링공처럼 둥글게 생긴, 그러면서 뒤에는 작은 날개가 달린 물건을 끄집어냈습니다. 하느님! 박격포 탄알, 꿈에도 그리던…… 박격포 탄알이었던 것입니다!

할아버지는 조심스럽게 탄알 하나를 들고 제 앞에서 움직이면서 말했죠.

"사실 모든 상자에 탄알이 여섯 개씩 들어 있었는데, 이 상자에는 하나가 적단다. 그래서 모두 마흔한 알이 들어 있지. 네가 오기 전에 내가 탄알 하나를 꺼내 시험해보았기 때문이야. 날개를 풀로 엮은 끈에다 매고 벼랑에서 내리 던졌는데 쾅 소리와 함께 아주 잘 폭발하더구나. 폭발 소리는 산과 산 사이에서 울려 퍼졌으며 굴속에 있던 늑대들도 놀라서 달려 나왔단다."

저는 달빛 아래에서 기이한 광채를 내고 있는 박격포 탄알을 보면서 또 할아버지의 목탄처럼 시커먼 눈을 보면서 연약하던 마음속의 가엾은 감정이 연기처럼 사라지고, 영웅적 기개가 마음속으로부터 다시 불타올랐습니다. 저는 이를 악물고 말했죠.

"란 두목! 너의 마지막 날이 닥쳤구나!"

제 41 포
第四十一炮

　「육아신선기肉兒神仙記」가 무대에서 계속 공연되고 있지만 이미 거의 끝나고 있었다. 효성을 표시하기 위해 그 애는 무대에 무릎을 꿇고 앉아 칼로 자기 팔에서 고기를 도려내 어머니에게 약을 달여준다. 어머니의 병은 다 나았지만, 그 애는 오랜 시간 지치고 영양실조에다 피를 너무 많이 흘렸기 때문에 죽는다. 맨 마지막 장면은 아주 초현실적이고 환상 그 자체였는데 그의 어머니는 마구 울면서 자기 아들이 죽은 뒤에야 그 애에 대한 그리움과 비참한 심정을 관중들에게 토로했다. 무대 뒤에서는 연기가 피어오르면서 육아가 하얀 옷을 걸치고 머리에 금관을 쓴 채 구름 속에서 내려온다. 모자는 드디어 해후하고 서로 부둥켜안은 채 울고 있다. 육아는 어머니에게 너무 슬퍼하지 말라고 타이르면서 자기는 효성의 덕으로 하느님을 감동시켜 육신肉神이 되었으니 천하의 사람들이 고기 먹는 일을 전문적으로 관리

한다고 말한다. 결말이 그리 나쁘지 않았다. 하지만 내 마음은 여전히 슬펐다. 그 육아의 어머니도 울면서 노래를 불렀다.

"내 아들과 함께 간단한 음식을 먹으면서 인간 세상에서 살고 싶지, 나는 내 아들이 매일 매일 고기를 먹는 신선이 되는 것을 원하지 않습니다."

연기는 사라지고 공연은 막을 내렸다. 배우들이 무대에 올라가서 인사했다. 사실 막이라는 것이 없었다. 무대 아래에서 불규칙적인 박수 소리가 울렸다. 캉桄 단장이 무대 위로 올라가 무대 아래의 관중들에게 예고했다.

"친애하는 관중 여러분, 내일 저녁에는 연극「우통을 자르다斷五通」를 공연합니다. 여러분들께서 왕림하시는 것을 진정으로 환영합니다."

관중들은 떠들썩하게 떠났고 식품 장사꾼들은 이 기회에 앞을 다투어 소리를 질렀다. 나는 란 씨가 톈꽈에게 하는 소리를 들었다.

"애! 너희들은 오늘 저녁에 돌아가서 자거라. 나와 네 이모가 너희들에게 제일 좋은 방을 준비해놓았단다."

판챠오샤도 어색하게 웃으면서 말했다.

"돌아가서 자."

톈꽈는 냉랭하게 판챠오샤를 바라보더니 아무 말도 하지 않고 양고기 꼬치 장사꾼 앞으로 가더니 말했다.

"열 개 주세요! 양념을 많이 해주세요."

그 장사꾼은 유쾌하게 대답하면서 아주 더러운 플라스틱 주머니에서 양고기 꼬치 한 줌을 꺼내 목탄 불 더미 위에다 올려놓았다. 연기의 자극을 받은 그는 눈을 찡그렸고 입으로는 실실 소리를 냈는데 입안에 들어간 목탄을 뱉어내는 것 같기도 했다. 관중들과 배우들이 금방 떠나가자 란 두목은 무대 위로 뛰어 올라갔다. 그의 뒤에서는 금빛 테가 달린 안경을 쓴 서양인이 뒤따르고 있었다. 란 우두머리는 옷을 벗어버리고서 생식기를 공공연히 드러냈다. 그는 씩씩거리면서 그 서양인들을 향해 말을 걸었다.

"당신들은 뭘 믿고 내가 큰소리를 친다고 하는 거요? 난 당신들에게 내가 공연히 큰소리를 치는 것이 아니라는 것을 증명해 보일 거요."

서양인이 손뼉을 치자 금발의 여인 여섯 명이 나체로 무대로 올라와서 한 줄로 누웠다. 란 두목은 그 여인들 모두와 하나씩 돌아가며 전부 섹스를 했는데, 여인들은 이상한 소리를 질러댔다. 이 여인들과 다 하고 나자 이번에는 또 다른 여섯 명이 올라왔다. 그리고 또다시 여섯 명이 올라왔다. 또 여섯 명이 올라왔다. 또 여섯 명이 올라왔다. 또 여섯 명이 올라왔다. 맨 나중에 다섯 명이 올라왔다. 모두 마흔한 명의 여인들이 올라왔다. 길고 격렬한 애정 행각을 치르며 기뻐 날뛰던 란 두목의 육신이 점차 말 모양으로 변하는 것을 나는 보았다. 그는 근육이 발달하고, 사지에 힘이 생겼으며 목에서는 헉헉 소리가 터져 나왔다. 이 말은 정말로 생김새가 고귀하고 정신력도 뛰어난 좋은 말이었다. 고품질의 머리와 깎아놓은 죽순처럼 단단한 귀, 빛나는 두 눈, 작은 입과 넓은 콧구멍. 그리고 수려하고 균일한 목은 높다랗게 어깨 위에 올려져 있었다. 엉덩이는 평평하게 펴져 있었고 꼬리는 높이 치켜 들려서 아름다운 풍채를 드러냈다. 체구는 둥글고 매끄러우며 옆구리에도 탄성이 있었으며 사지는 길고 우아했으며 번뜩이는 발굽은 연한 파란색이었다. 그는 무대에서 폭발적인 동작으로 공연을 하고 있었다. 혹은 천천히 걷고, 혹은 빨리 걸었으며, 혹은 천천히 뛰고, 혹은 춤도 추었으며, 혹은 뛰어넘기도 하면서 사람들의 눈을 부시게 하고, 찬탄을 금할 수 없게 했는데, 그는 한 마리의 말이 표현할 수 있는 모든 동작을 나타내고 있었다. 나중에 온몸에 무지개 색깔의 페인트를 칠한 것 같은 란 두목은 마흔한번째 여인의 몸에서 몸을 일으키면서 손가락으로 그 서양인을 가리키며 말했다.

"넌 졌다."

그러자 그 서양인은 품속에서 정교한 권총 한 자루를 꺼내더니 그 말의 두 다리 사이에 있는 생식기를 겨냥하고 한 방을 쐈다.

"난 지지 않았다!"

그가 말했다. 란 두목은 쓰러지면서 아주 무거운 소리를 냈다. 마치 썩은 담장이 무너지듯 했다. 그와 동시에 나는 큰스님 뒤에서 거대한 소리가 울리더니 마통 신선상이 바닥으로 쓰러지는 소리를 들었으며, 그것은 이내 한 무더기 흙이 되어버렸다. 동시에 모든 전등이 꺼져버렸다. 야밤삼경이었고, 우리 앞에는 아무도 없었다. 나는 선글라스를 벗고 찬란한 밤하늘을 바라보았으며, 그리고 하얀 그림자들이 무대에서 움직이는 것을 보았지만, 그들이 무엇을 하고 있는지는 알 수 없었다. 박쥐들은 들락날락거렸고, 새들도 나무에서 푸드덕거렸다. 사찰 주위에는 온통 처참한 벌레 소리뿐이었다.

큰스님, 제가 시간을 거머잡을 수 있도록 해주시고, 어서 이야기를 다 마치게 해주세요

그날 밤, 달빛이 아주 밝았으며 공기도 맑았고 복숭아 가지는 마치 구리 기름을 칠한 듯 반짝거렸습니다. 그 늙은 노새의 피부도 구리 기름을 바른 듯 번득였습니다. 우리는 무척 오래된 나무 안장을 노새의 잔등에 올려놓았으며, 포탄이 담긴 상자를 안장 한쪽에 세 상자씩

나누어 싣고, 안장 양쪽에 동여맸습니다. 그리고 나머지 하나는 안장 한가운데 올려놓았습니다. 두 늙은이는 이런 일을 무척 익숙하게 처리했는데, 보기만 해도 노부부는 이미 선수라는 걸 알 수 있었습니다. 늙은 노새는 아무런 소리도 내지 않고 늙은 부부와 서로 의지하면서 살고 있는 모습이었으니 노새가 바로 노인장의 늙은 아들인 듯싶었습니다.

우리는 복숭아 과수원을 걸어 나와서 마을로 향하는 흙길로 올랐습니다. 계절은 이미 초겨울이었지만 바람은 없었고 달빛은 처량했으며 공기는 깨끗했고 서리가 내려앉아 길가의 잡초들은 한결같이 창백해 보였습니다. 멀리 있는 풀밭에서 누군가 불을 지피고 있었는데 불길은 타원형을 이루면서 멀리 퍼졌으니 마치 붉디붉은 썰물과 밀물이 모래톱을 안고 일렁이는 것 같았습니다. 저를 인도해온 그 남자 애는 보아하니 예닐곱 살쯤 되어 보였는데, 그 애는 맨 앞에서 노새를 끌고 있었습니다. 그는 무릎까지 덮은 낡은 솜옷을 입고 허리에는 하얀 전깃줄을 동여매고, 종아리를 드러낸 채 맨발로 걷고 있었는데 그 들판의 야릇한 불길 같은 열정을 토해내고 있었습니다. 저는 그 애와 비교하자니 이미 부식되고 변질되어 있었으니, 씨발! 정말 더럽게 쑥스러웠습니다. 저는 이제 반드시 정신을 차려야 했습니다. 이렇게 얻기 힘든 기회를 놓치지 말고 달빛도 밝은 이 밤에 마흔한 개의 박격포 탄알을 발사해야 하며, 이 평화스런 세월에 우렁찬 대포 소리를 발사해야 하며, 그렇게 해서 진정 제 이름을 떨쳐야만 했습니다.

늙은 부부는 양쪽에서 포탄을 받들고 있었습니다. 늙은 할아버지는 양가죽으로 된 적삼을 입었고 머리에는 개 껍질 모자를 쓰고 목에는 담배통을 메고 있었는데 전형적인 농민의 복장이었습니다. 할머니는 전족을 한 발이었기에 걷기가 힘들었고 무거운 숨소리가 그녀의 가슴에서 울려 나왔는데 조용한 달밤이라서 그런지 특히 잘 들렸습니다. 저는 노새 뒤에서 따르면서 앞에서 걷고 있는 남자 애와 노새 양쪽에서 걷고 있는 두 늙은이에게 지나간 나를 버리고, 뭔가 배우겠다고 암암리에 결심했습니다. 그래서 이 달빛이 얼음 같은 야밤에 마흔한 개의 포탄을 발사해, 천지를 뒤흔드는 소리를 내 고인 물 같은 마을을 진동시킬 것이며, 인간들에게 몇 년이 지난 후에도 이 저녁을 결코 잊지 못하게 만들어, 나, 뭐샤오통을 신화로 만들어서 길이길이 전하게 할 것입니다.

우리는 그렇게 황야를 걸어갔습니다. 우리 뒤에서는 구경하는 야수들이 따르고 있었습니다. 앞에서도 말씀드렸지만, 큰스님! 이것들은 모두 아무렇게나 교접을 해서 생긴 야수들이라서 저는 어떻게 불러야 할지 모르겠습니다. 그것들은 조심스럽게 우리를 따르고 있었으며 눈은 마치 푸른 색깔의 등불처럼 반짝이고 있었습니다. 보아하니 그것들은 마치 한 무리 어린아이들처럼 호기심으로 가득 차 있었습니다.

마을에 들어서자 노새의 발굽은 시멘트 길을 두드려 퍽이나 듣기 좋은 소리를 냈으며, 간혹 마찰되는 바람에 녹색 불꽃도 튕겼습니다. 마을은 아주 조용했으며 거리에는 아무도 없었습니다. 어느 집의 강아지가 우리 뒤에서 따르고 있던 야수들을 건드려보려고 했지만, 방금 가까이 하려고 시도하다가 곧 한 번 물러나고 말았으며 그 바람에 강아지는 새된 소리를 지르면서 어떤 골목으로 도망을 갔습니다. 달빛이 너무도 밝았기에 가로등은 쓸모없게 느껴졌습니다. 마을 입구에 있는 큼직한 홰나무에 걸린 강철로 만든 종은, 달빛 아래에서 푸른색을 드러내고 있었는데 그것은 인민공사 시절의 유물이었으며 그 때 그 종소리는 바로 명령이었습니다.

누구도 우리가 마을로 들어서는 것을 발견하지 못했으며, 발견한 다고 해도 두려울 것은 없었습니다. 그들을 때려죽인다 해도 그들은 노새가 끌고 있는 상자 안에 마흔한 개의 포탄이 들어 있다는 것을 믿지 않을 것이며, 우리가 그들에게 상자 속에 포탄이 들어 있다고 말한다고 해도 그들은 믿지 않을 것입니다. 그들은 그럴수록 저, 뤄 샤오퉁을 대포 아이라고 부를 것입니다. 큰스님, 제가 재삼 설명헤드 리지만, 우리가 살던 곳에서 '대포'라는 의미는 '큰소리를 잘 친다' 는 뜻이며, '대포 아이'란 바로 '큰소리를 잘하거나 거짓말을 잘하는 아이'라는 뜻입니다. 그들이 저를 대포 아이라고 부른다면 곧 대포 아이가 되면 되는 것이고, 저는 치욕을 느끼지 않고 오히려 영광스럽 게 생각할 것입니다. 혁명의 영도자인 손중산孫中山 선생도 매우 듣기 좋은 별명이 있는데 바로 '손대포'였다는 것입니다. 손중산 선생의 별명이 손대포였지만 그는 친히 대포 한 대를 쏜 적이라곤 없었는데, 저는 손중산 선생을 능가해서 친히 대포를 쏠 것입니다. 대포는 이미 우리집 창고에 감춰져 있고 길이 잘 들었으니, 부속품마다 전부 청춘 을 회복하였으며, 하늘에서 떨어진 것처럼 저마다 모두 황색의 기름 을 발랐고 헝겊으로 닦기만 하면 빛이 났습니다. 대포 통은 포탄을 부르고 있었고 포탄은 대포 통을 갈망하고 있었는데, 그것은 마치 우 통 신선이 미녀들을 부르고 미녀들이 우통 신선을 갈망하는 것 같았 습니다. 제가 마흔한 개의 포탄을 다 쏜다면 저는 진정으로 대포 아 이가 되는 것이며, 저는 역사적 인물이 되는 것입니다.

우리집 대문은 그냥 닫아두었기 때문에 밀어서 열고 노새를 앞세우고 우리는 안으로 들어갔습니다. 한 무리의 황금색 족제비들이 우리집 마당에서 춤을 추고 있다가 우리를 반겼습니다. 저는 우리집이 이미 족제비들의 낙원이 되었다는 것을 알고 있었으니, 그들은 이곳에서 연애하고, 결혼하며, 후대를 기르면서, 쓰레기를 줍는 사람들이 함부로 우리집 안으로 들어오지 못하게 하고 있었습니다. 족제비들은 매력적이어서 여인들은 미혹되기만 하면 이내 정신착란 증세가 발동해서, 노래하고 춤을 추기도 하며 심지어는 엉덩이를 드러내고 거리에서 내달리기도 했답니다. 하지만 우리는 두려워하지 않았습니다. 저는 그들에게 말했습니다.

"친구들! 고맙다. 너희들이 나를 대신해 대포를 지켜주어서 고맙다."

그러자 그들이 이렇게 말했지요.

"예의를 갖추지 마세요. 예의를 갖추지 마세요."

그들 중 어떤 것은 붉은 조끼를 입고 있었는데 주식거래소에서 일하는 아이들 같았고, 또 어떤 녀석은 하얀 팬티를 입고 있었는데 수영장에서 수영을 하는 아이들 같았습니다.

우리는 먼저 박격포를 뜯어 하나하나 마당으로 옮겨놓았으며 그러고는 나무 사다리 하나를 창고 위의 옥상 처마에다 갖다 댔습니다. 제가 먼저 옥상으로 기어 올라가 주위를 살펴보았습니다. 주위에 있는 지붕 위의 기와들은 달빛 아래에서 휘황찬란한 빛을 발하고 있었고, 마을 뒤로 흐르는 강물이 다 보였으며 마을 앞의 들판과 들판의 불길들이 훤히 보였습니다. 이것은 대포를 쏘기 좋은 아주 좋은 기회였습니다. 그러니 더 이상 주저할 것이 없었고 주저할 필요도 없었습니다. 저는 명령을 내려서 그들에게 대포의 부속품들을 끈에다 하나씩 맨 다음 옥상으로 올리게 했습니다. 저는 대포 통에서 하얀 장갑을 꺼내서 끼고는 아주 숙련되게 대포를 조립했습니다. 제 대포는 달빛 아래에서 위엄 있게 틀고 앉아 있었으며 마치 목욕탕에서 뛰어나온 색시처럼 빛을 내면서 신랑이 오기를 기다리고 있었습니다. 대포통은 45도 각도를 이루며 달을 향하고 있었으며 달빛을 마시고 있었습니다. 몇 마리의 족제비들이 옥상으로 올라와 대포 앞으로 가더니 앞 다리를 넣고 만져보았습니다. 그것들은 귀엽기에 만질 수가 있지만 다른 인간들이 와서 만졌다면 저는 발로 차버렸을 것입니다. 이어서 그 남자 애는 노새를 사다리 옆으로 몰고 왔으며 두 늙은이는 노새가 지고 있던 포탄 박스를 하나씩 내렸습니다. 그들의 동작은 숙련되고 믿음직했습니다. 박격포 탄알은 위력이 세서 일단 땅에 떨어지기만 하면 그 뒷일이야 상상하기도 두려운 것이었습니다. 여전히 끈으로 일곱 개 상자를 하나씩 들어 올려서 옥상의 네 모퉁이에 놓았습니다. 그 늙은 부부와 어린이도 옥상으로 올라왔습니다. 할머니는 올라오자마자 숨을 헐떡거렸습니다. 그녀는 기관지에 염증이 있었던 것입니다. 흰 무 하나를 먹으면 되는데 유감스럽게도 우리 주위에는 무가 없었습니다. 이때 족제비 한 마리가 말했습니다.

"우리가 가서 가져오겠습니다."

잠시 후에 여덟 마리의 족제비들이 50센티미터 길이에 수분이 충분한 흰 무 하나를 들고, 구호를 외치면서 사다리를 기어 올라왔습니다. 할아버지는 급히 그들의 어깨에서 무를 내려 할머니에게 넘겨주면서, 연신 고맙다는 인사로 백성들의 소박한 예의를 나타냈습니다. 할머니는 한 손으로는 무 머리를 쥐고 다른 한 손으로는 무 꼬리를 잡고 무릎에다 놓고 툭 건드리니 무가 두 동강 났습니다. 할머니는 무 꼬리를 옆에다 놓고 무 머리를 들고 한 입 뜯더니 우물우물 씹었고, 달빛 아래에서 무 냄새가 풍겼습니다.

"대포를 쏘자!"

할머니가 말했습니다.

"대포의 연기를 마시며 무를 먹으면 내 병은 나을 거야. 내 병은 육십 년 전에 아들을 낳을 때 생긴 것이니. 그때 일본 병사 다섯 명이 우리집 마당에서 대포를 쏘았는데 그 연기가 창문을 뚫고 내 목에 들어와서 기관지에 손상을 주었단다. 그때부터 나는 기침을 했으며 내 아들도 대포 소리에 놀라고 연기에 그을려서 결국엔 중풍을 앓다가 죽었단다."

"그 대포를 쏜 자식들도 오래 살지 못했단다."

할아버지가 할머니의 말을 받았습니다.

"그들은 우리집 소를 죽였고, 우리집 식탁과 걸상을 패더니 쇠고기 굽는 불을 지펴서, 그 위에서 쇠고기를 구웠는데 잘 익히지 않아 모두들 중독이 되어서 죽었단다. 우리 부부는 이 대포를 땔나무 속에 감추고, 포탄 일곱 상자는 벽장 속에다 감추고 죽은 아들을 안은 채 남산으로 도망갔단다. 나중에 사람들이 찾아와서 우리를 조사했는데 그들이 하는 말이 우리가 쇠고기에다 독약을 넣어서 다섯 명의 일본 놈을 죽였기 때문에 영웅이라는 거였어. 하지만 우리는 영웅은커녕, 그들에게 놀라서 온몸을 덜덜 떨었단다. 그리고 우리는 고기에다 독약은 더더욱 넣지 않았으며, 그들이 중독이 되어서 땅에서 뒹굴고 있을 때는 우리 가슴이 몹시 아팠단다. 내 아내는 앓는 몸을 이끌고 그들에게 녹두죽을 한 가마솥 끓여주기까지 했단다. 녹두죽은 백 가지 독을 희석시킬 수 있단다. 하지만 그들이 너무 심하게 중독이 되어서 살려내지는 못했지. 아주 오랜 세월이 지난 후, 더더욱 많은 사람들이 찾아와 조사를 했는데 여전히 그 일을 말했고, 우리들을 보고 그 때 그 일을 시인하라고 했단다. 그때 한 군인이 있었는데 그는 똥을 푸는 쇠스랑으로 똥을 누고 있는 적의 군관을 뒤에서 찔러 죽였단다. 그리고 권총 한 자루와 탄알 스무 개와 소가죽 벨트와 군복 한 벌과 시계 하나와 금테 안경 하나, 그리고 도금한 만년필 하나를 얻었는 데, 그것을 몽땅 바쳐서 공을 세웠단다. 그리고 공로패 하나를 얻었 는데 그는 그것을 늘 앞가슴에 달고 다녔단다. 그는 우리들을 보고 대포와 박격포탄을 내놓으라고 했지만 우리는 내놓지 않았지. 우리 는 언젠가 대포를 아주 좋아하는 아이를 만날 것이라는 것을 알고 있 었으며, 그 애가 찾아와서 우리 아들의 생명과 바꿔온 이 유산을 이 어받기를 기대했단다. 몇 년 전에 우리가 낡은 물건으로 너에게 이것 을 팔 때 우리는 네가 이것을 보존할 것이라는 걸 알고 있었기 때문이 란다. 낡은 물건으로 처리한 것은 한낱 우리들의 구실에 지나지 않았 지. 우리 부부의 한 평생의 소원은 바로 너를 도와서 이 마흔한 개의 포탄을 쏘게 하는 것이며 그렇게 해서 네 원수를 갚고, 네 이름을 떨 치게 하는 것이란다. 너는 우리들이 어디에서 왔는지 물을 필요가 없 단다. 우리가 네게 알려줘야 할 것은 이미 다 말했으니 네가 알지 말 아야 할 것은 물어도 소용없단다. 됐다, 애야, 이제 대포를 쏘아라."

그 남자 애는 온통 깨끗하게 닦아 빛이 번뜩이는 탄알을 노인에게 넘겨주었습니다. 저는 눈물이 글썽하였으며 마음속에서는 뜨거운 것 이 들끓고 있었으며 원한과 은혜가 제 피를 들끓게 했으니 대포를 쏘 지 않고는 그런 것들을 이겨낼 수 없었습니다. 저는 눈물을 닦고 정 신을 집중한 뒤 대포를 잡았고 가르쳐주는 사람이 없었지만 스스로 거리를 계산하고 조준했습니다. 목표는 바로 오백 미터 정면에 있는 란 씨네 동쪽 곁방이었습니다. 가격이 이십만 위안이나 되는 명나라 시절의 정방형 책상을 둘러싸고 앉아, 란 씨와 세 개 진 정부의 간부들이 한창 마작을 하고 있었습니다. 그 가운데 한 여인은 핑크색의 커다란 얼굴을 하고 있었는데, 한 올의 선처럼 가는 눈썹에 빨간색 입술을 하고 있는 그녀는 혐오를 느끼게 하였으니, 그녀도 란 씨와 함께 갈 운명이었습니다. 어디로 가는가? 천당으로 가지요! 저는 늙은이가 건네주는 포탄을 받아 쥐었고, 대포 통에 넣고 손을 살짝 놓았습니다. 대포 통은 스스로 탄알을 삼켜버렸으며 대포 탄알 스스로 대포 통 안으로 들어갔던 것입니다. 먼저 가벼운 소리가 났는데 그것은 포탄의 밑불이 대포 바닥과 부딪치는 소리였습니다. 그 뒤 커다란 소리를 냈는데 제 고막이 터질 지경이었습니다. 구경하고 있던 족제비들은 머리를 감싸 쥐고 찍찍 소리를 냈습니다. 포탄은 길게 꼬리를 끌면서 공중으로 날아올라 달빛 아래에서 비행을 하며 새된 소리를 냈는데 마치 목표가 확실한 큰 새처럼 예정된 목표에 떨어졌으며 한 무더기의 강렬한 파란 빛이 생겨난 후 거대한 폭발 소리가 울려 퍼졌습니다. 란 씨는 연기 속에서 기어 나와서 몸에 묻은 먼지를 털면서 냉소를 지었습니다. 그는 무사하였습니다.

저는 대포 통을 조정해 랴오치의 집을 겨냥했습니다. 그곳에서는 가죽 소파가 있었는데 소파에는 란 씨와 랴오치가 앉아 있었습니다. 그들은 소곤소곤대면서 무언가를 작당하고 있었습니다. 좋다. 너, 이 랴오치야, 너를 란 씨와 함께 염라대왕에게 보내줄 테다. 저는 늙은이 손에서 포탄을 받아 쥐고 가볍게 놓았더니 포탄은 소리를 내면서 하늘로 날아올라 달빛을 꿰뚫고 지나가더니 목표에 적중했습니다. 포탄은 지붕을 뚫고서 폭발했는데 포탄 조각들이 대부분은 벽에 꽂히고 소수는 지붕에 적중했습니다. 완두콩알 크기의 포탄 조각이 랴오치의 입에 적중했으니 그는 입을 감싸 쥐고 비명을 질렀고, 란 씨는 냉소하면서 말했습니다.

"뤄샤오퉁, 너, 나를 맞출 수 있다고 생각하지 마."

저는 판챠오샤의 이발소를 겨냥하기 위해 늙은이의 손에서 포탄을 받아 쥐었습니다. 두 번 다 란 씨를 적중하지 못하자 약간 실망도 했습니다. 하지만 상관없었습니다. 아직도 서른아홉 개의 포탄이 있으니, 란 씨야, 너는 언젠가 분신쇄골이 되는 운명을 면하지 못할 것이다. 저는 포탄을 구멍에 넣었습니다. 포탄은 어린 요정처럼 노래를 부르면서 날아갔습니다. 란 씨는 이발관 의자에 누워 있었으며 눈을 감고 판챠오샤에게 세면을 시키고 있었죠. 그의 얼굴은 이미 아주 깨끗해서 실크로 비벼도 아무런 소리도 나지 않을 지경이었습니다. 하지만 판챠오샤는 여전히 세면을 하고 있었죠. 듣자하니 면도를 하는 것은 일종의 향락이라고 하더니, 란 씨는 콧소리를 내고 있었습니다. 오랜 세월 동안 란 씨는 면도하는 시간에 졸고 있으면서도 침대에서는 항상 불면 상태였죠. 억지로 잠을 청했지만 단잠에 들지 못하고 모기가 앵앵거리기만 해도 그는 잠에서 깨어났답니다. 마음속에 나쁜 심보가 있는 사람들은 항상 잠을 편안히 잘 수 없는 것입니다. 이것은 신선이 그들에게 주는 징벌이랍니다. 포탄은 이발관의 지붕을 뚫고서 히히 웃으면서 돌을 깔아둔 땅에 떨어졌으며, 사람을 간지럽게 하는 머리카락이 가득 묻자 화를 내며 그만 폭발했습니다. 말 이빨 크기 정도의 포탄 조각이 이발 의자 앞에 있는 거울을 적중했습니다. 판챠오샤의 손목이 검은 콩 알갱이만 한 포탄 조각에 적중했으며 칼이 손에서 떨어지고 칼날이 떨어져 나갔습니다. 그녀는 새된 소리를 지르면서 땅에 엎드렸고 몸에는 아주 많은 머리카락이 묻었으니 머리카락들이 몸을 간질이게 되었습니다. 란 씨는 눈을 뜨고서 판챠 오샤를 위로했습니다.

"두려워 마오. 뤄샤오통이란 자식이 장난치고 있는 거요."

네번째 포탄은 육류공장의 연회 장소를 겨냥했습니다. 그곳은 제가 너무나 잘 알고 있는 곳입니다. 란 씨는 그곳에서 연회를 베풀어서 팔십 넘은 마을의 노인들을 접대하고 있었습니다. 이것은 선한 행위였으며 또한 선전이기도 했습니다. 제게 익숙한 그 세 명의 기자들은 촬영을 하느라 정신들이 없었습니다. 할아버지 다섯 분과 할머니 세 분, 이렇게 여덟 명의 노인들이 식탁을 둘러싸고 앉아 있었습니다. 식탁 가운데에는 세숫대야보다 더 큰 케이크가 놓여 있었으며 케이크에는 붉은 촛불들이 꽂혀 있었습니다. 한 젊은 여인이 라이터로 그 촛불들에 하나씩 불을 지폈습니다. 그러다가 어떤 할머니에게 촛불을 불라고 했습니다. 그 할머니는 이빨이 두 개밖에 남지 않았으며 말도 발음이 정확하지 않았기에 입김을 모아 촛불을 끄려면 아주 큰 힘이 들었습니다. 저는 포탄을 받아 쥐고 손을 놓기 전에 이 무고한 노인들을 해칠까 봐 잠깐 주저했습니다. 하지만 목표가 이미 정해졌는데 어떻게 그만둘 수 있겠습니까? 저는 그들을 대신해 기도했으며 포탄과 상의해서, 직접 란 씨의 머리로 날아가서 폭발하지 말고 그를 찔러 죽이기만 하면 된다고 말했습니다. 포탄은 새된 소리를 지르더니 날아올랐고 강물을 넘어서 줄곧 연회청 상공으로 날아가더니 공중에서 천분의 일 초 동안 정지하고서 직선으로 하강했습니다. 그 결과는 당신도 대략 짐작할 수 있겠지요? 그렇습니다. 그 포탄은 바로 그 커다란 케이크에 박히고 말았습니다. 그런데 폭발되지는 않았죠.

그 케이크의 반작용력이 세서 도화선에 불이 붙지 않았는지 아니면 불발탄이었는지 알 수가 없습니다. 촛불은 대부분 꺼졌고 다만 두 개만 여전히 타고 있었는데 무채색 크림이 도처로 튀었으며 노인의 얼굴에도 튀었고 카메라와 렌즈에도 튀었습니다.

다섯번째 포탄은 물 주입 현장을 겨냥했습니다. 이곳은 제 영광이 있는 곳이며, 또한 제 슬픔이 어린 곳입니다. 야간작업을 하고 있는 노무자들이 낙타에게 물을 주입하고 있었죠. 낙타들 코에는 호스가 꽂혀 있었으니 그들의 안색이 좋지 않았고 저마다 하나같이 노파 같았습니다. 제 직무를 빼앗은 완샤오장이 란 두목과 뭔가 속삭이고 있었는데, 소리가 아주 높았지만 저는 확실히 들을 수 없었습니다. 포탄이 나가는 새된 소리가 제 청각을 방해했던 것입니다. 완샤오장, 너, 이 나쁜 놈, 바로 네가 우리 남매에게 고향을 떠나게 했던 것이다. 나는 란 두목보다 너를 더 원망하고 있다. 그런데 하늘에 눈이 있어 오늘 내 포탄을 맞도록 했구나. 저는 격앙된 감정을 억제하면서 호흡을 조정하고 포탄을 부드럽게 밀어 넣었죠. 포탄은 마치 날개가 달린 살찐 애처럼—어떤 외국에서는 그것을 천사라고 부릅니다—정해진 목표를 향해 날아갔습니다. 천장을 뚫고 완샤오장 앞에 떨어지더니 먼저 그의 오른발을 찌르고 나서 폭발되었죠. 포탄은 마치 기술이 뛰어난 도살자가 도려낸 듯 그의 툭 튀어나온 배만 날아나게 하고 다른 곳은 아무런 손상도 입히지 않았습니다. 란 두목은 폭발 기류에 넘어갔고 제 머리는 텅 빈 상태가 되었습니다. 제가 정신을 차리고 일어났을 때, 그 자식은 이미 더러운 물 가운데서 기어 일어나 있었습니다. 그는 엉덩이에 흙이 묻은 것 외에 몸에는 상처라곤 없었습니다.

여섯번째 포탄은 직접 후^胡 진장_{鎭長}의 사무용 책상에 가서 떨어졌
는데 돈이 가득 들어 있던 봉투를 산산조각 나게 했습니다. 봉투 아
래에는 강화유리가 있었으며 그 유리 밑에는 진장이 태국으로 유람
갔을 때, 그 아름다운 요정 같은 여인들과 함께 찍은 사진이 깔려 있
었습니다. 강화유리의 견고함은 돌을 초과했지만 포탄이 부딪치면
화를 내지 않을 도리가 없었습니다. 하지만 그것은 화를 내지 않았습
니다. 그러므로 그 포탄은 평화의 포탄인 것입니다. 평화의 포탄이란
무엇인가? 사실은 이런 것입니다. 이런 포탄을 생산하는 병기 공장
노무자들 중에는 전쟁을 반대하는 분자들이 있는데 그들은 책임자가
주의하지 않는 틈에 포탄에다 오줌을 누어서 포탄의 외각은 빛이 났
지만 그 속에 들어 있는 화약은 분명코 습해서, 공장에서 생산되는
그날부터 이미 벙어리 포탄이 되는 것입니다. 평화의 포탄은 여러 가
지 종류가 있는데 제가 말한 것은 그중의 한 가지입니다. 그리고 다
른 한 가지는 포탄 속에 화약이 들어 있는 것이 아니라 비둘기 한 마
리가 들어 있는 것입니다. 그리고 또 한 가지는 화약 대신에 종이 한
장이 들어 있는 것입니다. 그 종이에는 이런 글씨가 적혀 있지요.
'중일 양국 인민 만세!' 이 포탄은 고철로 이루어져 있었으니 강화유
리는 부스러기가 되었습니다. 진장과 요정들의 사진은 직접 포탄에
박혔지만 사진에 있는 모습들은 여전히 구별할 수 있었죠. 그러나 모
든 것은 반면불수가 되었던 것입니다.

　　일곱번째 포탄을 쏠 때 저는 가슴이 아팠습니다. 그것은 란 두목이
라는 놈이 제 어머니의 묘지 앞에 서 있었기 때문입니다. 저는 그의
얼굴은 볼 수가 없었고, 다만 달빛에 기름이 번지르르한 수박 같은
대머리와 길고 긴 그림자만 볼 수 있었죠. 어머니 묘지 앞에 세워진

비석은 제가 직접 만든 것이었으며 그 위에 적혀 있는 글자들은 저를 알고 있었습니다. 어머니가 제 앞을 가로막고 서 있는 것처럼 제 앞에 어머니 모습이 나타났죠. 어머니! 비켜주세요. 제가 말했습니다. 하지만 그녀는 피하지 않았습니다. 그녀는 저를 똑바로 보고 있었는데 그녀의 얼굴 표정은 그렇게도 처량해 저는 살점을 칼로 도려내는 것 같았습니다. 늙은이가 제 옆에서 낮은 소리로 말했습니다. 대포를 쏘아라! 알겠습니다. 아무튼 어머니는 이미 죽었으니까 죽은 사람은 포탄을 두려워하지 않지요. 저는 눈을 감고 포탄을 밀어 넣었습니다. 거센 소리와 함께 포탄은 어머니를 지나 울면서 날아갔습니다. 눈 깜짝할 사이에 그것은 어머니의 비석 앞에 떨어졌으며 비석을 한 무더기의 길가에다 펴놓을 수 있는 돌로 부서지게 했습니다. 란 두목은 몸을 돌려서 저를 보고 고함을 질렀습니다.

"뤄샤오퉁! 너, 끝이 있는 거니? 없는 거니?"

물론 끝나지 않았죠. 저는 여덟번째 포탄을 받아 쥐고 화를 내면서 밀어 넣었습니다. 포탄의 목표는 육류공장의 식당이었습니다. 연달아 일곱번이나 란 두목을 죽이지 못하자 포탄도 화난 듯했습니다. 그러므로 그것은 공중에서 곤두박질을 치더니 약간 방향이 틀어져 날아갔죠. 사실 저는 포탄을 천장에 나 있는 창문을 통해 안으로 들어가게 해 그 아래에서 사골 국을 마시고 있는 란 두목을 적중하려 했던 것입니다. 그때 사골 국을 마시면 보신도 되고, 칼슘도 보충된다고 한동안 아주 유행이었죠. 영양학자들은 아침저녁으로 신문에다 글을 발표하고, 텔레비전에서 연설을 하면서 사람들에게 사골 국을 마시고 칼슘을 증가시키라고 선전했습니다. 사실 란 두목의 뼈는 박달나무보다 더 단단했기에 칼슘 보충이 필요 없었습니다. 황빠오는 그를 위해 말 다리 국을 한 가마 끓였으며 또 맛을 돋우는 고급 분말을 넣었고, 비린내를 제거하는 후춧가루를 넣고 신선한 계장을 넣었습니다. 란 두목은 앉아서 국을 마시고 황빠오는 국자를 든 채 한쪽에 서 있었습니다. 란 두목은 온 얼굴에 땀을 흘리면서 마셔댔고, 스웨터를 벗어버리고 느슨하게 풀어헤친 넥타이를 어깨 위에 올려놓고 있었습니다. 저는 포탄이 그의 그릇에 적중하기를 바랐으며 그릇이 아니더라도 가마솥에 가서 적중하기를 바랐습니다. 그렇게 되면 그를 적중하지 못하더라도 튕겨 나온 국물들이 그에게 화상을 입게 할 수 있을 것이었습니다. 하지만 그 장난꾸러기 포탄은 식당 뒤에 있는 붉은 벽돌로 쌓은 굴뚝에 들어가서 터졌으니 폭발 소리와 함께 굴뚝이 지붕 위로 넘겨졌습니다.

아홉번째 포탄은 육류공장에 있는 란 두목의 밀실을 겨냥했습니다. 그것은 그의 사무실과 연결된 작은 방이었는데 그곳에는 커다란 나무 침대 하나가 놓여 있었죠. 침대 용품들은 모두 고급스러웠고, 재스민 향을 풍기고 있었죠. 밀실의 문을 모르는 사람들은 발견하기 아주 힘들었습니다. 란 두목의 사무용 책상 아래에는 전기 스위치가 있었는데 그것을 살짝 누르기만 하면 벽에 있는 거울이 한쪽으로 열리면서 벽 색과 동일한 색의 문이 나타나며 열쇠로 열면 문이 열렸습니다. 그리고 란 두목이 들어가서 다시 스위치를 누르면 밖에 있는 큰 거울과 자동적으로 합쳐집니다. 저는 이 침실의 정확한 위치를 알고 있었으며 발사 전에 반복적으로 계산을 했고 포탄의 성격과 달빛의 자력도 고려했으며 오차를 제일 낮은 정도까지 낮추어서 이 포탄이 바로 침대 가운데 떨어져, 만약 어떤 여인이 란 두목과 잠을 자고 있다면 그녀는 풍류 귀신이 되어버리는 것입니다. 저는 호흡을 잘 조절하면서 두 손으로 먼저 발사한 여덟 개 포탄보다 더욱 무거워 보이는 이 포탄을 잡고 포탄이 자연스럽게 대포 속으로 들어가게 했습니다. 포탄은 한 줄기의 불꽃을 내면서 제일 높은 곳까지 올랐다가 다시 평온하게 아래로 떨어져 내렸습니다. 그 밀실 밖의 제일 명확한 표시는 바로 란 두목이 다른 사람들을 청할 때마다 불법적으로 설치한 위성 안테나였는데 그것은 모양이 큰 가마솥 같았고 색상도 아름다운 은백색이었으니 달빛 아래에서 백광을 반사하고 있었습니다. 그 포탄은 안테나의 빛에 눈이 어두워 공연히 육류공장의 개 우리 속에 들어가더니, 굶주림에 시달려 이미 굶은 늑대가 된 열댓 마리의 개들을 작살내고 그들에게 상처를 입혔으며 또한 그 높다란 개 우리 난간에도 구멍을 뚫었습니다. 상처를 입지 않은 개들은 잠깐 주저하다가 꿈에서 깨어난 듯 그 구멍으로 뛰어나갔습니다. 저는 그 순간부터 사람을 해치는 짐승이 더더욱 많아졌다는 것을 깨달았습니다.

저는 늙은이 손에서 열번째 포탄을 받아 쥐었습니다. 금방 발사하려는데 상황이 급변했습니다. 제가 원래 겨냥했던 것은 란 두목이 일본에서 사들인 로열 고급 승용차였고 란 두목이 좌석에 누워서 졸고 있었습니다. 기사도 운전석에 앉아서 졸고 있었습니다. 차는 어느 작은 복층집 앞에 서 있었는데 뭔가를 기다리고 있는 것 같았습니다. 저는 승용차 앞에 있는 바람막이 유리를 겨냥했으며 포탄이 그곳을 뚫고 들어가 란 두목의 품에서 터지기를 바랐답니다. 아무리 더러운 포탄이거나 혹은 평화의 포탄이라 할지라도 그 거대한 관성에 의해서라면 충분히 란 두목의 배를 터지게 할 수 있을 것입니다. 그렇게 되면 그는 어디 가서 완전히 위장을 하지 않고서는 죽을 수밖에 없는 것입니다. 하지만 제가 금방 포탄을 밀어 넣었을 때, 란 두목의 차가 갑자기 움직였으며 도시로 향한 길을 따라서 질주했습니다. 저는 처음으로 움직이는 목표를 포격해여 했으므로 순간적으로 당황했습니다. 급한 김에 저는 한 손으로는 대포를 움직이고 다른 한 손으로는 포탄을 밀어 넣었습니다. 콩 소리와 함께 저는 뜨거운 기운이 얼굴에 덮치는 것을 느낄 수 있었으며 화약이 대포 통을 타고 흘렀지요. 방출하는 고열이 대포 통을 뜨겁게 했으며 만약 제가 장갑을 끼지 않았다면 틀림없이 화상을 입었을 것입니다. 포탄은 승용차를 따라가다가 승용차 뒤에 나가떨어졌으니 결국 란 두목을 환영하는 예포가 되고 말았습니다. 정말 씨발, 놈이었습니다.

열한번째 포탄의 목표는 아주 멀었습니다. 현성縣省과 향진鄕鎭 사이에 여러 가지 광물질을 포함한 온천이 있었는데 어떤 농업 기업가가 그곳을 개발해서 부자들과 관리들이 찾아와서 즐기는 송림 산장이 있었습니다. 이름은 산장이라지만 산이라곤 보이지 않았습니다. 흙무더기조차 없었으며 원래 있던 묘지들도 모두 밀어서 평지로 만들어놓은 곳입니다. 다만 열 몇 그루의 검은 소나무만이 달빛 아래에서 연기처럼 흰색 건축물을 가리고 있었습니다. 그 짙은 유황 냄새는 옥상에 서 있는 저도 맡을 수 있을 것 같았습니다. 홀에 들어서면 예쁜 아가씨가 마중을 나오면서 인사를 하는데, 그녀는 짧은 상의를 입었고 디리를 드러냈으며 허리에다 넓은 천을 느슨하게 두르고 있었으므로 약간만 당겨도 나체가 드러날 것 같았습니다. 이곳의 아가씨들은 모두 앵무새 같은 이상한 소리로 말했죠. 란 두목은 먼저 늪에서 물장난을 했습니다. 늪 가운데 웨이트리스가 서 있었죠. 그리고 그는 사우나실로 들어갔으며 그 속에서 땀을 흠뻑 흘렸습니다. 그는 통이 넓은 짧은 바지를 입고 노란색 짧은 적삼을 입고 있었는데, 안

마실로 들어가 근육이 발달한 아가씨를 선택하더니 그녀에게 태국식 안마를 해달라고 했습니다. 마치 씨름을 하듯이 그 아가씨는 란 두목을 안았죠.

"란 씨야. 너의 최후가 왔다. 너는 이처럼 깨끗하게 씻었으니 죽어도 깨끗한 귀신이 되는 것이다."

저는 포탄을 밀어 넣었죠. 포탄이 날아간 삼십 초 후에 마치 창백한 비둘기처럼 변해버린 제 뉴스도 함께 날아가버렸습니다. 란 두목아! 포탄 받을 준비를 하라. 아가씨는 손에다 가름대를 쥐고 란 두목의 잔등에서 엉덩이를 움찔거렸죠. 란 두목은 콩콩거리고 있는데 고통스러운지 아니면 편해서 그런지 알 수가 없었죠. 그런데 포탄은 씨발, 또 방향이 틀렸습니다. 그것은 커다란 늪에 꽂히면서 물줄기를 튕겨 올렸고 물이 도처로 튀었습니다. 웨이트리스는 목이 작살났으며 무리를 지은 남녀들이 어두컴컴한 작은 방에서 달려 나왔으며 어떤 인간은 겨우 중요 부위만 가릴 수 있는 옷을 입고 있었고 어떤 이들은 엉덩이를 드러내고 있었습니다. 란 두목은 아무렇지도 않게 안마 침대에 누워 있었는데 머리를 갸우뚱거리면서 차를 마시고 있었으며, 그 아가씨는 상반신이 침대 밑으로 들어가 있었는데 엉덩이를 높이 쳐들고 있었습니다. 마치 머리만 돌보고 엉덩이는 돌보지 않는 타조들 같았습니다.

황빠오네 집의 뜨거운 온돌에서 란 두목과 그 추파 던지기 좋아하던 황빠오의 첩이 한창 그짓을 하고 있었습니다. 이런 순간에 대포를 쏜다는 것은 사내의 품위를 잃는 일이었습니다. 하지만 죽는 이에게는 아주 좋은 순간일지도 모릅니다. 제정신이 아닐 때 죽는다는 것은 얼마나 행복한 일입니까? 저는 란 두목을 행복하게 하고 싶지도 않고, 또한 품위도 잃게 하고 싶지 않았습니다. 하지만 저는 대포를 쏘지 않을 수 없었습니다. 그래서 저는 대포를 약간 높였으며, 제 열두 번째 포탄은 황빠오네 집 마당에 떨어져 땅에 소 한 마리가 누울 수 있는 구멍을 냈습니다. 황빠오의 첩은 새된 소리를 지르면서 란 두목의 품속에 안겼습니다. 그러자 란 두목은 그 여자의 엉덩이를 다독이면서 말했습니다.

"베이비! 두려워하지 마. 뤄샤오통 그 자식이 장난을 치고 있는 거야. 걱정하지 마. 녀석은 영원히 나를 죽이지 못한다. 만약 내가 죽는다면 녀석의 삶은 곧 의미를 잃는단다."

듣자하니 십삼은 불길한 숫자라고 하는데 이 열세번째 포탄으로 란 두목을 서쪽 하늘로 보내주자. 란 두목은 이때 바로 우퉁 사찰 앞에 꿇어앉아 있었습니다. 큰스님! 바로 우리 이 사찰 앞에 있었단 말입니다. 그때 아주 많은 낭설이 떠돌았는데, 우퉁 신선 앞에 꿇어앉아서 빈다면 자기의 성기가 두 배는 커진다고 했으며, 그럴 뿐만 아니라 재물 운세도 강물 세 굽이에 비교할 수 있을 정도로 증대된다고 했습니다. 란 두목은 향과 촛불을 준비했으며 달빛을 받으며 사찰 안으로 들어왔죠. 그때 전설이 있었는데 이 사찰에는 목을 매 자살한 귀신이 떠돌고 있다고 했습니다. 그래서 일반 사람들은 이 사찰이 영험이 있다는 걸 알지만 들어올 엄두를 내지 못하고 있었죠. 그런데 란 두목은 달밤에 혼자 찾아왔던 것입니다. 저는 십 년 후 이곳에서 당신과 만날 수 있다는 생각은 하지도 못하고 아무런 주저 없이 대포로 사찰을 겨냥했죠. 란 두목은 우퉁 신선 앞에 꿇어앉아서 향을 사르고 촛불을 지폈으며, 촛불이 그의 얼굴을 비추었는데, 신선상 뒤에서 히히 하는 냉소 소리가 울려왔습니다. 이러한 냉소를 들으면 일반 사람들은 머리카락이 곤두서고 걸음아, 날 살려라, 하고 도망갈 것이지만 란 씨는 두려워하지 않았죠. 그는 감히 그 냉소를 따라 히히 하고 웃었습니다. 그리고 그는 촛불을 들고 신선상 뒤로 가 비춰보았습니다. 촛불을 빌어 저도 줄을 서 있는 우통 신선상을 보았죠. 가운데 있는 신선상, 사람 머리에 말 몸뚱이를 한 것이 제일 귀여웠는데, 물론 어린 망아지였습니다. 왼쪽에 있는 두 마리 중 하나는 사람 머리에 돼지 몸뚱이였고 다른 하나는 사람 머리에 양 몸뚱이였습니다. 오른쪽에 있는 두 마리 중의 한 마리는 사람 머리에 노새 몸뚱이였으며 다른 한 마리는 괴멸되어서 잔여물만 남았으며 그래서 원래의 모양을 분별하기 어려웠습니다. 란 두목의 촛불이 어른거리는 가운데 갑자기 징그러운 얼굴이 나타났습니다. 제가 놀라서 손을 놓았기에 포탄이 빗나가면서 우통 신선 사찰의 한가운데 떨어졌으며 폭발 소리와 함께 세 개의 신선상이 괴멸되었습니다. 다만 가운데 있던 그 사람 머리통의 말 몸뚱이 소년만 남았는데 얼굴에는 영원한 비웃음이거나 혹은 다정한 미소를 띠고 있었죠. 란 두목은 머리에다 흙을 뒤집어쓰고 사찰에서 기어 나왔습니다.

진에 있는 '세지관즈謝記館子'는 쇠고기 완자를 전문적으로 만들었으며 명성이 아주 멀리까지 퍼졌습니다. 이 집의 주인은 늙은 할머니였는데, 아들과 며느리를 데리고 매일 쇠고기 완자 오백 개를 만드는데 한 개라도 더 많이 만들지는 않았답니다. 세 씨 집의 쇠고기 완자를 먹으려면 반드시 일주일 전에 주문해야 한답니다. 왜 세 씨 집의 쇠고기 완자가 이처럼 잘 팔릴 수 있었는가? 바로 그 맛이 독특했기 때문입니다. 그러면 세 씨 집의 쇠고기 완자에 독특한 맛이 있는 것일까요? 그것은 세 씨 집의 쇠고기 완자는 소의 제일 좋은 고기로 만든 것이기 때문입니다. 더욱 중요한 것은 세 씨 집의 쇠고기 완자는 철로 된 기물들을 사용하지 않는다는 점입니다. 그들은 대나무 막대기로 소에서 고기를 베어내었으며 다시 다듬잇돌에다 놓고 붉은 대추나무 방망이로 쳐서 고기 흙으로 만들며 다시 세 씨네가 만든 밀가루 만두에다 속을 넣어서 손에다 놓고 작은 구로 만들어서 작은 귤과 함께 기와 그릇에다 넣고 쪄낸답니다. 쪄낸 다음에 귤은 버리고 완자만 먹는데 그 기이한 맛이야말로 비교할 데가 없는 것입니다. 이렇게 유명하고 맛이 독특한 음식점을 폭발한다는 것은 확실히 가슴 아픈 일입니다. 세 씨 집의 할머니는 아주 상냥한 사람이고 그의 아들은 저와 친한 친구입니다. 하지만 란 두목을 없애기 위해 세 씨 할머니 세 씨 형님, 미안합니다. 제가 손을 놓자 제 열네번째 포탄이 하늘로 날아올랐으며 불행하게 남쪽으로 날아가던 기러기와 부딪혔습니다. 기러기는 분신쇄골이 되었고 포탄은 목표에서 빗나가 세 씨네 집 뒤에 있는 늪에 떨어지면서 물줄기를 하늘로 솟구치게 했으며 열 몇 마리의 커다란 금붕어들을 가두는 어장을 만들어버렸습니다.

진에서 제일 풍류 인물인 까만 여인은 이름이 헤이나黑娜였는데 좋은 목소리를 타고났습니다. '문화대혁명' 시기에 그녀의 노랫소리는 매일 나발에서 울렸답니다. 그녀의 출신이 좋지 않았기에 비단을 수놓을 수도 있는 그녀의 장래에 영향을 주었으며 그녀는 억울하게 출신이 좋은 염색공에게 시집을 갔답니다. 그녀는 매일 자전거를 타고 나가서 천을 수집해서는 염색을 했답니다. 그때는 좋은 천을 사기가 힘들었기에 젊은이들은 흰색 면으로 된 천을 사서 염색공에게 초록색으로 염색을 해 군복을 만들어 입었으며 그것이 아주 멋있다고 여겼답니다. 염색공의 손은 녹색이었으며 잿물로도 씻을 수 없었답니다. 그런 손으로 헤이나의 하얀 유방을 만지는 비참한 정경을 상상할 수 있었습니다. 그래서 헤이나는 다른 사람을 생각했던 것입니다. 저는 풍만한 여인에 대해 인상이 아주 좋았습니다. 그녀는 필경 노래를 불렀던 기초 실력이 있었기에 그 목소리는 사람을 취하게 하였습니다. 하지만 이것은 내가 열다섯번째 포탄을 쏘는 데는 아무런 영향도 주지 못했습니다. 그녀와 란 두목은 한창 술을 마시면서 옛이야기를 하고 있었고 말을 하다가 눈물까지 흘리기도 하였습니다. 포탄은 그녀 집의 염색 항아리에 떨어졌으며 그 낡은 녹색의 염색물이 하늘로 날아올랐습니다. 염색공은 녹색 모자를 쓰고 있을 뿐만 아니라 녹색 방에서 살고 있었던 것입니다.

열여섯번째 포탄은 원래 육류공장의 회의실을 겨냥했는데 이 포탄은 날개가 하나도 없었습니다. 그래서 대포를 떠나자 평형을 잃고 랴오치네 돼지 울 안에 떨어졌으며 그 사치스럽고 안일한 생활을 하던 암퇘지를 작살냈습니다.

육류 검역소는 제 열일곱번째 포탄을 얻어맞았습니다. 지점장인 한 씨와 부지점장인 샤오한은 모두 경상을 입었죠. 커다란 포탄 조각이 사실 란 두목을 충분히 죽이고도 남음이 있었지만 그 포탄이 적중한 란 두목의 왼쪽 안쪽 가슴에는 시에서 발급한 지 얼마 안 되는 노동 모범대원 동메달이 들어 있었던 것입니다. 그 엄청난 힘은 그를 뒤로 물러서게 했으며 결국 벽까지 가서야 겨우 멈췄습니다. 그의 얼굴은 마르고 노란색이었으며 하마터면 피를 토할 뻔했습니다. 이것은 제가 포탄을 쏘아서 이제까지 그에게 주었던 제일 큰 타격이었습니다. 비록 그의 생명을 빼앗지는 못했지만 그를 놀라게 하는 데는 충분했습니다.

열여덟번째 포탄은 란 두목을 작살낼 수 있었습니다. 그는 어떤 노천 화장실에서 오줌을 누고 있었는데 아무런 가림도 없었습니다. 그의 머리 위에는 오직 오동나무 잎만이 가려져 있었으며 제 포탄은 그 틈을 충분히 꿰뚫을 수 있었습니다. 하지만 저는 이내 그 늙은 부부가 말하던 영웅을 생각했습니다. 바로 똥을 누고 있는 적을 찔러 죽였다는 사실인데, 그것은 남자들의 치욕이었습니다. 그러므로 오줌을 누고 있는 란 두목을 죽인다면 마찬가지로 제게 영광이 아닌 것입니다. 그래서 저는 유감스럽지만 포탄의 방향을 빗나가게 해서 노천 똥통에 떨어지게 했으며 폭발 소리와 함께 그의 몸에는 똥이 가득 묻었습니다. 이 포탄은 아주 재미있었지만 필경 매우 천한 짓이었습니다.

열아홉번째 포탄은 발사하자마자 제가 국제 협약을 어겼다는 것을 깨달았습니다. 포탄이 진의 보건소 치료실을 무너뜨렸던 것입니다. 진 정부 부장의 처제인 그 간호사는——환자를 자기 앞에 있는 책상에 엎드리게 하고 엉덩이를 까놓고 주사를 놓던 그 게으름뱅이 간호사는——놀라서 땅에 꿇고 앉아 입을 벌린 채 엉엉 울었습니다. 란 두목은 침대에 누워 링거를 맞고 있었는데 혈액을 깨끗하게 하는 약물을 주입하고 있었던 것입니다. 그들은 너무나 많은 지방을 섭취해 혈액이 진득하게 디리워져 있었던 것입니디.

농촌도 도시화된 뒤로 고급스러운 문화 생활 공간들이 자연히 생겨났습니다. 진 정부 소재지에도 볼링장이 새로 생겼습니다. 란 두목은 볼링의 고수였으며, 볼링 공을 굴리기만 하면 핀들이 모두 다 넘어지곤 하였습니다. 그의 자세는 아주 흉했지만 기운은 무척 셌습니다. 그는 붉은색의 이십 파운드나 되는 공을 들고 앞으로 나아가서 달리지도 않고 마구 굴렸는데 볼링공은 마치 포탄이 날아가듯 곧 목표를 향해 나아갔습니다. 그래서 그 공들은 모두들 마구 울어대면서 구멍 속으로 빨려 들어가버렸습니다. 스무번째 포탄은 공이 굴러가는 레인에 떨어져 연기가 위로 솟아올랐으며 포탄 조각이 도처로 튀었습니다. 하지만 란 두목은 조금도 상처를 입지 않았습니다. 너, 이 나쁜 놈, 방탄조끼라도 입고 있는 거니?

스물한번째 포탄은 육류공장의 달 우물에 떨어졌습니다. 사실 란 두목이 우물 옆에서 물속의 달을 구경하고 있었던 것입니다. 저는 그가 「그 원숭이 드디어 달을 건지다」라는 이야기를 생각하고 있었을 것이라고 추측했습니다. 아니면 이 야밤삼경에 우물가로 가서 무엇을 한단 말입니까? 이 우물과 저는 아주 깊은 관계가 있습니다. 큰스님, 이것에 대해서 저는 말하고 싶지 않습니다. 우물 속의 달은 각별히 깨끗해 보였습니다. 포탄은 날아 들어간 후 폭발되지 않았습니다. 하지만 달은 철저히 파괴되었으며 우물도 흙탕물이 되어버렸죠.

비록 스물한 개의 포탄으로도 란 두목을 작살내지는 못했지만 그는 이미 소탈한 자기 품위를 지킬 수 없었죠. 기와 그릇들은 우물 옆에서 깨지고 포탄은 너를 쫓아가면서 폭발할 것이며 그러다가 포탄 조각 어느 하나가 너를 서쪽 하늘로 올려 보낼 것이다. 교활한 란 두목은 노동자 복장으로 바꿔 입고 도축장에서 야간작업을 하고 있는 노동자들 틈에 끼어들었습니다. 보아하니 군중들과 가까이하는 것 같았지만 사실 이런 행위로 자기의 생명을 보존하기 위해서였습니다. 그는 노동자들과 인사를 했으며 또한 수시로 잘 아는 공인들의 어깨도 다독여주었는데 그런 공인들은 얼굴에 웃음을 띠면서 총애를 받은 뒤 어쩔 줄 모르는 것 같았습니다. 도축장에서는 한창 낙타를 잡고 있었는데 사막에 살던 이놈들은 뷔페 음식 중에서도 그 발굽이 단연코 유명한 음식이라 대대적으로 도축되고 있는 것이었습니다. 낙타 고기를 먹는 것은 한때의 유행이었습니다. 그것은 란 두목이 이름 있는 몇몇 영양학자와 몇몇 기자들을 불러 낙타 고기의 좋은 점에 대해 연신 보고를 했기 때문입니다. 낙타의 공급지는 아주 풍부했으며 깐수 성甘潚省에서 오는 것도 있고, 네멍구內蒙古에서 오는 것도 있었습니다. 그런데 아주 수려해 보이는 놈들은 중동에서 온 놈들이었습니다. 도축장에서는 이미 절반은 자동화를 실시해 물을 주입한 낙타들은 기중기를 움직여서 도축장 제1실로 옮겨지며 공중에서 먼저 냉수를 퍼부어 전부 씻은 뒤에 다시 뜨거운 증기로 그을렸습니다. 낙타들은 공중에 걸려 있고, 아래로 드리워진 네 다리는 아무렇게나 뻗고 있었습니다. 란 두목은 낙타 아래에 서서 도축장 주임인 펑티에한을 손짓하며 그가 하는 말을 듣고 있었죠. 저는 이 기회에 손에 쥐고 있던 스물두번째 포탄을 쏘았습니다. 그 포탄은 불줄기를 질질 끌며 목표를 향해 날아가 지붕에서 폭발하고 낙타를 달아맸던 쇠사슬을 끊어놓았습니다. 그 재수 없는 낙타는 그대로 떨어져서 죽어버렸죠.

스물세번째 포탄은 스물두번째 포탄이 낸 구멍으로 도축장에 들어가 땅에서 마치 커다란 팽이처럼 뒹굴었습니다. 펑티에한은 자기 몸을 회생해 타인을 구한다는 희생정신을 발휘해 란 두목에게 덮쳐 자신의 몸으로 그를 막았습니다. 포탄은 폭발되었고 기류는 흔들렸고, 도축장에는 연기가 자욱했습니다. 네 개의 낙타 발이 작살이 나서 날아올랐다가 다시 떨어졌으며 펑티에한의 등에 나란히 떨어졌습니다. 그 모양은 마치 네 마리의 두꺼비가 그곳에 엎드려서 뭔가 상의하고 있는 것만 같았죠. 삼 분가량 지나서 란 두목은 펑티에한의 몸 아래쪽에서 기어 나왔으며, 얼굴에 묻은 무쇠 부스러기와 낙타의 피와 고기를 닦아냈습니다. 그러고는 아주 크게 재채기를 했는데, 몸에 걸치고 있던 노동자 복장은 네 개의 기와 조각처럼 동시에 땅에 떨어졌습니다. 란 두목의 몸에는 가죽 벨트 하나밖에 남지 않았으며, 누가 그에게 낡은 천 한 조각을 주자 겨우 생식기를 가리면서 드높이 고함을 질렀습니다.

"뭐샤오통! 너, 이 토끼 새끼야, 내가 너에게 잘못한 것이 뭐냐!"

너는 나에게 잘못한 것도 없고 잘한 것도 없다. 저는 할아버지의 손에서 스물네번째 포탄을 받아 쥐고, 대포 통에다 밀어 넣었으며 그것은 제 명령을 듣고서 앞에서 날아간 두 포탄의 통로를 통해 먼저 포탄이 낸 구멍에 떨어졌습니다. 란 두목은 기민하게 엎드려 한 번 뒹굴더니 낙타 시체 뒤에 숨어버렸습니다. 날아간 포탄 조각들은 포탄 구멍의 제한을 받더니 여러 형태의 아주 많은 장애가 생겼으며 란 두목은 바로 그런 장애 뒤에 숨어 있었기에 상처는 조금도 없었죠. 도축장의 사람들은 어떤 이들은 엎드려 있었고 어떤 이들은 마치 나무 기둥처럼 곧게 서 있었습니다. 그중에서 특별히 용감한 이가 낮은 포복으로 란 두목 옆으로 가서 큰 소리로 물었습니다.

"란 회장님! 괜찮으세요?"

그러자 란 씨가 대답했습니다.

"어서 가서 내가 입을 옷을 가져와."

란 씨는 낙타 뒤에 숨어서 엉덩이를 드러내고 있었는데 보기가 아주 흉했습니다.

그 용감한 공인은 도축장 주임 사무실로 달려가서 노동자 복장 한 벌을 가져왔습니다. 그가 옷을 란 두목에게 넘겨주려던 순간 스물다섯번째 포탄이 란 두목의 가슴을 향해 날아가고 있었습니다. 란 두목은 급한 중에 꾀가 떠올라 그 비닐로 된 작업복으로 날아오는 포탄을 받아서 무척 빠른 속도로 창문 밖으로 내던졌습니다. 그의 이런 행동은 냉정함과 과단성을 나타냈으며, 그리고 그의 초인적인 체력을 나타내기도 했습니다. 만약 그가 군인이어서 전쟁에 참가할 수 있다면 틀림없이 특급 전투 영웅이 되었을 것입니다. 포탄은 도축장 창문 밖에서 터졌습니다.

스물여섯번째 포탄을 발사하기 전에 할머니는 비틀거리면서 제 옆에 다가오더니 입에서 무 한 조각을 꺼내 제 입 안에 밀어 넣는 것이었습니다. 솔직히 말해서 저는 좀 역겨웠습니다. 하지만 비둘기가 먹이를 건네고 까마귀가 먹이를 먹이는 것들을 생각하니 오히려 감동되었죠. 저는 제 어머니와 관련된 추억 한 가지를 생각했습니다. 그것은 제 아버지가 등베이로 도망을 간 뒤 저와 어머니가 쓰레기를 팔아서 생활하던 때의 일입니다. 그날 저와 어머니는 시내로 들어가서 어느 길가의 작은 음식점에서 밥을 먹게 되었지요. 어머니는 이십 전으로 쇠고기 잡탕 두 그릇을 사서 우리는 마른 빵을 담가서 먹었습니다. 그때 어떤 맹인 부부도 그 음식점에서 밥을 먹고 있었는데 그들에게는 포동포동하게 생긴 애가 하나 있었습니다. 그런데 그 애는 배가 고파서 울고 있었습니다. 여자 맹인은 이미니 목소리를 듣고 자기 애에게 음식을 먹여달라고 청했습니다. 어머니는 여자 맹인 손에서 애를 안아 올려서, 남자 맹인 손에 들린 빵을 받아 쥐었으며, 먼저 그 빵을 입 안에서 잘게 씹고서 다시 애의 입 안에다 밀어 넣었습니다. 나중에 어머니는 저에게 그것이 바로 「비둘기가 먹이를 건네다」의 이야기라고 설명했습니다. 저는 할머니가 저에게 넘겨준 무를 삼

켰으며 이내 눈이 밝아지는 것을 느꼈습니다. 저는 스물여섯번째 포탄을 받아 쥐고 란 씨의 엉덩이를 향해 발사했습니다. 포탄이 금방 도축장 상공에 닿자 그 높다란 도축장은 무너져 내렸습니다. 그 광경은 아주 장관이었으며 텔레비전에서 보았던 집 허무는 장면과 흡사했습니다. 포탄은 도축장의 폐허에 떨어졌으며, 무쇠 통을 헤치고 틈 하나를 냈는데, 이미 그 아래에 파묻혀서 죽기만을 기다리고 있던 란 두목은 그 틈으로 기어 나왔습니다.

솔직히 말해서 저는 약간 화가 났습니다. 스물일곱번째 포탄은 란 씨의 엉덩이를 뒤쫓아 날아갔습니다. 포탄이 일으키는 열기는 길가의 나무들을 요절나게 했지만 란 씨는 아무렇지도 않았습니다. 씨발, 정말 귀신이 곡할 노릇이었습니다.

저는 포탄을 갈무리해둔 시간이 너무 오래되어서 그 위력이 많이 떨어진 것이 아닌가, 그런 의심을 하기까지 했습니다. 그래서 포탄 상자 옆으로 다가갔습니다. 그러고는 꿇어앉아서 포탄을 살폈습니다. 그 남자 애는 아주 열심히 포탄에 묻은 누런 기름을 닦고 있었으며, 누런 기름을 닦은 포탄은 금빛으로 번쩍였습니다. 보아하니 무척 귀중해 보였습니다. 이런 포탄이 어찌 위력이 없단 말인가? 포탄이 위력이 작은 것이 아니라 란 씨가 너무나 교활했던 것입니다. 형, 괜찮아요? 그 남자 애는 잘 보이려는 것처럼 물었으며 그 애의 물음은 저를 감동시켰습니다. 저는 갑자기 이 애는 비록 남자 애지만 제 여동생과 비슷한 점이 있다는 것을 발견했습니다. 저는 그의 머리를 다독이면서 말했습니다. 너, 아주 잘하고 있단다. 넌 우수한 삼포수란다. 그러자 그 남자 애는 어색한 듯 말했습니다.

제가 이렇게 많은 포탄을 닦았는데 한 발 쏘게 해줄 수 없어요?

그래, 그렇게 해봐. 혹 네가 쏜 한 방에 란 씨가 사분오열될지도 모르니까.

저는 그 남자 애에게 포 앞에 서게 하고 포탄 하나를 건네주면서 말했습니다.

스물여덟번째 포탄, 목표는 란 두목, 거리는 팔백, 준비, 발사! 적중했어요! 적중했어요! 그 남자 애는 손뼉을 치면서 말했습니다. 란 두목은 확실히 땅에 넘어져 있었습니다. 하지만 그는 갑자기 또 벌떡 일어나더니 마치 한 마리 표범처럼 몸을 비켜서 천막으로 가려진 포장실의 어둠 속에 숨어버렸습니다. 남자 애는 만족하지 않고 저에게 다시 한 발 더 쏘겠다고 요구했습니다. 그래서 저는 그렇게 하라고 했습니다.

그래서 스물아홉번째 포탄은 그 남자 애에게 아무렇게나 쏘게 하였습니다. 그가 쏜 포탄은 비뚤게 날아가 이미 폐기된 작은 기차역에 쌓여 있는 석탄 무더기에 가서 폭발했고 석탄과 연기가 함께 솟아올라 달빛을 많이 가렸습니다.

남자 애는 스스로 무안한지 머리를 긁으면서 포탄을 닦는 위치로 가 앉았습니다.

란 두목은 그 틈에 또 파란색 유니폼으로 바꿔 입었습니다. 그는 어떤 종이 상자 위에 서서 드높은 소리로 고함을 질렀습니다.

"뤄샤오퉁, 너 이젠 그만 하여라. 나머지 포탄으로 어디 가서 토끼나 잡아."

저는 화가 나서 그의 머리를 겨냥하고는 서른번째 포탄을 쏘았습니다. 그는 이내 피하고 도축장으로 들어갔으며 대문이 모든 포탄 조각들을 막아버렸습니다.

제 서른한번째 포탄은 도축장의 지붕을 구멍 냈고, 종이 상자 무더기에 떨어졌습니다. 열 몇 개의 종이 상자는 작살이 났고 낙타 고기는 고기 분말이 되어버렸으며 뜨거운 열기에 익어서 고기 탄 냄새와 연기가 섞여 사방으로 풍겼습니다.

란 두목의 오만함은 저로 하여금 의지력을 상실하게 했으며 그 의미는, 바로 제가 포탄을 절약해야 한다는 사실을 잊었다는 것을 뜻합니다. 저는 번개 같은 속도로 포병 사격 지침에서 배운 것과 같이 표준적인 삼각형 추락 지점을 향해 제 서른두번째 포탄과 서른세번째 포탄과 서른네번째 포탄을 연달아 쏘았습니다. 비록 란 두목은 상처를 입지 않았지만 포장실도 도축장과 마찬가지로 무너져 내렸습니다.

할아버지는 동심童心이 움직여서 한 발 쏘아보겠다고 했습니다. 비록 저는 마음속으로는 원하지 않았지만 그는 어른이고 또 포탄을 제공하신 분이기에 거절할 이유가 아무것도 없었습니다. 그는 포격 위치에 서서 아주 숙련되게 엄지손가락을 들고 한쪽 눈으로 거리를 측량하고 있었습니다. 서른다섯번째 포탄으로 우리는 정문의 경비실을 괴멸시키겠다, 그랬더니 폭발 소리와 함께 정말 경비실이 없어졌습니다. 서른여섯번째 포탄으로 나는 새로 지은 물탑을 괴멸시키겠다, 그랬더니 쾅 소리와 함께 물탑의 허리에는 커다란 구멍이 뚫렸습니다. 맑은 물이 힘차게 뿜어져 나왔습니다. 그로 인해 그 유명하던 육류연합공사는 폐허가 되어버렸습니다. 하지만 그 시각 저는 이미 여섯 개의 포탄 상자를 비워버렸고, 상자는 오직 한 개만 남게 되었으며 다섯 개의 포탄만 남은 것을 발견했습니다.

공장에서 야간작업을 하던 공인들은 모두 흙먼지를 뒤집어쓰고 폐허에서 달리고 있었습니다. 그들의 발밑에서는 핏물이 흐르고 있었습니다. 기와 밑에 사람이 깔려 있는 것 같았고 소방차가 귀청을 찢는 듯한 소리를 내면서 현 시 중심가에서 질주해 왔습니다. 소방차 뒤로는 구급차와 노란색 자동차, 기중기가 바싹 뒤따라오고 있었습니다. 전선줄이 끊어지면서 불이 일어났는지, 상품 포장실 폐허에서 노란 불길이 피어오르고 있었습니다. 란 두목은 그 혼란한 틈을 이용해, 공장의 북쪽에 세워져 있는 초성대 위로 기어 올라갔습니다. 그곳은 사실 공장에서 제일 높은 곳이며, 도축장과 물탑이 무너진 뒤 초성대는 더욱더 높아 보였습니다. 별을 만지고 달을 건지는 기개였죠. 란 두목! 이곳은 나의 아버지의 영지인데 네가 올라가서 뭘 하는 거냐? 저는 아무런 생각도 하지 않고 서른일곱번째 포탄을 쏘았습니다.

목표는 초성대, 거리는 팔백오십 미터.

포탄은 굵은 소나무 사이를 꿰뚫고 지나서 무덤을 쌓을 때 사용하는 벽돌로 쌓은 담장에 부딪혔습니다. 불덩이가 지나가면서 담장에 구멍을 냈습니다. 저는 갑자기 사람들이 무덤을 파헤친다는 말을 생각했습니다. 그때 저는 아직 태어나지 않았기에 그 미친 장면을 볼 수 없었죠. 아주 많은 사람들이 무덤 앞에 모여 있었으며 그곳에는 돌 사람, 돌 말 등등 고물들이 있었습니다. 그것이 바로 란 두목 네 조상의 무덤이었습니다. 수건으로 입을 가린 사람들이 무덤 속에서 녹이 슨 대포 한 대를 들어냈습니다. 나중에 시의 고물 연구 전문가들이 떠들었죠.

"대포를 무덤에다 함께 매장하는 일은 여태껏 본 적이 없어. 무엇 때문에 이 무덤의 주인은 대포를 함께 매장했을까?"

지금까지 많은 사람들이 납득할 만한 해석이라곤 없었습니다. 무덤을 판다는 말을 하면 란 두목은 몹시 가슴이 아팠죠.

"씨발, 놈들이, 우리 란 가문의 풍수지리를 모두 파괴했단 말이야. 그렇지 않았다면 우리 가문에서는 제대로 된 총통이 나올 수 있었단 말이야!"

란 두목은 초성대 끝에 서서 손으로 나무 막대기를 짚은 채 둥베이 방향을 바라보고 있었습니다. 그곳은 제 아버지가 바라보던 방향이 며 저는 아버지가 그곳을 바라보는 이유가 그곳에 그와 야생 노새 고모와의 가슴 아팠던 세월과 행복했던 날들이 있었기 때문이라는 것을 알고 있었죠. 그런데 너, 란 두목! 무슨 자격이 있어서 그쪽을 바라본단 말이냐? 저는 란 두목의 등을 겨냥하고, 서른여덟번째 포탄을 초성대의 끝을 향해 쏘았으며 란 두목은 여전히 둥베이 방향을 바라보고 있었습니다.

기분이 좋지 않은 남자 애가 서른아홉번째 포탄의 누런 기름을 미처 닦지 않아서 늙은이에게 넘겨줄 때 포탄이 갑자기 땅에 떨어졌습니다. 엎드려요! 저는 고함을 지르며 대포 뒤에 숨었습니다. 그 포탄은 옥상에서 뒹굴었으며 포탄 속에서는 절그렁거리는 소리가 울렸습니다. 할아버지와 할머니와 일을 저지른 남자 애는 멍하니 서 있었습니다. 하느님이여! 그놈이 옥상에서 폭발되고 또 옆에 있는 포탄을 함께 터지게 한다면 우리 넷은 끝장이 나는 것입니다. 엎드려요! 저는 다시 한 번 고함을 질렀습니다. 하지만 그들은 여전히 인형처럼 서 있었습니다. 서른아홉번째 포탄은 저와 이야기를 나누려는 듯 제 앞까지 굴러왔습니다. 저는 그놈의 목을 비틀어 잡고서 던져버렸습니다. 쾅 소리와 함께 그놈은 골목에서 폭발되었습니다. 포탄 하나를 이렇게 낭비해버렸습니다. 정말 유감스러웠습니다.

늙은이는 마흔번째 포탄을 아주 조심스럽게 제 손에 넘겨주었으며, 저는 그가 말하지 않아도 이 포탄을 쏘고 나면 우리가 란 두목과 벌인 전쟁이 끝나간다는 것을 알고 있었습니다. 저는 열 달이 된 영아를 안듯 조심스럽게, 그러나 마음속으로는 당황이 되어 포탄을 받아 쥐었습니다. 저는 간단하게 앞에서 발사한 서른아홉 개의 포탄을 돌이켜보았는데 제 기술이 워낙 정확하지 않아서가 아니라 하늘이 란 두목을 죽이지 않는 것이었습니다. 란 두목 같은 사람은 염라대왕도 받아주기 싫어하는 것입니다. 저는 다시 한 번 조준경을 검사하고, 거리도 가늠했으며 다시 한 번 계산을 해보았습니다. 모든 것에 착오는 없었습니다. 만약 포탄의 비행 과정에서 갑자기 12급 태풍이 불지 않고, 만약 포탄의 비행 과정에서 막 낙하하고 있는 위성의 잔어물과 부딪히지 않는다면, 총괄적으로 말해서 만약 제가 생각할 수 없는 지극히 예외적인 상황만 발생하지 않는다면 이 포탄은 당연히 란 두목의 머리에 떨어질 것입니다. 그것이 더러운 포탄이라고 할지라도 란 두목은 작살날 것입니다. 저는 포탄을 밀어 넣을 때 묵묵히 기도했습니다.

"포탄아! 나를 저버리지 마라!"

포탄은 하늘로 날아올랐고 바람이 불지 않았고 위성도 없었으며 모든 것이 정상적이었습니다. 포탄은 초성대의 끝에 떨어져서 디지지 않았으며 마치 그놈에게 금빛이 번쩍이는 모자를 씌워놓은 것 같았습니다.

할머니는 손에 쥐고 있던 무를 버리면서 할아버지 손에서 마흔한번째 포탄을 받아 쥐더니 저를 옆에다 밀어놓고 욕을 했습니다!

바보!

할머니는 포수 위치에 서서 화를 내면서 아무렇지도 않게 그 포탄을 밀어 넣었습니다. 마흔한번째 포탄은 천천히 하늘로 날아올랐는데 마치 줄 끊어진 연 같았죠. 그놈은 날고 또 날아서 천천히 정신을 잃은 듯하더니 완전히 목표를 잃었으며 아무렇게나 돌아다니는 어린 양처럼 동쪽에서 서쪽에서 날다가 나중에는 모두 귀찮은 듯 초성대에서 이십 미터 떨어진 곳에 떨어졌습니다. 일 초가 지났지만 터지지 않았고, 이 초가 지났지만 터지지 않았으며, 삼 초가 지났는데도 터지지 않았습니다. 끝장이다. 또 더러운 포탄인 것이었습니다. 제 말이 아직 입에서 나오기도 전에 거대한 소리가 제 입을 막아버렸습니다. 공기가 떨리면서 낡은 솜털처럼 찢어졌습니다. 손바닥만 한 포탄 조각이 맑은 소리를 내면서 란 두목의 허리를 반 동강으로 만들어주었습니다.

아주 먼 시골에서 어린 수탉의 울음소리가 들려왔다. 금년에 생겨난 어린 암탉이 아침을 알리는 울음소리를 배우고 있는 중이었다. 나는 하늘을 치솟는 대포와 포탄 조각이 땅에 가득했다는 말로 서술하면서 또 다른 여명을 맞이했다. 우통 신선묘는 내가 서술하고 있는 도중에 대부분 이미 무너졌고 다만 대들보 하나만이 기와지붕을 지탱하고 있었으니, 마치 그것은 우리를 위해 세워진 바람막이 같았다.

친애하는 큰스님, 출가해야 할까, 하지 말아야 할까, 그런 것은 정말 이미 중요한 문제가 아닙니다. 제가 알고 싶은 것은 바로, 제 이야기가 당신의 마음을 움직였는가 하는 것입니다. 그리고 저는 당신에게서 한 가지 점검할 것이 있는데, 바로 란 두목이 말한 그의 셋째 삼촌에 대한 이야기는 어디까지가 진짜이고, 어디까지가 가짜인가

하는 것입니다. 당신은 대답할 수도 있고, 침묵할 수도 있습니다.

큰스님은 한숨을 짓더니 손을 들어서 사찰 앞에 있는 도로를 가리켰다. 그때 저는 놀랍게도 거리 양쪽으로 두 행렬이 다가오는 것을 발견했다. 서쪽에서 오고 있는 것은 한 무리의 고기 소였는데, 그들은 오색의 옷을 몸에 걸치고 있었으며, 옷에는 커다란 글자가 적혀 있었다. 이 글자들을 쭉 연결해놓으면 어떤 표어였는데 그 내용은 육신묘 짓는 것을 반대한다는 것이었다. 이 소들은 많지도 적지도 않게 마흔한 마리였다. 그놈들은 우우 몰려다니며 내려오더니 저와 큰스님 주위를 에워쌌다. 그들의 머리에는 모두 긴 뿔이 돋아나 있었고, 그 뿔에는 뾰족한 칼이 동여매어져 있었다. 그들은 머리를 숙이고 공격할 자세를 취했고 코에서는 허연 거품을 내뿜고 있었으며 눈에서는 분노의 빛을 뿜고 있었다. 동쪽에서 오고 있는 대열은 한 무리의 여인들이었는데 아무것도 걸치지 않은 몸에 페인트로 커다란 글자를 써놓았다. 그 글자들도 나열해놓으면 하나의 표어였는데, 우통 신선묘 짓는 것을 확고히 지지한다는 내용이었다. 이 여인들도 많지도 적지도 않게 꼭 마흔한 명이었다. 그녀들은 한데 모여서 큰길에서 내려오더니 마치 기사들이 말을 타듯 소잔등에 올라탔다. 마흔한 명의 나체 여인들이 무채색 옷을 두르고 있던 마흔한 마리 소잔등에 올라앉은 채 앞으로 나오더니 큰스님을 포위했다. 나는 무서워서 큰스님 뒤로 숨었지만 큰스님 뒤도 안전하지는 않았다. 나는 고함을 질렀다. 어머니! 절 구해주세요.

내 어머니가 나타났다. 어머니 뒤에는 아버지가 따르고 있고 아버지 어깨에는 내 여동생이 타고 있다. 여동생은 나를 향해 손을 젓는다. 그들의 뒤에는 사지가 없는 란 두목과 그의 부인 판챠오샤가 뒤따르고 있다. 판챠오샤의 품속에는 쟈오쟈오라고 불리던 예쁜 여자애가 안겨 있다. 그들의 뒤에는 온화한 황빠오와 용맹한 황빠오가 따르고 있고, 또 그들의 뒤에는 황빠오의 아름다운 첩이 입술을 둥글게만 채 신비한 미소를 짓고 있다. 그들의 뒤에는 짙은 눈썹에 호랑이 눈을 지닌 랴오치와 체격이 풍만한 썬캉과 눈에서 분노의 불길을 뿜고 있는 쑤저우가 따르고 있다. 또 그들의 뒤에는 나와 함께 고기 먹기 시합을 했던 노란 얼굴의 펑티에한과 검은 무쇠 같은 류청리와 물쥐 완샤오장 등등 세 사내가 뒤따르고 있다. 그들의 뒤에는 육류 검역소 지점장인 한 씨와 그의 조카 샤오한이 뒤따르고 있다. 그리고 그들의 뒤에는 이빨이 다 떨어져나간 칭티엔러 아저씨와 너무 늙어서 발걸음이 느린 마궤가 따르고 있다. 또 그들의 뒤에는 조각상 마을의 재주가 비범한 네 명의 공인들이 뒤따르고 또 그들의 뒤에는 옛날 종이 접기 기술자와 그의 제자들이 뒤따르고 그들의 뒤에는 입술을 은빛으로 바르고 머리는 금빛으로 염색한 서양 종이 접기 장인匠人과 그의 부하들이 따르고 있다. 그들의 뒤에서는 양복을 입고 바지를 걷어 올린 채 일하는 우두머리 쓰따와 그의 부하들이 뒤따르고 있다. 또 그들의 뒤에는 천체天費* 사당 안에서 손에 목탁을 든 그 늙은 스님과 절반은 진짜이고 절반은 가짜인 그의 제자들이 따르고 있다. 그의 뒤에는 한림翰林 소학교의 차이蔡 선생님과 한 무리의 학생들이 따르고 있다. 그들의 뒤에는 의대생 탠짜와 그녀의 우유 같은 남자 친구가 따르고 있다. 그들의 뒤에는 나를 위해 대포를 닦아주었던 남자애와 협객 같은 늙은 부부가 뒤따르고 있다. 그들의 뒤에는 육신묘

*천체(天費): 목숨을 관장하는 중국 고대 신.

앞에서 그리고 길과 광장에서 나타났던 사람들이 따르고…… 그들의 뒤에서는 촬영기자 수마瘦馬와 촬영기자 판쑨潘孫과 그의 조수가 따르고 있다. 그들은 카메라를 메고 나무에 올라서 높은 곳에서 눈앞의 모든 것을 기록하고 있다. 하지만 또 한 무리의 여인들이 있었는데 앞에 선 여자는 썬야오야오 여사였고 그녀의 뒤에는 황베이윈 여사와 노래 잘 부르는 가수…… 다른 사람들은 모두 얼굴이 확실히 보이지 않는다…… 그녀들의 옷들은 화려해 마치 지상에 내린 무지개 같다. 눈앞의 모든 것들이 마치 한 폭의 그림처럼 응고되어 변하지 않고 있을 때, 욕실에서 금방 나온, 몸에서 여인의 순수한 향기를 풍기는, 절반은 야생 노새 고모 같았지만 절반은 누구 같은지 알 수 없는 여인이 그 사람들을 헤집고, 그 소들을 헤집고, 나를 향해 걸어온다.

참과 거짓, 허허실실虛虛實實과 실실허허實實虛虛, 그 경계선에서

1. 떠벌이 소년의 수다

모옌莫言이 어느 신문 기자와의 방담에서 말한 내용을 좀 각색해서 옮기면 다음과 같다.

일체의 동년배 집단과 교류가 없는 한 소년이 있다고 가정하자. 소년은 늘 소나 양을 몰고 들판으로 나가 해가 저물 때까지 사람이라곤 저 하나뿐인 허허로운 황야에서 이런저런 상상을 해가면서 시간을 채운다. 겨우 말을 한다고 해야 소나 양에게 자신이 상상해온 이야기 혹은 자신이 희망하는 세계를 황당하게 들려줄 뿐인데, 이 소년의 이야기에는 필경 진실성보다는 황당한 허구가 대다수일 것이다.

모옌은 유년기의 자기 초상이라고 할 수 있는 소년을 등장시켜 『사십일포四十一炮』를 써내려갔다고 하는데, 그렇다고 주인공 '나'가 작가 모옌의 초상인가 하면 전혀 그렇다고 보긴 어려울 터이다. 다만 마구 상상해서 쉽없이 떠들어대는 바코드 하나만은 자신의 초상이라고 볼 수도 있겠다는 의미다.

모옌의 장편소설 『사십일포』는 주인공이 일방적으로 불특정한 독자들을 향해 간절하게 말하는 방식을 취하고 있다. 주인공 '뤄샤오 퉁'이 '큰스님'에게 자신의 지난 일대기를 진술하는 과정을 한 단락 읽다보면 누구든지 쉽게 인식할 수 있겠지만 난분분한 언어를 통해서 간곡하게 말해지는 순간 마치 말﹎에 바퀴가 달린 듯 둘둘 굴러가는 듯한 느낌을 받게 된다.

주인공 '나' 뤄샤오퉁은 이미 스무 살의 청년이지만 아직 정신 연령이 열 살 안팎의 소년으로 자신의 기억에다 상상력을 가미해 마구 떠들어대는데, 그의 간절한 진술을 진지하게 경청하다 보면 어떤 말이 현실이고 어떤 말이 허구인지, 무엇이 진실이고 무엇이 터무니없는 거짓말인지 독자들을 혼돈케 한다. 이때 현실 세계에 체류하고 있다지만 '나'는 과거를 상기하면서 과거의 일을 현실화시켜 애절하게 말하는 순간 이미 과거 유년 시절의 '나'와 현재의 '나'가 혼재하게 된다. 현재와 과거의 경계선이 허물어지는 것은 물론이거니와 실재하는 세계와 상상하는 세계까지 혼재하는 공간에 캐릭터가 자유롭게 존재하는 것이다. 그뿐만 아니라 진실이라는 것과 터무니없는 거짓말의 경계선도 애매모호해지며 현실과 허구의 공간 역시 그 경계가 흐릿해진다. 또한 작가 모옌의 표현처럼 뤄샤오퉁은 청년이지만 사실은 청년이 아닌 소년이기 때문에 캐릭터의 정신 연령대까지 그 경계선이 무너지는 것이 이 작품의 큰 특징이라고 할 수 있다.

또한 내레이터가 지나간 스토리를 간곡하게 들려줄 때는 마치 문

맹한 시골 마을 안방에 아낙네들이 수북하게 모인 가운데 글을 터득한 어린 아이 하나가 자신의 신산한 인생뿐만 아니라 동네 사람들의 이런저런 사연까지 마구 뒤섞어 아주 재미나게 들려주는 듯한데, 그 아이가 읽어대는 스토리의 진실성과는 무관하게 얘기가 진지하게 전개되면 솔깃하게 귀를 기울이면서 흡사 자신의 인생이 일체 방영된 것처럼 얘기를 진술하는 소년과 호흡을 같이 할 듯한 분위기가 이 작품을 읽어나가는 과정 중에서 느껴진다. 그만큼 『사십일포』의 말하기 방식과 스토리 전개는 소박하며 토속적이고, 고기 먹기를 즐기는 과거사를 서술하는 소년의 억양intonation은 고저가 불분명하고 현실과 상상력이 혼재되어 있어 때때로 멍청한 일면까지 있어 보인다. 그렇지만 우리는 여기에 작가의 예리한 비수가 보이지 않게 감춰져 있다는 점을 간과해서는 안 될 것이다. 이때의 비수란, 겉치레는 흐리멍텅한 소년의 입으로 두서없이 떠들어대는 듯하지만 당대의 사회 내지는 인간 욕망이 극도로 만연된 작금의 현실 사회를 노련하게 풍자하는 기법의 일종이라 하겠다. 새로운 소설 『사십일포』는 모옌의 기존의 어떤 작품보다 현실 사회를 풍자하는 측면이 강하다.

2. 신역사주의 작가로 불리는 모옌

이미 근 삼십 년 세월 동안 문학 활동을 해오고 있는 중국 당대 작가 모옌의 문학 세계는 시대별로 크게 세 시기로 구분된다. 중국 문단에 처음으로 선을 보이던 1980년대 초반에는 사회의 현실을 독자들에게 진실하게 보고하는 형식의 작품이 주로 발표되면서, 픽션이

긴 하지만 저널리즘에 가까운 중단편소설을 창작하였다. 그러다가 1990년대에 들어선 뒤 모옌은 『홍까오량 가족紅高粱家族』『풀 먹는 가족草食家族』『티엔탕 마을 마늘종 노래天堂蒜薹之歌』『십삼 보十三步』등 일군의 장편소설을 출간하기 시작하면서 그야말로 명실상부하게 중국 당대 문학의 일인자 자리를 굳혔다. 이 시기를 모옌 문학의 중기라고 할 수 있겠는데, 그의 작품적 특색은 어디까지나 자신의 고향인 산둥 성 까오미 현 둥베이 향을 기본 배경으로 깔고 농촌의 현실적인 문제를 포용하는, 의미 중심의 소설문학으로서 누구든지 해석 가능한 작품을 창작하였다.

21세기에 들어오면서 모옌 문학은 획기적인 변화를 일으키기 시작한다. 기존의 작품들이 현실 공간에서 소재를 얻어 사회적인 문제를 고발하는 형식으로, 눈 밝고 입이 거칠며 민중의 애환을 후련하게 쏟아내는, 다분히 민중문학적 요소가 강했다면, 21세기 이후 그의 문학적 배경은 상상과 환상의 공간으로 과감하게 이동하기 시작하고, 거기다가 과거의 역사와 유사 이래로 중국 대륙 민중의 정신세계를 지배해온 유교, 불교, 도교 사상이 마르크스 사상과 어우러져 캐릭터의 페르소나persona를 형성하기 시작한 것이다. 『풍유비둔豊乳肥臀』『탄샹싱檀香刑』『사십일포四十一炮』『생사피로生死疲勞』등 일군의 대하소설을 발표하기 시작하면서 모옌은 신역사주의 작가라는 평을 듣는다. 역사에서 소재를 발굴하되 기존의 역사소설이 역사적 사실에 바탕을 두고 있는 반면, 모옌은 작가의 상상력을 최대한 발휘해 역사를 재구성하고 무협소설의 구성처럼 다이나믹한 전개 과정을 통해 작품을 읽는 독자들로 하여금 무섭도록 빨려들게 하는 힘을 발휘하기 시작한다. 역사는 흐르는 것이며 유구한 흐름 속에서 일정한 주기성을 발견할 수 있다는 것을 골계미학과 함께 역설적으로 보여주는 것이다.

   장편소설 『사십일포』 역시 신역사주의 관점으로 해석해볼 수 있다. 소설의 주 배경은 1990년대 초반이긴 하지만 기실 철없는 소년의 시각으로 시대가 불분명한 과거의 민간신앙까지 독자들에게 보여줌으로써 민담·전설·신화가 현실세계의 이야기와 적당히 배합된 듯한 느낌을 받게 된다. 아마도 21세기에 들어선 뒤 바야흐로 전성기를 누리고 있다고 해도 좋을 만큼 세계 문단에 널리 알려진 작가가 되긴 했지만 기존의 현실 비판주의적 시각만으로는 자신의 문학세계가 진일보하는 데 한계가 있다는 것을 모옌 스스로 절실히 느꼈을 터인데, 그 돌파구로 그가 은밀히 발견하기 시작한 것이 '고전'과 '역사'와의 만남이었던 것이다. 그리하여 작가는 마치 새로운 영역을 탐구하듯 중국 고전 문학적 골계 미학의 하나인 '황당한 뻥'을 문학적 기교로 원용하기 시작하면서 '황당한 뻥' 속에서 진실된 그 무엇인가를 찾아나가는 과정을 절묘한 플롯과 함께 얼개를 짜, 독자들을 황당하지만 전혀 황당하지 않는 현실 공간으로 이끌어 들이는 일군의 작품을 발표하기 시작하는데, 그 대표작이 『사십일포』이다.
   이 작품의 화자는 '뤄샤오퉁羅小通'이라는 청년인데, 스무 살의 이 청년이 '우통신 사찰' 안에서 열 살 무렵 자신이 겪었던 일들을 '란 따 스님'에게 서술하는 것으로 작품의 서두가 전개된다. 뤄샤오퉁은 도축 마을에 사는 '포 소년'이다. 이 도축 마을의 사람들은 전부 가축을 도축해서 생계를 유지하고 있는데, 가축을 도축하기 전에 물을 잔뜩 먹여 근수가 많이 나가면 도축을 한다. 한편 이 마을에는 조상 대대로 적대시하며 지내는 두 집안이 있는데, 란 씨 가문과 뤄 씨 가문이 바로 그들이다. 란 씨 가문의 조상은 지주가 아니면 관리였기에 언제나 마을에서 행세를 해왔지만, 뤄샤오퉁의 뤄 씨 가문은 조상 대대로 가난뱅이였다. 그런데 제법 출중한 인물로 학식이 있었던 뤄샤오퉁의 아버지 뤄퉁이 촌장 란 씨의 애인인 '예례이즈'와 정분을 맺게 되면서 아내를 내팽개치고 예례이즈와 함께 둥베이 지방으로 달아나는 사건이 발생한다. 그 때문에 아버지 없이 자란 뤄샤오퉁은 어려서부터 어머니와 함께 고물을 줍고 재활용 쓰레기를 수집하며 근근이 생활을 꾸려 나가게 되는데, 이때 우리는 뤄샤오퉁이 네 발 달린 짐승의 고기를 무척 좋아하는 아이로 성장한다 점에 특별히 주목할 필요가 있다. 예전부터 도축이 성행하던 마을이었기 때문에 동네 곳곳이 고기로 넘쳐났지만, 소년의 어머니는 남들에게 보란 듯이 산다는 것을 보여주기 위해 커다란 기와집을 지으려고 반찬값을 절약하는 지독한 구두쇠이다. 그 바람에 그들 모자는 고기를 먹을 수 없다. 그러던 어느 날, 뤄샤오퉁은 쓰레기를 수집하다가 일본제 박격포한 대를 얻게 되고, 그것을 보배처럼 손질해서 보관하게 된다. 그러면서 소년은 친구들에게 포가 있다고 큰소리를 치게 되고, '포 소년'이라는 별명도 이때 얻게 된다.

둥베이로 달아났던 아버지 뤄퉁이 다시 마을로 돌아오고 뤄샤오퉁에게는 배 다른 어린 여동생이 생긴다. 공교롭게도 이때 어머니는 마을 촌장인 란 씨와 정분을 맺는 사이로 발전하게 되고, 아버지는 과거처럼 마을의 제 이인자 노릇을 하기가 힘들어진다. 뤄샤오퉁은 어머니의 옥박지름 속에서 고기를 먹으며 고기 맛을 감별하는 일과 고기 공장 주임 일을 도맡게 되면서 뤄 씨 집안과 란 씨 집안은 잠시동안 합심해서 육류 가공공장을 운영하게 된다.

작가 모옌은 초등학교 오학년 때 학업을 그만두고 집안일을 거들었다고 한다. 그의 말에 따르면 그 시절부터 들판에서 일을 하다가도 터무니없는 생각을 많이 하는 습관이 길러졌고 일이 없어 한가할 때면 밭둑이나 마당에 앉아 자신의 상상 속 세계를 마음껏 돌아다니곤 했다고 한다. 따라서 자신의 소설 속에서 펼쳐지는, 그 누구도 따라잡을 수 없는 무한대의 상상적 날개는 이미 어린 시절부터 겨드랑이 밑에 감춰져 있었던 셈이다.

3. 자본주의 앞에 무릎 꿇은 자존심

중국은 지금 어디로 가고 있을까. 작가는 『사십일포』의 주제를 하나로 말할 수도 없거니와 보는 각도에 따라 다르다고 역설한 바 있지만, 역자는 마치 우언愚言처럼 이 작품의 이면적 주제가 이 물음에 맞추어져 있다고 본다.

문화대혁명의 소용돌이를 겪고 난 뒤 중국은 개방화의 길을 걸어왔고, 이 작품이 발표된 시점인 2003년에서 바라보자면 세계 어느 나라 못지않게 발전가능성이 있는 강대국으로 급부상하기 시작한 게 사실이다. 그런데 개방화의 길을 걸으면서 중국이 안고 있는 모순과 갈등이 도시와 농촌, 중산층과 기층민을 막론하고 사회 전반에서 불거지고 있는 것도 간과할 수 없는 현실이다. 부익부 빈익빈 현상은 날이 갈수록 고착되고 있으며, 청대 말기의 부패상을 연상할 만큼 사회 전반에 만연되어 있는 '관계와 관계'의 연결은 중진국 대열로 들어선 중국이 신용사회로 성장해 나가는 데 상당한 걸림돌이 되고 있다. 이런 사회 문제를 소설 『사십일포』는 상징적으로 보여주고 있는데, 기존의 모옌 작품과 달리 고향을 벗어나 중국 대륙 혹은 욕망이 꿈틀거리는 지구촌의 어느 촌락에서도 일어날 법한 이야기를 들려줌으로써 소설적 공간을 확장시켰다.

비코G.Vico는 『주기적 역사주의cyclic historicism』에서 이렇게 서술한 바 있다. "인간은 우선 필요성을 느끼고 다음으로 유용성을 찾으며 그런 연후에 안락함을 추구한다. 그리고 나중에는 쾌락을 즐기다가 사치로 방탕하게 되고 드디어 미치기 시작하면서 스스로를 탕진해버린다. 〔……〕바로 이런 현상이 모든 나라가 생성, 발전, 성숙, 몰락, 멸망하기까지 겪는 이상적이고 영원한 역사의 원칙인 것이다."*

『사십일포』의 어머니 '량위전'은 돈을 모아야겠다는 필요성을 느낀 나머지 지독하고 악랄한 방법으로 경제적인 수단이란 수단은 모두 동원해 재물을 축적한다. 그것은 작게는 이 작품의 여주인공인 어머니의 가치관이고 어머니의 행동반경이긴 하지만, 크게는 개혁 개방화의 길을 걷기 시작하면서 도덕이나 윤리적인 사고는 뒷전으로 미루고 우선 경제적인 수단을 거머잡으려고 흡혈귀가 되어가는 작금의 중국 대륙인들의 초상이라고 할 수 있겠다. 그리고 여기에서 더욱더 확대해석하자면, 냉전 체제 이후 지구촌에서 유일하게 남아 있는 이데올로기야말로 '돈'임을 여실히 보여준다. 때문에 이 작품의 소년 주인공인 뤄샤오퉁이 무작정 먹어대는 '고기 먹기' 과정은 가치관이 혼재하는 작금의 현실에서 인간의 욕망을 발산하는 가장 솔직한 통

---

*Giambattista Vico, *The Science of Giambattista Vico*, trans. Thomas Goddard Bergin and Max Harold Fisch, Ithaca: Cornell Univ. Press, 1968, p. 37.

로인 셈이다.

어머니 량위전은 은행에 현금이 제법 있지만 고기구이 식당 주인인 '썬캉'에게 돈을 빌려주고 비싸게 이자를 받으며 고리대금업을 한다. 그러나 모자의 식탁에는 고기 토막도 올라오지 않기 때문에 소년은 늘 어머니에게 불만이다. 그런 소년에게 어머니는 돈을 모으는 목적이 전부 소년을 위해서이고, 첩을 얻어 달아난 아버지에게 보란 듯이 잘사는 모습을 보여줄 수 있는 순간까지 먹을 것도 줄여야 한다고 설득한다. 또한 어머니는 인간의 입이란 하나의 통로에 불과해 고기든 쌀겨든 채소든 통로를 지나가고 나면 전부 똑같아지는 것이고, 장차 좋은 세월을 보내려면 우선 자기 입으로 들어가는 음식을 참아야한다고 소년을 달랜다. 아버지가 애인인 '야생 노새 아줌마'와 단 둘이서 고기를 먹으면서 향락을 누리고 있다는 생각이 들면 소년은 어머니 말이 때때로 타당성 있게 들리기도 한다.

소년과 어머니는 죽을 먹은 뒤에도 혓바닥으로 그릇을 깨끗이 핥았기 때문에 설거지를 할 필요가 없을 정도로 궁핍한 생활을 꾸려 나가며, 촌장 란 씨가 버린 망가진 경운기를 수리해서 사용할 정도로 모든 가재도구 역시 고물이다. 그런 와중에 경운기가 고장나자 란 씨가 집으로 찾아와 친절하게 어머니를 도와준다. 그 즈음 란 씨는 물 먹인 고기를 팔아 재산을 더 많이 모았기 때문에 도량도 넓어져 어머니를 기꺼이 돕는다. 그 촌장 란 씨는 고압 펌프를 사용해 짐승 사체의 폐와 동맥 안으로 강제적으로 물을 주입시키는 과학적인 방법(?)을 고안해낸 바 있다. 촌장이 고안해낸 방법대로 시행한다면, 백 킬로그램짜리 죽은 돼지고기에다 한 통의 물을 넣을 수 있다. 란 씨는 고기에 물을 주입하는 방법을 마을 사람들에게 알려주었고, 불법으로 부자가 되는 우두머리 역할을 한다. 이 마을 사람들에게 이제 양심이라는 것은 낡은 진실일 뿐이고, 란 씨와 함께 도시 사람들의 눈을 속여 물 먹인 고기를 비싼 값에 팔면 그만인 것이다. 그리고 다음 세대의 전형적인 인물이라고 할 수 있는 '나' 뤄샤오퉁은 근원이나 중심에 대한 갈망 없이 오직 먹어야겠다는 생각에만 몰입되어 있는 캐릭터로 보인다. 아버지는 떠나가고 그 빈자리에 남은 모자는 돈이 되는 일이라면 무슨 짓이든 한다. 고물을 수거하기도 하고, 그들이 사는 마을에서 고기를 산 채 잡아 내다팔아 돈을 벌어들이기도 한다. 가난에서 벗어나야겠다는 신념 외에 그 어떤 것도 존재하지 않는 것이다.

이때 등장하는 아버지 뤄퉁은 일종의 지식인이다. 모옌 소설에서는 좀처럼 지식인이 등장하지 않는데, 『사십일포』의 아버지는 무능한 지식인이며 비록 촌장의 애인과 정분이 나 도망을 가긴 했지만 상당히 모럴이 형성된 존재로 보인다.

그러나 사회가 올바른 방향으로 나아가자면 참된 가치관을 지닌 존재가 힘을 발휘해야 할 텐데, 이 작품의 아버지는 모럴이 형성된 자이지만 전혀 목소리를 내지 못하고 촌장의 애인과 마을을 떠나는, 사회 통념상 허용되지 못할 행동만을 일삼는 존재에 머문다.

야생 노새 아줌마와 도망을 간 아버지는 어머니와 수년이 살림을 장만하고 집을 근사하게 지은 뒤에야 돌아온다. 그것도 빈털터리로 돌아온 것이다. 어머니는 그래도 소년의 아버지를 반긴다. 이런 이야기 줄거리는 1990년대 중국의 모습을 축약해둔 것이나 다름없다. 마카오도 반환되고 홍콩도 반환되었던 1990년대의 중국은 그야말로 날마다 축제 분위기였다. 어머니는 위대했고 승리했다. 그러나 표면적인 모습에 불과하다. 어머니는 마을의 촌장인 란 씨와 정분이 나 있고, 아버지를 받아들이지만 모럴이 형성된 권위 있는 존재로 받아들이는 것이 아니라 등신처럼 취급할 뿐이다. 소년 역시 무능력한 아버지보다 수완이 뛰어난 란 씨에게 관심을 보이는 순간이 많다. 여기서 란 씨라는 존재는 이성과 질서가 무너진 사회에서 욕망으로 점철된, 쾌락과 소유욕이 꿈틀거리는 신 중국의 새로운 모습일 수 있겠다. 그리고 그 욕망은 끝이 없어 사리사욕을 채우기 위해서 죽은 짐승에다 물을 먹여 내적인 진실성이 없는 상태로 외형만을 퉁퉁 불린 형상에 다름 아니다. 촌장은 마을 사람들에게도 자신의 불법 행위를 보란 듯이 알려주며, 자기 욕망을 이웃들과 함께 공유하면서 소년 뤄샤오퉁까지 길들이지만, 촌장에게 내적인 갈등이나 반성의 여지는 일체 보이지 않는다. 다만 자기반성 없이 그렇게 철저한 욕망의 갈고리를 마을 사람들 전반에게 보급하는 그의 가치관을 바라보는 독자들이 도리어 촌장 란 씨의 욕망을 목격하고 불안해진다.

이제 소년 뤄샤오퉁에게 중요한 것은 혈통이나 전통이 아니라 오직 돈을 벌어들이는 능력일 뿐이고, 재화를 벌어들이는 능력이 전무한 아버지를 부정하기에 이른다. 그래서 뤄샤오퉁은 한때 아버지를 아버지라고 부르지 않고 촌장 란 씨를 아버지라고 부르겠다고 엄포를 놓기도 하는데, 더 가관인 것은 그 아버지 뤄퉁이 촌장 란 씨가 오줌 구덩이에 떨군 돈을 침착하게 그리고 자세히 들여다보면서 한 장 한 장 주웠다는 점이다. 아버지는 진짜와 가짜를 분별하기라도 하듯 지폐 한 장을 줍더니 햇빛에다 갖다 대고 들여다보다가 란 씨의 오줌에 쩐 돈을 바지에다 대고 열심히 닦은 뒤 왼손 중지와 무명지 사이에 끼워놓고, 오른손 엄지와 중지에 침을 뱉고서 아들과 마을 사람들이 보는 앞에서 한 장 한 장 헤아린다. 그때 불현듯 소가 등장하는데, 거세된 황소는 마치 전설 속의 내시 같은 표정을 짓고 있다.

나중에서야 란 씨가 대단한 음모를 지닌 작자라는 사실을 자각하게 된 뤄샤오퉁은 여동생을 데리고 란 씨를 찾아가 복수하리라고 결심한다. 그러나 청년 뤄샤오퉁과 그 여동생의 계획은 실패하고 만다. 덧없이 대포만 울린 것이다.

중국은 장차 세계의 초강대국으로 성장할 가능성이 높다고들 말한다. 그렇다면 내실 있고 모럴이 살아 숨 쉬며 모순이 배제된 진정한 발전을 할 수는 없는 것일까. 이 단계에서 전 국민의 도덕성을 길러야 한다고 외치는 것이 브레이크 없이 앞으로 달려가기만 하는 현시점에서 가능한 얘기이기나 할까. 고기를 잡고, 고기에다 물을 먹이고, 열 살 된 소년이 고기 먹기 대회에서 승리를 하는 나라. 여기, 이 땅에는 세계의 시장이 형성되어 있고, 세계의 고깃덩어리들이 몰려들고 있지만, 그러나 고깃덩어리를 팔아 이익을 착복하는 자는 지시만 내리는 촌장 란 씨일 뿐이다. 고깃덩어리를 열심히 자르고 껍데기를 벗기며 온 얼굴이 짐승의 피로 물들여지는 민중들이 실질적인 권리를 행사하는 것이 결코 아닌 것이다. 시장개방화의 길을 걸어가면서 발전을 이룩했지만 실질적인 향상, 내면적인 향상은 극히 미흡하다는 신랄한 비판을 받고 있는 것이 대륙의 당대 문제점이고, 그런 점에서 볼 때 모옌은 여전히 이 소설에서도 당대 문제를 소설 세계로 끌어들이는, 비판의식이 강한 작가적 면모를 보여주고 있다.

4. 서술 방식의 특색과 복잡한 인물 군상

『사십일포』의 예술적 매력은 무엇보다 먼저 기괴한 특징을 지닌 모옌의 새로운 서술 기법에 있다. 이 소설의 내레이터이면서 주인공인 뤄샤오통이 우통신 사찰에서 큰스님에게 이것저것 죄다 말하는 방식으로 전개되는 이 작품은 크게 두 갈래의 스토리 라인이 있다. 가장 중심이 되는 라인은 '나'의 기억으로, 곧 '나'의 가족사이면서 '내'가 성장한 도축 마을의 역사이고, 그것은 '나'의 성장사이기도 하다. 두번째 라인은 '나'의 상상 속에 등장하는 란 씨의 가족사와 관련된 성性의 역사이다.

장편소설 『사십일포』는 이 작가의 다른 어떤 작품보다 중국 사회의 현실을 사실적으로 반영하면서 현 인류가 직면한 인간의 오욕칠정에 얽힌 문제를 극명하게 드러내는데, 여기에는 아직도 원시적인 풍속을 지닌 시골 마을의 풍경이 등장하며 인정과 세상사에 대한 이야기가 전기傳奇적인 인물의 활약상과 맞물리면서 캐릭터 간의 애정에 얽힌 원한의 역사로 발전되어 나아간다. 모옌이 이 작품에서 심혈을 기울여 하나의 중심 소재로 채택한 것은 '고기'이다. 주인공이자 내레이터인 뤄샤오통이 태어나고 성장한 고장은 고기를 잡는 도축 마을로 청장년들 사이에 고기 먹기 시합이 열리는가 하면 고기 축제도 열리는 고장이며, 자립 경제관념이 도축 마을에 불어닥치기 시작하면서 고기에다 물을 주입해 근량을 늘이는 등 개혁 개방 이후 현격하게 달라지는 1990년대 중국 농촌 사회가 작품의 주된 배경으로 등장한다. 그런데 이 작품의 주된 소재로 등장하는 '고기'는 인간의 욕

망을 드러내는 구체적인 물질을 상징하고 있는 것이지 고기 그 자체
는 아니다. 그렇기 때문에 이 작품은 다분히 우화적인 요소가 강하
다. 먹고 먹히는 약육강식의 파노라마식 도축 마을 풍경은 비단 개혁
개방화된 1990년대 중국 농촌 사회만을 보여주는 것이 아니라 인류
역사상 현실세계에서 끊임없이 펼쳐지는 본질적인 문제라는 측면에
서 독자들에게 시사하는 바가 크다.

이 작품 역시 현실주의에 기저를 둔 소설이긴 하지만 현실 문제를
직접적으로 다루는 것이 아니라 현실의 허구화와 황당화를 통해 몇
차례 비틀어 왜곡된 방향으로 진실을 조명하고 있는데, 그 또한 우화
적인 기법으로 작품을 승화시키기 위한 작가 나름대로의 기교라고
할 수 있다. 작가 모옌은 자기 작품에 대해서, 특히 이 소설에 대해
서 특별한 사상이 없으며 창작하는 순간에도 사상 따위는 염두에 둔
적이 없다고 말하지만, 그 또한 우화적인 발언이라고 할 수 있겠다.
교훈적이고 이념적이며 상식적인 그런 사상이 자기 작품의 생명이나
활력을 소멸시키기 때문에 그런 고정된 사상이 없다는 것이지 한마
디로 단언할 수 없는 작가의 고유한 사상은 있게 마련이며, 이 소설
에서 그런 사상은 인간 군상의 복잡한 면모를 능숙하게 조명하면서
무엇보다 원초적이고 무엇보다 자유로우며 무엇보다 은유적인 사상
을 내포하고 있기 때문이다.

『사십일포』에는 매우 복잡한 스토리가 전개되고 있긴 하지만 기실
몇몇 주인공의 형상은 아주 선명하고 심각한 형상으로 드러난다. 일
명 '고기 신肉神'으로 불리는 뤄샤오통은 고기도 감정이 있다고 생각
해서 고기에 대해 심취하기도 하고 고기를 숭배하기도 한다. 큰스님
은 불문에 귀의한 인물이긴 하지만 인간 속세의 욕망을 버린 인물은

아니며, 오히려 빗속에서 여인의 육체와 유즙의 유혹에 빠져드는데, 고기에 대한 욕구가 색정과 일맥상통한다는 것을 보여주는 설정으로 보인다.

아버지 뤄퉁은 실패한 지식인이면서 수구세력을 대변하는 인물로 등장하다가 최후에는 눈앞에서 벌어지는 유언비어를 감당하지 못해 나무에 올라가 내려오지 않으면서 나무 위에서 생활을 하는 기이한 성격의 소유자로 발전한다. 이것은 정신이 완전히 붕괴된 사회에 대한 저항정신이라 할 수 있겠다. 아버지는 결국 살인 행위를 하게까지 된다. 여기에 비해 촌장 란 씨는 더욱 더 복잡한 인물이다. 내레이터인 '나'에게 란 씨는 처음에는 우상의 대상이었으나 나중에는 원수로 돌변하게 된다. 도축 마을에서 그의 지위는 안하무인 격이고 그의 가족사 역시 현란하기 이를 데 없어 조상 대대로 권력과 재물, 그리고 여복이 따라다니고 있어 마을에서 그는 엄청난 우월감을 지닌 채 살아가는 존재이다. 그러나 '나'의 아버지인 뤄퉁이 마을의 실세를 유지하던 시절에 그는 한 단계 낮은 인물이었다. 야생 노새를 놓고 뤄퉁과 애정의 삼각관계가 형성되자 매운 고추 먹기 시합에서 이긴 자가 여자를 차지하기로 했다가 졌던 것이다. 다만 아버지와 야생 노새가 사랑의 도피 행각을 벌일 무렵 촌장 란 씨는 어머니 량위전과 '나'에게 실질적 보호자 역할을 하기 시작하면서, 그리고 어머니 마음이 그에게 기울어지게 되면서 그의 지위는 확고부동해진다. 아버지가 돌아온 뒤에도 촌장 란 씨는 넓은 아량으로 고향으로 복귀한 친구를 맞아들이는데 그런 란 씨의 태도를 목격한 '나'는 그의 박력 있고 훌륭한 태도에 감복하게 된다. 반면에 아버지의 옹졸함에 약이 올라서 반감을 느낀다.

그러나 기실 촌장 란 씨는 선량하고 자비로운 인물은 아니다. '나'의 부모를 완벽하게 죽이기 위한 거대한 음모의 소유자이면서 간사하고 그 누구보다 잔인한 인격의 소유자이기 때문에 자신의 감정을 얼굴에 전혀 드러내지 않고 상대방을 두려움에 떨게 하는 능력을 지니고 있다. '나'는 결국 그의 실체를 눈치 채고 마흔한 개의 포탄으로써 그를 죽이려고 하지만 란 씨의 위세와 권력은 날이 가면 갈수록 드세지고 고기 먹는 축제의 풍경은 세월이 흐를수록 화려해진다. 이것은 자립경제 이후 신흥 부유 계층과 신 권력 계층이 형성되면서 봉건시대처럼 비정상적인 인간이 탄생할 수 있다는 걸 상징적으로 보여준다. 보통의 서민인 마을 사람들이 노예화되고, 돈과 권력을 지닌 인간 앞에 봉건사회보다 더 철저하게 무릎을 꿇고 맹종하기만 할 뿐 전혀 저항할 수 없게 된 현실을 풍자하고 은유하는 것이다.

여기에서 아버지의 성격을 주의 깊게 살펴보면, 이 아버지가 란 씨를 원수로 여길 법한 상황은 설정되어 있지만 전혀 반항하지 않는다는 측면에서 그가 란 씨를 원수로 간주하고 있는 것이 맞는지 의심스러울 지경이다. 사실 수구세력을 대변하는 아버지는 돈 앞에 완벽하게 자존심을 내팽개치고 무릎을 꿇었으니, 그가 원수로 여기는 인물은 자기 자신인 것이지 권모술수와 권력 욕망이 강한 란 씨만은 아닌 것이나. 사기 자신 앞에 실망하고 자기 자신 앞에 무릎을 꿇은 것이며 자기 자신에게 졌으니 이 세상 그 누구에게도 더 이상 저항할 의지가 상실되어버린 것이다. 이러한 모티프는 중국 근대 문학의 아버지라고 할 수 있는 루쉰魯迅에게서 원용해왔다고 해석해볼 수 있겠다. 루쉰은 진정한 복수의 상대자는 자기 자신일 수 있다는 것을 소설 작품 속에서 혹은 잡문에서 천명한 바 있는데, 그 누구보다 루쉰으로부터 문학적 기량이나 문학적 토대를 얻었다고 볼 수 있는 모옌 작품 속의 캐릭터 역시 눈앞의 원수는 상대방이기도 하지만 그 목전의 상대방보다 무서운 적은 자기 자신으로 추정하고 있다. 그 때문에 수구세력인 아버지는 원수인 자기 자신을 처단하지도 못하고 죽은 듯이 살아가고 있는데, 이를 통해서 작가가 독자들에게 보여주고자 하는 것은 돈 앞에 여지없이 무너진 오천년 역사와 자존심까지 무릎을 꿇어버린 중화인민공화국의 현실일지도 모르겠다.

5. 사실의 허구화, 허구의 사실화

장편소설 『사십일포』는 처음부터 거창하게 서술되지는 않는다. 소박한 언어로 담담한 이야기가 서술되고 있기 때문에 이야기가 번잡하거나 요지를 걷잡을 수 없는 것이 아니라 매우 간결하게 전개되며, 소년의 성장 과정을 그리고 있는 듯한 질서정연한 서술은 읽는 독자들의 시선을 끌어들인다. 어딘가 마르케스G. G. Márquez적인 요소가 꿈틀거리고 있는 듯도 하지만, 그 어떤 작품보다 자전적인 요소가 강하며 이미 완숙기에 접어든 모옌 문학의 성숙한 모습과 사실적인 심리 묘사를 통해 중국 문학을 대표하는 대작가의 진면목을 다시 한 번 엿볼 수 있도록 만든다.

이 작품은 처음에는 소박하게 전개되고 있지만 한참 읽어 내려가다 보면 개구쟁이 소년 모옌이 갑자기 나타나서 브레이크가 고장 난 자동차처럼 한 사발의 고기를 앞에 놓고 소년의 시각으로 마을을 장악하며 불리한 일이 생기면 여기저기 대포를 터뜨리며 끝없는 상상

력을 펼치는 듯한 착각에 빠져들 것이다. 입만 열면 뤄샤오통 소년은 고기와의 대화를 끝없이 펼쳐나가며, 고기에게 아예 영혼을 부여하고 스스로 고기의 신肉神이 되어 고기와 대화를 나누게 되는데, 여기서 우리는 인간과 동식물의 관계를 일직선상 위에 놓고 다루는, 작가 모옌의 다소 황당하게 펼쳐지는 세계관과 인생관을 엿볼 수 있다.

이 소설 『사십일포』를 읽다 보면 모옌이라는 작가의 인생 경로도 문득 떠오른다. 그는 아주 소박하게 창작을 시작한 작가이지만 그의 욕심은 이제 세계 제 일인자를 꿈꾸고 있다. 원고료를 타서 만두를 배불리 먹는 게 소원이었고, 그것이 창작을 하게 된 계기가 되었다는 모옌은 이젠 그 누구도 멈춰 세울 수 없는, 아니 어쩌면 멈추고 싶어 하지 않는, 결코 만족할 줄 모르는 성격의 작가로서 오늘도 꾸준히 창작에 열정을 태우고 있는 현재 진행형 소설가이다.

일부 평론가들은 이미 모옌 작품은 인이 박힌 듯한 독특한 서술 방식이 있고 그 독특한 서술 방식이 그의 작품의 악성 종양 같다고들 말하는데, 그 자신도 이 점을 명백히 알고 있을 것이다. 모옌은 처음에는 리얼리즘 방식으로 작품을 전개하지만 그런 현실적 묘사에서 그치지 않는 작가이다. 『사십일포』만 하더라도 뤄샤오통의 이야기는 처음 이야기를 시작할 때는 그래도 약간의 현실성과 진실성이 담겨 있지만 뒤로 가면 갈수록 진실과 환상이 수시로 뒤섞이며 비구체적인 황당무계한 이야기를 만들어낸다. 이야기가 일단 시작되면 등장인물들은 일종의 관성이 붙은 듯 또 다른 이야기를 따라 꼬리를 물며 서사구조의 중첩 속에서 무작정 앞으로 달려 나아간다. 모옌은 자신을 자제하지 못하고 단지 관성에 따라서 달려 나가는 대단한 필력을 지녔으며, 그 이야기성은 과히 천재적이라 할 만하다. 그는 이야기가

이야기를 낳는 천일 야화 방식의 전개 과정을 통해서 자신의 머릿속의 무궁무진한 풍경을 독자들에게 보여주며, 동시에 상당히 동적인 힘을 지녔기 때문에 읽는 독자들에게 생동감과 박진감을 선사한다.

모옌은 자신의 고향에서 허풍을 떨고 흰소리를 하며 거짓말을 하는 아이를 '포 소년'이라 부른다고 말했다. 그리고 이 작품을 쓰는 동안 뤄샤오통이 바로 자신의 어린 시절과 흡사하다는 말을 여러 번 한 적이 있다. 그 말의 일부는 어느 정도까지 사실일 수도 있지만 역시 대다수는 아마 허구일 것인데, 이때의 허구가 현실세계 속에서 있을 법한 제재와 버무려져 완성된 『사십일포』는 허구 속에서의 사실화 작업에 성공하고 있다.